El día que el cielo se caiga

Biblioteca Megan Maxwell

Biografía

Megan Maxwell es una reconocida y prolífica escritora del género romántico que vive en un precioso pueblecito de Madrid. De madre española y padre americano, ha publicado más de treinta novelas, además de cuentos y relatos en antologías colectivas. En 2010 fue ganadora del Premio Internacional Seseña de Novela Romántica, en 2010, 2011, 2012 y 2013 recibió el Premio Dama de Clubromantica.com. En 2013 recibió también el AURA, galardón que otorga el Encuentro Yo Leo RA (Romántica Adulta), y en 2017 resultó ganadora del Premio Letras del Mediterráneo en el apartado de novela romántica. *Pídeme lo que quieras*, su debut en el género erótico, fue premiada con las Tres Plumas a la mejor novela erótica que otorga el Premio Pasión por la novela romántica.

Encontrarás más información sobre la autora y su obra en:

www.megan-maxwell.com

@Megan Maxwell

@megan_maxwell

@MeganMaxwell

Megan Maxwell

El día que el cielo se caiga

Esencia/Planeta

Obra editada en colaboración con Editorial Planeta – España

Adaptación de la portada: Booket / Área Editorial Grupo Planeta
Ilustración de la portada: © Svetlana Sewell / Arcangel y Shutterstock

Bajo el sello editorial BOOKET M.R.
Avenida Presidente Masarik núm. 111,
Piso 2, Polanco V Sección, Miguel Hidalgo
C.P. 11560, Ciudad de México
www.planetadelibros.com.mx

Primera edición impresa en España: junio de 2022
ISBN: 978-84-08-25869-8

Primera edición impresa en México en Booket: noviembre de 2023
ISBN: 978-607-39-0712-5

Impreso en los talleres de Quitresa Impresores, S.A. de C.V.
Calle Goma No. 167, Colonia Granjas México, C.P. 08400,
Iztacalco, Ciudad de México.
Impreso en México –*Printed in Mexico*

Para mi tío Fernando.
Porque la sangre te hace pariente, pero sólo la lealtad y el amor te convierten en familia.
Y, por supuesto, para mis Guerreras y Guerreros, porque, al igual que yo, seguro que, por desgracia, en algún momento también han sufrido la pérdida de un ser querido. Sólo espero que, cuando leáis esta novela, cerréis los ojos, penséis en esa persona y que su magia os haga sonreír. A mí me funciona. ¿Y a vosotros?
Mil besotes,

Megan

Prólogo

Madrid, un día cualquiera del año 1970

—Corre, mamá..., corre.

—Ten cuidado, cariño, o te caerás —dijo Teresa.

Ver a su hija Alba disfrazada de monito tras salir del colegio corriendo hacia el portal de su casa la hizo sonreír.

En cuanto llegaron, la niña se paró al ver un gran camión del que sacaban unos colchones y una amplia mesa. Una vez los metieron en el portal, la cría miró a su madre y preguntó:

—¿Por qué hacen eso, mamá?

Teresa observó el vehículo y, con una triste sonrisa por lo que intuyó que aquello significaba, murmuró:

—Algún vecino trae muebles a su casa.

Alba miró de nuevo el camión e insistió curiosa:

—Y ¿qué vecino es?

Teresa, que sabía muy bien de qué vecino se trataba, respondió sin querer entrar en ello:

—No lo sé, cariño. Venga, anda, vamos arriba, que la abuela y papá nos estarán esperando para comer.

Alba decidió dar el tema por zanjado. Entró en el portal y como los de la mudanza estaban utilizando el ascensor decidió correr escaleras arriba. Cuando llegó al descansillo de la segunda planta, vio la puerta de la casa de la señora Remedios abierta de par en par. Los señores de la mudanza estaban metiendo allí los muebles.

Al llegar junto a su hija, Teresa evitó pararse indiscretamente en el descansillo y, con cariño, mientras seguía subiendo hasta el tercero, le dijo:

—Venga, Alba, continúa.

—Voy, mamá.

Sin poder apartar la vista de la puerta de la señora Remedios, Alba seguía mirando con curiosidad, hasta que un niño de su edad, moreno y con los ojos verdes y enrojecidos, apareció y la saludó.

—Hola.

Ella parpadeó. ¿Quién era ese niño y por qué estaba en casa de su vecina? Pero, antes de que pudiera preguntar, él extendió la mano y dijo:

—¿Quieres una chocolatina?

La niña miró su mano y se apresuró a responder:

—No me gustan.

—¿No te gusta el chocolate? —susurró él sorprendido.

—No.

Durante unos segundos, ambos se miraron, hasta que él preguntó:

—¿De qué vas vestida?

Sin quitarle los ojos de encima, la cría recordó el disfraz que llevaba puesto y que le habían hecho su madre y su abuela.

—De monito —contestó.

—¡¿De monito?!

Ella asintió al ver cómo la miraba.

—Hoy hemos hecho en el cole la obra de teatro de la selva y yo era un monito —indicó.

El muchachillo sonrió y, tras repasar cada milímetro de aquel disfraz con curiosidad, preguntó mordiendo un trozo de chocolatina:

—¿Cuántos años tienes?

—Siete. ¿Y tú?

—Siete también. —Luego, después de tragar lo que tenía en la boca, añadió—: Me llamo Nacho y voy a vivir aquí.

Eso llamó más aún la atención de la niña.

—¿Vas a vivir con Remedios?

—Sí. Es mi yaya —afirmó él.

—¿Es tu yaya?

El niño volvió a asentir con la cabeza. Ella sonrió, se encogió de hombros y dijo:

—Yo soy Alba y vivo en el piso de arriba con mis papis y mi abuela.

Una triste sonrisa cruzó entonces el rostro del niño.

—Yo viviré aquí con mis hermanos Luis y Lena y con la yaya Remedios. Es la mamá de mi mami.

—¿Y tus papis?

Nacho miró al suelo con tristeza. Meneó la cabeza y murmuró:

—Se han muerto.

A Alba la impresionó mucho saber aquello.

A su corta edad, la muerte era un gran enigma, algo que sabía que existía pero de lo que nunca se hablaba en casa. Mientras observaba al muchacho, se disponía a decir algo cuando su madre la llamó desde el descansillo de arriba.

—¡Alba, sube, que vamos a comer!

—Voy, mamá —respondió, y luego añadió mirando al niño—: Vivo arriba. Cuando quieras, puedes subir y jugaremos, ¿vale?

El crío asintió y, tras dar otro bocado a su chocolatina, afirmó:

—Se lo diré a la yaya.

Alba sonrió y comenzó a subir rápidamente la escalera, no sin antes echar una última ojeada al muchacho de los ojos enrojecidos, que la contemplaba con tristeza.

Aquella tarde, sobre las cinco, sonó el timbre de la puerta de la familia Suárez. La abuela fue a abrir y, al ver a su vecina, rápidamente la abrazó. Sin hablar, se lo dijeron todo y, cuando se separaron, Remedios, que era una viuda con carácter, miró a su vecina y empezó a decir:

—Blanca, éste es mi nieto Nacho. Dice que Alba lo ha invitado a subir para jugar con ella.

—Pasa, Remedios, por Dios. —Y, mirando al crío, saludó—: Hola, Nacho, encantada de conocerte, mi vida. —En ese instante, su nieta apareció por el pasillo—. Mira, Alba, Nacho ha venido a jugar contigo. Vamos, id al comedor y jugad a lo que queráis.

Sin tiempo que perder, los dos niños corrieron hacia allí. Cuando las mujeres se quedaron a solas, Blanca preguntó:

—¿Dónde están los otros dos niños?

—En casa. Lena está dormida y Luis se ha quedado con ella.

Ambas se miraron. Eran vecinas desde hacía más de treinta años.

—Reme, ¿cómo estás? —preguntó Blanca.

Remedios, angustiada e impactada aún por lo ocurrido, meneó la cabeza y, cuando la barbilla comenzó a temblarle, Blanca la abrazó. Luego cerró la puerta de la calle y ambas se dirigieron a la cocina.

A salvo de las miradas indiscretas de los niños, Remedios se sentó en una de las sillas mientras sollozaba con un pañuelo en la mano. Blanca intentaba tranquilizarla en el momento en que Teresa entró en la cocina y, al verla, murmuró:

—Lo siento, Remedios.

—Lo sé, hija..., lo sé —afirmó la aludida con pena.

Teresa se sentó junto a su vecina, aquella mujer tan cariñosa que siempre la había querido tanto como su propia madre, y la cogió de la mano.

—Pero ¿cómo no nos lo dijiste antes? —preguntó—. Podríamos haberte acompañado a...

—No lo sé, hija. Sólo sé que, cuando me avisaron, agarré el bolso y me fui para Salamanca en el primer autobús. Ay, Teresa, mi Amelia... mi Amelia...

Los lloros comenzaron de nuevo.

Blanca miró a su hija.

—Tere —le pidió—, dame una bolsita de tila del armarito.

Remedios intentó tranquilizarse dándose aire con la mano. Sabía que no debía llorar. Sabía que debía contenerse porque nada se podía hacer y, tragándose las lágrimas, dijo:

—No os preocupéis, estoy bien, estoy bien.

—No digas tonterías, Reme —protestó Blanca—. No estás bien.

Como necesitaba hablar, la vecina les contó cuanto sabía de lo que les había ocurrido a su hija Amelia y a su yerno. Al parecer, cuando regresaban de vender su mercancía en un pueblo de Salamanca, un camión se saltó un *stop*, los arrolló y ambos murieron en el acto.

—Qué terrible, Remedios, lo siento muchísimo —musitó Teresa pálida.

Amelia había sido su amiga toda la vida. Juntas habían ido al colegio, y juntas estuvieron hasta que Amelia, en una excursión con el colegio a Salamanca, conoció a Pepe, un joven vendedor ambulante moreno y de ojos verdes del que se enamoró. Cuando cumplió dieciocho años, se fugó de casa, se casó con él y ya no regresó a Madrid.

Una vez superado el disgusto de lo que su hija había hecho por amor, Remedios viajaba un par de veces al mes a Salamanca para verla a ella y a sus nietos, a los que adoraba.

Mientras las mujeres hablaban en la cocina, José, el padre de Alba, leía sentado en una de las butacas del comedor. Quedaba una hora para que se marchara a trabajar a su puesto de fruta del mercado de Puerta Bonita, en Madrid.

Con curiosidad, observó a Nacho. Sabía quién era: su mujer y su suegra se lo habían contado. Sin decir nada, observó cómo su hija y aquel niño miraban unos juegos y cuchicheaban, hasta que Alba, plantándose ante él, dijo:

—Papi, él es Nacho, mi nuevo amigo.

José dejó el libro que tenía en las manos, contempló al muchachillo y lo saludó tendiéndole la mano.

—Hola, Nacho, encantado de conocerte.

El chico se apresuró a estrechársela.

—Hola, señor.

José sonrió y, antes de que pudiera decir nada, su hija soltó:

—Papi, los papás de Nacho se han muerto. ¿Por qué?

A José se le pusieron los pelos de punta al oír aquello. Intentar explicarles qué era la muerte a dos niños de tan corta edad era, como poco, misión imposible y, como pudo, le dijo al muchachillo:

—Siento mucho lo de tus padres, Nacho. Por lo que sé, tú y tus hermanos os venís a vivir aquí, ¿verdad?

—Sí, con la yaya.

José le tocó la cabeza con cariño.

—Cualquier cosa que necesites, no dudes en decírmelo. Tu abuela Remedios es como de la familia, y ahora tú también lo serás, ¿de acuerdo?

Nacho asintió, y entonces Alba volvió a preguntar:

—Papi, ahora que Nacho no tiene papá, ¿podrías serlo tú?

Sorprendido, José contempló a su hija y luego al muchacho, que no le quitaba ojo, y, al ver aquella mirada desangelada, respondió como pudo mientras se levantaba:

—Nacho siempre va a tener a su papá pero, sin lugar a dudas, yo también estaré aquí para todo lo que él necesite.

Alba sonrió y, mirando al niño, que los observaba muy serio, mientras su padre salía del comedor, cuchicheó:

—¿Lo ves? Ya te he dicho que mi papá sí querría.

Cuando José entró en la cocina, las mujeres estaban tomándose una tila. José miró a su querida vecina, se acercó a ella y, abrazándola, murmuró:

—Lo siento mucho, Remedios. Siento mucho lo de tu hija y tu yerno. Ya sabes que estamos aquí para lo que necesites.

La mujer asintió. Aquella familia era todo cuanto tenía.

—Gracias, José —afirmó—. Lo sé, hijo..., lo sé. Muchas gracias.

José, un hombre parco en palabras pero cariñoso y afectuoso, miró a su mujer antes de salir de la cocina.

—Me voy a trabajar —dijo—. Los niños están en el comedor.

Cuando las tres mujeres se quedaron solas de nuevo, Remedios volvió a desmoronarse.

—Dios mío, todavía no puedo creer que mi Amelia y Pepe nunca van a volver. Nunca.

—Tranquilízate, Reme. —Blanca la abrazó con cariño mientras miraba a su apenada hija.

Durante un buen rato, las tres lloraron en la cocina. Era muy triste, una desgracia que, cuando golpeaba a una familia, la destrozaba. Sin embargo, a pesar del dolor que sentía, Remedios se secó las lágrimas y murmuró:

—Ahora tengo que luchar para sacar adelante a mis nietos. Pobrecitos, tan pequeños y ya huérfanos. He de encontrar otro trabajo para las tardes. Con lo que gano en el de las mañanas no me da. ¿Qué voy a hacer?

—Tranquila, Remedios, tranquila —afirmó Teresa—. Le hablaré de ti a mi encargado. Donde trabajo siempre necesitan asistentas por horas, ¿te parece bien?

—Hija, te lo agradeceré toda mi vida.

Teresa sonrió con tristeza.

—¿Qué edades me dijiste que tienen los niños? —preguntó Blanca.

—Luis tiene once; Nacho, siete, como Alba, y Lena, cuatro añitos. Son tan pequeños..., tan pequeños que... que... Oh, Dios mío..., ¿por qué siempre se marchan los buenos? ¿Por qué? ¿Por qué han tenido que morir mi niña y su marido en vez de un maldito asesino o un violador?

Responder a esa pregunta no era fácil, y Blanca, que era muy creyente, viendo la desesperación de su buena y entrañable vecina, contestó:

—Nadie puede darte una respuesta a eso, pero sin duda tu hija y tu yerno estarán en el cielo, y algún día se...

—Pues espero que algún día el cielo se caiga para poder reunirme con ella —la cortó Remedios, que no era muy religiosa.

Blanca y su hija no la dejaron continuar, y abrazaron a aquella mujer a la que tanto querían y apreciaban, sin darse cuenta de que, tras la puerta de la cocina, había dos pares de ojos curiosos que las observaban con intriga.

—¿El cielo se puede caer? —preguntó Alba sorprendida.

Nacho no respondió; sólo miraba a su abuela.

—No lo sé —contestó él finalmente.

Durante unos minutos observaron a las mujeres llorar, hasta que Alba preguntó de nuevo:

—¿Tú has llorado, Nacho?

—Sólo un poco.

Al oírle decir aquello, la niña pensó que, si el caso fuera al contrario, ella lloraría mucho, y volvió a preguntar:

—¿Por qué sólo un poco?

—Porque tenía que cuidar de Lena, y Luis lloraba. Yo no podía.

—Y ¿por qué no podías?

Semiocultos por la puerta, Nacho suspiró y respondió resignado:

—Porque mamá siempre dice que los hombres no lloran y que hay que cuidar de Lena. Ella es la pequeña.

—Pero tu hermano ha llorado.

Nacho asintió. No le gustaba recordar a su hermano Luis en aquel estado. Prefería olvidarlo, por lo que, mirando de nuevo a su abuela, dijo:

—La yaya me mintió. Dijo que papá y mamá siempre estarían conmigo.

—Quizá se equivocó...

Entonces, sin pensarlo dos veces, Nacho empujó la puerta de la cocina, que se abrió de par en par. Las mujeres volvieron la cabeza de golpe y vieron a los niños. Secándose rápidamente las lágrimas que le corrían por las mejillas, Blanca se apresuró a ponerse delante de Reme para que los chiquillos no la vieran.

—Pero ¿vosotros no estabais jugando? —preguntó.

—Yaya —dijo Nacho acercándose a ella—. ¿Por qué dices que papá y mamá no volverán? Me dijiste que siempre estarían conmigo. ¿Por qué mientes?

La mujer observó a su nieto, al que adoraba, y, secándose las lágrimas, murmuró:

—Nacho, mi vida... —Sin embargo, el dolor que sentía era tan grande que dos segundos después los sollozos le impidieron proseguir.

Teresa, que todavía estaba asimilando la noticia de la muerte de su amiga, contempló a los niños y supo que tenía que ser ella la que hablara. Ni su madre ni la pobre Remedios podían hacerlo. Tragándose el nudo de emociones, miró al crío y, mientras le cogía las manos heladas, dijo:

—Nacho, tu yaya no te ha mentido, cariño.

El crío parpadeó.

—Escucha, mi vida —prosiguió Teresa—, cuando mi abuela murió, mi madre me dijo que, siempre que la echara de menos, tenía que cerrar los ojos, recordarla, y ella, con su magia, me haría saber que estaba a mi lado y me haría sonreír. Y te aseguro que funciona. Lo hago y, sin proponérmelo, sonrío y sé que está conmigo aunque no la vea.

Sin dudarlo, el crío cerró los ojos con fuerza. Pensó en sus padres e, inconscientemente, sonrió.

Cuando los abrió de nuevo, Teresa, que lo miraba con atención, le apretó la mano y murmuró:

—¿Has visto cómo es cierto? Tus papás están a tu lado aunque no los veas. Ellos, con su magia, han conseguido que sonrías.

Nacho asintió. Era cierto: había sonreído.

—Mi mamá es muy lista —afirmó la pequeña Alba con admiración.

Teresa sonrió enternecida por los dos pequeños.

—Pero la yaya dijo que... —insistió Nacho.

—Intuyo lo que dijo tu yaya, tesoro —lo cortó Teresa tras mirar a su hija, que los observaba—. Eres muy pequeño, demasiado pequeño para entender ciertas cosas de la vida. —El crío hizo un puchero, y Teresa, conmovida, murmuró abrazándolo con amor—: Cariño, da tiempo al tiempo para entender mis palabras y quiere mucho a tu yaya porque os vais a necesitar.

Nacho asintió conteniendo las lágrimas. Siempre había adorado a aquella mujer que, a menos de un metro de él, hacía esfuerzos por no derrumbarse otra vez.

—Tu madre y yo éramos amigas desde pequeñas —dijo entonces Teresa—, y aunque los últimos años, por lejanía, no nos vimos todo lo que quisimos, te aseguro que se sentirá feliz sabiendo que yo voy a estar a tu lado para todo lo que necesites.

—Mami, papi ha dicho que, aunque Nacho siempre va a tener a su papá, él también lo va a ser.

El comentario de Alba hizo que las tres mujeres se quedaran sin palabras, cuando la niña, con inocencia, añadió:

—Mami, ¿tú también puedes ser su mamá?

Las dos mujeres mayores se taparon la boca con la mano. Oír aquello de la boca de la niña era doloroso, ver la mirada del chiquillo observando a Teresa lo era aún más, y ella, como pudo, respondió sin desmoronarse:

—Seré para Nacho lo que él quiera, ¿de acuerdo, cariño?

El niño asintió, y Teresa, tras retirarle el flequillo de los ojos a aquel muchachillo que la miraba con tristeza, se disponía a añadir algo cuando él se vino abajo. Olvidándose de su propia pena, Remedios se levantó de la silla para acunar con cariño a su nieto.

Alba, al ver a su nuevo amigo llorar, lloró también, y Teresa, cogiéndola de la mano, la sacó de la cocina y se la llevó a la habitación. Allí le secó las lágrimas, le sonó los mocos y la consoló con amor.

—Venga, cariño, no llores más.

—Es... es que Nacho me da pena. Antes ha dicho que él no lloraba, que él era un hombre.

—¿Eso ha dicho?

—Sí. Me ha contado que su mamá decía que había que cuidar de Lena y que los hombres no lloraban.

Emocionada por las palabras de su hija, Teresa murmuró:

—Se lo diría en broma, tesoro; los hombres también lloran.

—¿De verdad?

—Sí, cariño. Te lo prometo.

—Pues a papá nunca lo he visto llorar...

Con cariño y delicadeza, Teresa besó la cabeza de su niña y, sujetándole una de las horquillas naranja, iba a contestar cuando la cría añadió:

—Yo no quiero que os muráis, mamá. Estaría muy triste.

Ver el miedo en los ojos de su pequeña ante la palabra *muerte* le partió el alma y, abrazándola para protegerla, susurró:

—Nadie quiere morirse, cariño. No pienses en ello ahora.

Diez minutos después, ya más tranquilas, Teresa asió con fuerza la mano de Alba.

—Ahora vamos a regresar a la cocina —indicó—, vas a coger a Nacho de la mano y lo vas a llevar al salón para jugar a los Juegos Reunidos Geyper. Invítalo a jugar a la oca, a los palillos de plástico grises o a lo que él quiera. Eso lo hará feliz. Tu ayuda en estos momentos tan tristes es muy valiosa para todos nosotros. ¿Vale, cariño?

Alba asintió sin dudarlo. No quería que Nacho llorase más.

De la mano de su madre, entró en la cocina. Cuando Nacho la vio llegar con los ojos enrojecidos, preguntó:

—¿Por qué has llorado?

Todos miraron a Alba, y la niña respondió:

—Porque me he sentido triste al verte llorar a ti.

En la cocina se hizo un silencio emocionado.

—¿Quién quiere una taza de leche con galletas María? —preguntó entonces Blanca para desviar el tema.

—Nacho y yo —afirmó la niña mirando a su abuela. Luego cogió al chico de la mano y comenzó a tirar de él—. Vente conmigo. Tengo los Juegos Reunidos Geyper y podemos jugar a la oca. ¿Quieres?

El niño miró a su yaya, quien, intentando sonreír, lo liberó de su abrazo.

Tras salir de la cocina, agarrados aún de la mano, se dirigieron al comedor. Allí, Alba fue hasta un mueblecito, del que sacó una caja amarilla y roja. La abrió y miró a Nacho.

—Me gustaría que fueras mi mejor amigo para siempre —dijo.

Al oírla, él sonrió y, mientras colocaban el tablero para jugar a la oca, afirmó:

—Si tú lo eres para mí, yo lo seré para ti.

Ambos sonrieron, y en aquel instante se fraguó una bonita y hermosa amistad, que, sin que ellos lo supiesen, marcaría el resto de sus vidas.

1

Los días, las semanas, los meses y los años pasaron para Alba y Nacho.

Mismo colegio, mismos estudios y una complicidad entre ellos difícil de igualar, aunque el estudiante brillante y de notas increíbles siempre fue él, y no ella, a la que le costaba más aprobar.

Juntos hicieron la Comunión y lo celebraron también juntos; él, vestido de almirante, y ella, de princesita, mientras Luis y Lena, junto al resto de la familia, disfrutaban de aquel bonito día.

De la inocente niñez pasaron a la complicada pubertad, una pubertad repleta de secretos y confidencias que sólo ellos se contaban entre risas y cuchicheos.

Alba se enamoraba locamente de chicos mayores que ni siquiera la miraban. Incluso se enamoró de Luis, pero éste siempre la respetó, pues aquella muchachita era como su hermana.

Nacho, por su parte, aun teniendo la misma edad que ella, conquistaba a las chicas con tan sólo sonreírles. Tanto él como su hermano Luis, al que adoraba y era su héroe, tenían a todas las adolescentes a sus pies. Su facilidad para enamorar era increíble, y Alba los observaba divertida, convencida de que eran un par de donjuanes.

Con dieciséis años, los jueves acudían con los amigos a la discoteca del barrio, en la que las chicas entraban gratis. Allí, Alba disfrutaba bailando, mientras Nacho y Luis, los perfectos ligones, terminaban besándose con alguna chica en los sofás del local.

Religiosamente, los dos buenos amigos acudían al quiosco de don Tomás todas las semanas para comprarse la revista *Súper Pop*, especializada en la música y los ídolos del momento. Después, regresaban a casa de Alba, donde se metían en su habitación y disfrutaban de las fotos y los artículos de sus cantantes y actores favoritos.

Con el tiempo, Luis se presentó a las pruebas para ingresar en el cuerpo de bomberos y, gracias a un contacto de José, el padre de Alba, fue admitido. Aquello fue motivo de felicidad para todos, y en especial para la yaya Remedios, a quien una ayudita para mantener la casa no le venía mal.

Nacho continuó con sus estudios. Los idiomas eran lo suyo, y aunque trabajaba por las tardes en una agencia de viajes, no faltaba ni una sola mañana a clase. Para él era importante acabar su formación. Esperaba mucho de la vida, y algo le decía que se lo tendría que trabajar, porque la vida nunca te regalaba nada.

Alba, por el contrario, tras hablarlo con sus padres, decidió dejar de estudiar y buscar trabajo. Teresa y José intentaron disuadirla, debía seguir estudiando, la formación era esencial, pero ella se negó. Los estudios no eran lo suyo, y hasta encontrar algo mejor, decidió ayudar a su padre en la frutería. Era lo menos que podía hacer para echar una mano a la familia.

En 1981, cuando Alba cumplió dieciocho años, todos sus amigos le organizaron una gran fiesta, la llenaron de regalos y fue un día muy especial para ella.

El 4 de julio, cuando los cumplió Nacho, todos, incluido Luis, fueron a celebrarlo a la discoteca Joy Eslava, en la calle Arenal.

Al entrar en el local, Luis, que iba junto a su hermano, vio a una chica con la que ya había quedado en otras ocasiones.

—Pasadlo bien —le dijo a Nacho mientras le guiñaba un ojo a ella—. Yo he quedado con Juliana.

Alba y él se miraron y sonrieron. Por primera vez, Luis estaba atontado por una chica. Y, aunque no era la más simpática del mundo, simplemente por el hecho de que a Luis le gustara, ellos la aceptaban.

Más tarde, cuando hablaban con sus amigos, comenzó a sonar la canción *Déjame,** del grupo Los Secretos. Todos empezaron a bailar al tiempo que cantaban a voz en grito aquella canción que tanto les gustaba.

Durante horas, bailaron en la pista al ritmo de Adam & the Ants, Spandau Ballet, Kurtis Blow o la Electric Light Orchestra, hasta que, agotados, Alba y Nacho fueron a la barra a pedir un par de san franciscos. Estaban sedientos.

Mientras esperaban a que les sirvieran, Alba se fijó en cómo varias chicas miraban a su amigo. Eso la hizo sonreír y, acercándose a él, cuchicheó:

—Como siempre, no pasas inadvertido.

—Tú tampoco, monito —se mofó él—. Lo que pasa es que no les das opción.

Nuevamente, Alba sonrió.

—Cuando me guste uno, te aseguro que verás la opción.

Ambos rieron, y en ese instante vieron a Luis al fondo, besándose con la chica con la que había quedado.

—No sé qué le ve Luis a esa niña de papá —murmuró Alba acercándose de nuevo a su amigo—. Mira que es sosa.

—Y antipática —afirmó Nacho.

En ese momento comenzó a sonar por los altavoces *Celebration,*** de Kool & The Gang, y cuando Alba la oyó, empezó a saltar. ¡Le encantaba esa canción!

* *Déjame*, DRO/EastWest Spain, interpretada por Los Secretos. *(N. de la E.)*

** *Celebration*, The Island Def Jam Music Group, interpretada por Kool & The Gang. *(N. de la E.)*

Nacho, animado, la sacó a la pista a bailar.

El resto de sus amigos, también animados, los siguieron. Estar con ellos siempre era divertido.

Una hora más tarde, cuando todos estaban charlando, Alba fue al baño. Para variar, había bastante cola. Suspiró. ¡Menudo rollo!

Mientras esperaba, miró a su alrededor y se percató de que un chico alto, espigado y que, por lo corto que llevaba el pelo, debía de estar haciendo la mili, no le quitaba ojo. Se miraron. Sonrieron. Pero ninguno se movió de su sitio.

Tras salir del baño diez minutos después, Alba regresaba junto a sus amigos cuando chocó con alguien. Al mirar hacia arriba se dio cuenta de que era el chico que minutos antes la había observado.

—Perdón —se disculpó él.

Ella negó con la cabeza al tiempo que le dedicaba una bonita sonrisa.

—No pasa nada, tranquilo.

El joven sonrió y, señalando al fondo, preguntó:

—¿Qué os dan a las chicas en el baño para que siempre haya cola para entrar?

Su comentario hizo sonreír a Alba. Sin duda, era uno de los grandes misterios de la humanidad y, divertida, respondió:

—Es algo ¡secreto! Y, si te lo digo, ¡lo sabrás!

Ambos sonrieron y, a continuación, él se presentó:

—Me llamo Víctor, ¿y tú?

—Alba.

—Precioso nombre.

—Gracias.

Nerviosa por el modo en que el atractivo desconocido la miraba, ella se disponía a seguir caminando cuando él añadió:

—¿Me permites que te invite a tomar algo?

Alba miró hacia el lugar donde estaban sus amigos y, al ver a Nacho, que la observaba con una sonrisa pícara, aceptó.

—De acuerdo.

Sin rozarse, caminaron juntos hasta la barra. Una vez allí, ella se pidió una Coca-Cola y él una cerveza y comenzaron a hablar. El muchacho era de Salamanca y estaba haciendo la mili en Toledo. Había ido a Madrid a divertirse con varios de sus compañeros, reclutas como él, hasta el día siguiente, cuando tenían que regresar al cuartel.

Alba observó cómo algunos de ellos revoloteaban por la pista en busca de alguna chica que les hiciera caso. Unos tenían éxito y otros no, y Víctor, divertido al verlos, cuchicheó:

—Las discotecas no son lo mío, pero se empeñaron en venir y no pude negarme.

Hablar con él era fácil, especialmente porque, además de ser un chico muy atractivo con unos preciosos ojos marrones, era también educado. En ningún momento intentó propasarse con ella, cosa que no podía decirse de otros que lo acompañaban.

Cuando la música cambió y bajaron la intensidad de las luces, Alba se movió nerviosa. La mirada de aquel muchacho la intimidaba pero, al mismo tiempo, le gustaba.

—¿Bailamos? —le preguntó él entonces.

Sin poder negarse, más que nada porque no le apetecía hacerlo, aceptó la mano que él le tendía y ambos salieron a la pista. Allí, Víctor la agarró por la cintura, la acercó a él y comenzó a moverse al compás de la íntima canción *Endless Love*,* de Lionel Richie y Diana Ross.

* *Endless Love*, Motown Records, interpretada por Lionel Richie y Diana Ross. *(N. de la E.)*

Nerviosa, Alba se dejó llevar por la melodía, el momento y la compañía y, tras varios segundos en silencio, cuando miró a los ojos del muchacho, éste le dijo:

—Tranquila. No tiene por qué pasar nada que no quieras.

Oír eso le gustó y la calmó. Ella no era chica de enrollarse con cualquiera como hacía Nacho, al que le daba igual que fuera rubia o morena. Que ella besara a un chico era algo excepcional, algo muy meditado, pero en esta ocasión, y sin saber por qué, acercó los labios a los de él y, sin pensárselo dos veces, lo besó.

Sorprendido, él aceptó el beso. Le apetecía tanto como a ella y, ocultos por la oscuridad del momento, se besaron mientras bailaban sin perder el compás.

Disfrutando de lo que ella misma había comenzado, Alba sentía cómo su corazón latía con fuerza. Era la primera vez que se lanzaba a hacer una locura así. Por norma, siempre eran ellos quienes empezaban y, cuando el beso acabó y ambos se miraron, roja como un tomate, oyó que él decía:

—Besas muy bien, ojazos.

Alba sonrió.

Aquel chico. Aquel momento. Su tono de voz. Su mirada. Todo ello unido era perfecto. Un instante realmente perfecto y, con el vello de punta, murmuró:

—Seguro que no me vas a creer, pero...

No pudo decir más. Él acercó su boca a la de ella y la besó de nuevo. Alba lo aceptó excitada. Le gustaba cómo besaba. Le agradaba ser besada por él, y se dejó llevar. ¿Por qué no?

Tras aquella canción comenzó a sonar *Woman*,* de John Lennon. En silencio continuaron bailando, mientras, sin necesidad de decir nada, sus bocas volvían una y otra vez a encontrarse.

* *Woman*, Capitol Records Inc., interpretada por John Lennon. *(N. de la E.)*

Cuando el tema acabó y empezaron a sonar los Bee Gees, Nacho, que había observado la escena y estaba tan sorprendido como la propia Alba, se acercó a ellos y, tras darle con el dedo a Víctor unos toques en el hombro, le soltó:

—¿Puedo bailar con mi hermana?

Sin ganas de separarse de ella, pero consciente de que no podía negarse, Víctor asintió. La dejó en los brazos de aquél y se alejó. Nacho abrazó entonces a Alba reprimiendo una sonrisa.

—Bueno..., bueno..., bueno... —cuchicheó—. ¿Lo pasa bien mi chica?

—Muy bien —afirmó ella con complicidad.

Nacho, que la conocía mejor que nadie, la miró y, mofándose, dijo:

—Pero bueno, monito, ¿desde cuándo eres tan libertina? Besos con lengua, ¡qué escándalo!

Alba volvió a reír. Lo que había hecho era inusual, ella no se besaba con cualquiera. Observó cómo Víctor se acercaba a sus amigos reclutas y respondió:

—No sé qué me ha pasado. Siento que es especial.

—Y tan especial —afirmó divertido Nacho—. Sólo hay que ver tu cara de tonta.

Luego, ambos continuaron riéndose mientras comentaban lo ocurrido.

Alba no podía apartar los ojos de aquel chico. Algo lo hacía diferente, y se acaloró cuando se dio cuenta de cómo él la observaba apoyado en la barra.

Una vez terminada la canción, Nacho y ella se separaron y, dejándose llevar, ella volvió a acercarse a Víctor.

—¿Te apetecería salir conmigo a tomar un café o un chocolate con churros a San Ginés? —le preguntó con una sonrisa. Víctor la miró y ella insistió—: A mí no me gusta el chocolate, pero te aseguro que...

—¿No te gusta el chocolate?

—No. Ni un poquito —replicó, y de un tirón, para que no la interrumpiera, prosiguió—: Como te decía, la gente que prueba los churros con chocolate en San Ginés se va encantada. Es una chocolatería que está, según sales, a la izquierda en el callejón. No tiene pérdida. Te lo digo por si quieres avisar a tus amigos.

Víctor asintió. Nada le apetecía más que seguir conociendo a aquella preciosa rubia de ojos azules. Habló con uno de sus amigos y a continuación afirmó:

—Solucionado. Vayamos a probar ese chocolate con churros.

Una vez en la chocolatería, se sentaron a una mesita junto a una ventana, y pidieron un café para ella y, para él, un chocolate.

—Estaban buenísimos —dijo Víctor cuando se terminaron los churros.

Ella asintió.

—¿Te ha regañado tu hermano? —preguntó él entonces.

Al pensar en ello, Alba sonrió.

—No. Nacho simplemente se ha sorprendido. No suelo ir besando a los chicos, y menos el día que los conozco.

A Víctor le gustó oír eso y, envalentonándose, le cogió la mano y preguntó:

—¿Me darías tu número de teléfono?

Alba lo pensó. ¿Debía hacerlo? Pero al final respondió:

—No.

—¿Por qué?

—Porque no doy mi teléfono a los extraños, aunque a ese extraño lo haya besado.

El joven sonrió y, posando los labios sobre los de ella, murmuró mimoso:

—Haces bien. No debes fiarte de cualquiera.

Estaban besándose cuando oyeron jaleo. Al mirar hacia el callejón, Víctor vio que se trataba de Ricardo, uno de sus compañeros. Sin duda había bebido de más y los porteros de la discoteca lo estaban echando.

Rápidamente, Alba y él se levantaron, salieron de la chocolatería y se acercaron hasta el lugar donde estaban los otros chicos. El tal Ricardo llevaba un pedal considerable.

—Una de dos —dijo uno de los porteros de malos modos—, u os vais ahora mismo o llamo a la policía.

Todos se miraron. Si llamaban a la policía y terminaban en el calabozo siendo reclutas, se meterían en un grave problema, por lo que no lo dudaron. Tenían que marcharse.

Víctor maldijo mientras observaba cómo sus compañeros caminaban hacia la Puerta del Sol, puesto que aquello significaba tener que dejar a la encantadora chica que acababa de conocer.

—He de marcharme con ellos —dijo apurado.

—Lo entiendo —murmuró Alba con decepción.

Ambos se miraron. Estaba claro que no querían separarse, y Víctor insistió:

—¿Qué te parece si volvemos a vernos en la chocolatería el sábado que viene sobre las cuatro? Tomamos algo y, si luego quieres, entramos en la discoteca o damos un paseo.

Alba no lo dudó ni un instante.

—De acuerdo —se apresuró a responder.

Con una preciosa sonrisa, Víctor se acercó a ella y le dio un beso que le arrebató el aliento. A continuación, la soltó y, tras perderse en aquellos ojos azules tan llenos de cariño y bondad, le guiñó un ojo y le gritó mientras corría ya hacia sus compañeros:

—¡Hasta el sábado, ojazos!

Alba sonrió también y le dijo adiós con la mano. Luego, triste y feliz a un tiempo, entró en la discoteca, donde, tras contarle a Nacho lo ocurrido, volvió a divertirse junto con sus amigos.

El sábado siguiente, Alba esperó en la chocolatería a Víctor durante más de dos horas, pero él no apareció. Molesta por el plantón, finalmente regresó a su casa, sin saber que el muchacho maldecía desesperado desde el cuartel de Toledo por no poder avisarla de que le habían retirado el pase para salir.

Al día siguiente, cuando Alba vio a Nacho y éste le preguntó, ella continuaba enfadada. Sin embargo, no quería seguir dándole más vueltas, así que decidió olvidarse de él. De nada servía pensar en alguien que no se había presentado.

Una tarde, dos semanas después, tan pronto como Nacho regresó de la academia de inglés, entró en su casa y encontró a Alba con su abuela y con Lena, que estaba cabizbaja.

—¿Qué ha ocurrido?

La yaya Remedios miró a su nieto, se puso las manos en la cintura y exclamó:

—Aquí, la sinvergüenza de tu hermana. La he pillado fumándose un pitillito con su amiga Irene.

Lena, que hacía mucho tiempo que había dejado de ser una niña que jugaba con muñecas, suspiró y protestó:

—Yaya, *tronca*, no vuelvas a montar el *jari*, que no hace falta.

—¡Lena! —la regañó Nacho.

Su hermana era un caso, su adolescencia no estaba siendo tranquilita precisamente.

La abuela se acercó a ella, le dio una colleja y aclaró:

—Soy tu yaya, no tu *tronca*. A ver si muestras más respeto, sinvergüenza. Y, en cuanto a los *jaris*, ¡montaré los que me dé la gana! ¿Entendido, señorita?

—¡*Dabuti*, yaya! —murmuró la chica.

Alba y Nacho se miraron. Lena se pasaba un montón. Ésta se levantó sin prestar atención a sus miradas, y mientras caminaba hacia la puerta dijo:

—¡Me piro a la habitación!

Una vez salió del salón, la abuela meneó la cabeza y, dirigiéndose a Nacho, indicó:

—A ésta o la ato corto, o se nos desmadra.

Él asintió. Sin duda su abuela tenía razón.

Cuando Remedios salió también del salón, Alba, que lo miraba, dijo:

—¿A que no sabes qué ha ocurrido?

Nacho dejó la mochila que llevaba sobre una silla.

—No me digas que has visto al soldado guaperas ese que te tiene tan enfadada.

Alba suspiró. Todavía le dolía el plantón, pero negó con la cabeza y musitó saltando:

—¡He encontrado trabajo!

—¡No!

¡Sí!

Feliz por ella, Nacho sonrió y preguntó:

—¿Dónde?

—Nada más y nada menos que en El Corte Inglés.

Él sonrió encantado. Sabía lo importante que era para ella trabajar y echar una mano a sus padres en casa.

—Enhorabuena, monito —afirmó—. Me alegro mucho por ti.

Como era de esperar, Alba se adaptó rápidamente a su nuevo trabajo en la sección de señoras. Tenía un gran don de gentes y un gusto excepcional para la ropa.

El noviazgo de Luis y Juliana continuó, a pesar de las trabas que la familia de la joven ponía en su camino, y a pesar también de las pocas ganas que ella tenía de confraternizar con la familia del que ya era su novio.

Aquella niña de papá, que vivía en El Viso, se había encaprichado del bombero y quería estar con él a toda costa, sin importarle nada más.

Los tiempos en España estaban cambiando, y todo el mundo comenzó a hablar, a disfrutar y a vivir la movida madrileña. Nacho y Alba estaban metidos en el movimiento hasta el fondo, y disfrutaban junto a sus amigos siempre que podían. Él incluso formó un grupo musical junto con tres amigos y se llamaron Los Incómodos. Nacho cantaba muy bien.

Asistían a conciertos de Kaka de Luxe, Alaska y los Pegamoides, Los Secretos, Nacha Pop, Mamá, Mermelada y Rubi y los Casinos, y lo disfrutaban tanto como cuando Los Incómodos eran contratados en alguna pequeña sala y Nacho enamoraba a las niñas con su carisma y su voz.

El grupo, sin embargo, sólo duró unos meses. Lo que había comenzado siendo algo divertido acabó agobiándolos con el paso del tiempo. Especialmente porque la chica de uno de los componentes se enfadaba con su novio cada vez que tenían actuación. Odiaba que las demás lo piropearan y, al final, el grupo se disolvió.

Pero, aunque Los Incómodos no continuaron, lo que los chicos nunca dejaron de hacer fue salir de marcha con sus amigos. Pasarlo bien por la calle Malasaña y tomarse unas copas en el Pentagrama o en La Vía Láctea les daba la vida. Porque vivir en Madrid y disfrutar de la movida madrileña significaba fiesta continua.

Una de las tardes en las que tanto Nacho como Alba libraban

de sus trabajos, se dirigieron al parque de bomberos para buscar a Luis. Era el cumpleaños de la yaya Remedios y querían comprarle entre todos un bonito regalo.

No obstante, al llegar, se encontraron con Juliana. Como siempre, ésta los miró sin mucha emoción y preguntó:

—¿Qué hacéis aquí?

—Hemos quedado con Luis —afirmó Nacho.

—Lo dudo. Con Luis he quedado yo —sentenció ella.

En ese instante se abrió una puerta y salió Luis junto a un compañero del parque. Rápidamente besó a Juliana, que sonrió, y luego, volviéndose hacia su compañero, mientras ponía orgulloso la mano sobre el hombro de Nacho, dijo:

—Éste es mi hermano Nacho. Nacho, él es Sergio.

—Encantado —saludó el bombero estrechándole la mano. Luego miró a Alba y preguntó—: Y esta preciosa chica ¿quién es?

—Alba... —Luis sonrió al ver que la chica estaba roja como un tomate.

—La vecinita —matizó Juliana.

Su comentario hizo que Nacho mirara a su futura cuñada. ¿A qué venía aquello? Pero, al ver lo colorada que estaba Alba, ante el tal Sergio, la agarró del brazo y puntualizó:

—Alba es como nuestra hermana, ¿verdad, Luis?

El aludido asintió justo en el momento en el que salía por la puerta otro compañero.

—Claro que sí.

Diez minutos después, tras despedirse de los bomberos, Luis, Juliana, Nacho y Alba se dirigieron hacia El Corte Inglés de Preciados. Alba trabajaba allí, así que el regalo que iban a comprar les saldría más barato que en otro sitio.

Estuvieron mirando durante más de una hora y al final se decidieron por un precioso broche en forma de tulipán que Alba eligió para la solapa del abrigo. A la yaya le encantaría. Sin embargo, todo lo que a ellos les gustaba le parecía horroroso a Juliana. ¿Cómo iban a regalarle aquello?, decía.

En varias ocasiones, Nacho miró a su hermano en busca de ayuda. No quería quedar como un antipático ante las cosas que su novia comentaba, pero al final, cuando aquella idiota tuvo la desfachatez de soltarle a Alba que entendía que su gusto fuera pésimo por ser hija de un frutero, saltó:

—Juliana, mi hermana sabe lo que le gusta a la yaya...

—No es tu hermana. Es tu vecina.

Oír eso por segunda vez lo enfadó más aún. Pero ¿quién se creía que era? Buscó la mirada de su hermano, y Luis, acercándose a su novia, sentenció:

—Cielo. Ya te he dicho que mi familia es especial. Diferente.

Al ver su gesto serio, Juliana sonrió y, como una gatita atontada, cuchicheó acercando los labios a los de él:

—De acuerdo, tesoro, perdóname.

Luis sonrió enamorado. Aceptó sus tentadores labios y los besó, mientras Nacho y Alba se miraban y se entendían sin necesidad de hablar. Juliana no era tonta, sino que, directamente, era gilipollas.

Cuando salieron del centro comercial, se marcharon al Pentagrama a tomar algo. Sus amigos los estaban esperando allí.

2

Madrid, 28 de junio de 1983

El ritmo lento y suave del grupo Kool & The Gang cantando *Joanna** sonaba en la habitación de Alba cuando Nacho miró el reloj y, llamando con los nudillos a la puerta, dijo:

—Verdaderamente, monito, eres la petarda más pesada y tardona del mundo.

—¡No me agobies! —gritó ella mirándose al espejo al otro lado de la puerta cerrada.

Quería estar guapa, ¡muy guapa!

Se había enterado de que allá adonde iba estaría Sergio, y quería que se fijara en ella sí o sí. Lo necesitaba.

Nacho sonrió y, dirigiéndose con complicidad a Teresa, que estaba junto a él en el pasillo, preguntó:

—Pero ¿qué está haciendo?

Teresa se encogió de hombros y suspiró.

—A saber, hijo. Ya la conoces: se mira al espejo mil veces antes de salir a la calle.

Ambos sonrieron. Sin duda, Alba se había convertido con los años en una chica muy presumida.

Nacho contempló a la mujer a la que adoraba y que tanto había hecho por él y sus hermanos, y exclamó:

* *Joanna*, De-Lite, interpretada por Kool & The Gang. *(N. de la E.)*

—Mamá, ¡estás guapísima!

Teresa sonrió, le dio un beso en la mejilla y afirmó mirando al hombretón moreno de metro noventa que tenía ante ella:

—Tú sí que estás guapo, mi vida.

En ese instante apareció José, con su cámara de vídeo en la mano, y Nacho se mofó divertido.

—Hombre, ¡ha llegado Spielberg!

José sonrió al oírlo.

—Vamos, vamos. Hoy es un día especial, decid unas palabritas a la cámara. Inmortalicemos el momento.

—¡Pero qué pesadito estás con la puñetera cámara de vídeo! —protestó Teresa dirigiéndose a su marido.

—Mujer, hay que amortizarla, que nos ha costado un ojo de la cara.

Nacho se fijó en el hombre que había elegido como padre cuando era pequeño, agarró a Teresa del brazo y, posando, dijo con alegría:

—Hoy es la boda del listillo de Luis y estamos esperando a la pesada de Alba. Pero, al parecer, se ha propuesto estar más despampanante que la propia novia y, como lo consiga, esa envidiosa no se lo va a perdonar.

—¡Te estoy oyendo! —gritó ella desde el interior del cuarto.

Nacho sonrió y guiñó un ojo a la cámara.

—Como sé que mi futura cuñada nunca va a ver este vídeo, afirmo que es difícil de mirar, además de antipática, y estoy seguro de que algún día mi hermano se arrepentirá de haberla elegido a ella y no haberse casado con el monito.

—Nacho, por Dios, ¡no digas eso! —exclamó Teresa riendo.

—¡Nacho! Te voy a cortar la lengua —gritó Alba desde el interior de la habitación mientras en la radio comenzaba a sonar *Uptown Girl** de Billy Joel.

* *Uptown Girl*, CBS, interpretada por Billy Joel. *(N. de la E.)*

Todos rieron. Alba, además de presumida, era romanticona y enamoradiza y, durante la pubertad, se había sentido locamente atraída por Luis. Por suerte para ella, el tiempo pasó y esa loca atracción se había acabado, aunque para hacerla rabiar, Nacho se lo recordaba cada vez que podía.

José apagó la cámara de vídeo y, tras piropear a su mujer, que estaba preciosa con aquel traje de chaqueta de color burdeos, dijo mirando la puerta:

—Alba, hija, te recuerdo que son las cuatro y diez y la boda de Luis es a las cinco en punto.

—Y, como no estemos allí —prosiguió Nacho—, te puedo asegurar que la yaya Remedios nos corta el pescuezo y Luis nos retira el saludo de por vida.

Al oírlos, Alba sonrió mirándose al espejo.

—Ya termino. Dos segundos, sólo dos segundos.

—Estas mujeres..., ¡lo que tardan! —se burló José.

—Sé está reconstruyendo, papá —bromeó Nacho.

En ese instante se abrió otra puerta. Era la de la habitación de la abuela Blanca, que, al ver a Nacho allí, preguntó sorprendida:

—Pero, hermoso, ¿todavía estáis aquí?

—Sí. Aquí estamos, abuela, y va para rato.

Blanca sacudió la cabeza. Su nieta Alba era una tardona. Luego miró orgullosa al muchacho.

—Pero, mi vida, ¡qué guapo estás con ese traje!

El joven se estiró. Él también era presumido como Alba y, cogiéndole la mano a la anciana de pelo blanco, la hizo darse una vueltecita delante de él y afirmó encantado:

—Gracias, abuela. Tú sí que estás guapa.

La mujer meneó la cabeza feliz, y sin soltarle la mano, murmuró:

—No paro de pensar en tu marcha al extranjero dentro de unos días. Eso no me deja vivir, cariño. ¿Qué vas a hacer allí tú solo?

Nacho sonrió y, tras mirar a Teresa y a José, que lo observaban con complicidad, respondió:

—Abuela, tranquila. Sólo pasaré unos meses en Londres para perfeccionar mi inglés. Cuando quieras darte cuenta, ¡ya estaré de vuelta!

Durante varios minutos continuaron charlando todos frente a la puerta de Alba, hasta que Blanca, al ver que el tiempo corría en su contra, acabó gruñendo.

—Bendito sea Dios, lo que tarda esta criatura para vestirse. ¡Quieres salir de una santa vez, Alba, o llegaremos todos tarde!

En ese instante, la música dejó de sonar y la puerta se abrió. Ante ellos apareció una preciosa jovencita con un bonito vestido azul y un chal sobre los hombros de color vainilla. Alba poseía la clase de belleza serena y elegante que todos admiraban. Pelo rubio, ojos azules y una nobleza en la mirada que te dejaba sin palabras.

—Bueno, ¿cómo estoy?

Todos la observaban embelesados cuando José encendió rápidamente la cámara de vídeo y comenzó a grabar. Alba sonrió y, al ver que ninguno hablaba, preguntó:

—¿Nadie va a decir nada?

—Hoy te encontramos novio —se mofó Nacho.

—Estás guapísima —afirmó Teresa.

—Hija de mi vida —murmuró la abuela Blanca—. Más bonita no puedes estar, lucero mío. Como dice Nacho, ¡hoy te sale novio!

—¡Abuela! —se quejó la joven y, mirando a su padre, indicó—: Papá, ¿quieres dejar de grabar? Por Dios, desde que te has comprado la cámara de vídeo eres peor que Spielberg.

—Estás impresionante, monito.

Al oír eso, Alba miró a Nacho y, levantando un dedo, siseó:

—Como se te ocurra llamarme así en la boda, te vas a enterar.

Todos sonrieron. Aquel mote era algo íntimo entre ellos dos, y Nacho murmuró para calmarla:

—Tranquila, monito, allí no se me escapará. Por cierto, te confirmo que a la boda ira cierto bombero que...

—¡Quieres cerrar el pico! —protestó ella avergonzada por cómo la miraban sus padres y su abuela.

Pero algo en su interior se reactivó. Aquel bombero alto, guaperas y algo chulesco en las formas la tenía enamorada.

A diferencia de Nacho, Alba soñaba con un marido, unos bonitos niños y un nidito de amor de sesenta metros cuadrados cerca de sus padres donde fundar una familia y ser feliz. Nacho, en cambio, pensaba en viajar y conocer mundo.

Consciente de cómo la observaban sus padres y su abuela por lo que había dicho su amigo, Alba volvió a la realidad y comenzó a justificarse:

—Sergio es sólo un amigo y...

—Lo sabemos..., lo sabemos... —la cortó Nacho—. Pero estoy convencido de que hoy, cuando te vea, ese atontado musculitos se va a quedar sin habla y caerá rendido a tus pies.

—¡Cállate! —protestó ella.

Entre risas, los dos jóvenes se miraron. Se contaban muchas cosas, demasiadas. Entonces Blanca, emocionada, dijo sacándose un pañuelo de la manga del vestido:

—Hijos, estáis guapísimos. Qué suerte tener unos nietos tan guapos, qué ilusión y qué orgullo.

—Abuela, no lloresssssssss —murmuraron ellos.

—Mamá, mamá... —dijo Teresa sonriendo y acercándose a ella—, que te acabas de poner el rímel y te recuerdo que la boda es a las cinco, no ahora. —Y, mirando a los muchachos, añadió—: Y vosotros dos, ¿queréis hacer el favor de marcharos ya para que

Remedios os vea en Los Jerónimos y se tranquilice? Nosotros iremos en nuestro coche.

Nacho soltó una carcajada y miró a la mujer, a la que adoraba.

—Como diría mi futura y atontada cuñada —matizó—, no se llama «Los Jerónimos», sino San Jerónimo el Real.

—Ésa es tonta y en su casa no hay botijo —murmuró Alba.

—Muy tonta —afirmó Nacho.

—Chicos..., chicos... —regañó Teresa—. Venga..., vamos..., vamos..., poneos en marcha e idos a San Jerónimo el Real.

Después de una ronda rápida de besos, Alba cogió su bolso y, agarrada del brazo de Nacho, dijo mientras abría la puerta de casa:

—Nos vemos en la iglesia.

Tras bajar en el ascensor, salieron del portal y se dirigieron a toda prisa hacia el coche de Nacho, un Renault 5 Copa Turbo azul de segunda mano que hacía poquito que se había comprado después de ahorrar de lo que ganaba en su trabajo.

Al arrancar el motor, en la radio comenzó a sonar *Karma Chameleon*,* del grupo Culture Club, y los dos empezaron a cantar muy animados.

—Por Dios, monito. Tu inglés cada día es más horroroso —se burló Nacho.

A Alba, sin embargo, no le importaba su mala pronunciación y se inventaba las palabras para seguir el ritmo.

—Soy un zoquete con el inglés, ¡ya lo sabes! —replicó.

Él sonrió, sin duda los idiomas no eran lo suyo. Entonces la oyó decir mientras señalaba con el dedo a unos chicos que pasaban:

* *Karma Chameleon*, Virgin Records Ltd., interpretada por Culture Club. *(N. de la E.)*

—No sé cómo alguien puede llevar el pelo verde.

—Es divertido —contestó Nacho riendo al verlos—. Quizá algún día me lo ponga así. Creo que en Londres es el último grito.

Ahora la que reía era ella. Pero, como no quería pensar en el inminente viaje de su amigo o se apenaría, le tocó su amado pelo y cuchicheó:

—Lo dudo. No te veo yo a ti con el pelo verde.

En Los Jerónimos, tuvieron suerte y aparcaron enseguida. Cuando Remedios los vio llegar cogidos del brazo, sonrió.

—Aquí viene mi parejita preferida. Estáis guapísimos.

Alba la abrazó. No era la primera vez que oía aquello de «parejita». Como siempre iban juntos, muchas vecinas presuponían que entre ellos había algo más que una simple amistad, pero no podían estar más equivocadas. Lo suyo era un amor de pura y sana amistad.

—¿Y tus padres y la abuela? —preguntó Remedios.

—Ya vienen. Deben de estar aparcando —respondió Alba.

—Estás preciosa, yaya —murmuró Nacho.

La mujer se tocó con mimo la mantilla que llevaba en el pelo. Luis, o, mejor dicho, la puñetera madre de la novia, se había empeñado en que para ser la madrina de la boda debía llevar peineta y mantilla, aunque, por suerte, Remedios no tuvo que comprarse una porque Blanca se la prestó. Sin embargo, la abuela quiso olvidarse del tema y sonrió al más atento y cariñoso de sus tres nietos.

—Tú sí que estás guapo, ¡zalamero! —cuchicheó.

Estaban riéndose de ello cuando Lena, la pequeña de los tres hermanos, se acercó a ellos y, suspirando, murmuró con su particular manera de hablar:

—No soporto al *pringateras* de Luisito cuando está con esta peña tan finolis. Joder, parece que les ha lamido la cabeza una vaca.

—Lena —la regañó la yaya—. Recuerda lo que he hablado contigo esta mañana.

La joven asintió.

—*Tranqui*, yaya, que controlo.

Nacho sonrió. Sabía muy bien a lo que se refería su abuela y, cogiéndola del brazo, afirmó:

—Lo pasaremos bien.

Diez minutos después, llegaron Blanca, Teresa y José. Ellos tres, junto a Remedios, Alba, Nacho y Lena, eran toda la familia del novio. El resto sobraba. La familia de su padre se había desmarcado de ellos tras el accidente y, por desgracia, se podía decir que la familia de su madre era inexistente porque Remedios era hija única.

Al entrar en la iglesia, el novio les sonrió nervioso. José se acercó a él y le preguntó:

—¿Estás bien, hijo?

Luis asintió; estaba más que bien.

José le puso en la solapa un clavel blanco como el que él llevaba y cuchicheó:

—El día de mi boda, mi padre, que en paz descanse, me puso un clavel blanco en la solapa, y ahora soy yo quien te lo pone a ti. Según dijo, proporcionaba felicidad en el matrimonio, y eso es lo que yo quiero para ti.

El novio sonrió, y en ese instante mismo una mujer con mantilla se acercó hasta ellos. Era la madre de Juliana y, sin darle ninguna importancia, le quitó el clavel de la solapa a su futuro yerno y matizó:

—Ésta es una boda con clase y un simple clavel no pinta nada.

Luis miró a José. Lo que acababa de hacer aquella mujer era un detalle muy feo, un gran despropósito. Sin saber cómo reaccionar, no abrió la boca hasta que el paciente José lo miró y declaró:

—No se hable más, entonces. Sin clavel.

Dicho esto, le guiñó el ojo a Luis y regresó junto al resto.

La ceremonia fue emotiva, y más cuando el párroco que oficiaba la boda recordó a los padres del muchacho. Teresa, sin dudarlo, agarró a Nacho de la mano y se la apretó. Él se lo agradeció.

Echaba de menos a sus padres. A aquella madre, de quien aún recordaba que le hacía rosquillas de azúcar, y a un padre a quien le encantaba comprarle caramelos. Pero él había abierto su corazón a Teresa, a Blanca, a Alba y a José, y los quería tanto como a su propia abuela. Eran su única familia. La mejor.

Ellos habían estado a su lado en los mejores y en los peores momentos. José incluso los había ayudado a encontrar sus trabajos: a Luis en el parque de bomberos y a él, en la agencia de viajes.

La ceremonia acabó y los invitados esperaron a los novios a la salida y les echaron arroz. Cuando la lluvia de prosperidad y buenos augurios terminó, un fotógrafo hizo fotos a los novios con los padres de ella, con la abuela y con sus hermanos.

—Oye, Luis —murmuró Nacho mirando a Teresa, que los observaba—. Creo que deberías decirles a...

—Luego...

La frialdad que Luis mostraba cada día más para con aquellos a los que tanto quería hizo suspirar a su hermano.

—Luis, sabes lo importantes que son para todos nosotros.

El aludido asintió. Para él también eran importantes pero, al ver cómo sus suegros lo observaban, insistió:

—Nacho..., no me jorobes. Son nuestros vecinos y no puedo hacerme una foto con ellos y la familia de mi mujer. Luego me la haré.

A Nacho lo molestó oírlo decir eso.

Si, además de su abuela, alguien había hecho algo por ellos, éstos habían sido aquéllos a los que él, por culpa de su nueva familia, llamaba ahora *vecinos*. Aun así, como no tenía ganas de bronca, Nacho asintió y, separándose de él, repuso:

—¿Sabes? El superempresario de tu suegro no tiene ni la mitad de la clase y el saber estar que tiene papá siendo frutero, y me parece que...

—No sabes de lo que hablas, ¡cállate! —protestó Luis.

Nacho miró a su hermano y replicó:

—Sé muy bien lo que digo, y espero que nunca olvides las cosas que se hacen con el corazón y no con el dinero.

Luis no respondió. Se limitó a mirarlo hasta que alguien le habló y, olvidándose de su comentario, volvió a sonreír.

Una vez el fotógrafo dio por finalizada la sesión, todos montaron en sus vehículos y se dirigieron hacia el bonito salón de bodas que los padres de Juliana habían reservado en El Pardo.

La cena fue increíble. Los padres de la novia querían dejar a todos los comensales satisfechos, y desde luego lo consiguieron.

A Alba, que estaba sentada junto a su familia, se le aceleraba el corazón cada vez que dirigía la vista a Sergio. ¡Era tan guapo!

Éste, rodeado por sus compañeros del parque de bomberos, no se acercó a ella cuando la vio, pero le guiñó el ojo.

Alba sintió un subidón de adrenalina, y Nacho, al notarlo, cuchicheó:

—Deja de sonreír así, que pareces tonta.

—Tú sí que pareces tonto —se quejó ella mirándolo.

Cuando los compañeros del novio le cortaron la corbata a Luis, Lena y Alba se levantaron para cortarle la liga a la novia, pero ésta se negó.

—Por el amor de Dios, esa vulgaridad no se hará en mi boda.

—Pero ¿qué dices, *tronca*? Si mola un huevo y puedes sacar un pastizal vendiendo la liga en cachitos —protestó Lena.

Juliana negó con la cabeza.

—No necesito sacar ningún pastizal, como tú dices, porque ya lo tengo. ¿Te queda claro?

—Mira, pijita —respondió Lena antes de que Alba pudiera pararla—, lo que me queda claro es lo tonta que eres.

Luis, que en ese instante regresaba a la mesa tras haber estado con sus compañeros, al oír aquello les pidió:

—Por favor, volved a vuestro sitio y comportaos.

—¡Otro imbécil! —afirmó Lena.

Alba miró a Luis con reproche. En ese instante, el padre de la novia se acercó hasta ellas.

—Esto es una boda con clase, señoritas, no una boda de barrio como a las que están ustedes acostumbradas. Compórtense.

—¡*Dabuti*, colega! —se mofó Lena al ver a Alba roja como un tomate.

Nacho, que no había oído nada pero sí había visto las caras de Alba y de su cuñada, se acercó rápidamente hasta ellas, las cogió del brazo, y al tiempo que se las llevaba dijo:

—Volvamos a la mesa, y Lena, ¡cierra el pico!

Como era de esperar, la tarta era impresionante y, cuando todos terminaron de comerla, la orquesta interpretó el *Danubio azul** de Johann Strauss y los novios salieron a bailar entre aplausos.

—Típica y típico —se mofó Nacho.

Alba asintió. Aquella pieza podía ser típica, pero a ella le gustaba.

—Es un vals precioso. Los novios han de empezar su andadura en la vida con un bonito vals.

Él sonrió y, mirando a la que consideraba su hermana, murmuró:

* *Danubio azul*, Multimusic Mexico, interpretada por la Viena Strauss Symphony Orchestra. *(N. de la E.)*

—Espero que el día que te cases seas más original y comiences esa andadura con otra cosa más divertida.

—¿Otra cosa?

El joven sonrió y, tras pensar durante unos segundos, propuso riendo:

—Creo que *Last Dance** de Donna Summer sería genial. ¿Recuerdas cuando fuimos al cine a ver la película?

Alba asintió. Claro que recordaba haber ido al cine de su barrio a verla, pero protestó:

—Ni loca utilizaría esa canción para abrir el baile de mi boda. Lo que toca en un momento así es un romántico y elegante vals, te pongas como te pongas.

—¿«Lo que toca»? —se mofó él—. Monito, espero que algún día te dejes de convencionalismos clasistas y hagas lo que realmente te apetezca.

Alba no contestó. No merecía la pena discutir.

Durante un rato observaron a los novios bailar, hasta que Nacho cuchicheó acercándose de nuevo a ella:

—En el fondo me da pena mi hermano.

Su amiga puso los ojos en blanco.

—¿Se puede saber por qué dices eso?

Con disimulo, él señaló hacia el padre de la novia, que hablaba con los camareros mientras rechazaba un champán y elegía otro.

—Porque a este hermano mío, que va de listo con nosotros, creo que le van a controlar la vida sus suegros y su mujercita. Y, si no, tiempo al tiempo.

—No seas malpensado.

—Como dice la abuela Blanca, ¡piensa mal y acertarás! —insistió Nacho.

* *Last Dance*, Mercury, interpretada por Donna Summer. *(N. de la E.)*

—¡No seas cenizo! ¿No ves que él y Juliana son felices y están enamoradísimos? Vale, ella no es la tía más agradable del mundo, pero míralos —dijo ella señalándolos mientras bailaban el vals.

—Mira, monito —dijo él sacándola a la pista—, te he demostrado que tengo muy buen ojo para el tema parejas, y te digo yo que mi hermano se está metiendo en la boca del lobo. Ojalá esté equivocado y sea muy feliz. Ojalá.

En cierto modo, Alba sabía que Nacho tenía razón. Luis no había sido muy bien recibido en aquella adinerada familia, pero los padres de la chica habían tragado con aquella boda porque Juliana los había amenazado con meterse a monja si no le permitían casarse con él.

Finalizado el vals, la orquesta cambió su repertorio y, por suerte, tocó un poco de todo. Cuando las abuelas Blanca y Remedios se sacaron la una a la otra a la pista para bailar un pasodoble, todos sonrieron. Nacho sacó entonces a Teresa, y Alba, a su padre.

Durante horas se divirtieron como llevaban tiempo sin hacerlo. Bailaron, bebieron, rieron y, aunque Luis apenas se acercó a ellos, todos lo disculparon. Era su boda y tenía que atender a mucha gente.

Bien entrada la noche, Alba observó a Nacho y murmuró:

—Mira a Lena.

Al mirar hacia el lugar donde ella le señalaba, Nacho vio a su hermana al fondo del salón con una muchacha de su edad, fumando.

—Joder —protestó—. Como la vean, se la va a cargar.

Lena era rebeldía pura. No era fácil, como lo habían sido Luis y Nacho, y Remedios sufría mucho por ella. Ambos decidieron ir hacia ella, y sin montar ningún numerito, Nacho la llamó. De forma disimulada, la joven le entregó el cigarrillo a la otra chica y se acercó a ellos.

—¿Qué pasa, *troncos*?

—Lena, por favor, reprime un poco ese vocabulario —la regañó Alba.

A Nacho tampoco le gustaba aquella manera tan barriobajera de hablar y, al ver cómo su hermana parpadeaba en busca, seguramente, de alguna de sus contestaciones, le advirtió:

—Sólo te lo diré una vez. Eres una niña y ya sabes lo que opina la yaya del tabaco.

—Venga, colega..., no me des la brasa.

Allí estaba la Lena impertinente.

—Soy tu hermano, no tu colega —replicó Nacho con paciencia—, y no te doy la brasa, hablo contigo.

La joven puso los ojos en blanco.

—Vale, colega, eres mi hermano, pero si te digo que yo no estaba fumando es que no lo estaba.

Su descaro hizo sonreír a Nacho, que, moviendo la cabeza, masculló:

—Magdalena, Magdalena..., no te hagas la sueca, que...

—No me llames así, Ignacio Federico —protestó ella—. Mejor llámame Lena. Me gusta más.

—Pues no me mientas, ¿o te crees que me acabo de caer de un guindo?

Ambos sonrieron con complicidad.

—De acuerdo, sabelotodo, no fumaré —dijo ella al final.

—Así me gusta, que no fumes.

Incapaz de no abrazarla, Nacho lo hizo y, cuando se separaron, Lena le preguntó con sorna:

—¿Crees que en algún momento tocarán alguna rumbita de Los Chichos?

Alba soltó una carcajada.

—Dudo que estos músicos sepan siquiera quiénes son Los Chichos.

Dicho esto, Lena se alejó y regresó junto a la chica con la que estaba minutos antes.

Alba y Nacho se dirigieron a la barra para pedir algo de beber.

—Te echaré mucho de menos los seis meses que estés en Londres para perfeccionar tu inglés —comentó ella con cariño.

—Y yo a ti, monito —contestó él sonriendo.

De pronto comenzó una canción y, al mirar hacia su familia, Nacho murmuró:

—Seguro que la ha pedido papá.

Encantados, miraron cómo Teresa y José salían a la pista a bailar el precioso bolero de Antonio Machín titulado *Toda una vida.** Ambos sabían lo mucho que les gustaba aquella canción.

—Nunca me cansaré de mirarlos —susurró Alba—. Me encanta ver a mis padres tan enamorados.

—Son increíbles —afirmó Nacho.

Y continuaron observándolos felices. Teresa y José eran una pareja modélica, tenían sus broncas y sus problemas como todo el mundo, pero dejaban patentes el amor y el respeto que se tenían cada vez que se miraban.

Alba cuchicheó entonces al ver bromear a Sergio al fondo con otras muchachas:

—Espero que algún día tú y yo encontremos a esas personas especiales que nos miren con el mismo cariño y el mismo amor con que se miran mis padres.

—Sí, claro —se mofó Nacho al ver dónde miraba su amiga—, y que vayamos de viaje de novios a Palma de Mallorca y volvamos cargados de ensaimadas de cabello de ángel para todos.

* *Toda una vida*, Marina Music Publishing, interpretada por Antonio Machín. *(N. de la E.)*

—Eso es lo normal —afirmó ella.

—Lo normal para ti, monito, no para mí —susurró él riendo.

—No te rías, tonto —se quejó la joven—. Sabes que soy de las que creen que el amor dura toda la vida.

—Pues, si crees en eso, olvídate de Sergio; ¡es un patán!

Molesta por su comentario, Alba gruñó.

—Vaya manía le tienes. Apenas lo conoces y...

—Créeme, lo conozco lo suficiente para saber que ese tipo y tú no estáis hechos el uno para el otro —afirmó Nacho, sabedor de lo mujeriego que era el bombero.

—Eso lo dices por...

—Lo digo porque lo sé —la cortó—. Sabes que he salido con él y con mi hermano algunas noches, y te aseguro que Sergio no es el hombrecito galante y educado que tú crees.

A continuación, se sumergieron en una de sus frecuentes discusiones con respecto a Sergio. Nada de lo que Nacho dijera podía quitarle a Alba de la cabeza al guaperas y, al final, para desviar el tema, él exclamó:

—Anda, mira, por fin se ha acabado la música de orquesta y ponen música disco.

Comenzaba a sonar por los altavoces la canción *Girls Just Wanna Have Fun*,* de la divertida Cyndi Lauper, y Nacho se puso a cantar.

—Me da igual lo que digas —protestó Alba, mirándolo—. Cuando Sergio charla conmigo es encantador, y sigo pensando que es un caballero.

—Vale, Alba. Se acabó el tema. Si tú crees que es así, ¡perfecto! Paso de seguir hablando de ese tipo y de las maripositas de tu estómago.

* *Girls Just Wanna Have Fun*, Mercer Street Records/Naïve, interpretada por Cyndi Lauper. *(N. de la E.)*

Molesta por lo que decía su amigo, ella replicó:

—No entiendo por qué no crees en el amor. Tienes a todas mis compañeras de El Corte Inglés como locas por salir contigo, y encima tus exnovias te aprecian y son tus amigas. No puedo entender que no quieras ver en Sergio a esa persona especial que deseo para mí.

—Monito —cuchicheó él quitándole de las manos el san francisco que estaba bebiendo—. El amor, contigo, es un tema complicado de debatir. Venga, vamos a bailar.

Y, sin dejarla responder, la sacó a la pista, donde bailaron y se divirtieron, mientras Alba era consciente de que Sergio la miraba cada dos por tres.

De madrugada, el bombero seguía sin acercarse a ella. Alba rabiaba al ver cómo él se divertía con las chicas de la boda, y al final decidió dejar de mirarlo y hacerle caso a Nacho. ¿Tendría razón en cuanto al guaperas?

Cuando comenzó a sonar *(Out Here) On my Own*,* de Nikka Costa, los dos buenos amigos sonrieron y se olvidaron del mundo.

—Nuestra canción, monito —susurró Nacho.

Ella asintió y, mientras lo abrazaba para bailar, él agregó:

—Las malas lenguas pensarán que somos novios, aunque yo diría que me abrazas así para darle celos al tonto de Sergio.

—Calla y sigue bailando. —Alba rio al ver cómo el bombero los miraba.

—Vale —asintió Nacho encantado—. Me utilizas para dar celos a otro. Sin lugar a dudas, más bajo ya no puedo caer.

—Mira que eres tonto... Además, que sepas que Azucena, la chica con la que has bailado antes, te está mirando. Creo que quiere repetir.

* *(Out Here) On my Own*, Ariola, interpretada por Nikka Costa. *(N. de la E.)*

—Interesante —señaló él mirando a la aludida, que sonrió al intercambiar una mirada con él.

—Y, sí, Sergio nos mira también, pero yo bailo contigo porque quiero, porque es nuestra canción y porque nos queremos por encima de todo.

Nacho asintió. Le gustaba oír eso.

—Gracias por quererme —murmuró.

—Idiota —replicó ella sonriendo.

El año anterior, cuando Nacho estaba haciendo uno de sus cursos de inglés, le había traducido aquella canción y le había dicho que le gustaba mucho. Alba, que no tenía ni idea de inglés, se enamoró de la letra, y decidieron que, aunque no fueran pareja, se merecían tener una canción. Su canción.

En silencio, bailaron sumergidos en sus propios pensamientos y, una vez acabada la canción, José, que los había grabado con su cámara de vídeo, se burló de ellos diciéndoles que parecían novios. Ellos sonrieron divertidos y, encogiéndose de hombros, prosiguieron con la fiesta.

Veinte minutos después se dirigieron a la barra para tomar algo, puesto que estaban sedientos.

—No te muevas —dijo de pronto Nacho.

—¿Qué pasa?

—El guaperas de tu Sergio se ha acercado a papá y a mamá para saludarlos y ahora nos miran.

Sin poder evitarlo, Alba se volvió para mirar. Ver a sus padres sonriéndole a Sergio supuso para ella todo un subidón y, mirando de nuevo a su amigo, preguntó nerviosa:

—¡Y ¿ahora qué hacen?!

—Bueno..., bueno..., papá acaba de darle un toquecito en el hombro, y ahora el musculitos viene directo hacia nosotros, y no creo que sea para sacarme a bailar a mí.

Alba comenzó a temblar. Ése era el momento que llevaba esperando tanto tiempo, especialmente ese día, y con gesto asustado preguntó:

—¿Estoy bien?

—Sí.

—¿Tengo el pelo bien?

—Sí.

—Dime... dime si tengo algo mal antes de que llegue —exigió histérica.

Divertido al ver su reacción, Nacho abrió mucho los ojos y murmuró:

—¡Dios mío!

—¿¡Quéeeeeeeeee?!

Con gesto horrorizado, él añadió:

—Tienes un horroroso moco amarillento asomándote por la nariz.

—¡¿Qué?! —gritó ella, dejando su bebida sobre la barra para tocarse disimuladamente la nariz.

—Hola, chicos —saludó entonces una voz varonil detrás de Alba.

Histérica, ella se dio la vuelta tapándose la nariz con la mano.

Sergio la miró. Aquella jovencita amiga de su compañero siempre le había llamado la atención, y ese día estaba preciosa.

Durante un rato, ninguno dijo nada, hasta que Nacho lo saludó con gesto divertido.

—Hombre, Sergio, no te hemos visto venir.

Alba no sabía dónde meterse. Necesitaba mirarse en algún espejo. Lo que su amigo le había dicho era horrible. ¿Por qué tenía que pasarle en un momento así?

Sergio, que continuaba observándola, al ver que ella no se retiraba la mano de la cara, preguntó:

—¿Te ocurre algo en la nariz?

«Tierra, trágame... Tierra, trágame...», pensó Alba. Pero entonces Nacho dijo al tiempo que le apartaba la mano:

—Alba y yo estábamos hablando de lo bonita que es su nariz.

En ese instante fue consciente de que su amigo le había gastado una broma y, justo cuando le estaba echando una mirada asesina, Nacho prosiguió riendo:

—¿Cómo tú por aquí, Sergio? —El bombero lo miró—. Lo digo porque, por si no te has percatado, te están mirando muchas de las mujeres de la boda a la espera de que les dediques una de tus sonrisas.

El aludido sonrió. Sabía de su magnetismo con el género femenino, y respondió con chulería:

—He venido a saludar a Alba, ya que ella no se acerca a mí.

Ella sonrió.

—Os dejo —indicó Nacho al sentir que sobraba—. Estoy seguro de que Azucena quiere bailar esta canción.

Cuando se alejó, Alba sonrió y Sergio comentó mirándola:

—En una cosa estoy de acuerdo con él, y es en lo bonita que es tu nariz. Además, yo añado que toda tú eres preciosa.

Ambos sonrieron. Alba cogió de nuevo su san francisco y bebió. Estaba sedienta y acalorada.

No muy lejos de ellos, acompañado por Azucena y por otras mujeres, Nacho observaba a su amiga. Cuando Sergio estaba cerca de ella, Alba perdía por completo su personalidad, y eso lo jorobaba. ¿Por qué dejaba de ser ella misma para convertirse en una mujer atontada?

Sin perder el tiempo, Nacho sacó a bailar a Azucena. La chica era encantadora y, cuando comenzó la canción *Europa** de Santana, observó que Sergio y Alba salían también a la pista.

* *Europa*, CBS, interpretada por Santana. *(N. de la E.)*

Con disimulo contempló a su amiga. Se la veía totalmente abducida por lo que el guaperas le decía y, cuando la vio sonreír, no supo por qué, pero sintió que a partir de ese instante nada volvería a ser como antes.

Cuatro días después, en el aeropuerto de Barajas, Alba y su padre despedían a Nacho. Se iba a Londres.

—Nacho —musitó José, acongojado por su marcha—. Llama en cuanto llegues. Nos lo has prometido, ¿de acuerdo?

—Sí, papá, tranquilo —dijo él riendo mientras miraba a una compungida Alba—. Por la cuenta que me trae, llamaré nada más bajarme del avión. Lo prometo.

Los tres sonrieron y, al recordar los lloros de su yaya, Teresa y Blanca al despedirse de él en el portal, Nacho añadió:

—Por favor, cuidad de Lena y de la yaya hasta que regrese.

—Pues claro que sí, hijo. No te preocupes —afirmó José. Luego le entregó un libro e indicó—: Toma, para ti. Sé cuánto te gusta leer a García Márquez. ¡Espero que lo disfrutes!

Nacho cogió el libro encantado y sonrió.

—Gracias, papá. Seguro que lo haré.

Tras un último abrazo, José se alejó unos pasos para que los chicos pudieran despedirse en la intimidad.

—Te voy a echar mucho de menos —dijo Alba con lágrimas en los ojos—. Nunca he deseado tanto que llegara la Navidad como este año para que regreses.

Él asintió y la abrazó.

—Algo me dice que Sergio llenará mi ausencia —repuso.

—Lo dudo. Tú eres mi personita especial.

El joven sonrió. Ojalá no se cumpliera su intuición.

—Monito —dijo mirándola—. No olvides que te quiero.

—No lo olvidaré. Como tú no debes olvidar que yo también te quiero a ti.

Dos minutos después, Nacho cruzaba el arco de seguridad, y Alba y su padre se encaminaban hacia el parking. Era hora de regresar a casa.

3

La vida en Londres le fue mejor a Nacho de lo que él en un principio esperaba, aunque añoraba a la familia.

Encontró trabajo en un pub inglés, donde por suerte enseguida conectó con otros que, como él, estaban allí para labrarse un futuro mejor o, simplemente, para practicar el idioma.

Durante los meses que vivió allí, aprendió entre otras muchas cosas a ser independiente, a resolver problemas por sí mismo y a entender el verdadero significado de la palabra *familia*, y más cuando recibía los paquetes procedentes de Madrid cargados de chorizos, queso y jamón.

Mientras tanto, en España, Alba afianzaba día a día su relación con Sergio. El guapo y alto bombero la agasajaba, iba a buscarla a su casa, al trabajo, y pronto se ganó el cariño de su familia. Sergio era encantador con todos, y Alba no podía ser más feliz al sentir que por fin había encontrado a su príncipe azul.

El 26 de diciembre, Nacho regresó a Madrid para pasar allí unos días, hasta el 2 de enero, y se sorprendió al no ver a Alba esperándolo con José en el aeropuerto.

Al notar su desconcierto, José se apresuró a disculpar a su hija explicándole que ese día se había ido a comer con Sergio y sus padres. Por supuesto, Nacho lo entendió.

Pero esa noche, cuando Alba llegó a la casa con Sergio, notó algo raro al abrazarla. Fue un abrazo rápido, demasiado rápido, y en el momento en que Nacho planeaba pasar horas con ella para ponerse al día, Sergio los cortó e indicó que sería mejor que se vieran al día siguiente.

Sin embargo, al día siguiente, apenas se vieron unos minutos. Sergio apareció y enseguida se la llevó. Nacho calló, no dijo nada, y Teresa, al percatarse de su silencio, dijo:

—No te preocupes, cariño. Esta noche, cuando llegue, tendréis horas para hablar.

Nacho asintió, le dio un beso y se marchó. Había quedado con sus amigos del barrio para tomarse unas cervezas.

Así, pasaron varios días. Días en los que, cuando Alba no estaba trabajando en El Corte Inglés, Sergio aparecía para llevársela.

Una tarde, Nacho regresó de comprar unos regalos y se encontró con él en el portal. Ambos se saludaron con afabilidad y, tan pronto como se metieron en el ascensor, Sergio miró los paquetes y le preguntó:

—¿Regalos de Reyes?

—Sí.

El ascensor siguió subiendo.

—Yo aún tengo que comprarlos —dijo Sergio sonriendo—. ¿Me aconsejas alguno en especial para mi novia?

A Nacho no le hizo ni pizca de gracia oír ese «mi novia», pero cuando iba a responder, el otro prosiguió:

—Alba se conforma con cualquier cosa, con unos bombones le bastará —continuó Sergio.

Nacho lo miró sorprendido.

—Unos bombones no son un buen regalo para ella —replicó.

—¿Por qué? —se mofó el bombero—. ¿Acaso teme engordar?

Nacho suspiró. Sin duda, en los meses que llevaban juntos, aquel egocéntrico no se había percatado aún del porqué.

—El chocolate no le gusta —aclaró.

Sergio asintió.

—Es verdad —murmuró—. Ahora que lo dices, es cierto. —Pero entonces, de repente, le dio al botón de parada del ascensor y se volvió hacia Nacho—. No quiero que te tomes a mal lo que voy a decirte, pero ahora Alba es mi novia y no me gusta que andes rondándola, ni que reciba regalitos tuyos. Tú eres un hombre como yo y debes comprender que me ha elegido a mí.

Sin poder creerse sus palabras, Nacho ladeó la cabeza y replicó:

—No quiero que te tomes a mal lo que voy a decirte, pero vete a la mierda. Alba es mi hermana. ¿Qué narices estás dando a entender?

—Doy a entender lo que veo —siseó Sergio—. ¿O acaso crees que no me doy cuenta de cómo intentas pasar tiempo con ella?

—Joder —murmuró Nacho.

—Joder..., joder..., ¡¿qué?! —gritó el otro gesticulando con chulería y empujándolo con una mano.

Nacho, a quien los chulitos como aquél no le daban ningún miedo, siseó:

—Si vuelves a tocarme, a empujarme o a gritarme, te aseguro que no me voy a quedar quieto, ¿entendido? Y, en cuanto al tiempo que yo pase o deje de pasar con Alba, a ti ni te va ni te viene.

Sergio, que no tenía demasiada paciencia, pulsó de nuevo el botón para que el ascensor volviera a moverse, y contestó:

—No te parto la cara porque eres el hermano de Luis, no de mi novia. Pero, si no quieres tener problemas conmigo, aléjate de Alba y de su familia. Ellos no tienen nada que ver contigo. Como dice tu hermano, son simples vecinos y...

Nacho soltó las bolsas de sopetón y, cogiendo a aquel idiota de la pechera, lo empujó contra un lateral del ascensor.

—Lo que ellos sean para mí no os importa ni a ti ni a mi hermano —gruñó—. Y nunca vuelvas a meterte en mi relación con ellos o...

En ese instante, las puertas del ascensor se abrieron. Alba estaba hablando con la yaya Remedios en el descansillo y, al mirar hacia el ascensor y ver a Nacho en aquella actitud agresiva, gritó abriendo la puerta:

—¡Pero ¿qué os ocurre?!

—¡Nacho..., hijo! —gritó asustada Remedios después de toser.

El aludido soltó a Sergio con rapidez y éste dijo mientras se separaba de él:

—No sé qué le ha pasado. Se ha abalanzado sobre mí y...

—Serás mentiroso —lo cortó Nacho.

A toda velocidad, Alba se metió en medio y, mirando a su amigo, gruñó:

—Pero ¿qué haces?

Nacho la observó desconcertado. Se conocían muy bien, y Alba mejor que nadie sabía que repudiaba la violencia. Molesto al ver que ella había tomado partido enseguida por aquel idiota, cogió las bolsas que estaban en el suelo y respondió al tiempo que salía del ascensor:

—Cuando este imbécil se...

—¡No lo llames imbécil! —lo cortó Alba.

Con mal gesto, Nacho asintió. Sin duda, la cosa no iba a mejorar.

—Cuando tu guardaespaldas se haya marchado —replicó—, si es posible, me gustaría poder pasar un rato contigo.

Y, dicho esto, se metió en su casa. Remedios y Alba se miraron, y luego la chica entró en el ascensor con Sergio.

—Dile a Nacho que luego lo veo —le dijo a la abuela con seriedad.

Pero esa noche tampoco lo vio. Sergio se encargó de llevársela a cenar, haciéndose la víctima por lo ocurrido en el ascensor.

Llegó el día de Nochevieja, la gran noche del año, y todos se reunieron para cenar en casa de Teresa y de José. La yaya Remedios llevó su mantel de Navidad y la abuela Blanca sacó la cubertería buena.

Luis se desmarcó. Cenaba con sus suegros y su nueva familia política en su bonita casa de El Viso, nada que ver con el humilde piso de Aluche, donde siempre había vivido.

Para esa noche, todos se pusieron de tiros largos. Había que comenzar el año guapos, muy guapos, y durante horas Nacho pudo disfrutar de su amiga como llevaba meses sin hacerlo.

Hablaron, rieron, bailaron, pero la celebración acabó cuando, sobre la una de la madrugada, Sergio apareció por sorpresa. Al final había cambiado el turno con otro bombero y acudía para llevarse a Alba a una fiesta.

En un principio, la joven se resistió. Siempre le había gustado pasar esa noche con la familia. Le encantaba bailar frente al televisor y brindar con sidra con sus vecinos para después sentarse a la mesa y jugar al bingo, hasta que su padre iba a por churros, se los comían y luego todos se iban a dormir.

Pero su negativa ante Sergio fue inútil. El bombero, que sabía manejar muy bien a Teresa y a Blanca, hizo todo lo que estuvo en su mano para ponerlas de su parte y, al final, las mujeres animaron a Alba a que lo acompañara. Su novio había ido a buscarla y no estaría bien negarse.

Nacho no dijo nada, se mantuvo al margen, y Alba le prometió que el día siguiente lo pasarían juntos. Pero regresó a las doce de la mañana, y estaba tan cansada que se fue directamente a la cama y se levantó a las ocho de la tarde.

Esa noche, cuando Alba bajó al piso de la yaya Remedios, ella le dijo que Nacho se había marchado con sus amigos. Rápidamente, Alba los imaginó en el Pentagrama de copas y decidió ir. Si cogía un taxi, en media hora estaría allí, aunque luego pensó que aquello molestaría a Sergio, y descartó la idea. Le indicó a la yaya Remedios que, cuando regresara Nacho, le dijera que lo esperaba en su casa. Y allí aguardó durante horas, pero él no apareció.

Al día siguiente, sobre las once de la mañana, cuando Nacho subió a despedirse de sus vecinos porque regresaba a Londres, Alba estaba trabajando. Con cariño, Teresa le entregó un paquete: era su regalo de Reyes. Al abrirlo, vio unos bonitos zapatos marrones.

—Son preciosos —dijo—; ¡gracias, mamá y papá!

Con cariño, besó a Teresa y a José y, cuando fue a besar también a la abuela Blanca, ésta le guiñó el ojo y le entregó otro paquete que lo hizo sonreír. Sabía lo que era: el jersey de todos los años. En esta ocasión, era granate, y, mientras se lo probaba, afirmó:

—Es precioso, y muy calentito, abuela; ¡muchas gracias!

—Ay..., pero qué tunante eres —bromeó ella al ver cómo le guiñaba el ojo—. Vete tranquilo a Londres. Estaremos pendientes de que Remedios vaya al médico y se cuide esa maldita tos.

—Gracias, abuela. —Nacho, contento, la cogió en brazos para hacerla reír. Saber que ellos estarían pendientes de su yaya lo reconfortaba.

Teresa los contempló feliz. A su madre le encantaba hacer punto, pero los jerséis no eran su fuerte y, observando que aquél tenía una manga más larga que la otra, sonrió.

Nacho abrió una bolsa que llevaba y, tras sacar de ella cuatro paquetitos, se los entregó a las mujeres.

—Hasta la mañana de Reyes no se pueden abrir —les advirtió.

Todos sonrieron. Teresa los puso bajo el árbol y José afirmó:

—Me ocuparé personalmente de que así sea.

Una hora después, Nacho miró su reloj. Tenía que marcharse,

y José, al observar la tristeza en sus ojos por no poder despedirse de Alba, le propuso que pasaran unos minutos por la calle Arenal para verla. Nacho aceptó sin dudarlo.

Cuando llegó a El Corte Inglés, se alegró al ver a su amiga atendiendo a unas señoras. Cuando vio que ya terminaban, se acercó hasta ella y preguntó:

—¿Cómo está mi chica?

Al oír su voz, Alba se volvió y sonrió.

—Creí que ya no te vería.

—Lo sé. Y, aunque no te mereces que esté aquí, he venido.

Ambos se miraron. Como siempre, se hablaban con la mirada, y Nacho, incapaz de callar e irse con la duda, preguntó:

—¿Qué te pasa, monito?

—¿A qué te refieres?

Él suspiró. Sólo le faltaba que Alba se hiciera la tonta ante lo que estaba ocurriendo.

—¿Por qué no hemos tenido ni siquiera una tarde para nosotros? —Ella no respondió, y él insistió—: ¿De verdad crees que yo ataqué a tu novio en el ascensor? ¿Acaso no me conoces?

La joven, nerviosa, no sabía qué hacer. El chico que tenía ante ella era Nacho, su hermano, el muchacho más bueno del mundo. Pero Sergio... Ella quería a Sergio, lo adoraba... Alba lo miró y no supo qué decir, hasta que él decidió dar por finalizada la absurda conversación.

—De acuerdo. Olvidemos el tema. Pero, dime, ¿sigues queriéndome aunque sea sólo un poco?

—Te quiero mucho..., mucho... —afirmó ella sin dudarlo.

Saber aquello a Nacho lo reconfortó y, contemplándola, susurró:

—¿Me prometes que, cuando regrese la próxima vez, tendremos más tiempo para nosotros?

Alba sonrió y, con los ojos llenos de lágrimas, lo abrazó.

—Te lo prometo. Claro que sí.

Nacho aceptó su abrazo. Llevaba esperándolo desde hacía días, pero al ver cómo los observaba la gente, se apartó de ella y murmuró:

—Monito..., estás en el trabajo, hay mucha gente pendiente de nosotros y podrían llamarte la atención. —Ella asintió y él volvió a su reloj—. He de marcharme al aeropuerto. Papá está esperándome en la calle Arenal con el coche.

—Te escribiré. Te lo prometo.

—Vale. Espero esas cartas. —Nacho sonrió y, antes de marcharse, añadió—: Debajo del árbol de Navidad he dejado un regalo para ti. Pero ya he dado orden de que no se abra hasta que vengan los Reyes Magos, ¿de acuerdo?

Al oír eso, Alba se sintió fatal. Sabía que le estaba fallando. En lo último que había pensado había sido en comprarle un regalo a Nacho.

—Te quiero —murmuró.

Dicho esto, él le guiñó un ojo, dio media vuelta y se marchó, mientras a ella una extraña sensación de pérdida le reconcomía el corazón.

El día de Reyes, cuando Alba se levantó de madrugada para beber agua, se fijó en el árbol de Navidad con los regalos debajo al pasar por el comedor. Sin poder evitarlo, se acercó hasta ellos y, agachándose, vio varios paquetes con su nombre y sonrió al distinguir en uno la letra de Nacho.

Durante un rato dudó si abrir o no aquel regalo. Le había prometido no hacerlo hasta que llegaran los Reyes, pero ya era de madrugada y, supuestamente, los Reyes Magos ya habían pasado. Cogió su paquete y, por la forma, sonrió al imaginar que era un disco. Encima del regalo había un sobre pegado; lo despegó, lo abrió y, sentándose en el suelo, leyó:

Hola, monito:

¿Cómo está mi chica?

Es nuestro primer día de Reyes separados, pero quería que, a través de este regalo, me sintieras contigo.

Sé que estas pequeñas vacaciones han sido raras. Raras para ti y raras para mí. Apenas hemos podido estar juntos pero, tranquila, intento entender que tienes novio y que ya no sólo somos tú y yo.

Me habría gustado explicarte tantas cosas... Cosas que me han pasado en Londres y que estoy deseando contarte, pero por falta de tiempo y de intimidad ha sido imposible.

En referencia a tu novio, te guste o no, tenemos que hablar, pero lo haré la próxima vez que regrese, pues es algo que hay que decir cara a cara, no a través de una carta, ¿de acuerdo?

Espero que te guste el regalo. Desde luego, cuando fuimos a ver la película te gustó mucho y, al verlo, pensé: «¡Esto, para mi monito!».

Te quiero. Nunca lo dudes y, menos, lo olvides.

Nacho

Tras leer la carta, Alba se emocionó. ¿Cómo había podido ser tan egoísta? ¿Cómo no había sacado tiempo para Nacho? ¿Cómo no le había dicho a su novio que no?

Pero, sin querer pensar más en ello, rasgó el papel de regalo y sonrió al tener entre sus manos el disco de *Flashdance*. Le encantaba la música de aquella película, que había visto con Nacho meses antes.

4

El tiempo de Nacho en Londres se amplió siete meses más.

El joven había encontrado un buen trabajo en las oficinas centrales de una diseñadora de ropa llamada Joanna Bassart, y dejar aquel trabajo y su vida allí sería de locos.

Cada dos días, Nacho llamaba por teléfono a su yaya. La mujer tenía los bronquios delicados y eso lo preocupaba, a pesar de que ella siempre lo tranquilizaba. Pero Lena desesperaba a la mujer, y así se lo hizo saber a todos.

Luis habló con ella. Nacho también lo hizo desde Londres. Todos hablaban con ella, pero Lena era rebelde y nada de lo que le decían le valía. La chica era un potro desbocado y, sin que nadie lo supiera, comenzó a tontear con las drogas. La gente con la que se juntaba la estaba llevando por el mal camino.

El noviazgo entre Alba y Sergio se afianzó, y las cartas que ésta le escribía a su buen amigo en Londres se fueron espaciando.

La siguiente vez que Nacho regresó a España para ocuparse de los problemas de su hermana, tuvo una enorme sensación de vacío al comprobar que su amiga Alba se inventaba cualquier excusa para no acompañarlo a cenar, a comer, o simplemente para pasar un rato con él.

Sergio estaba siempre en medio, sentía celos de todo lo que tuviera que ver con Nacho, y así se lo hacía saber a ella. Alba, enamorada hasta las trancas de su novio, en lugar de defender su espacio y su amistad con Nacho y el resto de sus amigos, cada día se achantaba más. Se tomaba los celos de Sergio como parte del amor que el chico sentía por ella, aunque no sabía lo equivocada que estaba.

Nacho se percató de ello. No había que ser muy listo para ver lo que estaba ocurriendo, e intentó hablar con ella para hacerle ver que su vida así, accediendo a todo lo que su novio exigiera, no estaba bien dirigida. Trató de que entendiera que debía defender su territorio, pero le resultó imposible. Alba no lo escuchaba. El enamoramiento la cegaba y, al final, con todo el dolor del mundo, Nacho se rindió y dejó que Alba viviera su idealizada historia de amor.

Los meses pasaron y llegó de nuevo Navidad. Esta vez, Nacho, que no quería ir a Madrid por no ver a Alba, les pagó unos billetes de avión a Lena y a su yaya. Deseaba enseñarles Londres, y a su hermana le vendría bien desconectar de las malas compañías.

Durante esos días, la yaya Remedios fue consciente de cómo la vida de su nieto había cambiado para mejor. Vivía en una bonita y confortable casa, tenía un buen trabajo, y los amigos que le presentaba eran maravillosos. Sin embargo, quien mejor le cayó fue una chica llamada Stephanie, que Nacho le presentó como su novia y, aunque no podía hablar con ella porque el idioma lo impedía, Remedios era feliz. Feliz por Nacho.

Con el paso de los meses, mientras Alba disfrutaba siendo la perfecta novia obediente de Sergio, Nacho ascendió en la empresa y comenzó a viajar. Viajaba a Alemania, a Suiza, a Nueva York, a Canadá... Su vida era perfecta, hacía lo que le gustaba. Finalmente, tras hablarlo con su yaya Remedios, decidió afincarse en Londres, aunque cada tres meses regresaba a España durante una semana para ver a su familia.

En una de esas visitas, se enteró una noche de que Alba se casaría con Sergio dentro de poco.

Nacho no podía creerlo. ¿Cómo no se lo había contado su amiga?

Teresa organizó una cena por el regreso de Nacho. Siempre que volvía a casa, lo hacía. Le dolía observar la frialdad de su hija hacia él, a pesar de lo feliz que estaba por verla con el maravilloso Sergio.

Esa noche, tras la cena, a la que no invitaron al bombero para que el ambiente fuera más distendido, mientras quitaban la mesa, Teresa ordenó a Alba y a Nacho que fregaran los platos. Los chicos accedieron sin rechistar y, cuando Alba se marchó a la cocina, Nacho se acercó a Teresa y cuchicheó:

—Buena jugada, mamá.

Teresa sonrió y respondió dándole un beso en la mejilla:

—Anda, ve. Necesitáis comunicaros.

Una vez en la cocina, Nacho puso la radio, y comenzó a sonar la canción *Lobo hombre en París*,* del grupo español La Unión.

A diferencia de otras veces, Alba no empezó a cantar, pero Nacho sí lo hizo. Canturreó la canción al ritmo, hasta que preguntó:

—¿No pensabas decirme que vas a casarte con Sergio?

Alba lo miró. En su interior sabía que lo estaba haciendo mal pero, dejando el plato que tenía en las manos, se volvió hacia él y contestó:

—Pensaba decírtelo.

—Llegué ayer.

—Te he visto hoy —respondió ella.

Con una sarcástica sonrisa, Nacho se acercó a ella y cuchicheó:

—Me has visto cuando tu novio te ha dejado, ¿o acaso me crees tan tonto como para no darme cuenta de lo que está ocurriendo?

* *Lobo hombre en París*, Warner Music Spain, interpretada por La Unión. *(N. de la E.)*

—Eso es mentira. No sé en qué te basas para...

—Me baso en lo que veo, y te lo dije hace tiempo: haces mal dejándote controlar por él. Pero ¿qué te ocurre?

La Alba mentirosa que tenía ante él no le gustaba pero, cuando iba a añadir algo, ella se le adelantó:

—Sé que quizá no lo estoy haciendo bien contigo y...

—Tú no sabes nada, Alba —la cortó—. Estás tan cegada que no te das cuenta de que te estás equivocando y de que algún día, si no haces algo pronto, lo vas a lamentar.

—¿Por qué me estoy equivocando? ¿Porque Sergio no te cae bien?

—No. No es por eso. ¿Cuándo vas a querer entenderlo?

—Entonces, ¿por qué es?

Mordiéndose la lengua para hablarle con tiento o terminarían peor de lo que habían empezado, Nacho respondió:

—Alba..., ¿de verdad no te das cuenta de que has dejado de ser tú?

—Nacho..., no empieces con eso.

Pero él insistió mirándola:

—Él decide quién puede ser tu amigo, qué ropa puedes llevar, cuándo puedes salir a la calle, y tú, como una tonta, obedeces y accedes, pensando que lo hace porque está enamorado de ti, cuando la realidad es que lo hace porque es un puto machista controlador, un ególatra de mierda y...

—¡No hables así de él! —siseó Alba encarándose a él.

Sosteniéndole la mirada, Nacho prosiguió:

—Ya no sólo pasas de mí, sé que tampoco sales con nuestros amigos porque a tu maravilloso novio tampoco le caen bien... Pero ¿no te das cuenta de que te está alejando de todos? —Ella no respondió—. Ese imbécil al que no quieres que insulte sigue haciendo con su vida lo que le da la gana, y tú accedes y no dices nada. Pero ¿dónde está la Alba que yo conocí?

Ella resopló, no respondió, y Nacho continuó:

—Escucha, cielo, tienes que despertar. Sergio te ha cambiado y...

—Eso no es cierto.

—Alba..., ¿estás escuchando lo que te digo?

La joven se revolvió. En su interior sabía que su amigo llevaba toda la razón del mundo, pero no estaba dispuesta a dársela.

—Él nunca te ha caído bien, y lo sabes —insistió.

—Alba, madura. Abre los ojos y date cuenta de que...

—¡Abre los ojos tú, maldita sea, y métete en tus asuntos! —gritó ella furiosa—. Pero ¿cuándo vas a parar? ¿Cuándo me vas a dejar ser feliz?

—¡Cuando lo seas! —voceó él—. El problema es que no lo eres, y lo sabes. Lo sabes muy bien, pero te estás comportando como un avestruz. Estás metiendo la cabeza bajo tierra para no ver. Pero ¡joder, Alba!, ¿cuánto crees que va a durar eso? ¿Cuánto tiempo crees que vas a estar sin poder respirar?

—Nacho...

—¿Cuánto más le vas a consentir a ese idiota? ¿De verdad crees que ese tipo no tiene secretos y no hace cosas a escondidas de ti? ¿De verdad eres tan tonta?

Alba maldijo. Lo último que le apetecía era discutir y, cuando Nacho vio que no pensaba contestar, murmuró:

—Si me preocupo por ti es porque eres la persona más especial que hay en mi vida. La persona que necesito para siempre. ¿Acaso lo has olvidado? Tú eres mi personita, y...

—Pues si soy la persona más especial que hay en tu vida, ¿por qué eres tan duro conmigo y eres incapaz de entender que estoy enamorada?

—¡¿Duro?! —gruñó él—. ¿De verdad crees que soy duro contigo?

—¡Sí! —gritó ella.

La agobiaba la situación. Sergio por un lado y Nacho por otro la estaban volviendo loca. Cuando la puerta se abrió y apareció Teresa alertada por los gritos, Nacho se secó las manos y siseó enfadado:

—Mira, Alba, no soy duro contigo, lo que soy es idiota por seguir insistiendo en un tema que ni tú ni nadie ve. Pero ¿tan ciegos estáis? —Teresa comprendió que aquello iba también por ella, y Nacho añadió—: Alba, nuestra relación era especial, maravillosa y sana hasta que el imbécil de tu novio te hizo creer que lo nuestro era algo malo y sucio que debías cortar. Y, antes de que digamos nada que pueda estropear los bonitos recuerdos que tenemos, creo que es mejor que esta conversación se acabe y me vaya.

—Nacho, hijo..., escucha... —murmuró Teresa.

Tras mirar a la mujer y pedirle silencio con la mirada, Nacho se encaminó hacia la puerta de la cocina. Sin embargo, antes de salir, se volvió, incapaz de callar.

—Sigues siendo mi persona especial —le dijo a su amiga—; te quiero, y sólo quiero añadir que, cuando me necesites, búscame, porque para ti siempre estaré.

Y, sin más, salió de la cocina.

Alba, a la que le faltaba el aire, miró a su madre y corrió hacia ella. Necesitaba que la abrazara.

El tiempo siguió pasando y, sin la insistencia de Nacho, la relación entre ellos se tornó inexistente, hasta el punto de que, cada vez que él regresaba de Londres, ni siquiera se veían.

Todos sufrían aquello. En especial Teresa, que, tras las palabras de Nacho, comenzó a prestar atención a la relación de su hija y su yerno y empezó a ver cosas de las que antes no se había percatado. Con el corazón dividido, se dio cuenta de que Alba estaba cegada por amor, mientras que Nacho, por amor, se alejaba de ella.

El trabajo en El Corte Inglés se acabó para Alba al cabo de unos meses. A ella le encantaba su empleo, pero a Sergio no le gustaba que su novia confraternizara con sus compañeros. Sentía celos de que hablara con ellos, y más si, una vez acabada la jornada laboral, se le ocurría quedarse a tomar algo o a cenar. Debido a ello, y obnubilada tan sólo por lo que su novio quería, al final la chica dejó el trabajo y decidió abrir una pequeña tienda de ropa de mujer en un local que su padre había comprado hacía tiempo en una buena calle de Madrid.

La moda era algo que siempre les había gustado a ella y a Nacho y, desoyendo los consejos de su madre para que no dejara su empleo, Alba se lanzó a la aventura de sacar adelante su propia tienda; algo que a Sergio le gustó, en especial porque no había compañeros que pudieran distraerla.

Así pasó un año y llegó la tan esperada boda de Alba.

Nacho fue invitado; a eso no pudo negarse Sergio, pues Teresa insistió. Mientras ella estuviera viva, nada en el mundo evitaría que su hijo asistiera a la boda de su hermana. ¡Nada!

El día de la ceremonia, vestida con su bonito vestido de Pronovias, al ver aparecer a Nacho en su casa del brazo de una muchacha inglesa, Alba lo miró boquiabierta. Estaba muy guapo con aquel traje oscuro, incluso había cambiado su peinado.

Teresa lo abrazó con todo el cariño del mundo. Después lo hizo la abuela Blanca y, tras ella, José. Una vez se hubieron saludado todos, Nacho los miró con su bonita sonrisa y, señalando a la joven que estaba a su lado, declaró:

—Familia, os presento a Arianne.

—Y no habla ni papa de español, como las anteriores —se quejó la yaya Remedios, acercándose después de toser.

—Pero qué guapa es, cariño —afirmó Teresa.

Nacho sonrió y, cuando se lo tradujo a Arianne, ella también lo hizo.

Con sonrisas y gestos de cariño, todos saludaron a la joven de piel blanca y de pelo rubio. Cuando Alba se aproximó también a ellos, dijo tras besarlos a los dos:

—Me alegra mucho que hayáis venido a mi boda.

Nacho asintió y, sacándose del bolsillo una bolsita de terciopelo negra y un sobre cerrado, en el que había metido el dinero del regalo para la boda, se los entregó.

—Espero que seas muy feliz —le dijo.

Sin abrir el sobre, Alba se lo dio directamente a su madre. En cambio, sí abrió la bolsita negra, en la que se leía «Swarovski». Qué bien la conocía Nacho, sabía que adoraba las cosas que hacía aquella firma de cristal tallado.

Emocionada, a pesar de que lo disimuló, sacó de su interior un colgante de cristal redondo sujeto a una base de plata. El brillo del cristal era una maravilla y, con una sonrisa, pero sin acercarse a Nacho para abrazarlo, dijo:

—Es precioso. Gracias.

Él asintió con frialdad. Sobraban las palabras.

Si estaba allí no era por ella, sino por Teresa, José, la abuela Blanca y la yaya Remedios. Si no acudía a la boda, todos estarían tristes debido a su ausencia. Y, como no deseaba amargarle el día a nadie, por eso había aparecido. No por las ganas que tuviera de ver cómo su amiga cometía la gran equivocación de su vida.

El fotógrafo hizo varias fotos en la casa. Sergio no estaba presente, y aunque Nacho y Alba apenas se dirigieron la palabra, en el ambiente reinó la cordialidad.

José y Teresa se empeñaron en que Nacho y ella tenían que hacerse al menos una foto juntos. A ninguno de los dos les hacía especial ilusión, pero al final, por darles el gusto, sonrieron y se la hicieron. Después, volvieron a separarse.

Nacho sintió que su mejor amiga, su hermana, su personita especial lo dejaba todo por amor, lo daba todo para casarse con un guaperas que no daba nada y lo exigía todo.

Una hora después, al llegar a la iglesia, Nacho declinó la oferta de todos para que se sentara con ellos en el primer banco. Sabía que a Sergio no le gustaría, y decidió sentarse, junto a Arianne, con su hermano Luis y su cuñada varios bancos más atrás.

Cuando los novios salieron de la iglesia convertidos en marido y mujer, mientras la gente les echaba arroz y Nacho veía a Alba sonreír, imaginó lo diferente que habría sido todo si, en vez de enamorarse de aquel idiota, se hubiera enamorado de un tipo normal.

Sus miradas se encontraron en un momento dado; él le sonrió y ella le devolvió la sonrisa. Qué bien se habían entendido siempre sin hablar.

Aquel día, nadie a excepción de Alba supo que ella llevaba el colgante redondo de Swarovski que Nacho le había regalado en el interior de uno de sus guantes de seda. Necesitaba sentirlo cerca.

Durante el banquete, Luis y su cuñada le pusieron a Nacho la cabeza como un bombo. Con los años, su hermano había cambiado y había ido pareciéndose cada vez más a su mujer. El Luis divertido, deportista y jovial se había convertido en un hombre serio y clasista que lo criticaba todo y a todos.

Cuando la comida acabó y Sergio sacó a Alba al centro de la pista, todo el mundo aplaudió a los novios. Nacho observó el gesto radiante de ella. Era feliz. La conocía muy bien y sabía lo importante que era ese día para su amiga. Su boda. La boda que desde niña había soñado, y ahora ese sueño se cumplía con su príncipe azul.

Una vez en la pista, los acordes del *Danubio azul** comenzaron a sonar, y la pareja, ya convertidos en marido y mujer, se arrancó a bailar. Sin poder evitarlo, Nacho sonrió. Al final, como quería, Alba había bailado aquel típico vals. No obstante, dejó de sonreír cuando se encontró con los ojos de ella y pudo leer en su mirada lo molesta que estaba al ver su sonrisa.

Poco después, cuando todo el mundo empezó a bailar, Nacho decidió marcharse con su acompañante. Allí no pintaban nada.

Al día siguiente, él y Arianne regresaron a Londres. Allí estaba su vida, y allí había encontrado su felicidad.

* Véase la nota de la página 43.

5

Londres, 22 de abril de 1988

El aeropuerto de Heathrow, al oeste de Londres, era enorme, y más con la torrija de cansancio y sentimientos que Alba llevaba.

Engullida por la muchedumbre, se dirigía como una autómata hacia la salida con su bolsa de deporte y su bolso, mientras iba pensando qué le diría a su amigo Nacho cuando lo viera.

Eran las ocho de la tarde, pero allí parecía que fuera la una de la madrugada, a juzgar por la oscuridad absoluta que la rodeó al salir.

Decidida, cogió un taxi y, como seguía sin saber hablar inglés, le entregó al taxista una nota escrita con una dirección que Lena le había dado antes de marcharse.

Mientras el taxi efectuaba su recorrido, Alba miraba por la ventanilla y se le hacía raro ver que los coches circulaban por el lado contrario que en España.

El conductor era un chaval joven, y ella enseguida dedujo que era irlandés por su pelo rojizo, pues su abuela siempre decía que los irlandeses eran pelirrojos. Estaba pensando en ello cuando en la radio comenzó a sonar *Desire*,* una canción que le gustaba mucho del grupo U2. Sin cortarse un pelo, el taxista la empezó a cantar, y Alba tarareó tímidamente sólo el estribillo.

* *Desire*, Universal-Island Records Ltd., interpretada por U2. *(N. de la E.)*

Amenizado por la música, el trayecto se hizo más agradable, hasta que el coche paró, el pelirrojo se volvió y le dijo algo en inglés.

Alba lo miró nerviosa, y entonces él le señaló el taxímetro sonriendo. Sin duda le estaba diciendo lo que tenía que pagar.

Sin saber muy bien cuánto era, Alba abrió su cartera, donde llevaba moneda del país, y se la tendió. El taxista cogió el importe mientras ella murmuraba:

—Espero que seas legal, pelirrojo.

Cuando bajó del coche, el chico salió también. Abrió el maletero del vehículo y, tras entregarle su bolsa de deporte, ella le dijo avergonzada por su pésimo inglés:

—*Thanks*.

El chico la miró y, antes de marcharse, murmuró:

—*Goodbye, miss.*

El taxi arrancó. Alba observó cómo se alejaba y, después, se volvió hacia el edificio que tenía ante ella.

¿Nacho vivía en aquel sitio tan lujoso?

Era altísimo, moderno, de construcción nueva, y desde luego no parecía un lugar barato. Estaba mirándolo cuando se abrió el gran portón de entrada. Un hombre vestido con una chaquetilla azul y un gorro del mismo tono la miró y, sin moverse de la entrada, le preguntó algo en inglés.

Alba parpadeó. No entendía nada de lo que le decía pero, acercándose a él, le enseñó el papel que llevaba en las manos y el hombre asintió.

La joven suspiró; al parecer, iba por buen camino. Sin embargo, al ver que, tras asentir, aquél negaba con la cabeza, supo que algo iba mal.

Como pudo, intentó hacerse entender, pero fue inútil. Ni el hombre la entendía a ella, ni ella a él; , por señas, él le pidió que esperara un segundo.

Se acercó a continuación a una pequeña recepción, cogió un teléfono y, tras hablar unos segundos, apareció un muchacho moreno que dijo en un particular español:

—Disculpe, señorita. Lo que quiere decir Rogers es que el señor Nacho, aunque sigue teniendo un apartamento en este edificio, ya no vive aquí desde hace unos meses.

—¿Qué?

—Que no vive en este edificio, señorita —repitió el chico.

A Alba la noticia le cayó como un jarro de agua fría. ¡Aquello era terrible! Cuando ya estaba pensando si cortarse las venas o empanárselas, el hombre de la chaquetilla apuntó algo en un papel, y tras dárselo al joven, éste se lo tendió a ella.

—El señor Nacho dejó esta dirección para que le enviaran su correspondencia.

Alba divisó un rayito de luz al oír eso. Y, cogiendo el papelito, con celeridad murmuró:

—Gracias. Gracias... Gracias.

Los dos hombres la miraron y sonrieron. Cuando Alba salió, sin dudarlo, Rogers le paró un taxi, cosa que ella volvió a agradecerle de mil amores.

En esta ocasión, el conductor era un hombre mayor, nada que ver con el pelirrojo que canturreaba, y, tras enseñarle la nota que el portero de la finca le había dado, el taxista arrancó.

Nerviosa de nuevo, Alba miraba por la ventanilla sin saber adónde la llevaba aquel taxi, hasta que, tras callejear durante unos diez minutos, el vehículo se detuvo. Como había hecho anteriormente, le entregó el monedero al taxista. El hombre cogió varios billetes con gesto serio. A continuación, Alba bajó, agarró su bolsa de deporte y sin mirarla siquiera ni decirle nada, el taxista se alejó.

Este lugar era diferente. Se trataba de un barrio parecido al suyo en Madrid y, al ver la casona que se alzaba ante ella, decidió aventurarse y entrar.

Con cuidado, abrió la verja negra, subió tres escalones y, tomando aire, llamó a un timbre que vio a la derecha.

Instantes después se oyeron voces. Sin duda, allí había alguien, y pocos segundos después la puerta se abrió y apareció una chica rubia con un chándal azul.

Ambas se miraron, hasta que Alba dijo en español:

—Hola. Pregunto por Ignacio Federico Martín.

La rubia parpadeó. Sin duda, no la entendía, como el portero del edificio anterior. Alba suspiró. Debía tener paciencia. Entonces apareció un chico pelirrojo con el pelo largo. La rubia y él se dijeron algo que ella no comprendió, y decidió repetirlo, esta vez muy muy lentamente, para intentar que la entendieran.

—Ho-la. Es-toy bus-can-do a Ig-na-cio Fe-de-ri-co Mar-tín.

El pelirrojo, que tenía cara de irlandés, respondió despacio como ella:

—Ig-na-cio Fe-de-ri-co.

—*Yes... Yes...* —afirmó Alba al ver que la había entendido.

El muchacho dijo entonces, lentamente también:

—No es-tá.

Alba cerró los ojos al oír eso y murmuró desconsolada:

—Ay..., no..., no..., no me digas eso.

Si no estaba allí. ¿Dónde podía estar?

Y, sin importarle nada, desesperada, se sentó en el escalón de entrada.

—Mierda... —murmuró—. Y ¿ahora dónde te busco, Nacho?

El pelirrojo, que no había cerrado la puerta y seguía detrás de ella, dijo de pronto sorprendiéndola en un perfecto castellano:

—Si quieres puedes pasar y esperarlo. Cuando llegue, seguro

que se alegrará. Eso sí, creo que hasta mañana no vendrá, porque se fue a un concierto del grupo Queen a Birmingham con unos amigos. —Boquiabierta, Alba se levantó del escalón para mirarlo y, divertido, él añadió—: Soy pelirrojo, pero soy de Valladolid. ¿A que parezco un guiri? —Ella asintió, y el chico la invitó a entrar con una sonrisa—. Anda, pasa, Alba.

Su nombre. Había dicho su nombre.

—¿Sabes quién soy? —preguntó sorprendida.

—Por supuesto —dijo él echándose hacia un lado para dejarla entrar—. Eres Alba, la hermana de Nacho. Te gusta el ron con naranja y te encanta leer novelas románticas.

Emocionada porque Nacho continuara hablando de ella con cariño, Alba asintió y murmuró mientras oía que una música comenzaba a sonar:

—Me dejas sin habla.

Una vez hubo cerrado la puerta, el pelirrojo le tendió la mano y se presentó.

—Me llamo Manuel y trabajo aquí, como Nacho. —Alba asintió y él, en tono de mofa, cuchicheó—: Y perdona por haberte respondido en plan indio como tú me estabas hablando a mí, pero es que no he podido resistirme.

—No pasa nada —respondió ella sonriendo.

Cuando entraron en el salón, Alba vio a la chica del chándal azul con otra joven de pelo oscuro haciendo aeróbic delante de un televisor. Ambas miraron a Alba, Manuel dijo entonces algo en inglés y ellas, tras dedicarle una sonrisa, siguieron a lo suyo.

Durante varios minutos, Manuel y Alba observaron cómo se afanaban por seguir el ritmo que llevaba Jane Fonda en su clase de aeróbic, hasta que el pelirrojo la miró y dijo:

—Vamos, te llevaré a la habitación de Nacho. Puedes esperarlo allí.

—Te lo agradeceré eternamente.

Él asintió y, cogiendo su bolsa de deporte azul, subió una escalera hasta llegar ante una puerta de color verde botella. Una vez la abrió, Alba parpadeó. La pared de enfrente estaba repleta de fotografías y, en el centro y en grande, enmarcada, la única imagen que el fotógrafo oficial les había hecho en casa de sus padres el día de su boda.

Al ver aquello, Alba se emocionó.

—Como ves... —comentó Manuel divertido—, era imposible no saber que tú eres Alba.

Ella asintió. Entonces el chico, dejando su bolsa de deporte al lado de la cama, le explicó:

—Siento no poder quedarme de charla contigo, pero tengo que prepararme. Entro a trabajar dentro de unas horas.

—No te preocupes, Manuel —murmuró ella encantada—, y gracias por tu amabilidad.

—Dos cosas: la primera, siéntete como en tu casa. La cocina está abajo y puedes ir a comer algo cuando quieras, aunque tendrás que preparártelo tú. La segunda es que aquí a Nacho nadie lo conoce por el nombre de Ignacio.

Alba sonrió de nuevo y luego Manuel se marchó.

Una vez a solas, volvió a mirar la pared de fotos.

Con paso lento, se acercó hasta ellas. Allí había fotos de ellos cuando eran pequeños. De la yaya Remedios, de sus hermanos, de sus padres y de su abuela Blanca. Mirar aquellas fotos supuso para ella llenarse de energía positiva y de recuerdos. Preciosos recuerdos.

También observó otras fotos de personas a las que no conocía, excepto a Arianne, la chica con la que él había estado en su boda años antes. Aquéllos debían de ser los amigos de Nacho. Se lo veía bailando en fiestas, disfrazado y divirtiéndose con otros chicos y chicas. A Alba le entristeció ver aquello. ¿Cómo podía habérselo perdido? ¿Cómo podía haberle fallado así?

Estaba martirizándose cuando fijó la vista en una hoja escrita a mano en la que ponía: «Recordar es fácil para quien tiene memoria. Olvidar es difícil para quien tiene corazón. Gabriel García Márquez».

Alba sonrió. A Nacho siempre le había gustado aquel escritor, y sin duda aquella frase era muy cierta.

Sus ojos divisaron entonces un radiocasete. Se acercó hasta él y vio que, al lado, había varias cintas de música. Alba las ojeó curiosa: Queen, Los Secretos, Scorpions, Phil Collins, Hombres G, Culture Club, Madonna, Nacha Pop... Cuando vio una en la que se leía «Mecano», decidió ponerla. Siempre les había gustado mucho aquel grupo.

Empezaron a sonar los primeros acordes de *Mujer contra mujer** y Alba sonrió. Qué bonita canción.

Cuando volvió a mirar la foto de ella vestida de novia, se le revolvió el estómago. Pensar en Sergio, en el que había sido su marido durante dos años y por el que lo había dejado todo, la desesperó y volvió a llamarse *tonta*.

Por querer ser una buena mujercita para él, había dejado de lado a sus amigos y su amor por Nacho. Incluso había dejado de ser ella misma. Lo había dejado todo para no recibir nada a cambio.

Nacho tenía razón. Qué buen ojo tenía para catalogar a las personas, y qué bien calado tenía a Sergio. No había ni un solo día en que Alba no se arrepintiera de haberse dejado eclipsar por aquel musculitos idiota, que, en lugar de ser un príncipe, había resultado ser una rata de cloaca.

* *Mujer contra mujer*, Ariola, interpretada por Mecano. *(N. de la E.)*

No le había sido fácil tomar la decisión de separarse y, excepto a Teresa, su madre, les había sorprendido a todos.

Ante todo el mundo, Sergio era un excelente tipo, divertido, guasón, amable, simpático, pero cuando estaban solos era un gran machista. Una vez casado, su actitud se volvió más severa y controladora. Él podía salir a tomar copas con sus amigos siempre que quisiera, mientras que ella apenas si podía visitar a su madre y a su abuela. El príncipe que había conocido no estaba siquiera a la altura de un sapo, y cuando, de forma esporádica, hacían el amor, Alba comprendía que aquello no era lo que quería en su vida. Lo último en su relación había sido perdonarle una infidelidad; le costó, pero se la perdonó. Sin embargo, una semana después, el muy idiota volvió a caer con la misma. Aquello ella ya no lo soportó y decidió firmemente terminar y no perdonar. Se había acabado ser una imbécil. Y se había acabado también creer en el amor.

Desde niña siempre había idealizado y querido una relación como la de sus padres, pero estaba claro que con Sergio nunca sería así. Así que, haciendo de tripas corazón, se quitó los grilletes que la encadenaban, se marchó a casa de sus padres, les contó la realidad de su vida y por fin se sintió liberada.

Dos días después, su padre la acompañó a un abogado. Alba quería comenzar los trámites de la separación cuanto antes, e incluso quería el divorcio.

En la familia no había ninguna mujer divorciada, lo que a su abuela Blanca no le hizo mucha ilusión. Su nieta divorciada..., ¡qué escándalo! Pero finalmente, el amor por ella pudo más que las posibles habladurías y le dio su apoyo al cien por cien.

Sergio intentó hablar con ella, hacerla recapacitar, pero Alba se negó. No estaba dispuesta a perdonar. Se había quitado la venda de los ojos que ella solita se había puesto y no iba a darle ni una oportunidad más.

Qué razón tenía su madre cuando, en alguna ocasión, la había oído decir aquello de que del amor al odio sólo había un pequeño paso. Pues bien, el paso estaba dado.

Sin embargo, agobiada por el acoso de su ex a la casa de sus padres, Alba tomó la decisión de desaparecer, y el primer sitio en el que pensó fue Londres. Nacho estaba allí y, sin dudarlo, le pidió a Lena la dirección y cogió el primer vuelo a Inglaterra con la esperanza de que su amigo la escuchara y quisiera perdonarla.

Sin saber qué hacer, miró a su alrededor en la habitación de Nacho. Aparte de las fotos de la pared, había papeles sobre una mesita. Con curiosidad, les echó un vistazo, pero como estaban todos en inglés no entendió nada. En ese instante, la puerta se abrió.

—¿De verdad eres Alba?

Al levantar la mirada se encontró con la chica morena que minutos antes hacía aeróbic con la del chándal azul. Cuando se disponía a responder, la joven se acercó a ella.

—Mecano, ¡qué buen grupo español! —dijo—. A Nacho le encanta también. —En ese momento comenzó la canción *Me cuesta tanto olvidarte*,* y la chica exclamó—: ¡Ay, Diosssssssssssssssss! Esta canción es preciosa, ¡divina!

Alba continuaba mirándola, sin saber quién era, y la otra explicó:

—Ay, por Dios, qué maleducada soy. Me pongo a hablar y a hablar... Soy Viviane Moura, brasileña y amiga de Nacho.

—¿Brasileña? Pues qué bien hablas el español.

—Viví tres años en Valencia; ¡qué ricas paellas comí allí!

Alba asintió, y ella, tras abrazarla con desparpajo, dijo con su chispeante energía y su particular acento brasileño:

* *Me cuesta tanto olvidarte*, Ariola, interpretada por Mecano. *(N. de la E.)*

—Nacho habla maravillas de ti. Cuando lo conocí en Brasil, él...

—¿En Brasil? ¿Nacho ha estado en Brasil?

Al ver que Alba se sorprendía, Viviane murmuró:

—Ay, por Dios... Creo que estoy hablando de más. Mejor me callo. Pero sí, conocí a Nacho en Brasil, concretamente en Copacabana. Él me animó a visitar España y decidí ir a Valencia, un sitio del que me enamoré y al que espero regresar.

Alba sonrió intentando disimular el distanciamiento que había entre ellos.

—Nacho viaja tanto que ya me pierdo —murmuró.

—No volverá hasta mañana —comentó Viviane comedida—. Está en Birmingham, con unos amigos, asistiendo en este mismo instante al concierto de Queen. Le encanta ese grupo.

—Lo sé. Sé cuánto le gusta Queen.

Al ver su gesto serio, la morena añadió:

—No sé, pero algo me dice que tú también necesitas pasarlo bien. ¿Te apetece un poco de diversión?

Alba sonrió. Ya había perdido la cuenta de la última vez que lo había pasado bien.

—Diversión..., ¿qué es eso? —comentó. Pero, al ver cómo aquélla la miraba, añadió—: No estoy pasando por el mejor momento en lo que se refiere al corazón.

—Bienvenida al club —se mofó Viviane—. Ay, por Diossss... Vamos. Cámbiate de ropa. Te vienes a una fiesta conmigo esta noche.

—¡¿Qué?!

La brasileña suspiró y cuchicheó:

—He roto con mi novia Bernice hace seis días y quiero divertirme y demostrarme a mí misma que vuelvo a estar en el mercado, que soy una tía fantástica y que, si Bernice se ha enamorado de otra, ¡ella se lo pierde! En mi opinión, tú deberías hacer lo mismo. Esta noche hay una fiesta en un bar increíble repleto de mujeres y, como las dos necesitamos divertirnos, ¿qué te parece si vamos juntas y nos tomamos algo?

Alba parpadeó. ¿Cómo que «su novia»?

Aquella morenaza impresionante que parecía recién salida del calendario Pirelli, ¿era lesbiana y le proponía ir a un bar de lesbianas?

Intentó aparentar normalidad, pero si su abuela la hubiera oído, ya se habría persignado. Lesbianas, homosexuales..., aquel mundo tan desconocido se le hacía raro, y ante ella tenía a una chica que hablaba con tranquilidad de que tenía novia y no novio.

¡Pero qué escándalo!

Rápidamente negó con la cabeza. Ella no podía salir por Londres, y menos con aquélla. No..., no..., no... Primero porque no la conocía; segundo, porque no conocía Londres, y tercero, ¡porque era lesbiana!

¿Y si intentaba ligar con ella?

Al intuir lo que Alba pensaba, Viviane se apresuró a aclarar:

—Lo primero de todo, métete en la cabeza que porque me gusten las mujeres eso no quiere decir que quiera ligar contigo. No, no, ay, por Dios..., nada más lejos de mi intención.

—Vale... Vale... —respondió ella sonriendo.

—Además, has de saber que, porque vayas a un bar de lesbianas, no estás obligada a ligar con nadie. Sólo creo que ninguna de las dos está pasando por su mejor momento y te propongo salir a divertirnos. Por tanto, tranquila, que ni te voy a meter mano ni me voy a acostar contigo y, por supuesto, y como deferencia a que eres la hermana de Nacho, no voy a permitir que nadie te incomode. —Alba sonrió. Le gustaba su sinceridad—. Venga, anímate. Iremos a esa fiesta. Nos vendrá bien.

—Bueno, yo..., no sé...

Pero Viviane, que era un torbellino, la cogió de la mano y se la levantó.

—Dentro de una hora vengo a buscarte —le dijo—. No te pongas nada especial. Con unos vaqueros y una camisa estarás monísima.

Dicho esto, desapareció de la habitación dejando a Alba sin palabras. ¿Qué iba a hacer ella en un bar de lesbianas?

Una hora después, cuando Viviane pasó a buscarla, ya estaba preparada.

—Nacho tiene razón —comentó la brasileña mirándola—. Tienes mucho estilo vistiendo.

Al salir de la habitación y bajar al salón, se encontraron con Manuel.

—¿Adónde vais? —preguntó él divertido al verlas.

—Al Moana, a tomar algo —respondió Viviane—. Las dos necesitamos pasarlo bien. Allí hay una fiesta y estarán las chicas.

Manuel sonrió y, clavando los ojos en la brasileña, le advirtió:

—Ya puedes cuidarla o te aseguro que Nacho te arrancará la piel a tiras si le ocurre algo.

—Ay, por Dios..., qué pesado. —Ella sonrió y, mirando a Alba, que la observaba desconcertada, afirmó—: No ocurrirá nada. Sólo lo pasarás bien. Te lo prometo.

—Pasaos por el Climant, ¡os invitaré a unas copas!

—De acuerdo, ¡copas gratis! —aplaudió la brasileña.

No muy convencida de lo que estaba haciendo, Alba salió de la casa con aquella desconocida. Se montó en el coche y, cuando llegaron a una zona de bares repleta de gente y bullicio, Viviane dijo:

—Bienvenida a la diversión en Londres.

Sorprendida, Alba miró a su alrededor. Desde que se había ennoviado con Sergio, había dejado de salir, de divertirse, de bailar y, de pronto, al verse allí, se sintió intimidada pero feliz.

Cuando aparcaron el coche y salieron de él, Viviane la cogió del brazo y, entre risas por las cosas disparatadas que contaba, caminaron hasta llegar a un bar en cuyo cartel se leía «Moana». Una vez dentro, Alba miró a su alrededor. Allí todo eran mujeres. Mujeres altas, bajas, delgadas, gorditas, con ropa y peinados de mil estilos..., y todas parecían pasarlo bien.

Sonaba la canción *The Loco-motion*,* de Kylie Minogue, y muchas de las chicas bailaban. Cuando vio a dos de ellas besándose al fondo del local, Alba se quedó sin habla. Nunca había visto besarse a dos mujeres... Pero ¿dónde se estaba metiendo?

Sin soltarla de la mano, Viviane la llevó hasta un grupo de chicas de pelos cardados y chaquetas con increíbles hombreras y colores que las recibieron con una sonrisa. Alba las saludó con tiento y, por suerte, entre tanta inglesa había dos españolas: Almudena, que era de Cuenca, y Alicia, de Granada. Ambas trabajaban en Londres.

Rápidamente entablaron conversación con Alba, que estaba un poco cohibida. No quería darles una idea equivocada a las chicas, pero al final sonrió cuando la loca de Viviane dejó claro lo que ella no se atrevía a decir: era heterosexual, ¡le gustaban los hombres!

Después de que Viviane se lo contara con la más absoluta normalidad, la complicidad entre ellas no cambió lo más mínimo; todas continuaron igual que minutos antes, y Alba se sintió más cómoda y desterró los prejuicios.

Mucho más integrada, fue hasta la barra con Almudena a pedir algo de beber. Por último se decidió por un ron con naranja.

* *The Loco-motion*, CBS, interpretada por Kylie Minogue. *(N. de la E.)*

Necesitaba algo fuertecito, se había acabado la época de la naranja con hielo porque así lo decía Sergio. Volvía a tomar las riendas de su vida y, si quería beberse un ron con naranja, nada ni nadie se lo iba a impedir.

Tras ese ron llegó alguno que otro más y, cuando comenzó a sonar la canción *I Want You Back*,* del grupo Bananarama, todas empezaron a bailar, y Alba, totalmente desinhibida, disfrutó como nunca haciéndolo con total libertad.

La música, el lugar, el ron con naranja y la compañía consiguieron que se desfogara por primera vez en mucho tiempo. Llevaba años sin bailar, sin cantar y sin reír con la libertad de esa noche y, en cuanto empezó la canción *Walk Like an Egyptian*** de The Bangles, que tanto le gustaba, Alba se olvidó de todo y se divirtió. Se divirtió de lo lindo.

Tras ese bar visitaron otros tres más y pasaron por el Climant, donde Manuel las invitó a varias copas. A las siete de la mañana, cuando regresaron a casa con un puntito pero no borrachas, mientras Viviane abría la puerta con la llave y Alba seguía canturreando, la brasileña le preguntó con una sonrisa cómplice:

—¿Lo has pasado bien?

Alba asintió. Estaba pletórica de felicidad por la estupenda noche que había pasado con sus nuevas amigas.

—Ay, por Dios, ¡lo he pasado genial! —aseguró.

Dos minutos después entró en la habitación de Nacho; simplemente se quitó los botines que llevaba y, sin desnudarse, se tumbó en la cama, que olía a su amigo, y con una gran sonrisa se durmió.

* *I Want You Back*, Rhino, interpretada por Bananarama. *(N. de la E.)*

** *Walk Like an Egyptian*, Legacy Recordings, interpretada por The Bangles. *(N. de la E.)*

6

Un olor familiar invadió las fosas nasales de Alba.

¡Qué bien olía!

Adoraba aquel aroma... Era... era... Andros, la colonia que durante años le había regalado a Nacho. «¡Nacho!», pensó, y como una autómata abrió los ojos al recordar dónde estaba.

Miró el reloj que había en la mesilla y, al ver que eran las 17.30, recordó la noche de juerga que se había pegado con Viviane.

¡Dios, qué bien lo había pasado!

Tenía sed, por lo que se incorporó en la cama y, mientras se restregaba un ojo, de pronto vio a Nacho sentado frente a ella en una silla, con una taza en la mano. Estaba delgado, bastante más delgado que la última vez que lo había visto, y llevaba perilla.

Durante varios minutos, ambos se miraron. Sus ojos, sus miradas, como siempre, hablaban por ellos, hasta que él dijo:

—¿Sabes? Creo que está siendo una de nuestras mejores conversaciones de los últimos años.

Alba sonrió. Él y su buen humor de siempre.

Nacho se levantó, se acercó a la mesilla, dejó la taza que llevaba en las manos y, sentándose en la cama junto a ella, preguntó sin tocarla:

—¿Cómo está mi chica?

Con el corazón a cien al oír aquella frase tan cariñosa de sus labios, Alba murmuró:

—Perdóname.

—Vaya..., qué interesante...

El corazón de ella aleteó. Necesitaba ser perdonada y, sin dejar que dijera nada más, prosiguió:

—Sé que no me he portado bien contigo. Sé que he sido la tía más egoísta del mundo por pensar en mí y sólo en mí, pero el amor, la locura o como quieras llamarlo me cegó y... y la última vez que hablamos recuerdo que me dijiste que siempre estarías para mí y...

No pudo continuar. Nacho le puso un dedo en los labios y, acallándola, murmuró:

—Monito, te he echado mucho de menos.

Un quejido escapó de la boca de Alba y rápidamente se lanzó a sus brazos. Nacho, su Nacho, la seguía queriendo como la había querido siempre. Entonces lloró abrazada a él. Lloró por el tiempo perdido, por haber estado lejos de él, por haberlo decepcionado. Lloró por Nacho, no por Sergio, éste no se merecía ni una lágrima más.

Cuando consiguió controlar sus hipidos, aunque las lágrimas continuaban desbordando sus ojos, miró al hombre que, junto a su padre, nunca le había fallado y murmuró con un hilo de voz:

—Tengo tanto que decirte.

Nacho asintió, le secó las lágrimas con un pañuelo y, tras dejarlo sobre la mesilla, cogió la taza y susurró tras darle un trago:

—Y yo. Pero primero tienes que tranquilizarte, ¿vale?

Ella asintió.

—Ni te imaginas el susto que me he dado cuando Manuel me ha dicho que mi hermana Alba estaba en la habitación —continuó él.

—¿Por?

—Porque era lo que más deseaba en el mundo, aunque me odiaba por desearlo.

Alba suspiró, se secó más lágrimas que se negaban a dejar de salir de sus ojos y, tras asentir, preguntó:

—Me dijeron que estabas de concierto. ¿Lo has pasado bien?

—Sí. En un principio no me apetecía mucho ir, pero unos amigos se empeñaron y, al final, no pude negarme, aunque ahora estoy destrozado por el palizón que nos hemos dado.

Ambos se miraron de nuevo. Tenían tanto que decirse.

—¿Qué tomas? —preguntó Alba.

—Una infusión de tila que le compro a un amigo en una herboristería. ¿Quieres?

La joven lo olió y, torciendo el gesto, murmuró con un hilo de voz:

—Huele fatal.

—No huele mal, lo que pasa es que no estás acostumbrada a este olor, pero sabe muy bien.

—Eso es una guarrería —dijo sollozando todavía emocionada y, al ver que él sonreía, volvió a preguntar—: ¿Se puede saber por qué te ríes?

Nacho dejó la taza sobre la mesilla y, mirándola, respondió:

—Perdona, cariño, pero llevaba tanto tiempo sin verte y sin hablar contigo que había olvidado lo graciosa que te pones cuando lloras.

Alba por fin sonrió, le quitó la taza de las manos y, tras darle un trago que le supo a rayos, murmuró:

—Estás muy delgado... Pero si tienes hasta ojeras.

—Lo sé.

—Si te vieran las abuelas o mamá, te preparaban un buen puchero de garbanzos y te engordaban como a un pavo.

Nacho asintió. No le cabía la menor duda de que aquellas tres mujeres lo harían. Alba dio entonces un nuevo trago a la taza y, poniendo cara de asco, siseó:

—Dios mío..., esto es la cosa más asquerosa que he tomado en la vida.

Ambos comenzaron a reír. Por diferentes motivos y circunstancias, necesitaban reír.

—¿Desde cuándo llevas perilla? —preguntó ella a continuación.

—Desde hace meses.

Alba asintió pero, deseosa de saber de él, volvió a preguntar:

—¿Qué tal el concierto de tu grupo preferido?

—Brutal. Y Freddie Mercury, ¡increíble! Pero no des más rodeos y cuéntame qué haces en Londres.

—Me he separado y voy a divorciarme —soltó ella de sopetón.

Nacho levantó las cejas. Siempre que llamaba a España preguntaba por Alba, y nunca nadie le había insinuado lo más mínimo. Aun así, sin sorprenderse demasiado, indicó:

—Está feo que lo diga, pero sabía que esto iba a pasar.

Alba asintió.

—Me enamoré —murmuró derrotada—, me cegué y no veía más allá de mi nariz. Hasta que la situación que estaba viviendo me hizo abrir los ojos y fui capaz de tomar las riendas de mi vida para intentar ser feliz, aunque sea sola.

Al oírla decir eso, Nacho comprendió lo mal que debía de haberlo pasado hasta llegar a ese instante y, retirándole un mechón de su rubio cabello de los ojos como había hecho cientos de veces antes, murmuró:

—Lo siento. Lo siento mucho.

—Lo sé.

Tras un significativo silencio por parte de ambos, él preguntó:

—¿Qué te dije que pasaría entre Alicia y Roberto si no se iban de Madrid?

—Que él se liaría con su secretaria..., y así fue —respondió Alba.

—Un punto para Nacho —afirmó él—. Ahora piensa qué te dije de tu compañera de El Corte Inglés, Lola, y Federico, el de mantenimiento.

Alba hizo memoria y, secándose las lágrimas, respondió:

—Que estaban liados porque sus miradas los delataban..., y así fue.

—Otro punto para Nacho. —Al ver que ella sonreía, insistió—: ¿Qué te dije de mi hermano y mi querida cuñadita?

Alba suspiró al pensar en ellos y recordar que la yaya Remedios le había contado que, cuando les pidió que la ayudaran a pagar el centro de desintoxicación para Lena por su problema con las drogas, aquella bruja adinerada había dicho que ella no había entrado en esa familia para hacer obras de caridad. Al final, acabó pagándolo todo Nacho desde Londres. Sus padres lo intentaron, pero Nacho no lo permitió.

—Menuda asquerosita es tu querida cuñada —cuchicheó.

—¡¿Asquerosita?! —se mofó él. Alba siempre había sido muy comedida en cuanto a decir palabrotas—. Mejor digamos que es una zorra, una egoísta, una envidiosa y una mala persona. Llamémosla por su nombre.

Alba sonrió. Sin lugar a dudas, Nacho había descrito mejor que ella a aquella mujer, y afirmó mientras se tocaba el colgante de cristal tallado que él le había regalado y que nunca se quitaba:

—Tienes razón. Es una zorra.

Él, que se había fijado en el colgante, exclamó al oír eso de su boca:

—Qué escándalo, Alba Suárez, ¡tú diciendo una palabrota!

Ambos rieron.

—Sin duda, mi vida ha de cambiar. Y una de las primeras medidas que debo tomar es llamar a las cosas por su nombre.

Durante un buen rato se olvidaron de sus propios problemas y charlaron de todo un poco. De nuevo, la comunicación entre ellos volvía a ser fluida, y se hablaban con la tranquilidad con la que lo habían hecho durante muchos años.

—Por cierto —dijo Nacho—. Las últimas veces que he telefoneado a la yaya me ha parecido que se ahogaba al hablar. Está delicada, y aunque Lena y mamá me dicen que se toma todas las medicinas, me preocupa. ¿Tú cómo la ves últimamente?

Con los años, Remedios, *la yaya* para todos, había empeorado de los bronquios, a pesar de que el especialista había conseguido controlar su problema.

—Está débil pero controlada, no te preocupes. Mamá y la abuela están pendientes de ella en todo momento y la acompañan al médico para que no se haga la valentona y cuente la verdad de su estado al doctor. —Nacho sonrió. Su abuela era un caso. Alba prosiguió—: Pero sigue sin aceptar lo de Lena. El hecho de que tu hermana se haya ido a vivir con su novio sin pasar por la iglesia no le ha hecho mucha gracia.

Nacho suspiró. Sabía lo anticuada que era su yaya para muchas cosas

—Lo hablé con ella hace tres meses, cuando estuve en Madrid, y se lo vuelvo a repetir cada día cuando la llamo por teléfono —señaló—. Lena ya es mayor, ha reconducido su vida, se ha enamorado de un muchacho que la ha ayudado a salir del pozo de la droga en el que estaba y, si ha decidido irse a vivir con Dani sin pasar por la vicaría, hay que respetárselo. Dani me parece un tipo excelente y, si son felices, ¿por qué no alegrarnos por ellos? ¿Por qué la yaya sigue sufriendo por lo que los demás piensen cuando la vida son dos días y hay que vivirla y disfrutarla?

—Porque es de la vieja escuela. Conservadora y tradicional.

Nacho asintió. Nadie lo sabía mejor que él.

—Pues esa vieja escuela conservadora y tradicional se tiene que modernizar —replicó.

Alba asintió. Sabía lo que pensaba la yaya Remedios de aquello y lo que pensaba Nacho. Desde muy joven, él siempre había sido un chico muy permisivo y tolerante con todo y con todos. Todo lo contrario de ella misma, que siempre había sido una chica tradicional; aunque, tras vivir con Sergio y pasar por las distintas y desagradables situaciones por las que había pasado, se había dado cuenta de que vivir ocultando cosas y sin poder elegir ni siquiera la camisa que ponerse era lo peor, porque eso no era vida ni era nada.

Por ello, y consciente de lo mucho que te pueden asfixiar algunas situaciones en la vida, afirmó:

—¿Sabes? Me ha costado, pero me he dado cuenta de que tienes razón. ¡Qué más da lo que piense la gente si uno no hace mal a nadie y es feliz! Dani es encantador, ha ayudado mucho a Lena y la adora. Ese muchacho, a pesar de su juventud, le ha dado una oportunidad que otro nunca le habría dado por el simple hecho de ser extoxicómana. Ojalá que el amor que sienten el uno por el otro les dure mucho tiempo. Ambos se merecen ser felices, y Lena, por todo lo que ha luchado para salir de esa mierda, mucho más.

Nacho la miró sorprendido. La antigua Alba habría hablado de modos, tradiciones y costumbres, pero la mujer que ahora tenía ante él le hablaba de felicidad, y eso le gustó. Le gustó más de lo que nunca pensó que podría gustarle y, consciente de lo que preguntaba, dijo:

—Estoy esperando que me cuentes qué ha pasado en tu vida estos últimos años para que la tradicional Alba haya desaparecido y desees divorciarte del anormal ese con el que te casaste.

Por primera vez, el hecho de que Nacho lo insultara no le pareció mal; al contrario, le gustó.

—Me casé enamorada de un tipo que resultó no ser lo que

aparentaba, a pesar de que ahora soy consciente de que tú lo conocías mejor de lo que yo pensaba. Imaginaba que su sobreprotección, sus celos, sus ganas de tenerme sólo para él eran algo bonito, incluso romántico, pero estaba equivocada. Nada era lo que yo creía, y menos aún romántico. Sergio es egoísta, controlador, mujeriego, egocéntrico, machista, y una gran cantidad de cosas que he visto con el paso del tiempo y que...

—Te lo dije.

—Lo sé.

Nacho resopló y, al ver cómo su amiga lo miraba, murmuró:

—Antes de que os casarais, como te conté en alguna ocasión, fui testigo de cómo trataba a las mujeres y el tipo de comentarios que salían por aquella boquita que te volvió loca. Desde un principio supe que no era hombre para ti, porque no te iba a cuidar como tú lo ibas a cuidar y a querer a él y, por supuesto, y por muy mal que me sepa decirte eso, sabía que te iba a fallar.

Alba asintió. Sin duda Sergio había sido el mayor error de su vida.

—Nunca volveré a fijarme en un guaperas como él. A partir de este instante, paso de los hombres que hagan que las mujeres se vuelvan a su paso. Si he de enamorarme de nuevo, ¡que sea feo, calvo y bajito! Me he dado cuenta de que los guaperas tienen el ego muy subidito, y no estoy dispuesta a pasar por lo mismo otra vez. Es más, estoy planteándome hacerme lesbiana.

Nacho soltó una carcajada.

—Ya me he enterado de que Viviane te llevó de juerga anoche con sus amigas.

—Ay, por Diosssssss, ¡qué bien me lo pasé! —se mofó ella.

Ambos sonrieron, pero la tristeza que Nacho vio en los ojos de su amiga lo apenó.

—Durante todo este tiempo —murmuró ella abrazándolo—, nunca le he contado a nadie nada de lo que me ocurría, aunque ahora he comprendido que mamá tenía la mosca detrás de la oreja. Sin embargo, no podía decirles a mis padres o a las abuelas la realidad de mi día a día, porque en el fondo me avergonzaba. He callado, he asumido, he mirado para otro lado, pero...

—Alba...

La joven levantó la mano para que callara y continuó:

—No. Déjame que siga. Permíteme que contigo sea sincera al cien por cien. Durante todo este tiempo no he tenido a nadie con quien hablar, y a raíz de haber tomado la decisión, a mis padres les he contado lo justo para no hacerlos sufrir más de la cuenta. —Nacho calló y ella prosiguió—: Sergio ha estado con otra cerca de un año. Yo me enteré porque ella, cansada de que él le asegurara que se iba a divorciar de mí, apareció un día en la puerta de mi casa y me lo dijo. Te aseguro que, cuando me enteré, no me lo podía creer. No podía creer que el hombre por el que yo besaba el suelo que pisaba me estuviera haciendo aquello. Hablé con él y, cuando lo vi llorar, pidiéndome una oportunidad para enmendar su error, a pesar de que mi vida con él no era lo que yo quería, no lo dudé y se la di. Sin embargo, cuando, una semana después, aquella mujer apareció de nuevo en mi puerta, no pude más. Tuvimos una fuerte discusión y...

—No te tocaría, ¿verdad? —murmuró Nacho apretando los puños.

—No... No..., nunca me puso la mano encima. Su daño hacia mí siempre ha sido psicológico. Consiguió anularme, y yo se lo permití. Pero ese día, el día que apareció por segunda vez aquella mujer en casa, decidí dar mi matrimonio por finalizado. Recogí cuatro cosas y regresé a casa de papá y mamá.

—Pero si hablé con mamá y la yaya Remedios hace menos de una semana. Ninguna me dijo nada.

Alba sonrió.

—A mamá le prohibí que dijera nada, y la yaya no ha sabido que estaba en casa de mis padres hasta tres días antes de venirme a Londres. Sergio la pilló en el portal y le contó que lo había dejado.

Nacho se levantó agitado por lo que estaba oyendo. Odiaba no haber estado allí para ayudarlos. Alba se levantó entonces también, lo cogió de la mano y murmuró:

—Estoy convencida de que, en cuanto encuentre a otra tonta que le friegue la casa, le haga la comida y le tenga la ropa limpia, Sergio se olvidará de mí. Lo siento por la que sea pero, desde luego, a mí ya no me vuelve a engañar.

—Pero ¿por qué no le dijiste nada a Luis? —protestó Nacho—. Sabes que él te quiere mucho y...

—Luis ya no es Luis. ¿O acaso no lo has visto en tus visitas a Madrid?

Nacho asintió. Entendía lo que Alba quería decir.

—Además —prosiguió ella—, es compañero de Sergio, y no quería ponerlo en un compromiso. Y... y..., bueno, estoy aquí porque me dijiste que siempre podría buscarte, y aquí estoy para pedirte perdón.

La sinceridad de sus palabras le tocó a Nacho su ya más que sensible corazón y, abrazando a aquella joven a la que tanto adoraba, afirmó:

—Te perdono, tonta, y si no pudiera, lo intentaría hasta conseguirlo.

Sus palabras, como siempre acertadas, emocionaron a Alba. Mientras los dos volvían a sentarse en la cama, le preguntó entonces con los ojos llenos de lágrimas:

—¿Por qué eres siempre tan bueno y comprensivo conmigo?

Nacho sonrió y respondió:

—Porque te quiero.

Luego se tumbaron en la cama. Apoyaron la cabeza en la almohada y se miraron a los ojos. Hablaron durante horas, se comunicaron como llevaban años sin hacer, hasta que, entrada la noche, Nacho murmuró:

—Estoy destrozado, monito, y tú también debes de estar cansada. ¿Te parece si dormimos?

Alba asintió, pero antes de cerrar los ojos le preguntó:

—Sólo he hablado de mí, y no sé por qué tus ojos me dicen que tú también tienes que contarme cosas, ¿verdad?

—Verdad —afirmó él.

En ese instante, Alba volvió a fijarse en sus ojeras.

—¿Estás bien? —dijo.

—Sí —respondió Nacho.

Pero ella no lo creyó. Como siempre, había sido una egoísta que sólo había hablado de sí misma.

—Entonces, si estás bien, ¿por qué estás tan delgado y tienes esas ojeras?

Nacho le tocó la punta de la nariz con un dedo y, tapándose con la manta, susurró:

—Durmamos. Ya hablaremos.

—Nacho...

Él la miró e insistió:

—Monito, tengo muchas cosas que contarte, pero ahora, por favor, preferiría descansar.

Alba asintió y, dándose por vencida, cerró los ojos, cogió la mano de la persona que sabía que la quería por encima de todo y se durmió, sin percatarse de que una lágrima resbalaba por la mejilla de Nacho y de que éste se apresuraba a limpiársela.

7

Pasaron varios días, días en los que Alba se recompuso y Nacho la cuidó con mucho mimo, omitiendo hablar de sus propios problemas.

Durante ese tiempo, mientras Nacho iba a trabajar a las oficinas de la cadena de moda de Joanna Bassart, Alba se quedaba en aquella casa llena de risas, magia y personas diferentes. Necesitaba desconectar, y sus nuevos amigos la hacían olvidar, aunque en ocasiones, a causa del idioma, se comunicara con algunos por señas.

Una de las tardes, cuando Nacho llegó de trabajar, se encontró a Alba sentada en el salón de la enorme casa con sus amigos.

—Nicola —decía ella riendo—, no quiero comer más, ¡voy a reventar!

—Un poquito más de pizza —insistió Viviane.

—Buenasssssss —saludó Nacho entrando en el salón—. Huele a rica y humeante comida hecha por Nicola. —Y, aspirando, afirmó—: Pizza y canelones. ¿Habéis cenado ya o me estáis esperando?

Nicola, Sharon, Viviane y Alba se miraron, y esta última respondió:

—Siento decirte que hemos cenado o, mejor dicho, nos hemos cebado. Pero ¿cuánto coméis aquí?

—Ay, por Dios... Tú lo has dicho: ¡aquí! —respondió riéndose Viviane—. Porque he de decirte que, fuera de esta casa, se come fatal.

Sharon, una estudiante inglesa que hablaba muy bien español y era la novia de Nicola, se quejó:

—Eso no es cierto. Simplemente es que vosotros coméis muchísimo.

Manuel, que pasaba por allí, se mofó al oírla:

—Donde esté un buen bocata de jamón, que se quiten los sándwiches de pepinillo que coméis aquí.

Todos rieron. Comparar la cultura culinaria española, italiana o brasileña con la inglesa era una locura.

—Para vivir hace falta comer carne —respondió Nicola, gesticulando con las manos como buen italiano—, pescado, pasta, legumbres, y vosotros aquí, en Londres, con un sándwich y una ensalada os sentís maravillosamente bien. Pero yo no puedo comer sólo eso. La *mia mamma* me educó para comer y comer bien. Si como sólo lo mismo que vosotros, pasada media hora me mareo, me tiemblan las manos y me encuentro mal. Yo necesito comer con holgura. Necesito saciarme y sentir el estómago lleno.

Todos rieron al oírlo. Realmente la comida era un tema importante para ellos.

—Sharon —intervino Alba—, nosotros los latinos tenemos una manera de comer muy diferente de la vuestra. Aquí, a las cinco tomáis té con pastas; en España, a las cinco, si se tercia, nos comemos un buen bocadillo de chorizo de Pamplona.

—¿Chorizo de Pamplona? ¿Qué es eso? —preguntó la inglesa.

Como pudieron, entre todos le explicaron la esencia de aquel manjar tan español, hasta que Nacho, al oír rugir sus tripas, exclamó:

—Hablando de chorizo de Pamplona, me muero de hambre. ¿Están la pizza y los canelones esperándome en el horno, Nicola?

—Sí —afirmó él.

—Te acompaño. —Alba se levantó para seguirlo.

Una vez entraron en la cocina, mientras Nacho se lavaba las

manos en el fregadero, ella abrió el horno y sacó la pizza y los canelones. Tan pronto como lo dispuso todo sobre la mesa, Nacho sonrió y, tras coger un tenedor, atacó los canelones. Nicola cocinaba muy bien.

Cuando se los terminó, cogió una porción de pizza y, después de darle un mordisco, murmuró:

—Mmm..., está exquisita.

—Es la mejor pizza que he comido en la vida —afirmó Alba.

Nacho la disfrutó y, tras darle otro mordisco, explicó:

—Los padres de Nicola tienen un restaurante en Roma y él cocina fabulosamente bien, aunque prefiere la filología inglesa a trabajar con ellos. —Ambos sonrieron y luego Nacho preguntó—: ¿Has llamado hoy a casa?

—Sí.

—¡¿Y?!

—He hablado con mamá, me ha dicho que Sergio no ha vuelto a aparecer, que todo está tranquilo y..., bueno, no te asustes por lo que voy a decirte, pero anoche tuvieron que llamar a urgencias para la yaya Remedios.

Al oír eso, Nacho dejó de comer y Alba se apresuró a añadir:

—Tranquilo, tranquilo. Le dio una de sus crisis, pero mamá me ha dicho que se la controlaron y hoy está mucho mejor.

—Voy a llamarla por teléfono.

—Primero come. Luego la llamarás.

Nacho estaba preocupado. Su abuela era muy mayor y siempre había tenido los bronquios delicados.

—Cuando vuelvas a España, iré contigo —dijo mirando a su amiga—. Quiero llevar de nuevo a la yaya al especialista y, si es necesario, me la traeré aquí conmigo para cuidarla.

Alba sonrió. A la yaya Remedios nadie la sacaba de España ni de su casa.

—Seguro que se pone contenta cuando te vea —afirmó—. Por cierto, mamá y la abuela me han dicho que, sabiendo que estoy contigo, están más tranquilas.

Ese comentario hizo que el joven sonriera y, con picardía, cuchicheó:

—¿Le has dicho a la abuela Blanca que dormimos juntos en la misma cama?

—Qué cosas tienes, perillita —se burló ella.

—Mira..., mira..., que la abuela Blanca es conservadora y tradicional como la yaya y, si se entera de que compartimos sábana y colchón y que dormimos haciendo la cucharita, se puede escandalizar. Ya sabes que siempre ha querido que yo fuera tu novio.

Ambos estaban riendo por aquello cuando la puerta de la cocina se abrió y Manuel, el chico pelirrojo, entró y dijo mirando a Nacho:

—Esta mañana ha venido Thelma y me ha dejado esto para ti. Ha dicho que la llamaras si necesitabas algo más.

Sin hablar, Nacho cogió el sobre cerrado que le entregaba, y Manuel, al ver que no decía nada, murmuró:

—Elisa.

Alba los miró. ¿Quién era Elisa?

Con curiosidad, vio cómo se miraban los dos amigos y le extrañó la seriedad que a Nacho se le instalaba en el semblante. Aun así, no preguntó y observó que su amigo se guardaba el sobre cerrado en el bolsillo de la camisa.

—Gracias, Manuel —oyó que decía.

El pelirrojo asintió y, cambiando su gesto serio por otro más sonriente, comentó:

—Os dejo. Me tengo que ir a currar.

Cuando se disponía a salir, Nacho murmuró:

—Manuel, hoy en la oficina me han preguntado si conocía a

un par de personas para las nuevas tiendas que Joanna Bassart abrirá en Londres. Si te interesa, dímelo y te concierto una entrevista. Se lo voy a decir a Nicola también.

Alba vio cómo a Manuel le cambiaba el gesto.

—Me interesa —afirmó encantado—. ¿Cuándo abrirán las tiendas?

Nacho se tragó el bocado de pizza que tenía en la boca.

—Dentro de dos meses. Una en Notting Hill y otra en Oxford Street. En la primera estará Claudia, y en la segunda, Margot.

Manuel asintió y le aseguró muy animado:

—Ya sabes que me gusta el mundillo. Todo lo que tenga que ver con la moda me apasiona.

—De acuerdo, te concertaré una entrevista, ¿vale?

Manuel se acercó a Nacho y, chocándole la mano, dijo antes de salir:

—Gracias, tío. Muchas gracias.

A los dos segundos de salir el primero de la cocina, entró raudo Nicola y se dirigió a Nacho:

—Me ha dicho Manuel que buscáis gente para las tiendas. Cuenta conmigo y podré dejar el trabajo en el asqueroso bazar.

Nacho sonrió y cuchicheó guiñándole un ojo a Alba:

—Se me ha adelantado Manuel... Tranquilo, en cuanto concierte vuestras entrevistas, os lo digo.

Nicola cerró los ojos. Aquello sería para él una gran oportunidad y, cogiéndole la mano con fuerza, dijo:

—Amigo, si haces esto por mí, no sabes cuánto te lo agradeceré.

En ocasiones, las palabras sobraban; Nacho sonrió de nuevo y afirmó:

—Todo lo que pueda hacer por vosotros lo haré, como vosotros lo habéis hecho por mí. —Luego cogió otra porción de pizza, la mordió y apuntó con alegría—: Sólo por hacer una pizza como ésta te mereces lo que sea.

Nicola soltó una risotada, se abalanzó sobre él y le dio dos sonoros besos en la mejilla.

Alba los observaba divertida. Qué fácil parecía allí la vida para todo el mundo.

—Anda, vete y déjame comer —protestó Nacho bromeando mientras el italiano se alejaba. Acto seguido, miró a Alba y preguntó—: ¿Has visto qué besucones y sobones son estos italianos?

—Come —indicó Nicola desde la puerta—. Hay que rellenar ese cuerpo.

—Déjame en paz, pesado —musitó Nacho mientras miraba a su amigo, que desapareció tras la puerta—. Siguiendo con nuestra conversación, monito: ¿has hablado con el idiota de tu marido?

—Sí. Me ha dicho que yo me lo pierdo, y que otra de su larga lista de espera ocupará mi lugar.

Ambos sonrieron.

—¡Qué disgustazo! —susurró Nacho.

—Tremendo —afirmó Alba—. ¿Sabes?, me preocupan algunas cosas.

—¿Qué cosas? Y no me digas que estás celosa porque ese imbécil tenga lista de espera, porque juro que abro el horno y te meto dentro.

Alba sonrió y negó con la cabeza.

—Sergio y yo tenemos una casa en común, aunque lo que más me preocupa es el tema laboral.

—No tendrás problemas. Tranquila, yo te ayudaré —afirmó él mirándola con sus maravillosos ojos verdes.

Con una sonrisa, la joven preguntó:

—¿Acaso vas a buscarme trabajo como a Manuel y a Nicola?

—Ya lo tienes.

Pensar en su modesta tiendecita de ropa la hizo sonreír. Modas Alba no era muy rentable por el tipo de clientela que frecuentaba el local y, encogiéndose de hombros, cuchicheó:

—No sé si seguiré con la tienda. Quizá lo más recomendable es que la cierre y busque otro trabajo. —Y, pestañeando, preguntó—: Oye..., ¿tú crees que Sergio me pedirá algo del negocio? Cuando decidí abrir la tienda, papá me regaló el local y lo pusimos a mi nombre ante notario.

—No lo sé, monito. ¿Qué sensación te ha dado cuando has hablado con él por teléfono esta mañana?

—Chulesca, ya sabes cómo es él.

Ambos se miraron.

—¿Qué te importa más: el local y tu negocio o la casa? —preguntó entonces Nacho.

—El local, especialmente porque es un regalo de mis padres. La casa no me interesa. Nunca viviría allí.

—Pues entonces deja que se quede con la casa y tú quédate con el local para que puedas mantener tu negocio o el que quieras. Si, por lo que dices, ese idiota es un pesetero, tener una casa sólo suya le gustará.

Alba asintió. Sin lugar a dudas, a Sergio le gustaría aquello.

De pronto vio que Nacho se levantaba de la silla, abría su maletín y, sacando un tarjetero de cuero negro, buscaba algo. Cuando lo encontró, le enseño una tarjeta y dijo:

—Es de una amiga abogada.

—Ya tengo abogado.

—Como ésta, no —afirmó él—. Si te vas a meter en un divorcio con ese atontado y no queremos que nos jorobe el tema del local, hemos de contar con la mejor, y te aseguro que ésta es la mejor.

Alba sonrió y se encogió de hombros.

—Es una amiga que estuvo viviendo aquí en Londres por trabajo hasta hace tres meses —prosiguió Nacho—. Es abogada matrimonialista y de las buenas. Se llama Alicia Fernández. Cuando la llames, dile que eres amiga mía, verás qué bien te trata. De todas formas, también la llamaré yo.

—La llamaré cuando regrese a España —afirmó ella cogiendo la tarjeta. Luego lo miró y preguntó—: Y, bueno, ya que tú no dices nada, te lo preguntaré yo: ¿quién es esa Elisa?

—¿Elisa? —repitió él.

Sin perder la sonrisa, Alba asintió.

—Sí, Elisa. He oído que Manuel decía su nombre cuando te has metido el sobre que te ha traído en el bolsillo de la camisa.

Nacho negó con la cabeza.

—No es nadie, pedazo de cotilla.

—¿Cómo que no es nadie? —replicó ella señalándolo con el dedo—. ¿Acaso me vas a negar que, cuando Manuel te ha traído la carta, te has puesto algo tenso? Mira, Nacho, que te conozco, y sé que siempre que te muerdes el labio es porque estás nervioso.

—Eso es una tontería —se quejó él.

—No, cielito lindo, no es una tontería. He visto tu mirada, y también me he dado cuenta de cómo te ha mirado Manuel. Anda, dime cómo es Elisa. ¿Es rubia, morena, pelirroja...?

—Déjalo, pesada. —Intentó sonreír.

Alba se levantó de su silla, se puso frente a él, pestañeó como cuando eran pequeños y murmuró tocándose el colgante de Swarovski:

—Anda, por favor, dímelo. ¿Quién es ella? Cuéntamelo o no dejaré de darte la tabarra en lo que queda de día, y sabes que, si me lo propongo, soy muy pesadita.

Nacho sonrió. Alba se abalanzó entonces sobre él y comenzó a hacerle cosquillas, justo en el momento en que empezaba a sonar el teléfono. Ambos reían cuando Nicola entró en la cocina.

—Nacho, teléfono.

Rápidamente, él se levantó y, mientras se alejaba sonriendo, Alba cogió un trozo de la pizza que todavía estaba sobre la mesa y gritó:

—¡Vete, vete, cobarde, pero cuando regreses continuaré con el tercer grado!

Mientras Alba estaba sola en la cocina, se comió otra porción de pizza, ¡estaba de muerte! Con positividad, sonrió. Estar con Nacho aquellos días le había devuelto la seguridad en sí misma, y eso era de agradecer. Estaba pensando en ello cuando la puerta de la cocina se abrió y entró su amigo. Acto seguido, éste la miró y, con un hilo de voz, murmuró:

—Era Lena... La yaya Remedios ha muerto.

Cuando Alba consiguió levantarse, corrió hacia él, lo abrazó y lo consoló. Pero, para su sorpresa, Nacho se dejó caer al suelo llorando como un niño.

Una hora más tarde, después de que Alba hablara con su padre en Madrid, cogieron un vuelo de regreso a España. Nacho no paró de llorar en todo el viaje, y Alba estaba angustiada. Su amigo era inconsolable.

Al llegar al aeropuerto los esperaba José, quien, al ver a sus dos muchachos y, sobre todo, el estado en que se encontraba Nacho, lo abrazó con fuerza mientras Alba los observaba.

El entierro al día siguiente fue triste. Muy... muy triste.

La yaya Remedios había sido una increíble y cariñosa mujer que lo había dado todo primero por su hija y, después, por sus tres nietos.

Teresa, José y la abuela Blanca no dejaron a los tres hermanos ni un segundo. Por su manera de ser, Luis era el más esquivo, a pesar de su dolor. Lena, que estaba del todo recuperada de su adicción, lloraba. Aunque quien verdaderamente les partió el corazón fue Nacho. La pena del muchacho era infinita y, como pudieron, le dieron todo su amor.

Durante días, Alba se quedó con Nacho, Lena y Daniel a dormir en casa de la yaya Remedios. Cuanto menos tiempo estuvieran solos, mejor.

Arreglar papeles tras una muerte es doloroso, pesado y, en ocasiones, desesperante pero, por suerte, la yaya Remedios lo tenía todo organizado. Nacho suspiró. Hasta para morirse era organizada.

Poco a poco, Nacho se fue reponiendo y, durante los días que estuvo en Madrid, en cuanto podía entraba en la habitación de su abuela. Estar en aquel lugar, donde los muebles no habían variado ni nada estaba fuera de lugar, era como regresar a su hogar.

Allí olía a la colonia de su yaya, su olor seguía viviendo allí, y parecía que en cualquier momento ella abriría la puerta y aparecería sonriendo.

En esos días, Lena y Nacho hablaron mucho y, entre lágrimas, ella le contó lo culpable que se sentía por los disgustos que le había dado a la yaya. Nacho intentó quitarle el sentimiento de culpabilidad. Lo ocurrido no había sido responsabilidad suya. La muerte de la yaya había sido por una enfermedad, no por problemas del pasado, como la estúpida mujer de Luis dejó caer en el tanatorio.

Con orgullo, Nacho comprobó cómo su hermana pequeña había cambiado. Estaba recuperada. En otro momento de su vida, ante aquel comentario de la mujer de Luis, Lena le habría sobado el morro, pero eso ya formaba parte del pasado. Simplemente la miró y, como habría hecho la yaya Remedios, sonrió y se dio la vuelta para no verle la cara. Aquella imbécil no se merecía ni que la miraran.

Por suerte, desde que había conocido a Daniel, la vida de Lena había cambiado. Gracias a él, la joven había conseguido salir del pozo oscuro en el que inconscientemente se había sumergido. Durante años, tanto Nacho como la yaya y toda la familia de Alba habían intentado que se recuperara, que se alejara de las drogas y de sus amigotes del barrio, pero nada de lo que ellos decían o hacían surtía efecto. Hasta que aquel muchacho con cara de bueno apareció en su vida y, con paciencia, cariño y amor lo cambió todo.

La oportunidad que Daniel le dio a Lena la hizo darse cuenta por sí misma de que quería ser feliz y tener una vida normal. No quería ser una drogadicta con un terrible final, y a partir de entonces se recuperó a pasos agigantados. Lena les demostró lo luchadora que era y, día a día, sin descanso, vencía la batalla.

Tras una reunión de Luis, Lena y Nacho con un notario, en un principio decidieron poner el piso en venta, pero al final Nacho se ofreció a comprarlo. Les daría la parte correspondiente a sus hermanos y él se lo quedaría. Lena y Luis accedieron. ¿Quién mejor que él para quedárselo?

Habló con Joanna Bassart, la diseñadora para la que trabajaba en Londres. Le explicó lo que ocurría y que necesitaba un tiempo para poner las cosas en orden en España, y ella se lo concedió sin dudarlo. Era su amigo. Un gran amigo.

Esos días, Alba, Lena y él se dedicaron a recoger el piso. Lena se llevó algunos muebles a la casa donde vivía con Daniel. Le vendrían bien.

—Mira qué cartel —se mofó Alba.

Nacho sonrió. Entre las cosas de la abuela habían encontrado un cartel que anunciaba una actuación de Los Incómodos, el grupo musical que él había liderado.

—Madre mía —murmuró divertido—. Anda que no ha llovido desde entonces.

Ambos se miraron. Sin duda había pasado mucho tiempo.

Entonces Lena abrió otra caja y preguntó:

—Y ¿esto qué es?

Alba y Nacho echaron un vistazo. Él sonrió al ver el objeto y, arrebatándoselo de las manos a su hermana, exclamó:

—Mira, Alba, nuestra piedra de la suerte.

La joven sonrió abiertamente.

—¡Ostras, cuánto tiempo sin verla! No sabía que la yaya la tenía guardada.

—Ni yo —afirmó Nacho tocándola con cariño.

Emocionados y en silencio, observaron la piedra.

—¿Me queréis explicar de qué va esto? —preguntó Lena.

Los otros dos sonrieron.

—Es una de nuestras tonterías —aclaró Alba—. Vimos esa piedra en...

—Cuenca —la cortó Nacho—. Habíamos ido todos para ver las Casas Colgadas. Tú eras muy pequeña y nosotros tendríamos unos ocho años más o menos. Recuerdo que había un hombre con una mesita plegable y encima de la misma tenía muchas piedras de colores.

—Es verdad —afirmó Alba—. Había un cartel que decía «PIEDRAS DE LA SUERTE», y recuerdo que tú y yo nos miramos y pensamos lo increíble que sería tener una de esas piedras.

Nacho sonrió.

—Qué inocentes éramos, monito —cuchicheó.

Deseosa de saber más, Lena insistió:

—Y ¿quién os compró la piedra?

Nacho, que estaba sentado junto a las dos chicas en el suelo, estiró las piernas y recordó divertido:

—Nadie quería gastarse dinero en una piedra, y entre los dos sacamos de los bolsillos las pocas pesetillas que teníamos y le preguntamos al vendedor lo que costaban. El hombre nos dijo que todo dependía del tamaño y el color. Entonces, la yaya empezó a llamarnos, pues el autocar en el que viajábamos iba a arrancar, y el hombre, sonriendo, sacó de su mochila esta piedra y nos dijo algo así como: «Os la regalo, y os aseguro que os dará suerte en la vida».

—Es verdad —afirmó Alba—. Y entonces yo la cogí y, mirándolo, le pregunté: «Y ¿cuándo sabré que tengo suerte?». Y él contestó: «La suerte está por llegar, pero si la necesitas, coge la piedra entre las manos y su magnetismo hará que ésta llegue a ti».

—Vaya dos tontos —se burló Lena al oír su historia.

—Recuerdo que, cuando teníamos exámenes, cogíamos la piedra y le pedíamos sacar buena nota —afirmó Alba—. Pero la suerte siempre encontraba a Nacho y no a mí.

Todos rieron por aquello, y a continuación Lena preguntó:

—¿En serio creíais en una piedra?

Alba y Nacho se miraron. Entonces él, quitándole la piedra de las manos a Alba con ojos emocionados, afirmó:

—Por supuesto que creíamos. Éramos unos niños.

Entre risas continuaron charlando y, mientras Alba seguía contándole batallitas de infancia a Lena, Nacho se levantó, se acercó a su mochila y, con una sonrisa, guardó la piedra y el cartel de Los Incómodos, que tan buenos recuerdos le traían.

Con mimo, durante dos días trabajaron clasificando las cosas y todos volvieron a reír al ver la colección de jerséis que la abuela Blanca les había ido tejiendo con el paso de los años, jerséis que iban heredando los más pequeños y que decidieron no tirar. Era otro bonito recuerdo.

Como buenos hermanos, decidieron repartirse los objetos personales de su abuela, y Alba se emocionó cuando Lena y Nacho, con el beneplácito de Luis, le entregaron el broche en forma de tulipán que años antes le habían comprado a la yaya entre todos. En un principio, la joven se negó a aceptarlo, pero ellos insistieron diciéndole que la yaya siempre había dicho que aquello sería para ella por lo mucho que le gustaba. Con los ojos anegados en lágrimas, Alba lo cogió mientras recordaba cuántas veces había visto ponérselo a Remedios.

—Gracias... —dijo—, para mí es un honor tenerlo.

Continuaron clasificando cosas. Las inservibles las tiraron y las aprovechables, pero que Nacho no quería conservar, decidieron llevarlas a alguna casa de caridad. La yaya Remedios siempre decía que lo que a ti no te valía con toda seguridad a alguien que tenía menos que tú le parecería una maravilla.

Por la tarde decidieron hacer una pausa y tomarse un refresco en la cocina cuando, a las cinco, sonó el timbre de la puerta.

Lena fue a abrir y se encontró con Luis y su mujer Juliana.

—¿Y tus llaves? —preguntó sorprendida al verlos.

—No lo sé. No las he encontrado en mi casa —respondió Luis.

Todos se dirigieron entonces a la cocina. Al entrar, Juliana se paró en seco. La música que sonaba no le gustaba, y protestó:

—¡Qué horror! No sé cómo podéis escuchar a esos melenudos.

Todos la miraron. Lo que sonaba era la preciosa balada *Still Loving You** de los Scorpions.

—En la variedad está el gusto —replicó Nacho—. Afortunadamente, lo que a mí me gusta, a ti no. Ambos estamos de suerte.

* *Still Loving You*, EMI, interpretada por Scorpions. *(N. de la E.)*

Lena miró a Alba y le dedicó un gesto de complicidad, y Luis, para suavizar el momento, añadió:

—Los Scorpions hacen música de hombres, cariño.

—Pues a mí me gustan y soy mujer —repuso Alba.

—Y a mí —se añadió Lena.

Ambas sonrieron y Luis las miró con reproche. ¿Por qué siempre tenían que poner la puntillita?

A continuación permanecieron unos segundos en silencio mientras los Scorpions seguían cantando, hasta que Juliana arrugó la nariz con desagrado. Aquella imbécil siempre estaba dando la nota.

—Y ¿ahora qué pasa, Juli? —preguntó Lena, incapaz de callarse.

La aludida se retiró su melena rubia de la cara y, mirando a la hermana pequeña de su marido, respondió con su voz estridente:

—Magdalena, te he dicho cientos de veces que no me llames Juli. Mi nombre es Juliana y, sí, huele a rancio.

Alba le pidió calma con la mirada a Lena, y ésta replicó sonriendo:

—Pues a mí me huele de maravilla y, por cierto, llámame Lena, que ya sabes que Magdalena no me gusta.

Nacho y Luis se miraron. La incomodidad era evidente.

—Estamos aquí para ayudar, no para discutir —terció Luis.

Sorprendido, Nacho le dio una palmadita en la espalda a su hermano.

—Hombre, macho —se mofó—, ya era hora, porque nosotros llevamos días. Cuanto antes terminemos, antes podré meter a los obreros para que hagan la reforma que quiero y antes podré alquilar la casa.

—Pues ya estoy aquí —afirmó Luis con positividad.

Su sonrisa sorprendió a todos. ¿Qué le ocurría?

Sin comprender a qué venían sus repentinas ganas de ayudar, Lena se dirigió entonces al salón y dijo señalando unos bultos:

—Luis, de las cosas que ves ahí, si quieres algo te lo puedes llevar.

Él miró hacia el lugar donde su hermana señalaba.

—¡Luis! —exclamó de pronto Juliana—. Ni se te ocurra meter mierda en casa, que luego no sabemos qué hacer con ella.

Su comentario, tan fuera de lugar, hizo que todos miraran a aquella bocazas y, antes de que ninguno pudiera contener a Lena, ésta dio un paso al frente y replicó:

—Mira que lo intento, Juli, pero es que te tengo atravesada. Y, en cuanto a lo que has dicho, difícilmente creo que mi hermano meta mierda en tu casa, cuando la mierda más grande que puede existir eres tú.

—¡Lena! —la reprendieron Nacho y Alba al mismo tiempo, mientras Luis se quedaba sin saber qué decir.

Sin embargo, la joven, revolviéndose, gritó:

—¡Ni Lena ni leches en vinagre! ¿Quién se cree esta hija de puta que es para venir aquí, decir que huele mal y encima catalogar las cosas de la abuela como una mierda?

—Lena, por favor —murmuró Luis.

—Ordinaria y barriobajera..., ¡sigues igual! —repuso Juliana—. Sin lugar a dudas, por mucho que uno intente cambiar, siempre será lo que parece. Como dice el refrán, aunque la mona se vista de seda, mona se queda.

—Oy..., Oy..., lo que me está entrando por el cuerpo —se burló Lena. Y, poniéndose las manos en la cintura—: Me parece a mí que de aquí te vas a ir calentita.

Nacho y Alba no pudieron reprimir una sonrisa.

—Vámonos —exclamó Juliana mirando a su marido—. Está visto que no nos necesitan.

—A ti no —matizó Lena.

Enrabietada por lo que estaba oyendo, Juliana miró de nuevo a Luis.

—O me sacas de aquí o diré lo que pienso de ellos.

—Juliana, por favor —murmuró él—. Es mi familia y...

—Me importa bien poco que sea tu familia. Llevo años puliéndote para que seas el hombre que eres. Te encontré siendo una piedra y yo te estoy convirtiendo en un brillante. Y ahora esta gentuza me insulta... ¿Así me lo pagas?

—Pero qué zorra eres —siseó Alba furiosa.

—¡¿Qué?!

Al oír eso, todos miraron a la chica. Era la primera vez que la oían decir una palabra fuera de lugar.

—Alba —susurró Lena divertida—, te voy a lavar la boca con jabón. Pero ¿desde cuándo dices palabrotas, cuando aquí la malhablada y la barriobajera soy yo?

Molesta con Luis y con su mujer, Alba volvió a sisear sin el menor rastro de humor:

—Simplemente estoy aprendiendo a llamar a las cosas por su nombre.

Juliana meneó la cabeza.

—Otra. ¡La fina! La hija del frutero que abandona a su marido.

—¡Cállate, perra! —dijo esta vez Nacho.

A cada instante, el ambiente se estaba caldeando más y más. Luis, bloqueado como desde hacía mucho tiempo que no lo estaba, respiraba con dificultad. Todos eran conscientes de ello, hasta que Juliana dijo:

—Luis, te dije que esto iba a pasar. Te dije que éstos... que éstos nos iban a insultar, y no estoy dispuesta a estar un segundo más en este... este nauseabundo lugar mientras me insultan y tú no haces nada.

Luis se tocó el pelo. A diferencia de otras veces, no había dado la cara por su mujer y, cuando Nacho vio que Lena iba a saltar, dio un paso al frente y soltó:

—Mira, Juliana, cuando te casaste con mi hermano, dijiste que te habías casado con él, no con su familia. Pues bien, ahora soy yo quien le dice a Luis que él siempre será mi hermano, pero que tú ni eres ni has sido ni serás nunca de mi familia. Por tanto, si eres tan amable de salir de esta casa, te lo agradeceré, porque así me evitarás tener que echarte y parecer tan ordinario y mala persona como tú. —Luego, volviéndose hacia Luis, prosiguió—: Lo siento, hermano. Entiendo que es tu mujer y tú sabrás qué haces con tu vida, pero yo no estoy dispuesto a aguantarla un segundo más. Y ¿sabes por qué? Porque la yaya Remedios era una señora, y ésta, tu mujer, ni lo es ni lo será. Por tanto, te agradecería que la invitaras a salir de esta casa por las buenas porque, si no, va a salir por las malas.

Juliana no daba crédito a lo que estaba oyendo. Ella era una señora. Era una niña criada en buenos colegios con un poder adquisitivo que más quisieran aquéllos. ¿Quiénes se creían que eran para echarla de allí?

—Muy bien, Nacho —aplaudió Lena escandalosamente mientras miraba a Juliana con una sonrisa burlona—. Ése es mi hermanito.

Luis seguía sin reaccionar. Algo en su interior no lo dejaba. Aquella casa era la de su yaya, la de la mujer que lo había dado todo por él. Entonces oyó que su mujer le decía a Alba:

—Y ¿tú de qué te ríes, atontada?

—Juliana, por favor —protestó él.

Con una sonrisa en los labios por lo que había dicho momentos antes su gran Nacho, Alba afirmó:

—Mira, Juli, no pensaba meterme en el tema, pero estoy aprendiendo que no es bueno quedarte para ti ciertas cosas, y tengo que decirte que eres una persona insoportable, egocéntrica, envidiosa y absurda. Sólo valoras a la gente por su nivel adquisitivo, y algún día te darás cuenta de que no todo en esta vida es el puñetero dinero. Sigue así, sigue creyéndote el ser más perfecto del mundo y llegarás muy lejos, asquerosa.

—¡Esto es increíble! —gritó Juliana colérica—. Que una mosquita como tú, que no tiene dónde caerse muerta, me diga a mí...

—Ay, por Dios —se mofó Alba—. Que creo que voy a ser yo la que le sobe el morro a esta tiparraca.

—Estoy perdiendo la paciencia —musitó Lena—. Y yo, cuando la pierdo, soy lo peor, Juli..., lo peor.

—¡Basta ya! —gritó de pronto Luis. Y, sin mirar a nadie, cogió a su mujer del brazo y comenzó a caminar con ella hacia la puerta.

—Tesorito —cuchicheó ésta agitada—. Por suerte, tú no eres como ellos. Vámonos, ya verás lo que dirán los papis cuando se lo contemos.

Una vez llegaron a la puerta, Luis miró furioso a su mujer.

—Juliana, no entiendo cómo no te avergüenza decir las estupideces que has dicho en mi casa y encima creértelas.

—Pero...

—Basta ya. Y, a partir de ahora, nunca más vuelvas a decir nada fuera de lugar acerca de mi familia.

Su furia dejó aplacada a Juliana. Nunca lo había visto así pero, como no estaba dispuesta a marcharse de allí sin él, suavizó el tono y murmuró:

—Vida mía, he accedido a venir aquí para ayudar, pero ellos...

—Ellos —la cortó Luis— simplemente te han respondido como te mereces. Está claro que tú tienes un dinero que mi familia nunca ha tenido, pero escúchame bien: tenemos dignidad. No lo olvides nunca.

Enrabietada por aquel acceso de cólera tan poco usual en Luis, ella replicó:

—Mira, creo que estás muy nervioso y que deberíamos irnos para hablar en casa.

—¿A qué casa? ¿A la tuya? —reprochó él molesto—. Porque te recuerdo que ya te encargas de decirme día sí, día también que la casa en la que vivimos en la calle Serrano es tu casa, no la mía.

Furiosa al oír eso, Juliana siseó con desprecio en la mirada:

—Estás sacando los pies del plato, Luis, y te advierto que estás a punto de quedarte sin mujer.

Para Luis, fue la gota que colmó el vaso y, tras abrir la puerta, la sacó al descansillo y le soltó:

—Vete a tu casa y piensa si quieres seguir siendo mi mujer mientras yo me quedo a ayudar a mis hermanos.

—Esto es indignante. Nunca nadie me ha tratado así.

—¡Pues ya tocaba, monada! —gritó Lena, mientras Nacho y Alba le ordenaban que se callara.

Sin querer alargar el momento, Luis cerró la puerta en las narices de su mujer. Por primera vez en muchos años, sintió que podía respirar con normalidad. Oyó a Juliana gritar desde fuera, pero no le importó y, volviéndose hacia Nacho, Lena y Alba, que lo miraban, dijo:

—Quizá necesite esta casa para vivir un tiempo. Creo que Juliana no me lo va a poner fácil.

Todos asintieron comprensivos.

—Si la necesitas, la casa es tuya —dijo Nacho mirando a su hermano.

A partir de ese instante, todos se mofaron recordando los gestos de Juliana. Sin lugar a dudas, le habían dicho lo que durante mucho tiempo habían callado. Todos, hasta Luis.

Hora y media después, Alba miró el reloj.

—Os dejo, tengo cita con la abogada.

—¿Qué abogada? —preguntó Luis.

Al darse cuenta de lo que acababa de preguntar, él mismo asintió. Sabía por Sergio lo que estaba ocurriendo entre ellos, e indicó:

—Vale, no digas nada. Ya sé de qué va el tema.

—Alicia es amiga mía y abogada matrimonialista —explicó Nacho mirando a su hermano. Luego se dirigió a Alba—: ¿Quieres que te acompañe?

—No te preocupes —dijo ella—, papá viene conmigo y, según me ha dicho Alicia, Sergio irá dispuesto a firmar lo que han acordado los abogados. Así pues, espero que no haya ni discusiones ni tensiones.

—Es lo mejor que puedes hacer. Separarte de ese gañán que no te merece —afirmó Lena.

—Luego os veo.

Alba salió por la puerta, pero antes oyó que Luis le decía a su hermano:

—Oye, si esa abogada es amiga tuya, quizá necesite llamarla mañana mismo.

Alba cerró la puerta y sonrió al oír a los tres hermanos reír.

8

Llegaron las Navidades, pero por primera vez en muchos años, fueron diferentes. Se echaba de menos a la yaya Remedios, sus mimos y sus risas.

Como cada año, al inicio de las fiestas, Alba decoró la casa con su madre y su abuela con los mismos adornos navideños que tenía desde niña. Campanillas doradas y rojas, ángeles celestiales, bolas de colores, e incluso la bola azulada que llevaba rota media vida, pero que tanto cariño le tenían y se negaban a tirar.

Pusieron espumillón por toda la casa. Allí la Navidad siempre se celebraba por todo lo alto y, cuando el árbol estuvo colocado en su rincón y José acabó de montar el belén en el aparador, los cuatro se abrazaron. Una nueva Navidad juntos.

La separación de Alba se formalizó y no volvió a saber de Sergio, que parecía haber desaparecido de la faz de la Tierra. Sin embargo, luego se enteró por Luis de que su ex tenía una nueva novia y ya estaban viviendo juntos. Alba se compadeció de ella. Sin duda, aquella pobre mujer, tarde o temprano, pasaría por su misma situación.

Por su parte, Luis seguía viviendo en la casa de la yaya Remedios, que ahora era de Nacho, y supervisaba la reforma. Tras lo ocurrido aquella tarde con su mujer, decidió rehacer su vida, y aunque Juliana al principio se puso divina, pasado un mes lo perseguía y lo acosaba a la espera de una nueva oportunidad. Una oportunidad que Luis no le concedió, aunque todos eran conscientes de cómo poco a poco se iba ablandando. Sin lugar a dudas, la quería más de lo que él creía y aquella bruja se merecía.

La última noche del año, todos decidieron que la pasarían en familia en casa de Teresa y José. La abuela Blanca no cabía en sí de gozo al tener allí a todos sus nietos porque, para ella, Nacho, Lena y Luis eran también sus nietos.

Para esa noche, la abuela se afanó en preparar su famoso y rico cordero. Tras cocer los langostinos y dejar que se enfriasen, Teresa iba colocándolos en una bandeja, mientras Alba, por su parte, preparaba canapés.

Sonó el timbre de la puerta. José fue a abrir y, al poco, Lena entró en la cocina con una sonrisa.

—Aquí estoy —dijo—. Dispuesta a ayudar en lo que se necesite.

—Pero qué guapa estás, mi vida —afirmó Teresa besándola.

—Gracias, mamá —contestó ella sonriendo.

—¿Y Daniel? —preguntó Blanca.

—Vendrá un poco más tarde. Ha ido a casa de sus padres.

—Ponte esto —dijo Teresa entregándole un mandil—. Así evitarás mancharte.

Sin dudarlo, la joven lo cogió. Se había puesto guapa y elegante para ir de fiesta esa noche, y lo último que quería era mancharse. Después de atarse el delantal a la cintura, dio un beso a Alba, que se iba a su cuarto a cambiarse de ropa.

Tan pronto como estuvo todo controlado en la cocina, Lena salió al comedor. Allí, ayudó a José a extender la mesa y Teresa les llevó un mantel. Lena sonrió al verlo y, tras ponerlo, mientras colocaba las servilletas bordadas a juego, murmuró:

—Es tan bonito.

Teresa sonrió y se acercó a ella.

—Es el que nos regalasteis de vuestra yaya y que ella misma

bordó como parte de su ajuar —comentó con cariño—. Remedios siempre lo utilizaba en estas fechas, y he pensado que no podía faltar.

Lena asintió y murmuró emocionada:

—Gracias, mamá. Sin duda la yaya está aquí con nosotros.

—Claro que sí, cariño, claro que sí.

En cuanto estuvo puesta la mesa, sacaron las copas de cristal de Bohemia de la vitrina. José las había comprado hacía muchos años para Teresa como si de un gran lujo se tratara, y a ella le encantaban.

Alba se esmeraba por arreglarse en su habitación. Se puso un precioso vestido de color champán, unos zapatos de tacón, y se recogió su pelo claro en un moño alto e informal.

Atrás habían quedado los tiempos en los que estaba acicalándose ante el espejo durante una hora. La vida le había enseñado a dar prioridad a otras cosas y, sin duda, con una vez que se mirase era más que suficiente.

Cuando salió al comedor, su padre la miró y, tras soltar un silbido, señaló:

—Estás preciosa, cariño.

—Gracias, papá. —Ella sonrió al ver su cara de aprobación.

Todos comentaron lo mismo al verla, y Alba se apresuró a explicarles que el vestido era de su modesta tienda y que ella había hecho unas modificaciones.

El primero en llegar a las ocho fue Daniel, que fue recibido con mucho cariño. Tras la muerte de Remedios, la abuela Blanca controlaba que todo estuviera bien y, cuando decidieron cenar allí, le recordó a Lena que Daniel era uno más de la familia, cosa que a la muchacha le encantó.

Teresa estaba feliz por ver cómo de nuevo su casa volvía a llenarse de vida e ilusión.

—¿A qué hora llegaba Nacho? —preguntó.

Lena miró el reloj y rápidamente contestó:

—Pues ya debe de estar en España. Su avión aterrizaba a las siete y Luis ha ido a recogerlo. Por tanto, llegarán juntos.

Y así fue. Diez minutos después, sonó de nuevo el timbre de la puerta y, cuando abrieron, Luis y Nacho entraron felices y sonrientes.

Teresa y Blanca se miraron emocionadas, y esta última, al ver a aquellos dos hombretones vestidos con trajes oscuros, aplaudió.

—Pero qué guapos están mis chicos.

—Gracias, Blanca —agradeció Luis.

A diferencia de Lena y de Nacho, Luis los llamaba a todos por su nombre. No utilizaba apelativos cariñosos como *papá*, *mamá* o *abuela*. A pesar del amor que les tenía, siempre había sido más frío con ellos, pero éstos no se lo tomaban a mal. Lo importante era que todos estaban juntos de nuevo.

Entre risas y besuqueos, Nacho señaló a su hermano.

—¿Guapo, Luis? Por Dios, abuela, necesitas gafas. ¿Cómo puedes ver guapo a semejante individuo? —Entonces, al oír unos pasos, se dio la vuelta y, al ver a Alba, soltó un silbido y afirmó fijándose como siempre en el colgante de Swarovski que ella nunca se quitaba—: Esto sí. Esto sí que es para decir guapa, preciosa y divina.

Todos rieron al oír eso.

—Si es que tendríais que ser novios —comentó la abuela—. Qué bonita pareja hacéis: tú tan moreno y ella tan rubia.

Alba y Nacho se miraron con complicidad. Sonrieron y, obviando el comentario de la abuela, la chica lo abrazó.

—Qué bien que ya estés de nuevo aquí.

Tras ese primer momento de saludos, pasaron todos juntos al salón y, sobre las nueve de la noche, se sentaron a la mesa para empezar a degustar con tranquilidad los manjares que habían preparado.

—Come, Nacho, que estás muy delgado —dijo Teresa.

El aludido sonrió y, cuando fue a decir algo, la abuela Blanca insistió:

—Los langostinos están buenísimos. Come, Nacho.

Él sonrió divertido.

—Tranquilas..., tranquilas, que comer, como.

—Estás tan delgado, hijo... —se quejó Teresa.

Nacho acercó los labios con cariño a la mejilla de la mujer y, tras besarla, murmuró con mimo:

—Tranquila, mamá, te prometo que voy a comer, y gracias por poner el mantel de la yaya. Me ha encantado el detalle.

La mujer sonrió emocionada, y la algarabía y las risas continuaron.

Después de los primeros platos, y aunque estaban ya a punto de reventar, la abuela Blanca sacó su cordero. Aplaudieron y ella les sirvió un cachito a cada uno.

—Qué bueno es pasar de nuevo esta noche en familia —comentó Lena—. Me gusta nuestra tradición. Espero que no se vuelva a romper y dure para siempre.

Al oír eso, Alba se sintió mal. La culpable del distanciamiento con Nacho había sido ella, y él, mirándola, le puso la mano en la pierna por debajo de la mesa y murmuró, sabedor de lo que pensaba:

—Lo importante, monito, es que de nuevo estamos aquí, ¿no?

Ella sonrió.

—La pena es que la yaya Remedios no está —comentó Luis.

Todos guardaron silencio, y entonces Nacho tomó la palabra.

—Como una vez me enseñó mamá —y, llevándose la mano al corazón, añadió mientras miraba a Teresa, que le sonreía—: si cerráis los ojos y pensáis en la yaya, su magia os hará saber que ella está a vuestro lado y os hará sonreír. Hacedlo y veréis cómo funciona.

Todos se miraron. Entonces, con los ojos cerrados, Alba pensó en aquella maravillosa mujer y sonrió. Uno a uno fueron haciéndolo y, cuando todos estaban ya sonriendo, José levantó su copa.

—Brindemos porque, estemos donde estemos, la magia de nuestro recuerdo siempre nos haga sonreír.

La noche transcurrió como era de esperar, cenaron en abundancia y, al final, parecía que el estómago les iba a reventar.

Después de comer, las mujeres se encargaron de preparar las doce uvas. Las fueron echando en distintos vasitos que repartieron, y Alba, ante la insistencia de todo el mundo, se las peló.

Una vez sonaron los cuartos que anunciaban el inicio del gran momento, las rotundas campanadas que hacían saber que un año acababa y otro comenzaba empezaron a sonar en la televisión. Emocionados, se las fueron comiendo una a una, mientras se miraban y reían a la espera de que alguien se atragantase con ellas.

Cuando todos se metieron en la boca la última uva, gritaron, se besaron y se abrazaron emocionados y felices. Lo mejor de aquella noche era comenzar el año con sonrisas, abrazos y amor. Y, sin duda, allí tenían todo eso.

Como cada año, los vecinos del portal se felicitaron. Las puertas estaban abiertas de par en par, y la música que provenía del programa de fiesta de la tele se oía a todo volumen en los descansillos del bloque.

Encantados, Nacho y Alba bailaron al ritmo de Level 42 la bonita canción *Lessons in Love*,* y cuando salió Culture Club can-

* *Lessons in Love*, Polydor Ltd., interpretada por Level 42. *(N. de la E.)*

tando *Karma Chameleon*,* él lo hizo con Lena. Le encantaba aquel grupo.

Entre risas, la abuela Blanca se mofó de unos melenudos llamados Europe que las chicas decían que eran guapísimos, y todos volvieron a bailar cuando el grupo noruego A-Ha salió de nuevo en el programa de fin de año cantando su famoso *Take on Me*.**

Sobre la una y media de la madrugada, Lena y Daniel se marcharon. Se iban a la fiesta de unos amigos. Luis también se fue media hora después, y Nacho se quedó encantado con Alba y con el resto de la familia jugando a las cartas.

Sobre las cinco y media, y tras tomarse los tradicionales churros, los vecinos se retiraron, y tanto Teresa, como José y la abuela Blanca decidieron irse a dormir. Estaban agotados.

Alba y Nacho se quedaron tirados en el sofá del salón charlando tranquilamente. En un momento dado, él miró el árbol de Navidad y los regalos que esperaban a ser abiertos debajo de él.

—¿Habrá jersey de la abuela Blanca? —dijo.

—Hombreeeeee. —Alba rio—. ¡No lo dudes!

Divertidos, hablaron de mil cosas hasta que él preguntó:

—¿En serio estás planteándote cogerte un piso de alquiler?

—Baja la voz —lo regañó Alba—. No sé qué hacer. Si pienso de forma egoísta, aquí estoy de maravilla. Entre la abuela, papá y mamá, me hacen la vida muy fácil, pero no tengo intimidad.

—Y ¿para qué quieres intimidad? —se burló Nacho.

Alba puso los ojos en blanco.

—Pues para poder invitar a mi casa a quien yo quiera.

—Y ¿a quién quieres invitar? —insistió él. Entonces, al ver la cara de su amiga, cuchicheó—: ¡Serás libertina! Como se entere la

* Véase la nota de la página 38.

** *Take on Me*, WEA International Inc., interpretada por A-Ha. *(N. de la E.)*

abuela de que planeas acostarte con hombres sin estar casada, te aseguro que te deshereda.

Alba soltó una risotada. Desde que se había separado, estaba comenzando a vivir de nuevo. Salía con sus amigos, pasaba veladas con sus amigas y, aunque de momento no se había acostado con ningún hombre, y a ninguno le había dado la oportunidad de que se acercara a ella, sabía que tarde o temprano querría hacerlo.

—Ni soy una monja ni pretendo serlo —afirmó riendo—, e imagino que tarde o temprano me apetecerá intimar con un hombre.

—Para eso están los hoteles, monito.

—Un hotel..., qué cosa tan fría.

—¿Fría? —dijo él riendo—. Yo lo veo como algo morboso, prohibido, pecaminoso.

Alba volvió a soltar una risotada. Nacho apoyó la cabeza en la palma de la mano e indicó mirándola:

—¿Sabes?, confieso que yo también he pensado en mudarme.

Eso llamó la atención de Alba.

—¿Y eso?

—Vuelvo a España.

Sorprendida por la fantástica noticia, ella parpadeó y sonrió encantada.

—¿En serio?

—En serio, monito —afirmó él.

Feliz y pletórica, se lanzó a sus brazos. Quería chillar de felicidad, pero al recordar lo tarde que era y que todos estaban en la cama, simplemente preguntó emocionada:

—¿Cuándo regresas?

—Antes del verano.

—Pero... pero ¿por qué? Que conste que yo estoy feliz por saber que regresas, es el mejor regalo que puedes hacernos a todos, pero ¿por qué dejas Londres, con lo mucho que te gusta vivir allí?

Nacho dio un trago al vaso de ron con Coca-Cola que tenía en las manos. De pronto Alba se percató de que se estaba poniendo nervioso al ver que se mordía el labio.

—¿Qué pasa? —preguntó y, como no contestaba, insistió—: Estoy esperando a que me digas por qué regresas a España.

Él sonrió y, dando un rodeo a lo que quería y debía contarle, contestó:

—Me he propuesto desarrollar la marca Joanna Bassart aquí. Por tanto, antes de volver a Londres, he de visitar varios locales. Por eso regreso.

Su contestación tranquilizó a Alba.

—Ya estamos totalmente asentados en el mercado inglés y americano —continuó él—, y queremos empezar a desarrollar otros. He propuesto el español y el francés y lo han aceptado. Yo me encargaré del español, y Harry, un compañero, se ocupará del francés.

—¡Qué bien! —susurró ella abrazándolo—. No sabes lo feliz que me hace saber que voy a tenerte cerca otra vez. Dios, ¡qué bien..., qué bien!

Con un gesto que Alba no supo descifrar, Nacho sonrió.

—A mí también me hace feliz estar cerca de vosotros.

—¿Quieres que te ayude a buscar el local? —propuso entonces ella emocionada—. Conozco a una chica que tiene una inmobiliaria. Ella puede encontrarte algo chulo.

Nacho sonrió y, cogiéndole la mano, respondió:

—Será un placer contar con tu ayuda, aunque antes yo quería proponerte algo.

Alba pestañeó y susurró:

—¿Una proposición indecente?

—Quizá lo sea. Todo depende de cómo te la quieras tomar.

—Wuuuuuu —se mofó ella divertida—. Me estoy poniendo nerviosa y todo. Y esa proposición ¿es sexual o laboral? Mira que a la abuela Blanca le podemos dar el alegrón de su vida. El moreno y la rubia.

Nacho sonrió. Sin lugar a dudas, Alba habría sido una excelente novia. Sin embargo, respondió:

—Laboral.

—¡Pues vaya mierda!

Ambos rieron, y luego Nacho explicó:

—Quiero abrir dos tiendas. Una en Madrid y otra en Barcelona.

—¿Y?

—Mi proposición es hacer equipo contigo. Tú llevarías la tienda de Madrid y yo la de Barcelona.

Casi sin poder creerse lo que oía, Alba preguntó:

—¿Y mi tienda?

—Modas Alba pasaría a mejor vida. Nosotros nos encargaríamos de todo y la reabrirías con el nombre de Joanna Bassart.

—Pero yo no tengo dinero para pagar la franquicia, ni los *royalties* que deben pedirse por abrir una tienda de Joanna Bassart.

Nacho sonrió y dijo mirando a su buena amiga:

—Monito, tú no tendrías que pagar nada porque yo te lo estoy ofreciendo. Tu local, si me dejas y accedes a mi propuesta, nos puede dar a todos muchos beneficios. La calle Goya en Madrid está plagada de tiendas de firma, y te aseguro que Joanna Bassart romperá con todo.

Alba lo miró sorprendida. Lo que le proponía era algo fantástico, algo con lo que nunca había soñado. Y, tras darle un trago a la bebida de su amigo, murmuró:

—Me acabas de dejar sin palabras.

—¿Por qué? ¿Por proponerte algo que sé que te gusta y que llevarías a las mil maravillas?

—Pues sí.

—Sabes que, si esto no fuera a ir bien, no te lo propondría. Tenemos una buena cartera de clientes, que suelen ir a Londres a comprarse la ropa, por no decir unas cuantas actrices que no han parado de proponernos que abramos tiendas aquí, en España. Pero tú piénsalo y, si decides que no, no pasa nada, yo seguiré queriéndote igual.

—Sí... Sí quiero —asintió ella también con la cabeza—. Por supuesto que quiero.

Nacho soltó una carcajada y, muerto de risa, declaró:

—Te he propuesto un negocio, no que te cases conmigo.

—Idiota creído.

Nerviosa y emocionada, y no sólo porque su amigo regresara a vivir a España, Alba se disponía a hablar cuando él añadió:

—Lo siento, monito. Eres la mujer más increíble y estupenda del mundo, pero no eres mi tipo.

Desde siempre, aquel tema estaba más que claro entre ellos.

—Y ¿cuál es tu tipo? —preguntó ella divertida—. ¿Acaso lo es la misteriosa Elisa que te escribió aquella carta cuando estuve en Londres? —añadió con picardía.

Nacho no respondió, y Alba volvió a ver en sus ojos el desconcierto.

Pero ¿qué ocurría con aquella misteriosa mujer?

—¿De verdad creías que no iba a volver a preguntarte por ella? —insistió. Nacho ni siquiera se movió, y ella, acercándose como una gatita, se acurrucó entre sus brazos y cuchicheó—: Venga, dime quién es Elisa. Prometo no contarle nada a nadie, seré como una tumba.

Nacho se levantó y, disculpándose, se fue al baño, dejando a Alba confundida. ¿Tanto le costaba hablar de aquella mujer?

Mientras esperaba que regresara, pensó en ello y se sintió mal.

¿Y si esa Elisa le había hecho daño, él intentaba olvidarlo y ella, como una bocazas, había vuelto a recordárselo?

Se levantó, se sirvió otra copa de ron con naranja y lo esperó.

Sabía que durante los años que había estado casada con Sergio, ella y Nacho no se habían contado muchas cosas, pero creía que había llegado el momento de hablarlas.

Con el vaso en la mano, volvió a sentarse en el sofá cuando Nacho apareció. Ambos se miraron. Se miraron a los ojos como lo habían hecho cientos de veces cuando tenían que decirse algo importante, y finalmente él, cogiendo la botella de ron, la dejó ante la mesita que había frente al sofá y se sentó a su lado.

Sin hablar, se preparó otra bebida para él y, tras darle un trago, dijo dirigiéndose a Alba con su copa en la mano:

—Necesito contarte algo. Llevo queriendo hacerlo desde hace tiempo, pero antes quiero brindar por ti y por mí.

Aunque no entendía qué pasaba, Alba asintió.

—Me estás agobiando, Nacho. ¿Qué ocurre?

—Antes brindemos.

Chocaron sus copas y bebieron un sorbo. Luego volvieron a mirarse, y él, sonriente al ver el gesto ansioso de ella, le soltó:

—Sonríe, tonta..., que estás preciosa cuando lo haces.

Alba obedeció. Entonces él acercó la mano a su mejilla y murmuró:

—Quiero retener esta mirada y esta sonrisa en mi mente para siempre.

—Pero ¿qué te pasa, Nacho? —insistió ella confundida.

—Me pasan muchas cosas. —Al ver cómo lo miraba, prosiguió tras coger aire—: Hace tiempo que quiero hablar contigo, pero no sabía cómo, así que, en cierto modo, te doy las gracias por tu insistencia en cuanto a Elisa. De este modo, no me queda más remedio que hacerlo.

—Pues estás tardando —afirmó ella con seriedad.

Nacho asintió y, tras dar un nuevo trago a su bebida, comenzó:

—Tú sabes que mientras vivía aquí, en Madrid, salí con varias chicas.

—Sí. —Alba sonrió. Nacho siempre había sido un rompecorazones—. Ángela, Silvia, Lorena, Laly, Almudena y un largo etcétera de pobres y angelicales mujeres que sufrían por tus huesitos. No me digas que por fin te has enamorado y la afortunada es Elisa...

—¿Quieres callarte y dejar que hable? —la regañó él con cariño—. Y no, no me he enamorado de Elisa. Como te decía, tuve varias novias aquí, al igual que en Londres, cuando llegué, pero ya sabes que a mí las chicas me terminan cansando. Sois muy pesaditas.

—Bueno, tampoco te pases, que tú también has sido siempre muy ¡especialito!

Nacho sonrió.

—Cuando llegué a Londres, tras trabajar en varios pubs, conocí a un hombre llamado Anthony en el último en el que estuve. Él era amigo y socio de Joanna Bassart, mi jefa. Después de charlar varias noches tras la barra con él, me comentó que estaban buscando a alguien para las oficinas centrales que hablara español, y yo me acerqué encantado para intentar ocupar el puesto. Y, como puedes imaginar, lo conseguí. —Sonrió—. Durante cuatro meses, no volví a ver a ese hombre, hasta que un día Joanna me entregó un sobre de su parte. Al abrirlo vi que eran unas entradas para un concierto de música clásica, concretamente para la Filarmónica de Londres, y yo pensé: «¡Qué horror!». Ya sabes que los valses y todas esas cosas no mc gustan.

—Lo sé —afirmó Alba, interesada.

—El caso es que al final decidí ir. Me puse mi mejor traje y mi sorpresa fue mayúscula cuando vi salir al escenario a Anthony. Él era el director de la Filarmónica.

—¿En serio?

—Ya te digo. Él ha sido el director más joven que ha tenido esa famosa orquesta. Y reconozco que ese día, y sentado en mi maravillosa butaca, me enamoré no tan sólo de la música, sino también de él.

Alba parpadeó. ¿Lo había oído bien?

Nacho prosiguió:

—Me enamoré de un maravilloso hombre llamado Anthony Simbeth Laurent como nunca me había enamorado de nadie y, con él, pude saber quién era yo, qué era lo que quería en la vida, y por fin conocí lo que era la verdadera felicidad en pareja.

Alba no abrió la boca.

Lo que Nacho le estaba contando nunca había entrado en sus planes. Él, el chico más ligón del mundo, por el que las muchachas babeaban a su paso, ¿le estaba diciendo que se había enamorado de un hombre?

—Alba —insistió él al verla tan desconcertada—. Soy gay.

—¡¿Qué?!

—Que soy homosexual —afirmó Nacho.

Sin saber qué hacer, la joven cogió su vaso y se lo bebió entero de un trago. Cuando lo dejó de nuevo sobre la mesa, preguntó con un hilo de voz:

—¿Me lo estás diciendo en serio?

—Sí, monito. Totalmente en serio.

Aquella revelación la había pillado fuera de juego.

—Antes de que tu cabeza comience a dar vueltas como la de la niña de *El exorcista* —continuó Nacho—, quiero recalcarte que no todos los gais tenemos que tener pluma, ni ser escandalosos, ni nada por el estilo como mucha gente erróneamente cree.

Alba cogió hielo de la cubitera, se lo echó en el vaso, se echó también ron, naranja y, tras darle un trago, Nacho le quitó el vaso de las manos y preguntó:

—¿Tan terrible es para ti saber que soy gay que has decidido emborracharte?

Ella negó con la cabeza rápidamente.

—No..., no..., claro que no. Pero... pero... me has sorprendido. Nunca lo imaginé. Nunca lo pensé y..., bueno...

Nacho sonrió. Su amiga estaba reaccionando como esperaba. Ella siempre había sido una chica muy conservadora y, sin duda, la palabra *homosexualidad* la asustaba.

—Entonces, cuando salías con aquellas chicas...

Dispuesto a aclarar todas sus preguntas, él respondió:

—Era bonito salir con ellas. Me gustaban. Lo pasaba bien. Pero siempre noté que algo fallaba en esas relaciones, y por supuesto sabía que quien fallaba era yo.

—Y ¿por qué nunca me dijiste nada?

Nacho sonrió.

—Porque primero tenía que aclararme y, cuando me aclaré, tú y yo no nos hablábamos. Pero te aseguro que, cuando besé por primera vez a Anthony, supe que él era mi camino y deseé poder contarte lo feliz que estaba.

Ambos se miraron en silencio.

Sin duda, aquellos años perdidos serían difíciles de recuperar. Tras unos instantes de desconcierto, finalmente Alba asintió y, deseosa de hacerle saber que su sexualidad era algo suyo y sólo suyo, abrió los brazos y murmuró:

—Ven aquí.

Cauteloso, Nacho sonrió y, sin moverse, indicó:

—Deja que termine de contártelo todo y luego, si quieres, me abrazas, ¿vale?

—Vale, pero quiero que sepas que sigo queriéndote igual que hace diez minutos... —Entonces Alba, interrumpiéndose, meneó la cabeza y preguntó—: Oye..., ¿y Anthony? ¿Por qué no ha venido? ¿Ya no estás con él?

La mirada de Nacho se resintió, cogió aire y repitió:

—Déjame que te lo cuente todo en su orden, ¿vale?

—Vale. Pero, oye, ¿la chica que vino contigo a mi boda no era tu novia?

—Era mi cuñada Arianne. La mujer de Marck, el hermano de Anthony.

Alba asintió. Cada vez estaba más perdida.

—Unos meses antes de que te casaras —explicó Nacho—, Anthony y yo nos fuimos a vivir juntos a un precioso ático en una de las zonas más bonitas de Londres.

—¿El sitio al que fui a buscarte y el portero me dijo que ya no vivías allí?

—Sí. Anthony y yo nos compramos un fabuloso ático y fui muy feliz allí. Él era maravilloso, sensible, encantador, divertido, tenía diez años más que nosotros, pero estaba más loco que yo —murmuró cerrando los ojos—. Te habría encantado, Alba, os habríais llevado muy bien.

Ver la emoción en sus ojos turbó a Alba. Nunca, en todo el tiempo que se conocían, había visto esa luz tan bonita en la mirada de su amigo al hablarle de alguien.

—¿Por qué hablas en pasado de él? —preguntó entonces extrañada.

—Porque murió en marzo.

La chica se quedó sin respiración. Imaginar el dolor de Nacho sufriendo él solo su pérdida le partió el corazón, y con un hilo de voz murmuró:

—¿Por qué no me lo dijiste?, ¿por qué no...?

—No podía, Alba —susurró él apenado—. En marzo tú y yo no habíamos retomado el contacto. Además, mira cómo se tomó la yaya que Lena estuviera viviendo con Daniel; ¿crees que habría aceptado mi homosexualidad...? Y Luis, ¿realmente crees que, si lo supiera, estaría tan normal conmigo?

Alba lo pensó. Él tenía razón.

—Pero ya da igual —prosiguió Nacho—. La yaya lo sabe y ahora pienso decírselo a Luis y a todos. Me acepten o no, tengo que decírselo.

Ella lo abrazó; se sentía culpable por no haberlo acompañado en un momento tan doloroso de su vida. Nunca se lo perdonaría.

—Lo siento, Nacho... Siento no haber estado a tu lado cuando me necesitabas.

—Lo sé, monito..., lo sé. —Y, con tristeza, murmuró—: Como dijo la abuela, espero que, el día que el cielo se caiga, pueda volver a reunirme con él.

Estuvieron unos segundos en silencio, hasta que él, separándose, musitó:

—No hay un solo día en el que no piense en Anthony. Y, aunque cierro los ojos como me dijo mamá y la magia de su recuerdo me hace saber que está a mi lado y me hace sonreír, en ocasiones el dolor es insoportable. Por eso, cuando ocurrió lo de la yaya con tan pocos meses de diferencia, me desmoroné de ese modo.

Al oír eso, Alba entendió el desgarro de Nacho durante aquellos días. Ahora comprendía que no sólo necesitaba ser consolado por su abuela, sino que también necesitaba desahogarse por la pérdida de su amor.

Nacho se secó los ojos. Recordar era duro, muy duro.

—Ésa —dijo tras tomar aire—, entre otras, es una de las razones por las que regreso a España. No puedo seguir viviendo en

Londres sin Anthony. Todo me recuerda a él. Ya tuve que dejar nuestra casa para irme con Manuel y compañía.

Al recordar a sus amigos, Alba preguntó:

—¿Ellos sabían lo de Anthony?

—Sólo Manuel. Le pedí que no dijera nada. No quería que me miraran con compasión. Vivir con ellos me sirvió para desbloquearme un poco y, al menos, levantarme todos los días.

—Nacho, no me lo perdono. Estuviste solo por mi culpa.

—No, monito, no pienses eso. En ocasiones, la vida hay que tomarla como viene, y ésta fue una de ellas.

Tras un emotivo silencio por parte de los dos, Alba se atrevió a preguntar:

—¿Qué le ocurrió a Anthony? ¿Por qué murió?

—Sida.

Tras decir aquella rotunda palabra, notó cómo la respiración de Alba se detenía. En décimas de segundo, su cuerpo se tensó y, separándose un poco de su amigo, al que abrazaba, lo miró a los ojos y, al tiempo que negaba con la cabeza, murmuró:

—No...

—Alba...

—No puede ser...

La joven temblaba como una hoja. Todos los días oía hablar en el telediario sobre la grave pandemia llamada *sida* que mataba a miles de personas.

Al ver en sus ojos el miedo, el pavor a lo desconocido, Nacho susurró:

—Respira, cariño, y déjame que termine de contártelo todo.

—Nacho, tú no..., ¿verdad?

Sin querer engañarla, él respondió:

—A Anthony se lo detectaron cuando llevábamos un año de relación por una operación que tuvo que hacerse. Le dijeron que era portador del VIH, aunque hasta el momento no se le había desarrollado la enfermedad. Fue un palo enorme, trastocó nuestra vida..., aunque, la verdad, ahora viéndolo desde la distancia, no fue nada comparado con lo que tuvimos que pasar luego. A los dos años, la enfermedad comenzó a manifestarse. Fue muy doloroso para él y terriblemente duro para mí, hasta que al final todo acabó.

Sin poder creerse lo que le estaba relatando, Alba sollozó y dijo con un hilo de voz:

—Dios mío, Nacho..., sida.

—Lo sé, cariño, y lo siento.

Incapaz de permanecer un segundo más sentada, Alba se deshizo de las manos de él, se levantó y salió del salón.

Sin detenerla, Nacho la siguió con la mirada hasta que ella desapareció tras la puerta. No podía exigirle nada. Entendía su actitud. Porque, al igual que ella ahora asimilaba que el sida no sólo era algo de lo que había oído hablar en la televisión, con anterioridad él mismo también había tenido que enfrentarse a ello. Aún recordaba su primera reacción de miedo y pavor, justo lo que ella estaba sintiendo ahora.

Nunca olvidaría el día en que el médico los informó de que Anthony tenía el virus de la inmunodeficiencia humana, comúnmente conocido como VIH.

Pudo ver el horror en los ojos de Anthony y sentir su miedo y su decepción. Fueron muchas las noches en las que ninguno de los dos pegó ojo; no podían dejar de hablar de aquella mala jugada del destino.

Recordó cómo su maravilloso novio le comentó que quizá deberían separarse y seguir caminos diferentes, algo que él no aceptó, sino que continuó a su lado por amor hasta el final, y volvería a hacerlo mil veces más.

Mientras Nacho rememoraba en el salón aquellos duros momentos, Alba entró en el baño, cerró la puerta con pestillo y apoyó las manos en el lavabo. Respiraba con angustia. No podía creer lo que su amigo le había dado a entender. No podía ser.

Como pudo, abrió el grifo, se echó agua en la nuca y, tan pronto como levantó el rostro y se encontró con sus ojos en el espejo, tras mirarse unos segundos, sacudió la cabeza y murmuró:

—Eres una idiota. ¿Qué haces aquí? Vuelve con Nacho.

Él estaba sumido en sus pensamientos Alba regresó al salón. Sin moverse, lo miró desde la puerta, hasta que él la vio. Los preciosos ojos verdes de Nacho estaban cargados de lágrimas pero, al verla, sonrió.

—¿Sigues siendo mi chica? —le preguntó.

Alba corrió hacia él y lo abrazó.

—Claro que soy tu chica. Y nunca, mientras viva, volverás a estar solo... Nunca..., nunca..., nunca.

El silencio los rodeó. La emoción que sentían apenas si los dejaba respirar, hasta que Nacho la separó de él y, tocando el delicado colgante de cristal de Swarovski que Alba llevaba colgado al cuello, susurró:

—Si por mí hubiera sido, sólo te habría dado dinero el día de tu boda, sin embargo Anthony insistió en que el dinero se gastaba, y en cambio un bonito detalle quedaba de recuerdo para toda la vida. —Sonrió con tristeza y añadió—: Si por él hubiera sido, te habría comprado media joyería, pero yo estaba tan enfadado contigo que me negué y, al final, por no oírlo, me decidí por esta pequeña pieza de cristal tallado.

Alba sonrió con tristeza y él continuó mirando con mimo aquel regalo.

—Recuerdo que lo compramos el día que fuimos a recoger nuestras alianzas para celebrar nuestra boda ficticia en el ático.

—Al ver la cara de sorpresa de su amiga, aclaró—: Organizamos una boda en casa con amigos y la familia de Anthony. Fue muy emotiva y divertida, pero me faltó la familia, y sobre todo tú.

—Nacho...

—Como ves —prosiguió suspirando—, hasta en un día tan especial para mí estuviste en mi cabeza. Celebré mi boda con Anthony diez días antes de la tuya y, cuando te vi vestida de novia y te entregué el colgante, quise contarte tantas y tantas cosas. Quise decirte que, aunque pequeñito, era un regalo de Anthony y mío, pero no pude hacerlo, y no hace falta que te diga por qué.

Con cariño, Alba se tocó el colgante que tan emotivo era para ella.

—Desde que me lo regalaste —murmuró—, lo adoré, y el día de mi boda lo llevé metido en mi guante. Para mí no es pequeñito, ¡es bien grande! —Él sonrió—. Y, ahora que sé que fue un regalo vuestro tan especial, lo adoraré más si cabe.

Nacho asintió enternecido. Tocó con cariño el colgante y, tras unos segundos de emocionado silencio, Alba preguntó:

—Hay algo que no entiendo. ¿Qué tiene que ver la tal Elisa en todo esto?

Con una triste sonrisa, Nacho explicó:

—«Elisa» es el nombre de la prueba que uno se hace cuando cree que puede tener sida. —A Alba le dio un vuelco el corazón, y luego él cuchicheó—: Como ves, no es nada romántico como imaginabas.

—Dios..., soy una bocazas...

—Tranquila, monito. La primera vez que yo oí ese nombre tampoco lo sabía. Por desgracia, todos estamos desinformados en lo que respecta a esa enfermedad y a todas las que no nos atañen. Únicamente nos preocupamos de conocerlas cuando un ser querido las contrae.

Alba asintió. Qué razón tenía.

Acto seguido, sin que ella preguntara, Nacho continuó:

—Me hice la prueba cuando estaba con Anthony y salió negativa. Pero me la volví a repetir poco antes de que tú aparecieras en Londres.

—¿Por qué?

—Porque estoy en el grupo de riesgo y mi marido murió de ello.

La joven se tocó el pelo. Todo aquello era nuevo para ella. No sabía nada de aquella enfermedad, excepto que mataba a gente; intentando no llorar, escuchó lo que su buen amigo tenía que decirle.

—Con el problema de Anthony, no tenía tiempo para pensar en nada que no fuera él. Por desgracia, tuvo que dejar la orquesta. Eso le dolió muchísimo y, aunque mi amor no le faltó, soy consciente de cómo sufría al notar que la enfermedad le machacaba el cuerpo y la mente. Fue horroroso, cruel... Ver cómo el hombre al que amaba se apagaba día a día ha sido lo más duro que he tenido que soportar en la vida y... —Tomó aire—. Cuando él murió, sinceramente, me daba igual vivir o morir. Sólo quería oler su perfume, ver nuestras películas, escuchar nuestras canciones y, si no llega a ser por Joanna, por Sophia, la madre de Anthony, y su hermano Marck, creo que me habría muerto de pena.

—No tengo palabras para decirte lo que siento...

Nacho suspiró. Sabía que lo que estaba contando era duro.

—¿Recuerdas que al inicio de la conversación te he dicho que quería retener tu sonrisa y tu mirada para siempre? —Ella asintió, y él prosiguió—: Quería retenerla porque, aunque me quieras, como yo quería a Anthony, tu mirada ha cambiado como cambió la mía, y ahora me miras de otra manera. —Alba se emocionó. Sin duda tenía razón. Entonces Nacho, cogiendo la cartera del bolsillo trasero de su pantalón, dijo mientras sacaba un papel—:

Cuando regresé a Londres tras la muerte de la yaya, abrí la prueba de Elisa y no me gustó lo que vi. Por eso hace unos días me hice un segundo análisis y me lo confirmaron. Soy portador del VIH... Lo siento, monito.

La confirmación de lo que no quería oír desesperó a Alba. Abrazados, ambos lloraron mientras ella le repetía una y mil veces que estaría a su lado y juntos lo superarían. Nacho asintió. No dijo nada, y quiso creer en la positividad que ella le repetía, aun sabiendo que poco se podía hacer.

A las siete de la mañana, cuando Nacho se quedó dormido en el sofá, Alba, que estaba a su lado, recorrió con la mirada el salón de su casa. Era una estancia tan cómoda, tan alegre en las fiestas navideñas, tan llena de recuerdos... Su mirada se detuvo entonces en el almanaque que su madre había colgado unas horas antes. Miró la fecha: 1 de enero de 1989. Nunca olvidaría ese fatídico día, en el que su personita especial le había revelado algo que sin duda cambiaría de nuevo sus vidas.

9

Pasadas las fiestas navideñas, y una vez Alba aceptó la difícil situación de su amigo y su proposición de abrir una tienda de Joanna Bassart en Madrid, Nacho viajó a Barcelona. Allí vio varios locales, y finalmente se decidió por uno grande y luminoso situado en el maravilloso paseo de Gracia.

Una vez elegido el local, cogió un taxi que lo llevó hasta Castelldefels, un bonito lugar a unos veinte kilómetros de Barcelona, donde Anthony tenía una preciosa casita en la montaña desde la que se podía ver el mar, y le pareció buena idea ir a pasar la noche. Cuando Anthony murió, Marck arregló todo el papeleo para que la casa, construida en la montaña, pasara a ser de Nacho. Así lo había querido su hermano desaparecido, y él lo respetó. Pero, al llegar a la puerta, Nacho fue incapaz de abrirla y, tras dar media vuelta, se marchó. Cogió otro taxi y se hospedó en un hotel hasta el día siguiente, cuando regresó a Londres.

Alba, a quien todavía le estaba costando digerir la noticia que su buen amigo le había dado, prestaba la máxima atención cada vez que oía hablar en televisión sobre el sida. Quería saber. Necesitaba conocer.

Las obras en su tienda de la calle Goya habían comenzado. Orgullosa, observaba cómo su viejo y anticuado local se convertía en un sitio precioso, glamuroso y luminoso, y cada día se convencía más de que había hecho lo correcto.

Sin embargo, Nacho estaba tardando más tiempo del previsto

en regresar a España, y un viernes, preocupada por él, Alba decidió coger un avión y presentarse en Londres.

Cuando Manuel, Nicola y Viviane la vieron, la saludaron con afecto. Nacho, en cambio, comenzó a reír. Sorprendida por la reacción de su amigo, Alba se le acercó y siseó:

—No sé de qué te ríes. Me tenías preocupada.

Con cariño, él le pasó un brazo por los hombros y juntos se fueron a su habitación.

Sentados sobre la cama, mientras escuchaban *Is This Love*,* del grupo Whitesnake, Alba le hizo un tercer grado. Necesitaba saber que estaba bien, que se encontraba bien y, cuando se aseguró de ello, por fin respiró. Al entender su preocupación, Nacho sonrió y, sacando de un cajón un álbum de fotos, dijo:

—Quiero que conozcas a Anthony.

Con curiosidad, ella fijó la mirada en el hombre moreno que había enamorado a su hermano. Anthony era alto, muy alto, ojos oscuros, sonrisa picarona, pelo corto... Sin duda, un inglés muy elegante y atractivo.

Nacho cogió entonces una foto en la que Anthony y él se miraban a los ojos y se la mostró.

—Ésta era nuestra foto preferida —dijo.

Al cogerla, Alba vio que en la parte de atrás había algo escrito, y leyó en alto:

—«Recordar es fácil para quien tiene memoria...».

—«... Olvidar es difícil para quien tiene corazón» —acabó Nacho.

Alba recordó entonces haber leído aquello antes y miró hacia la pared, donde la frase estaba escrita junto a las fotos.

—Es una frase de Gabriel García Márquez —explicó Nacho—.

* *Is This Love*, EMI, interpretada por Whitesnake. *(N. de la E.)*

La mejor para Anthony y para mí por lo mucho que significa. Incluso fantaseábamos con que algún día nos la tatuaríamos en la piel.

Alba sonrió y lo besó.

—Es una frase preciosa.

Continuaron viendo fotos. Había algunas de Anthony y Nacho riendo, besándose, pasándolo bien en fiestas. Otras de Anthony dirigiendo con su batuta la Filarmónica de Londres o tocando un precioso piano plateado. Y, cuando aparecieron unas fotos de Anthony haciendo *puenting*, Alba murmuró:

—Ni loca hago yo esto.

Nacho sonrió mientras comenzaba a sonar la canción *It Must Have Been Love,** del grupo Roxette, en la radio.

—Recuerdo este día. Pensábamos hacerlo los dos, aunque yo, al ver la altura y el riesgo, me rajé. Me dio miedo. Pero Anthony estaba tan loco, tan lleno de vida, que decidió tirarse sin mí. —Con cariño, Alba le cogió la mano y él murmuró—: Algún día espero tener la valentía que tuvo él, para esto y para todo.

Durante un buen rato, foto por foto, Alba dejó que su amigo le contara su historia, hasta llegar a la última, en la que Anthony aparecía con el pelo corto, bastante más delgado que en el resto de las imágenes, y en su rostro se percibía la enfermedad.

—Ésta es la última fotografía que tengo con él —murmuró Nacho—. Se negó a hacerse ni una más cuando vio lo demacrado que estaba en ésta.

—Verdaderamente era muy guapo.

Nacho sonrió.

—El más guapo, loco y divertido. Así era Anthony.

* *It Must Have Been Love*, Parlophone Label Group, interpretada por Roxette. *(N. de la E.)*

Durante unos minutos, ambos permanecieron callados observando de nuevo las fotos, hasta que Alba preguntó mirándolo a los ojos:

—¿Qué has hecho con sus cosas?

—Todavía nada. Están todas en nuestra casa.

—Y ¿a qué esperas para enfrentarte a ello?

—No lo sé.

Dispuesta a ayudarlo a cerrar capítulos de su vida, Alba insistió:

—¿Pretendes volver a España y dejar todos tus recuerdos aquí?

Nacho negó con la cabeza. Sabía que no debía hacer eso, y respondió mientras comenzaba a sonar *I Want to Break Free,** del grupo Queen.

—Tienes razón. He estado varias veces frente al edificio, incluso una de ellas fui capaz de entrar en el portal, pero una vez saludé al portero, me hundí, me entró el pánico y me marché de allí a toda prisa.

—Tienes que enfrentarte a tus miedos.

—Lo sé, pero no es fácil.

Alba lo sabía. Enfrentarse en ocasiones a lo que a uno lo preocupaba y le quitaba el sueño era terrible, pero había que hacerlo, así que, dispuesta a picarlo, preguntó:

—¿Crees que Anthony habría dejado vuestros recuerdos abandonados como estás haciendo tú?

Nacho suspiró y negó con la cabeza.

—Él era la persona más valiente que he conocido en mi vida, y sé que ante una situación como ésta no haría como yo. Sin duda, ya se habría enfrentado al dolor.

—Para mí, la persona más valiente que he conocido en mi vida eres tú.

* *I Want to Break Free*, EMI, interpretada por Queen. *(N. de la E.)*

—Gracias.

Alba cerró el álbum de fotos.

—Creo que no quieres ir porque sabes que, una vez entres allí, tendrás que aceptar que todo ha acabado —dijo mirándolo—. Sé que debe de ser duro admitirlo, pero has de seguir adelante. Hazlo por ti, por los que te queremos o, mejor, hazlo por Anthony. A él no le gustaría verte así.

Nacho asintió, algún día tendría que enfrentarse a ello.

—¿Vendrías conmigo mañana a la casa? —le preguntó entonces.

—Eso ni se pregunta —respondió Alba con amor.

A la mañana siguiente, sobre las once, ambos se acercaron a las oficinas de Joanna Bassart. Nacho quería presentársela a Alba, y ésta tenía que firmar el contrato. Al entrar en la elegante oficina, caminaron directamente hasta el despacho, donde una mujer alta y rubia se levantó al verlos y sonrió.

A Alba sólo le bastaron dos segundos para darse cuenta de que Joanna era un encanto de mujer, y sonrió cuando ésta le demostró su buen nivel de español, gracias a Nacho y a sus clases.

Una vez se sentaron los tres, comenzaron a hablar de negocios. En un principio, Alba estaba achantada. Tanto Nacho como Joanna eran dos tiburones en el mundillo, pero pronto se dio cuenta de que su amigo barría para ella, no para la empresa.

Tras la reunión, en la que Alba se sintió feliz por las condiciones tan excepcionales que su amigo le había conseguido para su franquicia, se despidieron de Joanna y salieron de las oficinas.

—Vamos —dijo Nacho—, te voy a llevar a mi sitio preferido en Londres.

Tras coger un taxi que los dejó cerca del río Támesis, anduvieron unos metros y, cuando llegaron a un banco de madera apostado bajo unos árboles, se sentaron en él.

—Es aquí, monito —señaló él.

Alba miró a su alrededor. El sitio era precioso, tranquilo y cautivador. El río Támesis pasaba a escasos metros de ellos y, al fondo, se veía parte de la ciudad de Londres. En silencio, durante unos segundos, admiraron el paisaje, hasta que ella preguntó:

—¿Por qué es tu sitio preferido?

Nacho sonrió.

—Anthony y yo nos dimos nuestro primer beso aquí. Aún recuerdo el momento, su mirada, sus labios, su olor. —Ambos sonrieron—. Él fue quien me enseñó este lugar. Me contó que solía venir aquí para tomar decisiones importantes para comenzar nuevas etapas en su vida, porque este sitio lo recargaba de energía. Luego él murió, y...

—Y entonces comenzaste a venir tú.

Nacho asintió. Se tragó las lágrimas que pugnaban por salir de sus ojos e indicó:

—Vengo para recordarlo. Para cerrar los ojos, sentirlo a mi lado y sonreír. Este sitio y su paz me ayudan a tomar decisiones, y noto que me recargo de energía.

Al ver que se emocionaba, Alba le agarró la mano para infundirle fuerza y valor y permanecieron en silencio varios minutos.

Instantes después, Nacho preguntó con la mejor de sus sonrisas:

—¿Te parece que vayamos ahora a mi casa?

—Por mí, ¡perfecto!

Levantándose de aquel banco que para él era tan especial, caminaron hacia una calle cercana. Allí, Nacho levantó la mano, paró un taxi y, tras indicarle la dirección al conductor en su perfecto inglés, se acomodó en el asiento y cogió de nuevo la mano de Alba. Necesitaba su fuerza.

Mientras el taxi circulaba y Nacho le hablaba de los sitios por los que pasaban, Alba miraba por la ventanilla con curiosidad.

Londres era un lugar bonito y pintoresco, no le extrañaba que a Nacho lo hubiera cautivado aquella ciudad.

Cuando el taxi se detuvo y ambos se bajaron, a Alba no le sonó el lugar.

—¿Dónde está el edificio con el portero? —preguntó mirando a su alrededor. Sin embargo, cuando sus ojos vieron una concurrida calle llena de tiendas, exclamó—: Dios..., me encanta. ¿Dónde estamos?

—¿Por qué crees que le he dicho al taxista que nos dejara aquí? —se mofó él, divertido.

Nacho sabía cuánto le gustaban a su amiga los mercadillos y las tiendas y, agarrándola de la mano, anunció:

—Bienvenida a Portobello.

Encantada, y de la mano de su amigo, Alba visitó distintas tiendas de antigüedades. En aquella calle había de todo y para todos. Ambos disfrutaron de lo lindo y, cuando entraron en una bonita calle donde las casas eran de colores, ella preguntó:

—Y ¿esto qué es?

—Notting Hill —dijo Nacho. Luego, mientras entraban en un local para tomarse un café, explicó—: En los años cincuenta, este barrio se llenó de inmigrantes jamaicanos y, gracias a ellos, en agosto se celebra un carnaval al más puro estilo caribeño. Ni te imaginas lo divertidos que son.

Mientras se tomaban el café, él fue contándole todas las curiosidades que sabía.

—Me encantan esas casas de colores, ¡qué preciosidad! —dijo Alba, e, instantes después, al ver otras algo más alejadas, murmuró—: Y aquellas casas señoriales son maravillosas.

—Joanna vive por allí —contó Nacho—. Precisamente se compró una de esas preciosas casas victorianas y, según ella, no la cambiaría por ninguna otra en el mundo.

Alba sonrió. Sin duda el lugar era pintoresco y parecía un sitio ideal para vivir.

Mientras se tomaban un tentempié y charlaban, Nacho se percató de cómo un hombre miraba a su amiga.

—Hay un tío en la barra vestido con un traje oscuro que, si no me equivoco, es de la última colección de Loewe, que no para de mirarte —cuchicheó.

Curiosa, Alba miró y, al ver a aquel hombre guapo y estiloso, que le sonrió, volvió a mirar a su amigo.

—No me interesan los guapos —repuso—. Ya te dije que los prefiero feos, bajitos y calvos. Ya tuve un guapo y alto en mi vida y mira cómo me fue.

Nacho sonrió.

—Monito, ni todos los guapos son idiotas, ni los feos simpáticos.

Divertida, ella suspiró y murmuró:

—Tienes razón; por tanto, ni feos, ni guapos, no quiero ninguno.

Una hora después, tras pasear por aquellos pintorescos lugares, llegaron hasta el moderno edificio que Alba recordaba.

Nacho se detuvo.

—¿Estás bien?

—No sé... —murmuró él perdiendo su sonrisa.

En el momento en que Alba se disponía a decirle algo, la puerta del edificio se abrió y apareció el portero, que rápidamente saludó a Nacho con una cálida sonrisa.

Sin soltarlo de la mano, Alba entró con él en el grandioso portal y, cuando Nacho caminó hacia el ascensor, no dijo nada y siguió a su lado.

Una vez dentro, Nacho sacó una llave de su bolsillo y, tras introducirla en una ranura y girarla, las puertas se cerraron y el ascensor comenzó a moverse.

—El edificio es relativamente nuevo —explicó Nacho—. Anthony y yo compramos el ático nada más verlo porque nos enamoramos de sus vistas.

Las puertas del ascensor se abrieron y Alba se quedó mirando una puerta lacada en blanco.

Una vez en el descansillo, se sorprendió al ver que sólo había aquella puerta.

—¿Sólo vivíais vosotros en esta planta? —preguntó.

—Sí.

Al darse cuenta de cómo su amigo miraba la puerta blanca, Alba le apretó la mano y, dispuesta a hacerlo todo por él, le pidió:

—Dame la llave. Yo abriré.

Sin rechistar, Nacho se la entregó y, cuando Alba introdujo la llave en la cerradura y la hizo girar tres veces, la puerta se abrió.

—¿Estás bien?

—Sí.

Sin embargo, al verlo un poco pálido, insistió:

—Escucha, cielo, si no quieres continuar, regresaremos mañana, pero el dolor tienes que superarlo y...

—Tranquila —la cortó él—. Estoy decidido a enfrentarme a mis miedos y también al dolor. Entremos en mi casa.

Sin soltarlo de la mano, Alba empujó la puerta y ambos entraron en un impresionante recibidor en tonos anaranjados.

—Madre mía, pero si ya sólo esto es casi más grande que la casa entera de papá y mamá.

Nacho sonrió. Sin lugar a dudas, aquel ático de doscientos metros impresionaba a cualquiera.

—Vamos —dijo sin soltarla—. Quiero enseñarte la casa.

Asombrada, Alba no dejaba de gesticular. Si la entrada era impresionante, el salón era extraordinario, la cocina sorprendente, los baños fabulosos, y toda la casa en sí, majestuosa.

Era un sueño hecho realidad y, cuando Nacho abrió la portezuela de una terraza y todo Londres quedó a sus pies, Alba susurró a pesar del frío que hacía allí:

—Dios santo, las vistas son impresionantes.

Él sonrió. Sin lugar a dudas, todo el que salía a aquella terraza era de la misma opinión.

Durante unos minutos hablaron del paisaje, hasta que el frío los hizo regresar al interior. Una vez dentro, Nacho fue animándose poco a poco. Incluso el color volvió a su cara.

En el salón, las paredes estaban pintadas de un ocre claro, el sofá rinconero de color crudo presidía gran parte de aquel glamuroso lugar, y encima del mismo había una lámina pintada a carboncillo en la que aparecían Nacho y Anthony.

La mesa grande y la mesita que estaban frente al sofá eran negras como las sillas, pero lo que realmente llamó la atención de Alba fue un piano plateado que había cerca de uno de los ventanales.

Al ver que ella lo miraba, Nacho se acercó a él y lo acarició con mimo.

—Era de Anthony —explicó—. También tocaba el piano.

—No entiendo de pianos, pero éste es una maravilla —afirmó Alba colocándose junto a él.

—¿Sabes quién se lo regaló? —Ella negó con la cabeza—. Pues ni más ni menos que Elton John.

—¿Elton? ¿El cantante? ¿El fantástico Elton John? —preguntó alucinada.

—Sí.

—¿En serio? —insistió sin poder creérselo.

—Sí, monito. Te lo juro. —Sonrió al ver su cara de sorpresa—. Eran muy amigos y, cuando Elton se lo compró, Anthony se enamoró de él. Hace dos años se lo regaló por su cumpleaños.

—¡Qué pasada!

Nacho sonrió y señalando la tapa añadió:

—Esto es una dedicatoria que Elton mandó grabar.

Alba la miró, pero estaba en inglés y no entendió nada.

—Y ¿qué pone?

—«Para mi amigo Anthony, quien consiguió de mí este piano. A cambio, yo conseguí de él su amor incondicional. Con cariño, Elton.»

—¡Qué fuerte!

Durante unos instantes, Alba admiró el piano. Al intuir lo que pensaba, Nacho aclaró:

—No. Nunca tuvieron nada más allá de una excelente amistad.

Ella sonrió y su amigo la imitó.

La tarde fue pasando y, cuando quisieron darse cuenta, eran las nueve de la noche. Alba animó a Nacho a dormir allí. En un principio, él dudó, pero finalmente accedió. Era su casa, todo estaba en orden y limpio. ¿Por qué no dormir allí?

Tras aceptar, mientras él pedía una pizza por teléfono para cenar, Alba miraba su equipo de música. Allí había muchísimos discos de vinilo e infinidad de cintas de casete. Con curiosidad, ojeó los vinilos y vio que un buen número de ellos eran de música clásica. Sin duda la gran mayoría debían de ser de Anthony, ya que a Nacho nunca lo había atraído el género. Cuando encontró uno del grupo Wham!, sonrió y, sin dudarlo, lo sacó de su funda, encendió el equipo y, tras abrir la tapa del tocadiscos, lo puso.

Instantes después comenzó a sonar la preciosa *Last Christmas*,* una canción que a ambos les encantaba. Cuando él colgó el teléfono y la vio bailar, exclamó:

* *Last Christmas*, Epic, interpretada por Wham! *(N. de la E.)*

—Genial. ¡Bailemos!

Olvidándose de todos los problemas, los dos amigos bailaron animados en aquel inmenso salón mientras reían, Nacho cantaba a gritos en su perfecto inglés y Alba cantaba a gritos en su imperfecto inglés.

Aquella canción, que tantos recuerdos les traía, los transportó a tiempos felices y, cuando acabó, satisfechos y animados, se tiraron sobre la preciosa y mullida alfombra, que Nacho le explicó que habían comprado en un viaje que hicieron a Estambul.

—Me encanta George Michael —comentó Alba.

—Y ¿a quién no? —replicó él.

Tras esa canción escucharon muchas más y, cuando llegó la pizza, Nacho puso un disco de Spandau Ballet, un grupo que les gustaba a los dos, y ambos suspiraron al oír la canción *True*.*

Después de cenar, Alba se enteró de cuánto había viajado su amigo con Anthony. Habían estado en Nueva York, en Miami, Guinea, Estambul, Roma, Canadá, Puerto Rico y México. Aunque, cuando querían desconectar de todo, se iban a la casita de Castelldefels.

Encantada, Alba escuchó lo que Nacho le contaba. La vida de su amigo había sido mil veces más emocionante que la suya, y gritó cuando éste le enseñó unos álbumes de fotos donde se los veía en fiestas rodeados por personajes tan célebres como Elton John, George Michael, Liza Minelli o Donatella Versace. Sin embargo, la que más le impresionó fue una imagen en la que aparecía lady Diana Spencer sentada en el mismo sofá que tenía frente a ella junto a Nacho, Elton y Anthony riéndose a carcajadas.

* *True*, Parlophone Music Spain, interpretada por Spandau Ballet. *(N. de la E.)*

Entre confidencias, Alba se enteró de que Anthony era londinense de nacimiento, de padre canadiense y madre inglesa. Su padre, que era diplomático, conoció en uno de sus viajes a Sophia, la madre de Anthony, se enamoró y decidió trasladar allí su residencia.

Anthony tenía dos hermanos: Marck, un acaudalado abogado y notario casado con Arianne y padre de dos niñas, y Stephanie, la hermana rebelde y alejada de la familia que vivía en Irlanda con su marido Thomas.

Conmovida y emocionada, Alba le propuso entonces que durmieran juntos, ya que no quería dejarlo solo. Así pues, por primera vez en mucho tiempo, Nacho volvió a acostarse en la cama de aquel piso, donde el colchón aún olía a él. A su amor.

Agotados, se durmieron enseguida, aunque él se despertó pocas horas después. Intentó volver a dormirse, pero le fue imposible y decidió levantarse. En silencio, cogió un batín de Anthony que todavía estaba colgado en la puerta, se lo puso y salió de la habitación.

Lenta y dolorosamente, llegó hasta el salón, apoyó un hombro en la pared y, sin querer remediarlo, lloró en la oscuridad. Lloró por su amor. Lloró por un amor perdido demasiado pronto y con el que esperaba reencontrarse no demasiado tarde.

Cuando consiguió tranquilizarse, se secó las lágrimas, se acercó al equipo de música, lo encendió y buscó entre los discos uno que para ellos era especial. Al encontrarlo, sonrió, lo sacó de su funda y lo puso.

Los primeros acordes de la canción *Sailing** de Christopher Cross comenzaron a sonar. Dios..., cuántas veces había escuchado el comienzo de aquella increíble canción de la mano de

* *Sailing*, Rhino/Warner Bros., interpretada por Christopher Cross. *(N. de la E.)*

su amor. Y, sentándose en la banqueta del piano, cerró los ojos, pensó en él y sonrió al sentir a Anthony a su lado. Siempre a su lado.

Sonrisas, abrazos, locuras y pasión. Todos aquellos bonitos e irrepetibles momentos le llenaban el corazón y lo hacían en tromba. La vida le había podido quitar a Anthony, le había podido arrebatar su presencia, pero lo que nunca podría arrebatarle serían sus increíbles recuerdos y sus momentos. Los bonitos recuerdos que había vivido y compartido con su amor.

Habían bailado aquella preciosa canción millones de veces como una pareja enamorada y, cuando un estremecimiento le recorrió el cuerpo, Nacho abrió los ojos y sonrió al acordarse de que Anthony siempre decía que aquella canción le producía un placentero escalofrío cuando la bailaba con él.

¿Sería una señal que Anthony le enviaba para hacerlo feliz?

Con un gesto positivo, miró aquel precioso, elegante y espacioso salón mientras la canción continuaba. Allí habían celebrado divertidas y bulliciosas fiestas. Allí habían celebrado su increíble boda, cenas con los amigos..., y con sólo cerrar los ojos era capaz de rememorar. Sonrió. Aquellos emotivos momentos siempre lo hacían sonreír.

Cuando se marchara del fabuloso ático, se quedaría allí parte de su alma y de su corazón, aunque los recuerdos lo acompañarían el resto de su vida.

La luz del amanecer empezó a inundar el salón. Nacho se levantó de la banqueta y, tras pasar los dedos por el magnífico y delicado piano, se acercó al ventanal. Retirando la cortina de seda, observó el amanecer que tantas y tantas veces había contemplado acompañado por Anthony. Entonces se llevó la mano al corazón y murmuró:

—Siempre estarás conmigo, mi amor. Siempre.

Estaba abstraído mirando el amanecer cuando oyó a su espalda:

—Pero, Nacho, ¿qué haces levantado? Me he asustado al despertarme y no verte.

Con una paz que no había sentido en meses, Nacho se acercó a ella, que se restregaba los ojos.

—Venga, volvamos a la cama —le dijo.

—Pero ¿tú estás bien? —preguntó preocupada.

Nacho sonrió y, dándole un beso en la frente, murmuró mientras extendía la mano para apagar el tocadiscos y, con ello, la bonita canción:

—Sí, monito. Estoy bien gracias a ti. Te estoy agradecido porque me arrastraras a regresar a mi casa. Sin duda necesitaba volver.

Dicho esto, los dos caminaron abrazados hasta la cama, donde, tras tumbarse, se quedaron dormidos hasta bien entrada la mañana.

Un par de días después, Alba regresó a España.

Nacho colgó el cartel de «Se vende» en la fachada del ático, y ese mismo día unos vecinos del moderno portal lo llamaron interesados.

Dos días más tarde, tras reunirse con los compradores y con Marck en su caro despacho de abogados, todo quedó claro. Dieron una entrada para reservarlo y el ático se vendió.

Diez días después, Alba regresó a Londres.

Joanna Bassart la había llamado porque iba a dar una fiesta de despedida en honor a Nacho por su traslado a España, y ella no podía faltar.

Él, que sabía que su amiga asistiría, le compró un precioso y glamuroso vestido de color plata para darle una sorpresa. Estaba seguro de que la prenda se le ceñiría al cuerpo y estaría de infarto.

Cuando Alba llegó al aeropuerto de Heathrow, él estaba esperándola. Tras abrazarse y besuquearse, fueron hasta el parking, donde cogieron un coche. Cuando llegaron al portal del ático de Nacho, ella comentó mirándolo:

—No me digas que has estado durmiendo aquí...

—Sí. Me di cuenta de que debía aprovechar mis últimos días en mi preciosa casa.

Encantada por la receptividad que veía en él, Alba lo escaneó con la mirada. Seguía igual de delgado. No había engordado nada.

—Estoy bien, de verdad —aseguró él—. No te agobies.

Alba asintió. Nadie a excepción de ella conocía la verdad sobre la salud de su amigo. Aquello le pesaba como una losa, pero estaba dispuesta a guardarle el secreto hasta que él lo contara a las personas que creyera necesario. Era una decisión de Nacho, no suya.

Al entrar en el ático, ahora con cajas por medio para la mudanza, él la cogió de la mano y, llevándola hasta la habitación, dijo sonriendo:

—¡Espero que te guste!

Alba, que no sabía a qué se refería, gritó emocionada al ver el vestido plateado colgado en una percha en el tirador del armario.

Sin pudor alguno, rápidamente se deshizo de los vaqueros y del jersey rojo de cuello vuelto que llevaba para ponerse aquel más que impresionante vestido. Cuando se vio con él ante el espejo, se quedó boquiabierta, mientras Nacho decía:

—Los deslumbrarás a todos. Estás preciosa.

Alba se miraba sorprendida y encantada. Aquélla era ella en versión estrella de Hollywood.

A las ocho y media, vestidos ambos con mucha elegancia, pasaron a recoger a Manuel, a Nicola y a Viviane. Ellos también estaban invitados a la fiesta que Joanna había organizado en su residencia de Notting Hill.

Aquella noche, Alba conoció a gente que ni en sus mejores sueños pensó que conocería algún día. Nacho también le presentó a Sophie, la madre de Anthony, y a Marck, su hermano. Joanna los había invitado, como a otras muchas personas que adoraban a Nacho. La fiesta era en su honor. Todo el mundo tenía buenas palabras para él. Todo el mundo lo quería, y lo querían de verdad, de corazón.

A las dos de la madrugada, tras una velada fantástica, comenzaron a despedirse de la gente, y Nacho, sin dejar de sonreír ni un segundo, lo disfrutó, mientras era consciente de que se despedía para siempre de aquel mundo glamuroso que tanto había adorado.

A las ocho de la mañana del día siguiente, un enorme camión fue a recoger las pertenencias que Nacho se llevaba de la casa. Éstas serían transportadas hasta un muelle, donde un barco las llevaría luego hasta Barcelona y, desde allí, un camión las trasladaría hasta su casa de Castelldefels.

Nunca pensó que tuviera tantas cosas en aquel lugar. Se llevaba muchos objetos personales, fotos, cuadros, su ropa y, por supuesto, el piano de Anthony, que colocaría en el salón de su casa.

Esa noche, el ático quedó desnudo de objetos personales. Al ver cómo Nacho se movía por la casa vacía, Alba decidió darle tiempo para despedirse y salió a la terraza a esperarlo. Con mimo, metió en su *walkman* nuevo la cinta de The Alan Parsons Project y, tras buscar la canción *Eye in the Sky*,* se sentó en una cómoda silla de mimbre y cuero a escucharla.

* *Eye in the Sky*, Sony Music, interpretada por The Alan Parsons Project. *(N. de la E.)*

Al comprobar que ella salía a la terraza, y consciente de que nunca más volvería al lugar que hasta el momento había sido su hogar, Nacho se tomó su tiempo para recorrer habitación por habitación y despedirse de los recuerdos, que, aunque los llevaba en el corazón, inevitablemente se quedarían allí, en cada rincón de aquella casa.

Mientras escuchaba la bonita canción, Alba pensó en lo único que últimamente le rondaba por la cabeza. El sida. Ella no sabía nada sobre esa enfermedad, y se prometió que, una vez regresaran a España, se informaría para ayudar a Nacho en todo lo posible.

Aquella noche, antes de ir al aeropuerto, acudieron al sitio preferido de Nacho en Londres. Se sentaron en el banco mientras la ciudad, como siempre, se veía preciosa iluminada como estaba, y ninguno habló.

Media hora después, se marcharon del lugar en silencio. Alba no quiso preguntar. Sabía que su amigo había ido allí para despedirse de muchos recuerdos y coger fuerzas para iniciar una nueva etapa de su vida en España.

Horas más tarde, embarcaron en el avión que los llevaría directamente a Barcelona. Durante la maniobra de despegue, Nacho, que tenía agarrada a Alba, la miró y sonriendo murmuró:

—Vuelvo a casa, monito.

10

A mediados de abril, las tiendas de Joanna Bassart en Madrid y en Barcelona estaban en plenas obras. Todos trabajaban sin descanso para tener las franquicias terminadas en las fechas señaladas, pero Alba estaba inquieta.

Un mes antes, Nacho le había prometido que iría al especialista para comenzar con el tratamiento, lo cual era necesario debido a su enfermedad, pero luego había empezado a darle largas. Cuando no surgía una cosa, surgía otra, y Alba se desesperó. Hasta que uno de los días que ella estaba en Barcelona, concretamente en la casa de Castelldefels, tuvieron una discusión y, furioso, delante de ella, Nacho llamó por teléfono al especialista en cuestión y pidió cita para el día siguiente.

—¿Contenta? —preguntó con sorna después de colgar.

—Sí. Ahora sí, cabezón.

Nacho resopló. Lo reconociera o no, su amiga tenía razón.

Cogió una Coca-Cola de su nevera, le ofreció otra a ella y, juntos, salieron a la terraza, donde disfrutaron de las vistas.

Allí charlaron tranquilamente durante un buen rato hasta que sonó el teléfono. Nacho lo cogió y vio que se trataba de su hermana, que le hablaba a toda velocidad.

—Tranquila, Lena —le dijo—. Habla más despacio, que no te entiendo.

Alba lo miró.

—¿Qué pasa?

Nacho le pidió un segundo con la mano y, tras escuchar a su hermana, susurró:

—Lena..., tranquilízate. Luis ya es mayorcito para saber lo que quiere hacer con su vida. Sí..., sí..., claro que sé que no es lo mejor para él, pero vale más no entrometerse o saldremos escaldados.

Luego volvió a escuchar a su hermana, mientras Alba lo observaba expectante. Cuando, cinco minutos después, él colgó, la miró y soltó:

—Al parecer, Lena ha visto en el telediario al padre de Juliana. Lo han detenido por fraude fiscal.

—¡¿Qué?!

Tan sorprendido como ella, Nacho encendió el televisor:

—Vamos a ver si nos enteramos de algo. Pero, escucha, lo peor no es eso, porque lo que le pase a ese idiota me da bastante igual. Lo peor es que Luis, después de recibir una llamada desesperada de Juliana, ha decidido volver con ella.

—¡¿Cómo?!

Nacho suspiró. Lo que había hecho su hermano era una locura, un gran error; levantó el teléfono y marcó el número de la casa de la yaya en Madrid, pero Luis no lo cogió. No debía de estar allí.

—Este hermano mío es idiota, pero idiota profundo.

—Ni que lo digas —afirmó Alba.

Al día siguiente, tras enterarse por las noticias de que el padre de Juliana estaba detenido por un tema de evasión de impuestos, Nacho fue a la consulta del doctor Miguel Blanco Stuart acompañado de Alba.

En silencio, el médico examinó los resultados de los últimos análisis y los realizados meses antes en Londres y, diez minutos después, gracias a su forma clara de explicar las cosas, Alba consiguió comprender contra qué luchaban. Sin dudarlo, le hizo infinidad de preguntas al doctor mientras Nacho escuchaba. Por desgracia, él estaba informado de todo.

Para la chica, todo aquello era nuevo: los nombres, las siglas... Intentaba prestar la máxima atención, pero no conseguía seguir la explicación, hasta que el médico, al verla perdida por algo que estaba diciendo acerca de las células CD4 y el test de carga viral, señaló:

—Para que me entiendas: tú, que no eres portadora del virus, tienes en tu sistema inmunológico entre quinientas y mil ochocientas células CD4 o linfocitos. En cambio, él, al ser portador del VIH, casi podría contar esas células con las manos.

Asustada, Alba miró a su amigo, que escuchaba en silencio mientras el doctor proseguía.

—El problema de Nacho y de las personas que están infectadas como él es que el VIH va atacando su sistema inmunológico hasta que lo deja expuesto a cualquier enfermedad oportunista.

—Pero... pero ahora Nacho está bien, ¿no? —insistió Alba.

Con cariño, el doctor indicó:

—Nacho ahora mismo está en un período que llamamos *asintomático*.

Aquel rayito de luz, en lo que a tiempo se refería, hizo que Alba preguntara:

—Y ¿puede permanecer asintomático muchos años?

El médico negó con la cabeza.

—Eso no se sabe. No obstante, sí nos hemos dado cuenta de que depende de la fortaleza de la persona, de sus hábitos alimentarios, del ejercicio que practique y de otras muchas cosas que ni siquiera Nacho puede controlar.

Cansado de escuchar algo que no le traía buenos recuerdos, éste se levantó.

—Por hoy creo que ya he oído bastante.

Alba miró al médico, y éste, sin extrañarse por su reacción, dijo:

—El tratamiento se llama AZT. Tienes que comenzar a tomar quinientos miligramos diarios en cápsulas o en ampollas, pero te advierto que al principio tendrás dolor de cabeza y malestar, entre otras cosas, aunque con el tiempo tienden a desaparecer.

—¡Qué ilusión! —siseó Nacho.

—Nacho… —lo regañó Alba sin entender su gesto y su tono de voz.

Él no contestó y, tras pedirle tranquilidad a Alba con la mirada, el doctor dijo al ver que aquél abría la puerta:

—Nacho, pídele a la enfermera que te dé cita para dentro de quince días, ¿de acuerdo?

—De acuerdo. Te espero fuera, Alba —dijo él y, sin más, salió de la consulta.

Una vez la puerta se cerró a su espalda, el médico, al ver a la joven tan desconcertada, dijo:

—Tranquila. La mayoría de los pacientes reaccionan así.

—Pero no lo entiendo —insistió ella—. Nacho ya sabía que tenía que medicarse. No sé por qué está tan negativo.

El doctor asintió.

—Cuando los pacientes vienen aquí por primera vez, la mayoría de ellos son conscientes de su enfermedad. Sin embargo, la visita suele dejarlos aturdidos y, en ocasiones, desorientados, el humor les cambia, se aíslan, e incluso algunos tienden a deprimirse.

—Yo estaré a su lado para todo lo que necesite.

El médico sonrió. Sin duda su ayuda sería maravillosa.

—No lo dudo, jovencita, pero te recomendaría que lo animaras a acudir a un grupo de apoyo y lo acompañaras. Suele ir muy bien.

Alba se levantó y negó con la cabeza.

—No le hace falta ningún grupo. La familia lo apoyará.

—¿Conoce la familia su enfermedad?

La joven suspiró. Nacho todavía no había dicho nada.

Sin necesidad de volver a preguntar, el médico asintió, cogió una tarjeta de un tarjetero que tenía sobre la mesa y se la entregó.

—La familia en ocasiones también necesita apoyo, como el afectado —dijo—. Yo no puedo obligaros a que vayáis a las reuniones, aunque terapéuticamente está comprobado que es recomendable. De todas formas, guárdate la tarjeta de la Fundación Balmes. Para cualquier cosa, ya tenéis el teléfono de la consulta y, si os animáis, seréis bien recibidos allí.

Alba salió de la consulta con la tarjeta en el bolsillo. Nacho, que la esperaba apoyado en el mostrador de mal humor, siseó:

—Ya era hora.

Y, sin más, salieron de la clínica.

11

El 2 de mayo, Alba inauguró su tienda de Joanna Bassart en la calle Goya de Madrid, y el 5 lo hizo Nacho en el paseo de Gracia de Barcelona.

Ambas inauguraciones estuvieron llenas de glamur, prensa y gente famosa, que se volvió loca con la ropa que se exponía en ambas tiendas.

Joanna Bassart estuvo presente en los dos eventos. Su ropa resplandecía en los maniquíes y en las modelos, que el día de la inauguración paseaban con destreza por las tiendas.

A la apertura de Madrid asistieron José, Teresa y la abuela Blanca, los cuales miraban orgullosos todo aquello. Ni en sus mejores sueños habrían imaginado que sus niños pudieran llegar a regentar algo así.

También acudió Lena, con su novio Daniel, y todos se quedaron boquiabiertos cuando Luis, junto a su odiosa mujer y la madre de ésta, hizo acto de presencia.

—Pero ¿qué hacen ésos aquí? —preguntó Lena al verlos.

Nacho y Alba se miraron, ninguno de ellos los había invitado.

—Esta gente no tiene vergüenza —señaló él—. A pesar de que el patriarca está en la cárcel, ¡aquí los tienes!

Al ver que sus hermanos lo miraban, Luis suspiró. Su regreso con Juliana había sido decisión suya y, tras dejar a su mujer y a su madre hablando con unos conocidos, se acercó a ellos.

—¿Se puede saber por qué eres tan tonto? —le soltó Lena antes de que él pudiera decir nada.

El gesto hosco del Luis de antes de la separación reapareció.

—Yo no cuestiono vuestras vidas —replicó seguro de sí mismo—; por tanto, ¿qué tal si vosotros no cuestionáis la mía?

—Pero, Luis...

Al oír a Alba, él sentenció cortándola:

—He dicho que no quiero que me cuestionéis. Ahora Juliana me necesita más que nunca y yo quiero estar con ella. Punto y final. —Y, tras sacarse unas llaves del bolsillo, y entregárselas a Nacho dijo—: Las llaves de tu casa. Gracias por el tiempo que me has dejado estar allí.

Él las cogió y, guardándoselas, murmuró:

—Siempre será tu casa para cuando la necesites. Y no te tomes a mal lo que te voy a decir, pero no me haría ni pizca de gracia que en la prensa mañana saliera que Alba o yo tenemos algo que ver con tu suegro ni con tu familia política, ¿entendido?

Luis lo miró con dureza. No le gustó oír eso. Sin decir nada, se acercó a saludar a Teresa, a José y a Blanca y, después, regresó junto a su mujer y su suegra para marcharse con ellas segundos más tarde.

Esa noche, tras la exitosa inauguración de Madrid, Alba y Nacho tuvieron una fuerte discusión. Haciendo caso omiso a las recomendaciones del médico, él no había comenzado aún a medicarse, no quería asistir a terapia de apoyo y, por supuesto, todavía no le había contado nada a su familia.

Tras la inauguración de las dos franquicias, las ventas habían sido todo un éxito. La gente se volvía loca comprando ropa de aquella marca.

Nacho y Alba viajaban continuamente a Londres, donde de forma periódica tenían reuniones con Joanna para cambiar impresiones respecto a temas relacionados con la tienda, pero él seguía sin empezar el tratamiento. Alba intentó hacérselo entender. Necesitaba comenzar a medicarse, aunque Nacho, como siempre, se evadía de aquello y se refugiaba en el trabajo.

En uno de sus viajes, cuando por la tarde estaban en el hotel esperando a Joanna y a su marido para salir a cenar, Alba murmuró:

—Sé que lo que voy a decirte no te va a gustar, pero...

—Pues no me lo digas —lo cortó él sin mirarla.

El humor de Nacho pasaba por sus momentos más oscuros.

—De tanto gruñir —protestó ella molesta—, te estás convirtiendo en un monstruo cascarrabias.

Sin mirarla, pues estaba hojeando un periódico, él matizó:

—Hasta que llegue a ser un gran monstruo como tú, aún me queda.

Sin poder creérselo, Alba le dio un manotazo al periódico, que se rompió, y siseó levantándose:

—Pero ¿qué narices te pasa? ¿Qué problema tienes?

Con furia en los ojos, Nacho replicó:

—¿Hace falta que te cuente cuál es mi problema?

Sus malos modos la sublevaron. Ella sólo quería ayudarlo.

—Pues creo que sí —protestó sin miramientos—. Porque, si tu problema es que tienes el VIH, lo entiendo, pero lo que no entiendo es que ahora te niegues a hacer lo que has de hacer y que te estés comportando conmigo y con todos como un auténtico tirano.

—Venga, Alba, déjame en paz —gruñó él levantándose.

—Nacho...

—*Damn it! Shut up!* —gritó él en inglés.

Furiosa por su comportamiento, Alba siseó:

—No sé qué narices has dicho, pero no vuelvas a gritarme así, ¿entendido?

Enfadado con el mundo, Nacho le había ordenado de muy malos modos que se callara. Sabía que lo estaba haciendo mal, que no debía comportarse así con ella y, cuando iba a decir algo, Alba insistió:

—Y, para que te quede claro, no voy a dejarte en paz hasta que entres en razón y hagas lo que tienes que hacer.

—Dios, ¡qué pesadita!

—Sí, soy pesadita y muchas más cosas, pero te quiero y necesito que me dejes ayudarte. Reacciona, joder, ¡reacciona! —Nacho maldijo con gesto serio, y ella añadió—: Odio que te comportes así. Necesitas medicarte para que tu calidad de vida no empeore, y no sé qué hacer para convencerte de ello.

—Alba...

—Siento que Anthony muriera. Lo siento con toda mi alma, pero lucho porque eso no te pase a ti. Y, otra cosa más: me prometiste que cuando pasaran las inauguraciones hablarías con la familia y...

—Déjame tranquilo. Sé lo que hago, soy mayorcito. ¡¿Me has entendido?!

Impotente y con los ojos llenos de lágrimas, Alba lo miró.

—Muy bien. Pues como eres tan autosuficiente, tan listo y tan mayorcito, aquí te quedas. Me voy a casa.

—Tú misma —respondió él cuando su amiga pasó por su lado y salió de la habitación.

Molesta y confundida por cómo se estaban desarrollando los acontecimientos, Alba se dirigió a su cuarto y, tras cerrar la puerta, lloró de impotencia.

Cuando consiguió parar las lágrimas, metió en su pequeña

maleta un par de zapatos y una camisa que tenía colgada en el armario y, con paso seguro, se marchó de la habitación, mientras Nacho, en la suya, agarraba el periódico, se sentaba en la silla e intentaba leer, aunque no lo consiguió.

Sin mirar atrás, Alba salió del hotel, cogió un taxi y, dos horas después, salía en un vuelo con dirección Madrid.

Pasaron tres días y Nacho no dio señales de vida. Alba, desesperada, no sabía qué hacer. Debía comenzar su tratamiento y debía hacerlo ¡ya!

Por la tarde, una vez hubo regresado de la tienda, después de cenar, cuando su madre y su abuela bajaron a tirar la basura, Alba se sentó junto a su padre en la butaca que había frente al televisor. Permanecieron unos segundos en silencio, hasta que José preguntó:

—Cariño, ¿qué ocurre?

—Nada.

—Mientes muy mal.

Alba sonrió.

—Estoy cansada, la tienda me agota —contestó—. Sólo es eso, papá.

José asintió y, mirándola con la sabiduría de un padre que conoce a su hija, insistió:

—¿Qué ocurre con Nacho? Es raro que no llame por las noches.

Alba se dio por vencida. Sin duda su padre tenía sus propias ideas, y finalmente respondió:

—De acuerdo, papá. Nacho y yo hemos discutido. Aunque parezca mentira, nosotros también discutimos.

—Eso es lo normal, cariño. Discutir es una faceta más de la vida.

—Ya lo sé, papá —protestó ella—. Pero es que Nacho es tan cabezón que a veces no sé cómo hacerlo entrar en razón. Se encierra en sí mismo, no se da cuenta de que el tiempo es primordial, y no hay manera de conseguir nada de él.

—Y ¿qué ocurre para que el tiempo sea primordial?

Al darse cuenta de lo que acababa de decir, Alba se apresuró a explicar:

—Me refiero a que, como él está en Barcelona y yo en Madrid, el tiempo para vernos es escaso y...

—Mira, cariño —la interrumpió José—, sólo te diré que tú y sólo tú eres la persona que puede conseguir que Nacho haga lo imposible. Ha sido así desde pequeños, y dudo que haya cambiado.

—Ahora somos adultos y cada uno toma sus propias decisiones.

—Cariño, cuando uno se preocupa por alguien y necesita que haga algo beneficioso para él, ha de proponérselo de mil maneras y, si aun así fallan esas maneras, ha de seguir intentándolo.

Sorprendida por su comentario, Alba miró a su padre y preguntó con cautela:

—¿A qué te refieres?

Incorporándose en su butacón, José la miró. Conocía muy bien a Nacho y a su hija y sospechaba que algo pasaba. No sabía qué, pero la sobreprotección de su hija hacia el chico se había convertido en algo extremo. Cuando oyó que su mujer y su suegra entraban en casa, bajó la voz y cuchicheó:

—No tires la toalla con Nacho. Sé que pasa algo importante y espero que, si necesitáis algo, me lo digáis, porque yo estoy aquí para lo que haga falta. ¿Entendido, Alba?

Ella lo miró emocionada. Nunca había dudado de que podría contar con su padre cuando Nacho contara el problema.

—Quieres mucho a Nacho, ¿verdad, papá? —insistió.

—Muchísimo, hija. Tanto como tú. Y, como creo que vosotros os tenéis un amor incondicional, sé que buscaréis una solución a lo que pasa y lo arreglaréis.

Conmovida por sus palabras, a Alba se le anegaron los ojos en lágrimas.

—Papá —susurró—, ¿y si la cosa no se puede solucionar?

José sintió una punzada en el corazón. ¿Qué era aquello que a su hija le preocupaba tanto?

—Alba —dijo intentando que su tono no lo delatara—, Nacho y tú sois unos luchadores, y sé que sobre todo tú no te vas a quedar impasible ante un problema.

La joven asintió y se tragó las lágrimas que pugnaban por salir irremediablemente de sus ojos.

—¿Quieres contarme lo que pasa? —dijo entonces José.

Alba se abrazó a él. Necesitaba un apoyo, alguien con quien hablar del problema que tanto le preocupaba, pero susurró:

—Me gustaría hacerlo, pero no debo. No puedo.

En ese instante, la abuela Blanca entró en el salón y, al verlos abrazados, rio.

—Bendito sea Dios, qué melosones que están el papaíto y su niñita.

José besó la cabeza de su hija y Alba, levantándose, sonrió como pudo.

—Me voy a dormir —dijo—. Estoy agotada.

Ya en su cuarto, pensó en lo que su padre le había dicho. Había que luchar y no quedarse impasible y, acordándose de algo, cogió su bolso, sacó su cartera y encontró lo que estaba buscando.

Al día siguiente, tras advertir a Isabel, la chica que trabajaba con ella en la tienda, de que no iría a trabajar, tomó un avión con dirección a Barcelona. No avisó a Nacho y, una vez allí, cogió un taxi que la llevó a la calle Balmes.

Cuando bajó del taxi, miró el edificio de ladrillo visto que tenía frente a sí y leyó: «FUNDACIÓN BALMES».

Sin moverse de su posición, veía entrar y salir a gente común como ella por la puerta marrón que había a su derecha. Dudó si entrar o no y, al final, decidió ir primero a un bar a tomarse un café.

En la barra, Alba daba vueltas con su cucharilla al azúcar que le había echado al café cuando comenzó a sonar por los altavoces del local una canción que siempre le había gustado. Se trataba de *Reunited*,* de Peaches & Herb.

Durante unos segundos, escuchó con detenimiento la preciosa melodía y, al ir a sacar la cucharilla de la taza, calculó mal y, tras volcarla, el café se derramó y fue directo a la chaqueta del hombre que leía la prensa a su lado.

—Ay, Dios, ¡lo siento!... Lo siento.

Nerviosa por el estropicio, cogió unas servilletas que había sobre la barra y comenzó a limpiar el manchurrón que había hecho en la chaqueta del hombre, mientras pensaba en lo torpe que era en ocasiones.

De pronto, unas manos fuertes sujetaron las suyas, y una voz dijo:

—Tranquila, mujer. No pasa nada.

Sin mirarlo, Alba insistió:

—De verdad que lo siento. Estaba distraída y...

—No pasa nada —repitió él, y con una sonrisa indicó—: Llevaré la chaqueta a la tintorería y asunto concluido.

Alba se apresuró entonces a sacar su cartera. Miró a aquel hombre y, tras comprobar que era joven y atractivo, indicó:

—No sé cuánto costará la tintorería, pero yo...

* *Reunited*, Old Gold, interpretada por Peaches & Herb. *(N. de la E.)*

—Ni se te ocurra pensar que voy a coger tu dinero —la cortó él sorprendido.

Alba suspiró sintiéndose fatal y volvió a guardar el monedero.

—Estoy tan avergonzada que no sé ni qué decir —murmuró.

—De verdad, tranquila —dijo él y, mirando al camarero, que limpiaba con una bayeta el café, añadió—: Joan, ponle a la señorita otro café... ¿Era con leche? —Alba asintió, y éste afirmó—: Con leche.

Aclarado el estropicio, Alba volvió a sentarse en su taburete mientras la bonita canción continuaba y era consciente de cómo el hombre la miraba con interés. Rápidamente, las palabras «¡Peligro, guaperas!» hicieron saltar sus alarmas.

Sin mirarlo, volvió a echar azúcar en el café que el camarero acababa de dejar delante de ella y entonces oyó decir al guaperas:

—Oye..., no sé de qué, pero me suena tu cara.

No. No. No.

Lo último que quería era ligar con un guaperas como su exmarido y, mirándolo directamente a los ojos, respondió:

—Mira, déjame decirte que, aunque siento muchísimo haberte derramado el café encima, no estoy dispuesta a pagar mi torpeza de otra manera. Por tanto, la conversación se acaba aquí. Adiós.

El hombre y el camarero se miraron sorprendidos.

El guaperas iba a decir algo, pero al ver que Alba se tomaba el café mirando al frente, sonrió, se dirigió al camarero, que sonreía también, y se despidió.

—Hasta luego, Joan.

Una vez Alba vio que el hombre salía por la puerta del bar, respiró. No le había hecho gracia ser tan desagradable, ella no era así, pero no estaba dispuesta a que otros se aprovecharan por el simple hecho de haberles echado un café por encima.

Un cuarto de hora después, salió del bar y se encaminó hacia la puerta de la Fundación Balmes. Al entrar, comprobó que se trataba de un lugar agradable, nuevo y con una maravillosa luz. Eso le gustó, y se dirigió hacia el mostrador de información.

Tras él había una señora rubia que hablaba por teléfono. Con paciencia, Alba esperó a que colgara y, cuando lo hizo, la mujer la saludó con una candorosa sonrisa.

—*Bon dia.*

—Hola —murmuró con un hilo de voz.

De pronto parecía que se le hubiera comido la lengua el gato. Entonces, la mujer la miró y le preguntó:

—*Quina informació necessites?*

Alba parpadeó y aquélla insistió.

—*O potser tens cita concertada amb algun orientador?*

Aquella mujer le estaba hablando en catalán, y ella se apresuró a decir:

—Disculpe, pero no entiendo bien lo que me dice.

La mujer rubia sonrió y, con una afable sonrisa, contestó en castellano:

—No te preocupes, bonita. Te preguntaba que si necesitabas información o si tenías cita con algún orientador.

Alba se retorció las manos. Aún le costaba pronunciar la palabra *sida*, todo el mundo tenía terror a aquella enfermedad, pero tomando aire dijo:

—Necesito información sobre el VIH y el sida.

La mujer asintió y, sin perder su sonrisa, contestó:

—Soy Mercè y no creo haberte visto antes por aquí. ¿Cómo te llamas, cariño?

—Alba. —Y, enseñándole la tarjeta que llevaba en las manos, añadió—: Vengo... vengo de Madrid, un médico me dio esta tarjeta de la fundación y...

La mujer salió de detrás del mostrador y, con una humanidad en la mirada que enterneció a la joven, murmuró:

—Tranquila, cariño. Tranquila. Lo primero de todo, relájate. Tu problema lo tienen casi todas las personas que verás en la fundación. Aquí nadie te va a juzgar. Aquí te vamos a ayudar en todo lo que necesites.

Al entender que la mujer había creído que era ella quien estaba enferma, negó con la cabeza y aclaró:

—Oh, no..., no. Yo... yo no tengo el problema, pero vengo a informarme porque a mi hermano Nacho le han detectado el VIH y no sé cómo puedo ayudarlo. Aunque, sinceramente, apenas sé nada sobre el sida.

Mercè asintió. En general, los familiares de los afectados estaban tan perdidos como los propios enfermos;, la acompañó hasta una salita azul, la sentó en una silla y dijo:

—Espera aquí. Enseguida vendrá uno de nuestros orientadores a informarte sobre todo aquello que necesites, ¿de acuerdo?

Alba por fin sonrió.

—Gracias.

Conmovida por la muchacha, Mercè le guiñó un ojo y regresó a su mostrador.

Cuando se quedó a solas, Alba sintió la boca reseca. Estaba asustada y nerviosa por estar allí y, al mirar a su alrededor, vio un dispensador de agua y no lo dudó. Se levantó y bebió tres vasos. Lo necesitaba. En cuanto volvió a su sitio, se fijó en varios folletos informativos repartidos sobre una mesa de cristal cuadrada y cogió varios de ellos.

Estaba mirándolos cuando unas pisadas que se acercaban llamaron su atención y, al levantar la cabeza, se quedó sin habla. Ante ella estaba el guaperas al que le había tirado encima el café en el bar.

Ambos se miraron y Alba, con gesto confuso, murmuró:

—Madre mía...

Él sonrió al oírla. ¿De nuevo aquella muchacha? Y, sin poder evitarlo, repitió:

—Eso digo yo, ¡madre mía!

Alba miró al suelo, mientras sentía como él volvía a observarla con interés. ¿Por qué la miraba así?

—¿Eres tú el orientador? —preguntó nerviosa.

Con la misma bonita sonrisa que cuando lo había conocido un rato antes, él asintió.

—Sí —y, obviando lo que pensaba, indicó—: Ven, pasemos a mi despacho para hablar. Y, tranquila, estás a salvo conmigo.

Cohibida y avergonzada por cómo lo había tratado en el bar, Alba asintió y comenzó a andar a su lado. En el camino, se percató de cómo las mujeres que se cruzaban con ellos no la miraban a ella. Sólo clavaban la vista en él, con sonrisas de lo más insinuantes que él devolvía, y se repitió a sí misma: «Sin duda este tío es un peligro en potencia».

Al llegar ante una puerta marrón, él la abrió caballerosamente y, observándola con su inquietante mirada, dijo:

—Por favor, pasa y siéntate.

Alba entró, tomó asiento, y él, rodeando la mesa, se sentó en su silla y apoyó los codos en ella.

—Si estás preocupada por lo que ha pasado antes, olvídalo —dijo—. Ahora estamos aquí y te daré la información que has venido a buscar sobre el VIH y el sida. —Ella asintió—. Lo primero de todo, mi nombre es Víctor. Víctor Fontana.

—Alba Suárez —susurró ella estrechándole la mano.

Al oír su nombre, él dio un respingo hacia atrás. ¿Alba? ¿Rubia, ojos azules...? Rápidamente, su mente comenzó a funcionar mientras la observaba. Aquellos ojos azules tan claros, aquel rostro angelical..., ¿podían ser de quien imaginaba?

Confundido, miró la hoja que Mercè le había pasado.

—Aquí pone que vienes de Madrid.

—Sí.

A cada instante más interesado en ella, Víctor preguntó entonces:

—Hay una cosa que me sorprende. ¿Por qué, si eres de Madrid, vienes hasta Barcelona a pedir información?

Alba lo miró. ¿Por qué sabía que era de Madrid? Sin embargo, al momento comprendió que ella se lo había comentado antes a Mercè y ella lo había anotado en la hoja que ahora él tenía delante.

—Porque mi hermano vive en Barcelona —respondió—, y un médico de aquí me dio la tarjeta de la fundación.

Él asintió.

—Acompañé a mi hermano a la consulta privada del doctor Miguel Blanco Stuart y... —prosiguió Alba.

—Ah, Miguel —la interrumpió Víctor—. Un excelente profesional.

—Sí, eso me pareció a mí también —afirmó ella—. Estuvimos en su consulta y, allí, el doctor, con las pruebas que le pidió y las que traíamos de Londres, nos confirmó que mi hermano es portador del VIH. —Víctor asintió, y Alba continuó con gesto cansado—: Y yo, tonta de mí, creí que Nacho colaboraría en su tratamiento, pero ahora que debe empezarlo está bloqueado, no quiere ni oír hablar de él, y yo no sé qué hacer para ayudarlo.

Víctor asintió y se echó hacia atrás en su silla. «Nacho y Alba. ¡Confirmado!», pensó. Ante él tenía a la joven que había conocido una tarde años atrás en una discoteca de Madrid, cuando hacía la mili en Toledo. Aquellos ojos celestes y dulces eran inolvidables. Sin embargo, ella no lo había reconocido, no lo recordaba.

—Tranquila, es lo normal. Muchos enfermos suelen reaccionar así —indicó, feliz por su descubrimiento.

—No, no es normal —lo corrigió ella—. Nacho ya sabía que tenía esa enfermedad. Su pareja murió hace meses de una neumonía provocada por el sida, y no es lógico que Nacho, ahora que tiene que cuidarse, se esté comportando como... como...

—¿Como un animal herido? —Ella asintió. Lo había descrito a la perfección—. Alba, como te digo, la gran mayoría reaccionan así. Se asustan, se bloquean. Por desgracia, la sociedad actual no está preparada para todo lo que está ocurriendo con el sida y...

—Nacho no tiene sida —lo corrigió rápidamente la joven con los ojos encendidos en llamas.

—Lo sé —afirmó él con tranquilidad—. Acabas de decirme que tu hermano es portador del VIH. No reacciones tú como él.

Alba cerró los ojos. Sin duda no lo estaba haciendo bien, y murmuró:

—Perdona. No sé por qué te he hablado así. De nuevo te pido disculpas.

—Estás disculpada. —Y, al sentir la tristeza de la chica en aquellos bonitos ojos suyos, indicó sin saber cómo decirle quién era él—: Estás preocupada. Es normal que tú también te bloquees..., tanto tú como las personas que sepan lo de Nacho. —Al ver que ella negaba con la cabeza, preguntó—: ¿Sólo tú sabes lo que le ocurre?

—Sí.

Víctor asintió. Sin duda la presión de llevar sola sobre sus hombros aquel problema tarde o temprano podía pasarle factura.

—Ven —dijo levantándose—, vamos a tomar un café y continúo explicándote.

—¡¿Otro café?!

Él sonrió.

—Tranquila, prometo no tirártelo encima como revancha. —Alba sonrió también, y éste señaló—: Acompáñame, tenemos una sala con cafetera en la fundación.

Sin fuerzas para protestar, ella se puso en pie y lo siguió.

En el camino, de nuevo se percató de cómo las féminas con las que se cruzaban sonreían como tontas al orientador. Cuando entraron en la salita, donde no había nadie, Víctor cogió la jarra de la cafetera, que estaba vacía, y se mofó.

—Como siempre, se toman el café, pero no hacen más para los que venimos detrás.

—Como diría mi padre, se tarda más en protestar que en hacerlo —bromeó ella.

Víctor soltó una carcajada y, mientras preparaba una nueva cafetera, afirmó contento por saber quién era ella:

—Hombre sabio, tu padre.

Ambos sonrieron. Él colocó de nuevo la jarra en la cafetera eléctrica y la enchufó. Luego se sentó junto a ella.

—Ahora esperaremos unos minutos y podré ofrecerte ese café. ¿Solo?, ¿con leche? Creo que era con leche... ¿Cómo te gusta?

—Con leche y dos azucarillos.

—¡Marchando! —exclamó él con una sonrisa y, cogiendo una caja, preguntó—: ¿Quieres alguna galleta? Tenemos unas de chocolate buenísimas.

—Odio el chocolate —replicó Alba.

Ese dato. Nunca había olvidado ese dato. Ella, al ver su gesto sonriente, explicó:

—Sí, lo sé, soy rarita..., pero el chocolate no me gusta.

Sin poder creerse su buena suerte, y sin querer decirle nada de momento, Víctor afirmó:

—Qué increíble... Eres la única persona que conozco a la que le he oído decir eso.

Ambos sonrieron, y él, atontado por aquellos tiernos ojos azules que durante años lo habían perseguido, preguntó:

—¿Cuántos años tiene tu hermano?

—Veintiséis, como yo.

—¿Sois gemelos o mellizos? —preguntó curioso al recordar haber conocido a un hermano suyo aquella tarde en la discoteca.

Alba sonrió. Le había respondido por inercia, pero sin querer ahondar en las relaciones familiares y en lo que los unía, contestó:

—Digamos que somos mellizos.

Ese «digamos» llamó la atención de Víctor. ¿Era melliza del chico moreno que recordaba de la discoteca? Envalentonándose, iba a decir algo al respecto cuando entró una mujer y se dirigió a él.

—Víctor, mañana es la cena por la jubilación de Roque; vendrás, ¿verdad?

—Por supuesto. Ya se lo dije a Mercè.

Encantada, la mujer le guiñó un ojo y, antes de salir, farfulló en un tono íntimo:

—Entonces, hasta mañana.

En cuanto se marchó de la sala, Víctor se encontró con la mirada de Alba y, sin saber por qué, le aclaró:

—Se jubila nuestro Roque y le hemos organizado una cena sorpresa.

—Un bonito gesto por vuestra parte —asintió la chica, consciente de cómo aquella mujer había tonteado con él.

Tras un extraño silencio que hasta a Víctor lo inquietó, dijo:

—No es bueno para ti que lleves tú sola el peso de su enfermedad.

Alba se encogió de hombros.

—Y ¿qué hago? No puedo decir nada hasta que él así lo decida. Me sentiría como una traidora si lo hiciera.

Víctor asintió y se centró en el problema.

—Es duro, Alba —señaló—. Para él, sin duda es duro aceptar todo lo que le está pasando y, si me dices que su pareja murió hace unos meses, sabe muy bien a qué se enfrenta. El sida es una enfermedad terrible, aunque debemos transmitirles a los infectados positividad y el importante mensaje de que tener sida no significa que uno se vaya a morir.

—Pero hay una cura, ¿verdad?

—Aún no, aunque están en ello y...

—De todas formas —lo cortó ella—, el doctor nos dijo que pacientes con VIH podían permanecer asintomáticos varios años y no desarrollar la enfermedad. Eso dará tiempo a que encuentren la cura.

Víctor asintió. No pensaba llevarle la contraria porque él también lo esperaba.

Inquieto, se levantó y, cogiendo dos tazas limpias, echó café, luego leche, y Alba le recordó que quería dos de azúcar. Cuando le tendió su taza, él indicó:

—Nacho debe repetirse el análisis de carga viral cada tres o cuatro meses, y el de recuento de CD4, cada tres o seis. Necesita tener controlado su cuerpo, y ya debería estar tomando el tratamiento antirretroviral que seguro que Miguel le mandó.

—Lo sé, pero se niega.

Durante varios minutos, Víctor, un entendido en la materia, le habló de tratamientos, de fórmulas y, cuando éste calló, Alba repuso:

—Todo lo que dices me suena a chino.

Él sonrió. Sintió deseos de tocarle la mejilla, de decirle que él era el chico que había conocido, pero sabiendo que no era el momento, contuvo sus impulsos.

—Es lógico —comentó—. Yo hablo de esta enfermedad a diario, cosa que ni tú ni nadie que no la padezca hace.

Alba dejó entonces su taza de café sobre la mesa y musitó:

—Sinceramente, Víctor, para mí el sida era una enfermedad

muy lejana. Era una enfermedad de la que había oído hablar en la televisión y a causa de la cual murió el famoso actor Rock Hudson.

—También lo era para mí —dijo el orientador—, hasta que mi hermana Elvira murió de ello.

Asombrada por su confidencia, que no esperaba, la chica murmuró:

—Lo siento mucho.

Víctor asintió. Pensar en su hermana aún le atenazaba el corazón.

—Yo también lo siento —respondió—. Por ella, que sólo tenía diecisiete años, y por mis padres, que son los que la siguen llorando en vida.

—Dios mío, no puedo ni imaginármelo.

Víctor la miró directamente a los ojos y prosiguió:

—Éramos cuatro hermanos: Carlos, Maite, luego voy yo y después Elvira, que nació cuando nadie lo esperaba. Yo tenía quince años cuando ella vino al mundo y siempre fue como un juguete para toda la casa. Fue una niña demasiado consentida, pilló a mis padres mayores, y ya no tenían la misma vitalidad que con nosotros para educarla. Era una buena estudiante, pero se hizo amiga de gente que, más que bien, sólo le hicieron daño. Comenzó fumando porros y terminó inyectándose heroína. Compartía jeringuillas con otros heroinómanos y así se infectó. Murió hace cuatro años, y casi te diría que mis padres murieron con ella.

Al oír eso, Alba pensó de forma inevitable en Lena. Sin embargo, por suerte para ellos, Lena nunca llegó a tanto y, sobre todo, logró salir de ello.

—Madre mía, qué horror.

Víctor dio un último trago a su café y afirmó:

—Sí, fue un horror. En aquel entonces, por temas laborales,

me vine a vivir a Barcelona, por lo que estuve varios meses sin verla. Mis padres no decían nada, mis hermanos mayores iban a lo suyo, hasta que un fin de semana regresé a casa y, cuando vi su mirada perdida, supe que algo no iba bien. Con la ayuda de los míos, la ingresamos en varias granjas de desintoxicación. Allí parecía recuperarse, pero cuando salía a la calle volvía a recaer. Se convirtió en una gran mentirosa y en una tirana con mis pobres padres. Para Elvira, nosotros dejamos de ser su familia y adoptó una nueva, que eran, como ella decía, sus hermanos drogadictos. El resto de la historia ya te lo puedes imaginar: dolor y sufrimiento hasta que murió. El hecho de haber perdido a mi hermana es algo que no podré perdonarme en toda mi vida, por eso, cuando pasó, me interesé en ayudar a la gente con problema similares. Y aquí estoy, trabajando en la fundación.

—Tú no tuviste la culpa de lo que le ocurrió a tu hermana.

—Lo sé. —Sonrió con pesar—. Pero también sé que, si hubiera estado más pendiente de ella, si no me hubiera marchado de Salamanca, nada de lo ocurrido habría pasado. Elvira sólo tenía diecisiete años. Diecisiete.

Sin saber por qué, Alba estiró la mano y, cuando iba a ponerla sobre la de él, Víctor se levantó de pronto. No entendía por qué se había dejado llevar así por sus sentimientos, por lo que dijo cambiando su tono de voz mientras abría una carpeta:

—Mira, llévate la información que hay en esta carpeta sobre la enfermedad que tiene tu hermano. En esta hoja —añadió señalándola— vienen los horarios de las terapias de grupo. También tienes el teléfono de la fundación. Si necesitas que vayamos a hablar con tu hermano, llama y concierta una cita. Aquí estamos para ayudaros a ti, a tu familia y, por supuesto, a Nacho.

—Gracias —asintió ella cogiendo lo que él le entregaba.

A Víctor, recordar lo ocurrido con su hermana le tocaba el

corazón y, como no tenía ganas de confraternizar, dio por finalizado el encuentro.

—Todos los días de la semana hay terapia en distintos horarios. La primera de esta tarde comienza a las cinco, y suele durar una hora, u hora y media, dependiendo de los asistentes. Puedes venir cuando quieras; aquí no sólo vienen los enfermos, sino también sus familias, que son parte importante en todo este proceso.

—De acuerdo —afirmó ella siguiéndolo hasta la salida.

Una vez en la puerta, ambos se pararon y se miraron. Ella no sabía quién era él pero, como había ocurrido años antes, el corazón de Víctor aleteó ante la dulce mirada de aquella muchacha. No obstante, sin decir todo lo que minutos antes habría deseado, comentó:

—Ya sabes dónde estamos para lo que necesites.

Nerviosa por el modo en que aquel guaperas la miraba, Alba asintió y, antes de darse la vuelta, se despidió de él:

—Muchas gracias por todo. Adiós.

Cuando salió de la Fundación Balmes, miró su reloj. Eran la dos y diez, por lo que decidió ir a algún lugar a comer algo. Su avión salía a las seis y media de la tarde.

Por su parte, sin moverse de la puerta, Víctor observó cómo se alejaba. Quizá eso fuera lo mejor.

Alba entró en una casa de comidas y, tras mirar la carta, se decantó por pedir pan con tomate y un exquisito pollo asado. De postre, se permitió una rica crema catalana que estaba increíble.

Una vez terminó y se tomó el café, abrió la carpeta que Víctor le había entregado. Sin embargo, pasados unos minutos la cerró. Tenía la sensación de que todo el mundo veía lo que estaba leyendo y, tras pedir la cuenta, se marchó. Más tarde tendría tiempo para echarle una ojeada.

Una hora después, cuando estaba sentada en la sala de espera del aeropuerto, volvió a abrir la carpeta y, olvidándose de todo y de todos, leyó lo que en aquellos papeles se explicaba sobre el sida.

A Alba la alarmó muchísimo leer ciertas cosas. ¿Realmente alguien estaba exento de tener sida? Sin embargo, continuó leyendo.

Cuando acabó el folleto, se angustió como nunca imaginó que podría hacerlo. ¿Por qué esa información no se repartía en las casas, en los colegios y en los trabajos? ¿Por qué lo poco que ella o el resto del mundo conocían del sida era básicamente que el actor Rock Hudson había muerto a causa de esa enfermedad?

Después de embarcar en el avión, se sentó en su butaca y, sin importarle las miradas curiosas de los demás, Alba sacó un folleto que decía: «Vías de transmisión del sida y otras preguntas frecuentes».

El vuelo de regreso se le pasó en un periquete. Cuando tomaban tierra, cerró la carpeta y le pareció increíble todo lo que su mente había absorbido sobre aquella terrible enfermedad.

Tan pronto como llegó a Madrid, cogió un taxi para ir a su casa. Al entrar, saludó a sus padres y a su abuela y, sin decir dónde había estado, guardó la carpeta con la información debajo de los jerséis del armario. Sin duda, cuando Nacho hablase con sus padres, ella tendría que explicarles ciertas cosas.

12

Pasaron siete días y, al octavo, por fin Nacho la llamó al teléfono de la tienda. Alba habló tranquilamente con él y se sorprendió cuando éste le dijo que necesitaba verla. Sin dudarlo, ella cogió un vuelo al día siguiente y se plantó en Barcelona.

Al aterrizar en el aeropuerto, pensó en Víctor, el orientador de la Fundación Balmes, y sonrió. Sin duda era un tipo muy atractivo y cautivador, pero enseguida se lo quitó de la cabeza. No merecía la pena pensar en él.

Al cruzar las puertas de salida, vio que Nacho la estaba esperando con un ramo de flores y sonrió.

—Monito, lo reconozco —dijo él cuando Alba se le acercó—. ¡Soy muy tonto!

Con una candorosa sonrisa, ella lo abrazó.

—Pero eres mi tonto, y te quiero —afirmó.

De buen humor, los dos se dirigieron hacia el parking y, tras montar en el vehículo de Nacho, se fueron hacia la tienda de ropa de paseo de Gracia, donde, nada más llegar, se pusieron a trabajar. Ya hablarían durante la comida.

Sobre la una de la tarde, apareció en la tienda un amigo de Nacho de su época en Londres. Éste se alegró mucho, y Alba, al verlo sonreír como llevaba tiempo sin hacer, decidió quitarse de en medio.

—Ni lo pienses. Tú te vienes a comer con nosotros —cuchicheó Nacho.

Alba lo miró.

—He dicho que no —murmuró bajando la voz—. Vete a comer con él y esta tarde vengo a recogerte cuando cierres la tienda.

—Pero te he hecho venir para hablar.

—Ya hablaremos esta noche —repitió ella.

Nacho suspiró.

—Pero ¿qué vas a hacer tú sola por la ciudad toda la tarde?

Ella sonrió y, sin saber realmente lo que iba a hacer, respondió:

—Dar un paseo por las Ramblas, por el Barrio Gótico, visitar la playa y disfrutar del precioso día que hace hoy; ¿te parece poco?

Finalmente, Nacho claudicó, y cuando ella se marchó, la miró y sonrió. A cabezota tampoco la ganaba nadie.

Alba, que ya se manejaba bien por Barcelona, caminó disfrutando del día, hasta que el hambre le hizo rugir el estómago y decidió entrar en un restaurante.

Tras mirar la carta, pidió de primero escalivada, de segundo carrillada de cerdo al horno y, de postre, crema catalana. ¡Le encantaba!

Cuando acabó, cogió su bolso y salió a la calle. No tenía prisa, por lo que se sentó a una mesita de la terraza del local. Allí, pidió un café con leche, sacó su libro del bolso y se puso a leer, hasta que alguien le tocó en el hombro. Al mirar, vio a una mujer rubia que la saludó con una candorosa sonrisa.

—Hola, Alba, ¿me recuerdas?

Rápidamente recordó que se trataba de la recepcionista de la Fundación Balmes.

—Por supuesto, Mercè.

La aludida sonrió encantada.

—Te he visto y no he podido evitar saludarte —dijo y, mirando el libro, preguntó—: No te molesto, ¿verdad?

—Claro que no. Siéntate y tómate un café conmigo.

Contenta, la mujer se sentó y, tras pedirle un café al camarero, volvió a preguntar:

—¿No dijiste que eras de Madrid?

—Lo soy —afirmó ella mientras guardaba el libro en el bolso—. Pero he venido a ver a mi hermano. Él vive aquí, en Castelldefels.

—Oh, me encanta Castelldefels. Es un sitio precioso, y tiene una playa ¡fantástica!

Alba asintió recordando los paseos que había dado con Nacho por ella.

—Sí, es maravilloso. ¿Y tú? ¿Vives por aquí?

—Sí. En aquellos pisos del fondo.

La joven miró hacia el lugar donde aquélla señalaba y, a partir de ese instante, se sumergieron en una amena conversación. Hablar con Mercè era fácil. La mujer era dicharachera y divertida. Hasta que miró su reloj y comentó:

—Voy a tener que dejarte. He de regresar a la fundación y preparar la sala de terapia. —Al ver cómo la miraba Alba, preguntó—: ¿Van mejor las cosas con tu hermano?

—Eso parece —afirmó ella contenta.

Mercè asintió.

—¿Por qué no te vienes a la fundación? —dijo entonces—. Podrías asistir a una terapia de grupo y así verías de qué va.

—No sé... —dudó ella.

—¿Nunca has estado en una terapia de grupo?

—No.

Su sinceridad y aquellos tiernos ojillos azules que la miraban tocaron el corazón de Mercè.

—Deberías asistir. Nunca está de más —insistió.

Alba suspiró. Una parte de ella quería, aunque la otra se negaba.

—Pero, realmente ¿qué es una terapia? —preguntó.

—Siempre digo que una terapia, para mí, es hablar, desahogarse. Las personas que acuden a ellas cuentan lo que les ocurre, lo que las inquieta o asusta, y los que escuchamos podemos dar nuestra opinión, eso sí, con educación. Si vienes, he de advertirte que en ocasiones algunas terapias son duras.

—¿Llevas mucho tiempo en la fundación?

La mujer se encogió de hombros.

—Seis años. Desde que mi hija murió.

Alba se afligió al oír eso y, cogiéndola de las manos, murmuró:

—Lo siento, Mercè. Siento habértelo recordado.

Emocionada pero tranquila, la mujer contestó:

—No pasa nada, bonita, Susana siempre está en mi cabeza. —Y, tras un triste silencio, musitó—: Conocí la Fundación Balmes cuando el médico que la llevaba me entregó una tarjeta. Necesitábamos apoyo y la fundación nos lo dio. Por desgracia, mi niña enfermó de cáncer. Todo fue rápido, muy rápido, y...

Alba la cogió nuevamente de las manos y murmuró:

—Lo siento mucho.

La mujer sonrió con tristeza.

—¿Cuántos años tenía tu hija? —quiso saber Alba.

—Veinticinco. Cuando ella murió, la fundación me ayudó en todo lo que pudo. Nunca podré agradecerles lo bastante su apoyo, su cariño, su interés... Cuando me recuperé, decidí hacer por los demás lo que desinteresadamente habían hecho por mí y por mi hija. Sida, cáncer..., ambas son enfermedades terribles en las que, sin lugar a dudas, no has de encontrarte solo y, mientras yo pueda, ayudaré a quien lo necesite como en su momento me ayudaron a mí.

—Lo que dices es muy bonito.

—Sí, hija, lo es. Ni te imaginas el poder de una sonrisa o de una mano en tu hombro en un momento así. Sin duda, ayudar a los demás te llena de gratificaciones, aunque no te lo voy a negar: también hay momentos duros cuando Dios se lleva a la gente demasiado pronto.

—Yo no creo en Dios —comentó Alba mirándola.

—Pues yo necesito creer en él, si no, para mí la vida no tendría sentido.

La chica sonrió. Su abuela y su madre eran creyentes. Eran personas de ir a misa los domingos, algo que ella había dejado de hacer en la adolescencia.

—Entiendo lo que dices, Mercè —insistió—, pero no me parece justo que, si existe un dios, permita que pasen las cosas que pasan.

La mujer asintió.

—Eso que acabas de decir lo dijo mi hija mayor cuando murió Susana. Desde entonces, ella no cree en nada. Únicamente tiene fe en ayudar a los demás con sus propias manos y sus propias acciones.

—Opino como tu hija. Ayudar al prójimo es siempre bonito, pero hay que tener tiempo para...

—Sí, hay que tener tiempo, pero además de eso hay que tener tres cosas fundamentales: paciencia, amor y corazón. No todo el mundo vale para tratar o cuidar a personas con enfermedades tan particulares como éstas. —Acto seguido, miró el reloj y comentó—: He de marcharme. Tengo que preparar la sala para la terapia. ¿Te animas a venir?

Alba lo pensó. No tenía nada que hacer y, sin dudarlo más, afirmó:

—Sí, iré.

Media hora después, al entrar en la fundación, Alba vio a Víctor en la misma salita azul donde había estado con él días antes y se fijó en cómo hablaba con una pareja de la edad de sus padres y en cómo, con gestos cariñosos, consolaba a la mujer, que lloraba.

Por petición de Mercè, la siguió hasta una sala, donde colocaron las sillas en círculo y, cuando terminaron, salieron de allí. Al regresar a recepción, el teléfono comenzó a sonar y Mercè lo cogió con diligencia. Mientras tanto, Alba observó cómo Víctor entregaba al matrimonio una carpeta como la que le había entregado a ella y luego los acompañaba hasta la salida.

El orientador sonrió al verla.

A escasos metros estaba la joven que de nuevo copaba sus pensamientos como en el pasado. Sin embargo, dio media vuelta y desapareció.

Inquieto, entró en su despacho para ordenar sus ideas. Luego fue a la salita donde se encontraba la cafetera y, sumido en sus pensamientos, preparó unos cafés mientras se preguntaba si debía contarle quién era él en realidad.

Al final, y algo más tranquilo, reapareció ante ella con una bandeja en la que había varios cafés.

—Con leche y dos azucarillos, como te gusta.

Ese detalle hizo sonreír a Alba y, cogiendo el café que él le entregaba, murmuró:

—Gracias.

Víctor le guiñó un ojo y, tras dejar sobre el mostrador otro café para Mercè, dijo:

—Estoy encantado de volver a verte aquí. ¿Echaste una ojeada a la información que te di?

De pronto, a Alba le resultó familiar aquella forma de guiñar el ojo, pero pensó que era imposible y descartó la idea.

—Sí, y gracias —respondió—. Me sirvió para más de lo que crees.

—¿Hablaste con tu hermano?

Sin ganas de contarle que aún no había mantenido esa conversación con él, Alba mintió:

—Sí.

—¿Y? ¿Se anima a venir?

—Tiempo al tiempo.

Víctor asintió. No quería insistir, y preguntó mientras cogía una hoja que Mercè le entregaba:

—¿Vienes a la terapia?

—Sí, aunque quizá me vaya antes de que acabéis. He quedado con mi hermano y...

—Si te esperas, puedo acercarte con mi coche a donde quieras —la cortó él, deseoso de que lo hiciera.

En ese instante se abrió la puerta de la calle y la gente comenzó a entrar. Alba observó cómo Víctor les daba la bienvenida, hasta que llegó un hombre trajeado y, tras saludarlo, el orientador miró a la joven.

—Alba, él es Rodrigo Rossell —explicó—. Uno de nuestros psicólogos.

—Encantada —saludó ella dándole la mano.

—Lo mismo digo —afirmó aquél con una afable sonrisa.

Dicho esto, Víctor se alejó y se metió en la sala que minutos antes habían preparado ella y Mercè. Poco después, volvió a salir y animó a entrar a las personas que estaban llegando. Alba los observó. Había de todo: gente joven y gente mayor. Algunos acudían solos y otros acompañados, pero una vez llegaban allí, todos eran recibidos con una sonrisa.

Poco a poco, la gente fue tomando asiento, y Mercè le indicó a Alba que se sentara en la segunda fila del círculo de sillas. Sin dudarlo, ella lo hizo, y contó a diecinueve personas. Cuando Víctor cerró la puerta y Mercè se acomodó a su lado, el psicólogo hizo una pequeña introducción. Luego, una mujer llamada Neus comenzó a hablar, hasta que rompió a llorar y fue consolada por un señor y una joven, que Alba supo después que eran su marido y su hija.

Con el corazón encogido, escuchó cómo la mujer relataba que había contraído el VIH a través de una transfusión de sangre por una operación. Sin embargo, el corazón se le rompió del todo cuando la pobre mujer habló del rechazo de su hija mayor, que había tenido un bebé y no permitía que ella lo cogiera en brazos ni lo besara por miedo a que lo contagiara.

Escuchar su angustia y su desesperación la estaba matando, y sólo pudo controlar las ganas de llorar que sentía cuando sus ojos y los de Víctor se encontraron y éste, sin hablar, la tranquilizó con un gesto.

Desde su posición, Víctor sentía que hacía tiempo que no estaba tan inquieto. Ver de nuevo allí a la joven de los dulces ojos azules lo tenía totalmente abstraído y no podía apartar la mirada de ella. Sin duda, como habría dicho su madre, el mundo era pequeño. Muy pequeño.

Cuando Neus terminó de hablar, le tocó el turno a Joaquín. Se trataba de un drogadicto en proceso de rehabilitación que contaba cómo, cada mañana al levantarse, tenía que luchar contra las ganas de ir a pillar la heroína o la cocaína que tanto le apetecían, pero que cuando, por la noche, se metía en la cama, se felicitaba a sí mismo por haber conseguido estar limpio un día más.

Después, otra persona y otra y otra hablaron de sus problemas. Alba los escuchó con atención, hasta que al final la terapia acabó. Joaquín, que estaba sentado delante de ella, se levantó y se volvió, y ella le dio la mano sonriendo y lo animó a continuar por el mismo camino por el que iba. Sin duda, el gran beneficiado sería él. Tras despedirse de él, Alba miró a Neus. Aquella mujer, con su triste historia, le había tocado el corazón y, cuando vio que iba a salir por la puerta, se acercó a ella y, sin saber por qué, la abrazó. Encantada por su demostración de cariño, Neus sonrió y se lo agradeció.

Acto seguido, Alba se disponía a coger el bolso que había dejado sobre la silla cuando oyó:

—¿Te vas ya?

Levantó la cabeza y vio que el guaperas de Víctor estaba a su lado.

—Sí —dijo.

—¿Tienes tiempo para tomar algo?

Alba lo pensó, y él insistió:

—Prometo que ese algo no llevará chocolate.

Sin poder evitarlo, sonrió. Miró su reloj y, al ver que quedaban todavía dos horas para encontrarse con Nacho, contestó:

—De acuerdo. Tomemos algo.

Él asintió con una sonrisa.

—¡Estupendo! —exclamó encantado.

Una vez Víctor le hubo indicado a Mercè que estaría en el bar de enfrente por si lo necesitaban, Alba y él salieron juntos de la fundación. Ella estaba nerviosa. Aquel hombre le imponía.

Pero ¿por qué?

Cuando entraron en el bar, tras pedirse ella una Coca-Cola y él un café, se sentaron a una mesa.

—¿Qué te ha parecido la terapia? —preguntó él.

La joven suspiró y respondió con sinceridad:

—Dura.

Víctor asintió.

—No siempre es así — mirándola—. Hay ocasiones en las que nos reímos. La risa también es buena para ayudar a las personas.

—¿Trabajas para la fundación?

—Eso depende de cómo lo mires.

Al comprobar que estaba sorprendida por su respuesta, él aclaró:

—En la fundación soy voluntario. Mi trabajo es otro.

—¿Cuál? —preguntó ella curiosa.

Víctor sonrió y, dispuesto a saber más de ella, susurró:

—Sólo responderé si antes me dices en qué trabajas tú.

—Regento una tienda de ropa en Madrid —respondió Alba escuetamente.

Él asintió y, clavando los ojos en ella, la informó:

—Trabajo para una editorial. Soy traductor de inglés y alemán.

—Vaya..., qué interesante.

Durante un buen rato, los dos charlaron ensimismados. Alba le preguntó cosas acerca de su trabajo, pues siempre le había llamado mucho la atención, y él le respondió encantado. Hablar con ella de otros temas que no fueran enfermedades era maravilloso.

—Tengo que confesarte algo y no sé si te va a gustar —dijo él de pronto en un momento dado.

Ella lo miró curiosa, y él prosiguió:

—Ya nos conocíamos, pero no debí de dejarte huella, porque no te acuerdas de mí.

—¡¿Ya nos conocíamos?! —preguntó sorprendida.

Él asintió y, bajando la voz, murmuró:

—Fue hace muchos años, en una discoteca de Madrid llamada Joy Eslava. Yo hacía la mili en Toledo y fui con mis amigos allí. Te invité a una copa y luego...

—Salimos a tomar un café y un chocolate con churros a San Ginés, y al sábado siguiente me diste plantón... ¿Aquel chico eras tú?

Víctor asintió con cara de circunstancias y Alba parpadeó sorprendida. ¿Por eso le había sonado aquel guiño?

El hombre atractivo e interesante que tenía ante ella era aquel muchacho que conoció un día y al que, por primera vez, ella se lanzó a besar. Estaba boquiabierta por el descubrimiento cuando él añadió:

—Si no acudí a nuestra cita fue porque en el cuartel me negaron el pase para ese sábado y, al no tener el teléfono de tu casa, no pude avisarte. Ni te imaginas cuánto sentí no volver a verte.

Alba parpadeó sorprendida y, sin poder remediarlo, rio.

—Que sepas que me enfadé mucho por el plantón. Pero tranquilo, ¡ya lo superé!

Ambos soltaron una carcajada, y Víctor continuó:

—Cuando te reconocí el otro día, me quedé tan desconcertado que no supe qué decirte. De nuevo tenía ante mí a la madrileña de ojos preciosos que había conocido, y por fin podía darte una explicación sobre aquel plantón, aunque no te la di.

—¿Por qué? ¿Por qué no me dijiste nada?

Víctor resopló y cuchicheó:

—Porque creí que no era el momento. Tú estabas aquí por otras cosas y me dio apuro. Además, al ver que no te acordabas de mí como yo de ti, mi amor propio de hombretón se sintió herido.

Alba sonrió. Sin duda el tiempo lo había tratado muy pero que muy bien. Iba a decir algo cuando él prosiguió:

—¿Cuántos días vas a estar en Barcelona?

—Mañana me voy, ¡he de trabajar!

Los dos rieron y entonces él preguntó:

—¿Cenas conmigo esta noche?

Ella lo miró sorprendida. Más directo no podía ser.

—¿Pretendes que te perdone así el plantón? —replicó.

Víctor asintió con su bonita sonrisa y, acercándose un poco a ella, cuchicheó:

—No lo dudes, ojazos.

Alba sonrió. Aquella palabra, *ojazos*, la transportó al pasado, e inevitablemente pensó qué habría sido de ellos si aquella cita no hubiera terminado en un plantón.

En ese instante entraron en el local un grupo de hombres y mujeres que había visto en la fundación y se acercaron a ellos.

—Víctor —dijo uno dirigiéndose a él—, Mercè me ha dicho que ha telefoneado tu mujer para decirte que la niña tiene un poco de fiebre. Que la llames.

Alba se quedó sin habla.

«¿Casado? ¿Mujer? ¿Hija?...»

Se acaloró y, mirándolo, pensó: «Y ¿aun así quieres invitarme a cenar? ¡Menudo caradura!».

Conteniendo los impulsos que tenía de tirarle la Coca-Cola a la cara, no dijo nada mientras seguía pensando que era un sinvergüenza. Aquel guaperas era como su exmarido, un viva la vida que sólo pensaba en sí mismo.

Permaneció unos segundos en silencio, hasta que vio que él se daba la vuelta para contestar a algo que uno de aquéllos le preguntaba y, aprovechando el momento, cogió su bolso y salió del bar a toda prisa.

Una vez en la calle, vio un taxi, se apresuró a subir a él y, tras cerrar la puerta, se marchó a la carrera de allí. Definitivamente, qué mal ojo tenía para los hombres.

Cuando Víctor se dio cuenta de que había desaparecido, salió a la calle corriendo. Sólo hacía seis meses que se había separado de su mujer, y en la fundación nadie sabía nada. Desesperado, miró hacia ambos lados, pero no la localizó y, tras maldecir, entró de nuevo en el local con la misma sensación que años antes. No tenía modo de localizarla.

Esa noche, Alba por fin habló con Nacho en referencia a toda la información que había conseguido recabar, aunque no le mencionó a Víctor. ¡Menudo fresco!

Él no la interrumpió. Todo aquello que le contaba ya lo sabía y, aunque se negó a ir a terapia y ella decidió no insistir al respecto, al final accedió a regresar con Alba a Madrid para contarle a la familia el problema de su enfermedad.

13

Al día siguiente, cuando Nacho y Alba ya estaban en Madrid, él llamó desde la tienda a sus hermanos y quedó con ellos a las seis de la tarde en casa de Teresa y José.

Ellos dos, junto a la familia de Alba, eran las únicas personas con las que estaba dispuesto a hablar de lo que le ocurría. Al resto no le importaba.

Lena llegó acompañada de Daniel y, sonriendo, la joven abrazó a Nacho. Llevaba sin verlo desde la inauguración de su tienda en Barcelona.

—Sigues demasiado delgado —murmuró—. A ver si comes más.

Él sonrió al mismo tiempo que Blanca entraba en el salón con un plato con sándwiches.

—Eso mismo le he dicho yo al muy tunante —protestó la abuela—. Qué pena que esté tan lejos, si no, ya me encargaba yo de hacerle buenos pucheros para rellenar esos pellejos. Unas buenas lentejas, con el hierro que tienen, le vendrían de maravilla.

—¡Pero qué exageradas sois! —se mofó Nacho, divertido, mirando a Alba, que hablaba con Teresa.

Él, mejor que nadie, sabía lo delgado que estaba, aunque en los últimos meses había recuperado peso. Si lo hubieran visto tras la muerte de Anthony, ¿qué habrían pensado entonces?

Mientras esperaban a que llegara Luis, Nacho habló con su hermana y con su pareja. La casa de la yaya Remedios estaba reformada y, tras la marcha de Luis, también vacía. Así pues, les propuso que dejaran el piso de alquiler donde vivían para que la ocuparan sin necesidad de pagar nada. Daniel y Lena se miraron. El hecho de ahorrarse el alquiler podía ser muy bueno para su economía y, sin dudarlo, aceptaron.

Veinte minutos después llegó Luis y, para suerte de todos, acudió solo, algo que secretamente le agradecieron, porque soportar a la insufrible Juliana era bastante duro.

Cuando entró en el salón, José saludó a Luis con un apretón de manos, mientras que Lena lo abrazó. El muchacho había levantado de nuevo una muralla de frialdad para con ellos y, como siempre, su padre lo aceptó. Ya eran todos mayorcitos para elegir cómo actuar.

Sin embargo, José se fijó en su hija. Parecía nerviosa y, cuando ésta dejó de hablar con su madre, se acercó a ella con disimulo.

—¿Esto tiene que ver con lo que tanto te preocupa últimamente con respecto a Nacho? —le preguntó. Alba asintió—. Tranquila, cielo, entre todos lo resolveremos.

Ella sonrió con tristeza al oír eso y se encogió de hombros.

—Seguro que sí, papá —cuchicheó.

Una vez se hubieron sentado alrededor de la mesa del comedor, la abuela Blanca dijo con una sonrisa desconcertada:

—Bueno, hermoso, ¿qué es eso tan importante que tienes que contarnos?

Alba, que estaba sentada junto a su amigo, al ver que éste se mordía el labio inferior por los nervios, posó la mano en su muslo y, cuando sus miradas se encontraron, lo animó.

—Adelante. —Sonrió—. Estamos en familia.

Con voz temblorosa, Nacho comenzó a contarles su llegada a Londres años antes. Nadie entendía nada, hasta que por fin les habló de Anthony. Entonces Luis, de pronto, dio un manotazo sobre la mesa.

—¿Eres maricón? —exclamó sorprendido.

—¡Luis! —lo regañó José.

—Bendito sea Dios —murmuró la abuela Blanca, persignándose.

Pero Luis, con los ojos fuera de sus órbitas, como si le hubiera dicho que era un asesino en serie, insistió levantando la voz:

—Tú... Mi hermano, ¡un maricón!

—Eh..., deja de insultar —advirtió Alba molesta.

—Tú te callas. ¡Hablo con ese mariquita! —voceó Luis.

En el salón se instaló un silencio extraño y, cuando Alba iba ya a sacar las uñas por aquél al que adoraba y que miraba a su hermano con gesto confuso, Teresa se le adelantó y, levantando la voz como pocas veces en su vida, gritó:

—¡Es Nacho! Haz el favor de tenerle un respeto.

Pero Luis se puso en pie, caminó hasta su hermano, que no se había movido y, agarrándolo de malos modos, lo arrancó de la silla y siseó antes de darle un puñetazo:

—¡Maricón!

Nacho cayó al suelo. Entonces, todos se levantaron gritando asustados. Rápidamente, Teresa y Alba ayudaron a incorporarse al chico, mientras Lena, Daniel y José se ponían delante de él para parar a un furioso Luis.

—¿Estás bien? —preguntó Alba al verlo sangrar por la nariz.

—Hijo, por Dios —murmuró angustiada Teresa.

—Tranquilas. Estoy bien..., estoy bien —indicó Nacho cogiendo un pañuelo blanco que le tendía la abuela Blanca.

Con rabia en los ojos, Nacho miró a su hermano, que discutía con Lena y con José. Siempre había imaginado que reaccionaría así al conocer su homosexualidad. Una vez se hubo limpiado la sangre de la nariz, siseó:

—Si vuelves a ponerme la mano encima, te parto la cara.

—Primero tendrías que ser un hombre para saber hacerlo —se burló Luis.

Nacho se exaltó, y José, al ver la furia en la cara de los dos muchachos, sentenció mirando a Luis:

—O te comportas con Nacho y con todos como la persona que te enseñó a ser Remedios, o te vas de mi casa.

Ofuscado, Luis maldijo y, empujándolo de malos modos, Lena siseó:

—Siéntate y deja de dar la nota.

—Otra que tiene por lo que callar —protestó él.

Consciente de por qué decía aquello, su hermana lo miró.

—Mira, pedazo de imbécil, siento que Nacho y yo no seamos tan perfectos como te gustaría pero, ¿sabes?, tú tampoco lo eres para nosotros.

La tensión se palpaba en el ambiente, pero entonces todos hicieron un esfuerzo por controlarse y se sentaron.

Alba, consciente de que, costara lo que costase, su amigo tenía que soltar todo lo que llevaba dentro, intervino:

—Nacho tiene que seguir contándoos lo que pasa.

—¡¿Aún hay más?! —gritó Luis—. Porque, si pretende que conozca a su novio, juro que les voy a partir la cara a los dos.

—¡Cállate de una santa vez! —gritó Alba histérica.

Nacho suspiró. Aquélla era una de las situaciones más difíciles a las que había tenido que enfrentarse después de la muerte de Anthony pero, consciente de que era entonces o nunca, prosiguió. Cuando mencionó las palabras *VIH* y *sida*, pudo ver cómo todos, sin excepción, contenían la respiración.

Alba, después de dejar sobre la mesa los folletos informativos que le habían dado en la Fundación Balmes, ayudó a su amigo en todo lo que pudo y, al ver los gestos de su madre y de su abuela, murmuró:

—Sé que esto asusta. Lo sé porque yo también me asusté, pero...

—Pero nada —la interrumpió Luis—. Su conducta inaceptable lo ha llevado a esta situación. Ahora, que lo afronte; ¿o acaso espera que nosotros busquemos la solución?

Con ganas de cogerlo por el pescuezo y retorcérselo, Nacho miró a su hermano y respondió, consciente de lo que decía:

—De ti, particularmente, no espero nada. Pero debías saberlo, como el resto.

La tensión era patente. Estaba claro que Luis no lo iba a poner fácil y, sin escrúpulos ni compasión por lo que el otro les había contado, siseó:

—Me avergüenza que seas mi hermano.

—¡Luis! Por el amor de Dios, no digas eso —protestó la abuela Blanca con el corazón roto, sin llegar a entender realmente la situación.

Al oír eso y ver el gesto dolorido de Nacho, Lena se levantó y lo abrazó. Ella estaría a su lado pasara lo que pasase, tuviera lo que tuviese. Lo quería demasiado, y él no le había fallado jamás, ni en sus peores momentos.

Pero Luis era incapaz de razonar. Homosexual..., ¡su hermano era gay! Aquello iba contra natura y, cuando comenzó a insultarlo de nuevo, Nacho se levantó y, para no partirle la cara, se fue al baño.

Cuando se quedaron a solas en el salón, mientras la abuela Blanca los observaba con unos ojos como platos, Alba intentó tranquilizar a Luis, pero éste no la dejó.

—Todo lo que digas me sobra. Sólo sé que me va a avergonzar ante mi familia política. ¡Tiene sida! Una enfermedad que sólo tienen los drogadictos y los maricones y...

—¡No tiene sida! —dijo Alba levantando la voz—. ¿Por qué

no me escuchas y dejas que te lo explique? Y, en cuanto a lo que piense tu familia política, ¿acaso crees que nos importa?

—Luis —lo reprendió Lena furiosa—. ¿Quieres hacer el favor de callarte y escuchar?

Con un gesto que a nadie gustó, Luis torció la boca.

—Antes tú y ahora él. Y me da igual lo que penséis, no estoy dispuesto a contraer ninguna enfermedad por estar a su lado ahora que...

—¡No sabes de lo que hablas! —gritó Alba—. Él no te va a pegar nada. Pero ¿por qué no te informas o dejas que te informe yo antes de hablar?

Él sacudió la cabeza furioso. Alba intentó explicarles entonces a todos lo que sabía sobre el VIH y el sida, pero Luis no quiso continuar escuchando, por lo que se levantó y se fue.

Cuando se marchó, a Teresa, a Lena y a la abuela Blanca les entró el pánico. ¡¿Sida?! ¡¿VIH?! Aquello era de lo que oían hablar en la tele. Esa terrible enfermedad estaba matando a cientos de personas. Si Nacho era portador, ¿significaba que se estaba muriendo?

Como pudo, Alba las tranquilizó con la ayuda de Daniel y José, quien, aun sin saber nada del tema, se impregnó de la positividad de su hija. Agradecida, y en cuanto las tres mujeres dejaron de llorar, la joven les explicó como pudo lo que ocurría. No iban a permitir que Nacho se muriera. Se recuperaría porque iba a medicarse, porque lo cuidarían entre todos y porque la ciencia, con sus adelantos y sus investigaciones, iba a encontrar el modo de cuidarlo.

Cuando salió del baño, Nacho tenía los ojos rojos. Para él tampoco estaba siendo fácil y, al ver que su hermano se había marchado, miró a los demás y murmuró:

—Siento muchísimo que...

Pero no pudo seguir. José, el bueno de José, se levantó y le dio un abrazo.

—Hijo, siéntate —susurró—. Entre todos buscaremos una solución.

Emocionado por el cariño y la preocupación que le demostraba, Nacho se sentó y, a partir de ese instante, sin omitir nada de lo que necesitaba contar, los puso al corriente de todo.

Dos días después, y convencido de que había hecho lo mejor para todos, Nacho regresó a Barcelona. Tenía un negocio que atender.

Ese día, Alba y Lena quedaron con Luis. Intentaron hablar con él, pero fue imposible hacerlo entrar en razón. No quería saber nada de Nacho. Si los padres de Juliana se enteraban de que era homosexual y estaba infectado, sería una vergüenza para ellos.

Las chicas no daban crédito a lo que oían, hasta que Lena lo increpó. Le chilló como una loca llamándolo calzonazos y le dejó bien claro que, si su yaya estuviera viva, de quien se avergonzaría sería de él.

Tras la dura y fuerte discusión, las jóvenes regresaron a sus hogares, sabiendo que aquello había marcado definitivamente un antes y un después en la familia y en su relación con Luis.

14

Pasó un año. Fue un año duro, durante el cual Nacho se medicó voluntariamente, y tanto Alba como el resto de la familia pudieron comprobar que estaba bien. Incluso había engordado.

Para el cumpleaños de la abuela Blanca, ésta se empeñó en organizar una cena para la familia. Nacho confirmó su asistencia, y dudaron si invitar o no a Luis, quien, desde aquel día que había salido por la puerta, ya no había vuelto a entrar en la casa.

Tras mucho hablar y consultarlo con Nacho, quien no dudó en decirle a Teresa que él no tenía problema alguno en que su hermano acudiese a la cena, la mujer llamó al parque de bomberos. Allí, habló con Luis. Se preocupó por él como llevaba haciendo toda su vida y, aunque éste, en un principio, se negó a acudir a la cena, cuando ella le contó que era porque la abuela estaba mayor y quería reunirlos a todos, claudicó y aceptó la invitación.

El día en cuestión, cuando Luis llegó, Nacho ya estaba allí. No se hablaron. No se rozaron. Nacho esperó la reacción de su hermano y, al ver su frialdad y la mirada de asco con que lo observaba, decidió callar y aceptarlo. Él estaba allí para hacer feliz a la abuela Blanca, y si eso significaba aguantar al tonto de su hermano, sin duda lo haría.

Luis disculpó a su mujer indicando que tenía otro compromiso, cuando la realidad era que se había negado a ir. Ni loca iría a cenar a la casa de los fruteros, como ella los llamaba de forma despectiva.

La cena no fue fácil para nadie. La tensión se notaba en el ambiente, y la abuela Blanca comenzó a entender lo que su hija y su yerno le habían advertido. Sin embargo, se negaba a escuchar lo que aquéllos le decían. Ella quería seguir manteniendo a la familia unida y haría todo lo que estuviera en su mano para ello.

Lena, Daniel, Nacho y Alba intentaban mostrarse alegres por la abuela. Ella se lo merecía. Cuando, en un momento dado, después de la cena, coincidieron solos en el salón Luis y Nacho, este último dijo:

—Gracias por venir. A la abuela Blanca le hacía mucha ilusión esta cena.

En un principio, Luis no pensaba contestar, pero finalmente soltó con mal gesto:

—Teresa se puso muy pesada y no me quedó otra opción.

—Ya veo —asintió Nacho, dolido por su frialdad. Entonces, al darse cuenta de que se alejaba de él para no seguir hablando, dijo—: Por mucho que te jorobe, somos hermanos y te quiero. Nunca entenderé que, por el simple hecho de ser homosexual, estés comportándote así conmigo.

Luis lo miró. En sus ojos había rabia, furia, frustración y, acercándose a él con agresividad, siseó sin tocarlo:

—Tú no eres mi hermano.

—Luis...

—El hermano que tuve en un pasado era un tío genial, no un maricón que lo único que hace es dar preocupaciones y disgustos a esta gente.

—¡¿«Esta gente»?! Esta gente es tu familia, ¿cuándo lo vas a entender?

—Esta gente será tu familia, pero no es la mía. ¿Cuándo vas a entenderlo tú?

Incapaz de callarse, Nacho gruñó asqueado:

—Eres un gilipollas. Un grandísimo gilipollas. No entiendo tu forma de proceder. No entiendo que le des más importancia a mi orientación sexual que al hecho de que tu suegro esté en la cárcel por haber engañado a otros.

Al oír eso, Luis sonrió con chulería.

—Yo seré un gilipollas y mi suegro estará en la cárcel, pero acéptalo: no trato con maricones sidosos.

José, que entraba en ese instante junto a Daniel en el salón, oyó esas últimas palabras.

—Parece mentira que puedas decirle eso a tu hermano —le reprochó acercándose a él—. Eso no te lo hemos enseñado en casa, Luis. Remedios estaría avergonzada de ti.

—¿De mí o de él? —se mofó Luis señalando a su hermano—. Mi yaya era una mujer muy convencional y no creo que estuviera precisamente orgullosa de las depravaciones de su *Nachito*. De todas formas, José, éste es un tema entre él y yo. Tú no tienes nada que ver ni que opinar en esta conversación.

—Papá —indicó Nacho—, tranquilo. Nada de lo que Luis me diga me puede hacer daño. No te preocupes, por favor.

Luis lo miró entonces y, perdiendo los nervios, gritó:

—¡¿No te da vergüenza llamarlo así?!

—Vergüenza me daría ser como tú —respondió Nacho.

En ese instante entraron Teresa y Alba, y Luis siseó mirando al que, según él, ya no era su hermano:

—Ya eres mayorcito para saber que este hombre no es tu padre. Que lo llamaras así cuando eras niño tiene un pase, pero ya tienes una edad para darte cuenta de las cosas.

—¡Luis! —protestó Lena.

Sus palabras les dolieron a todos, y Nacho, dispuesto a partirle la cara a aquel maldito desagradecido, replicó:

—Precisamente porque tengo edad para darme cuenta de las

cosas lo llamo papá. Y ¿sabes por qué? Porque, como él siempre ha dicho, la sangre te hace pariente, pero sólo la lealtad y el amor te hacen familia. Siento que tú no pienses así.

Teresa, a quien la dureza de Luis le hacía tanto daño como a Nacho, iba a decir algo cuando su marido la ordenó callar con la mirada.

—Luis —intervino José—, aunque no sea tu padre, me siento en la obligación moral de decirte que no me parece justo lo que estás haciendo con Nacho, ni lo que estás...

—José —lo cortó el otro—. Yo sólo digo lo que siento, y por éste —añadió señalando a Nacho— sólo siento asco.

—¡Luis! —gruñó Alba.

—¡Pero ¿tú eres tonto?! —voceó Lena.

Al ver la expresión de Teresa, a la que consideraba su madre, y como se sentía culpable por todo el dolor que aquello le estaba causando, Nacho miró a su hermano y sentenció:

—Vete de esta casa. Pero vete y no vuelvas nunca más.

Sintiéndose observado por todos, Luis sonrió y, tras coger su chaqueta, se encaminó hacia la puerta.

—Mi mujer tiene razón —soltó—. No valéis nada. No sois nadie.

—¡Te salto los dientes...! ¡A ti y a la idiota de tu mujer! —exclamó Lena, a quien su novio sujetó para que allí no se montara la marimorena.

Nacho, ofendido por las terribles palabras que había soltado su hermano, se acercó a él dispuesto a todo y espetó empujándolo:

—No creas que soy menos hombre por no cogerte aquí y partirte la cara por lo que has dicho. Si no lo hago es por el disgusto que se iban a llevar mamá, papá, la abuela y las chicas. Pero recuerda, nunca más en tu vida vuelvas a faltarle el respeto a mi familia o te juro que, por mucho cariño que te tenga, nada me va a parar. Y ahora, adiós. Espero que no te falte la suerte en la vida porque, sinceramente, creo que la vas a necesitar.

Dicho esto, Nacho se volvió hacia la puerta de la cocina, por la que entraba la abuela Blanca en ese instante. Por suerte, no había sido testigo de aquello y, quitándole la tarta de las manos, Nacho dijo con una bonita sonrisa:

—Abuela, o soplas las velas o me como yo solo tu riquísima tarta.

Blanca sonrió y, sin prestar atención a Luis, que se marchaba, caminó con Nacho hacia la mesa. Una vez allí, el chico encendió las dos velas que había encima con la ayuda de un mechero.

Luis abandonó el salón, y José y Teresa lo siguieron. Cuando ya salía por la puerta de entrada, José no pudo evitarlo y sentenció:

—Qué solo te vas quedar, Luis. —Y, sin más, cerró la puerta tras él, mientras cogía a su mujer de la mano e indicaba—: Volvamos con los chicos. La abuela tiene que soplar las velas.

15

Al día siguiente de que Nacho se hubiera marchado a Barcelona, la abuela Blanca seguía preocupada. No sabía bien lo que había ocurrido. Sólo sabía que, cuando se había dado cuenta, Luis ya se había ido.

Sumida en sus pensamientos, hacía ganchillo sentada en el sofá de su casa, mientras su hija Teresa y su yerno veían el telediario. Sin poder remediarlo, su mente no paraba de pensar en Nacho. Todavía no podía entender cómo a aquel mozarrón tan alto y guapo no le gustaban las mujeres, pero intentaba respetar su decisión, como le habían pedido su hija y su yerno.

Esa tarde, cuando Alba regresó a casa tras un duro día de trabajo, los besuqueó a todos. Sabía que lo ocurrido el día anterior con Luis los había trastocado, pero decidió no hablar del tema. Bastante sufrimiento tenían ya.

Después de ducharse, se puso su bonito vestido plateado y unos increíbles tacones. Nacho y ella habían sido invitados a una fiesta y al menos uno de los dos debía de asistir por puro compromiso. Dos semanas antes, Alba había quedado con Óscar, un amigo de un amigo con el que salía de vez en cuando.

Alba era un encanto de mujer, además de guapa, pero en lo referente a los hombres era complicada. Tras lo vivido con su ex, se había vuelto algo arisca con ellos y, consciente de que le funcionaba, lo utilizaba para quitárselos de encima. No necesitaba a un hombre a su lado para ser feliz. Ya no creía en el amor.

Una vez acabó de vestirse y maquillarse, se miró en el espejo. El reflejo que le devolvía era el de una mujer, no el de una niña, y sonrió.

Cuando salió arreglada para el evento con aquel bonito vestido largo, su padre, que continuaba viendo la televisión, murmuró:

—Mi niña... Más preciosa no puedes estar.

—Gracias, guapetón —respondió ella sonriendo y guiñándole el ojo.

Acto seguido, entró en la cocina, donde se encontró con su madre y su abuela, que la halagaron al igual que su padre. Mientras cogía un vaso para beber un poco de agua, su abuela retomó la conversación que mantenía con su hija.

—Habrá que pedirle a Dios que nos cuide a Nacho —comentó.

Alba sonrió al oír eso. Su abuela era tremendamente religiosa, algo que ella no compartía y, cogiendo un trozo de pan, repuso:

—Más que pedírselo a Dios, mejor lo cuidamos nosotros, no sea que se le vaya a olvidar a ese Dios que tanto quieres.

—¡Alba! —protestó Teresa.

Sabía lo que opinaba su hija sobre ese tema. La abuela dejó entonces de remover la sopa y protestó también.

—No me gusta que hables así de Dios. ¿Qué te ha hecho él para que lo cuestiones?

—Mejor pregúntame qué no ha hecho.

—Jesús del Gran Poder, lo que hay que oír.

—Abuela, lo siento, pero ya sabes que no tengo las mismas creencias que tú.

—Bendito sea Dios —protestó Blanca—. ¿Adónde vamos a llegar con esta juventud?

Al ver que Blanca y Alba se iban a enzarzar en una de sus controvertidas discusiones sobre religión, Teresa murmuró:

—Dejadlo ya y respetaos la una a la otra.

Pero la abuela Blanca refunfuñaba y, al ver a Alba sonreír, insistió:

—No entiendo por qué eres tan poco creyente cuando aquí, en casa, te hemos dado otra educación. Dios es quien nos ha dado la vida y nos cuida día a día.

Alba suspiró y, meneando la cabeza, respondió mientras veía a su padre entrar en la cocina.

—Abuela, la vida me la han dado mis padres, y ellos y tú sois los que me cuidáis día a día.

Al escuchar a su nieta, la mujer se persignó.

—Lo que hay que oír..., lo que hay que oír. Esto en mis tiempos no sucedía.

José sonrió y, posando las manos en los hombros de su suegra, intervino:

—Abuela, déjalo, o terminarás enfadada.

Pero, tras apagar el fuego, Blanca retiró el cazo de la sopa y reprochó:

—Pues no sé por qué tengo que dejarlo.

—Mamá...

—Ni mamá ni leches en vinagre. Sólo he dicho que le pido a Dios que nos ayude a cuidar a nuestro Nacho. ¿Quién mejor que él para hacerlo?

Alba, a quien la boca le picaba para hablar, miró a su abuela.

—Ojalá Nacho estuviera bien y nadie tuviera que ayudarnos, abuela —contestó—. Pero antes que Dios, prefiero que sean los médicos quienes nos ayuden a tratarlo.

—Qué insensatez —se quejó aquélla.

—¿Insensatez? —protestó Alba—. Insensateces son las cosas que dice tu Iglesia. Pero vamos a ver, abuela, ¿sabes que la Iglesia sigue oponiéndose al uso del preservativo cuando se ha comprobado que, si no se utiliza cuando se tienen relaciones sexuales, dentro de un tiempo podría haber mucha más gente infectada por el VIH? Y eso por no hablar de los embarazos no deseados...

—Eso pasa porque la juventud habéis confundido la libertad con el libertinaje —replicó Blanca.

Alba miró a sus padres, y éstos, con los ojos, le pidieron que no continuara con el tema. Pero, incapaz de callar, mientras la abuela vertía la sopa en la sopera, insistió:

—En la actualidad en el mundo todo progresa excepto la Iglesia, que parece haberse quedado estancada en el pasado, en la Edad Media. Hoy en día las cosas no son blancas o negras como antiguamente. Por suerte, existen los colores y...

—Mira, hija, el hecho de que yo quiera a Nacho no significa que apruebe lo que él hace con... con...

—¿Con hombres? —Blanca no respondió, y Alba prosiguió—: Abuela, a mí también me sorprendió cuando me enteré. Pero quiero a Nacho, es mi hermano, una buena persona, es maravilloso, tierno y cariñoso. ¿Qué más da si se enamora de un hombre o de una mujer si él es feliz?

—Si Dios hubiera querido ese tipo de relaciones entre las personas, Él...

—¿Dios? Abuela, por ahí sí que no paso. Ese Dios al que tanto veneras y rezas, si fuera tan bueno y justo como dices, ¿realmente dejaría que los niños sufrieran o murieran de hambre? ¿De verdad consentiría que la gente se matara en absurdas guerras que nunca terminan? ¿Crees que permitiría que existieran los prejuicios y las injusticias? ¿O enfermedades malditas como el cáncer o el sida, por no mencionar otras? Ah, no, abuela, lo siento, pero si realmente existe un dios, no entiendo que consienta todo eso.

Blanca apretó los labios y salió de la cocina con la sopera mientras decía:

—A cenar. La sopa se enfría.

Una vez se hubo marchado, José y Teresa miraron a su hija.

—Vale —farfulló ésta encogiéndose de hombros—. No debería haber dicho muchas cosas, pero...

—Lo sabemos, cariño —murmuró Teresa—. Pero, por favor, ten más paciencia con la abuela y sus creencias. Ella tiene una edad y demasiado está aceptando.

Alba asintió; su madre tenía razón. Tras darles un beso, cogió su abrigo, su bolso y bajó al portal. Había quedado allí con Óscar.

Cuando éste la recogió en su coche, entre risas se encaminaron a la fiesta.

Dos horas después, y sumergidos en un ambiente festivo en un precioso local de Madrid, Alba y Óscar disfrutaban de la noche.

Desde que se había separado de su exmarido, sólo había mantenido relaciones sexuales en contadas ocasiones y, sin duda, ese día no sería una de ellas.

Con la copa acabada, Alba decidió ir a por otra a la barra. Estaba mirando a su alrededor cómo se divertía la gente cuando oyó una voz a su lado que decía:

—He tenido que aclararme la vista dos veces para convencerme de que eras tú, ojazos.

Alba se volvió para mirar hacia la derecha, y se quedó sin habla al encontrarse con Víctor. Estaba muy guapo con aquel traje oscuro y la camisa blanca, aunque al recordar su último encuentro, sentenció:

—Disculpa, pero no tengo nada de que hablar contigo.

Al oír eso, Víctor se envaró. Estaba claro que no esperaba esa contestación.

—Vamos a ver, Alba... —empezó a decir.

—¿Qué haces aquí?

Estaba claro que no se lo iba a poner fácil; señalando a un grupo, él respondió:

—Estaba en Madrid por temas de trabajo, me invitaron a esta fiesta y aquí estoy.

Alba asintió mientras notaba cómo su corazón se aceleraba ante aquel caradura, y de pronto pensó preguntarle si había acudido a la fiesta con su mujer. Sin embargo, antes de que pudiera abrir la boca, él preguntó:

—¿Cómo está tu hermano Nacho?

Sorprendida porque recordara su nombre, ella musitó:

—Bien. Por suerte, al final accedió a medicarse y todo está controlado.

Ambos asintieron. Sin duda aquello era bueno para todos. De pronto, comenzó a sonar una canción, y Víctor preguntó:

—¿Quieres bailar conmigo?

—No.

—Venga, mujer, ¡estamos en una fiesta!

Alba suspiró. Ni loca bailaría con aquel sinvergüenza guaperas, pero cuando iba a repetirlo, él la cogió de la mano.

—Vamos..., no seas antipática —insistió.

Por no montar un numerito allí en medio, ella se dejó guiar. En un periquete llegaron al lugar donde más parejas bailaban y, cuando él la acercó a su cuerpo, ella se echó hacia atrás.

—Tranquila, Alba. Sólo vamos a bailar.

Convencida de que estaba haciendo el tonto, permitió que él volviera a atraerla hacia sí y le rodeara la cintura con el brazo. Al compás de la bonita canción, bailaron en silencio y sin mirarse, hasta que él murmuró cerca de su oído:

—Vaya Con Dios.

¿Dios? ¿Otro como su abuela? ¿Por qué él también le hablaba de Dios?

Y, mirándolo, le espetó:

—¿Por qué mencionas a Dios?

Sin entender su entrecejo fruncido, Víctor sonrió. Todavía no podía creer que aquella chica estuviera allí y, sin apartar los ojos de ella, susurró:

—La canción que estamos bailando se titula *What's a Woman*,* y el grupo que la canta se llama Vaya Con Dios.

Alba asintió. ¡Vaya metedura de pata!

Recordaba haber escuchado aquella lenta canción en la radio y, cuando iba a decir algo, él preguntó:

—¿Qué idiota te ha roto el corazón para que estés siempre a la defensiva?

De nuevo, sus miradas se encontraron y, al ver el gesto de dolor en aquellos preciosos ojos azules, Víctor supo que había metido la pata y se disculpó:

—Lo siento. Olvida mi incómoda pregunta.

Con la rabia instalada en la mirada, Alba se disponía a decir algo, pero prefirió callarse. Estaba segura de que, dijera lo que dijese, sonaría fatal. Siguieron bailando en silencio durante un rato, hasta que él dijo de nuevo en su oído:

—Como dice la canción, no te aferres a los fantasmas del pasado y no crucifiques tu corazón.

De nuevo se miraron. Alba no entendía ni una palabra de la letra en inglés e, incómoda, se soltó de sus brazos y comenzó a caminar hacia la barra.

«¡Se acabó el bailecito!»

Víctor la siguió consciente de que había hablado de más, y se colocó a su lado mientras ella pedía un ron con naranja.

—Siento haber sido tan impertinente —se disculpó.

—Vale.

—¿Me perdonas? —insistió.

* *What's a Woman*, Ariola, interpretada por Vaya Con Dios. *(N. de la E.)*

Pero cuando Alba iba a contestar, una mujer se acercó hasta ellos y, agarrando a Víctor del brazo, dijo:

—Estás aquí, cielo. No te encontraba.

En ese mismo momento, Alba recordó que él estaba casado. Sin duda aquélla era su mujer y, con la mejor de sus sonrisas, cogió su bebida y dijo:

—Ha sido un placer verte, Víctor. —Y, mirando a la mujer, añadió—: ¡Precioso vestido!

—¡Gracias! —contestó la desconocida con una sonrisa.

Sin más, Alba dio media vuelta y regresó junto a su grupo. Óscar, al verla, la agarró de la cintura, y en esta ocasión ella se dejó.

Durante la noche, los ojos de Alba y los de Víctor se encontraron varias veces y, sin saber muy bien por qué, estuvo más cariñosa con Óscar que de costumbre. Quería que aquél viera que ella también estaba acompañada.

Desde su posición, Víctor la observaba con disimulo. Muchas habían sido las noches en las que había pensado en la rubia de los ojos dulces. Tenerla cerca no le estaba resultando nada fácil, y menos aún verla acompañada.

Inquieta, a las cuatro de la madrugada y con alguna copichuela de más para poder aguantar la noche y en especial las miradas de Víctor, Alba decidió dar la fiesta por finalizada y regresar a casa. Óscar la acompañó y, antes de subir a su casa, en el coche de él, pasaron un rato divertido. Lo que nunca supo Óscar es que, mientras intimaban, Alba no pensaba en él, sino en otro que se había quedado en la fiesta con cara de enfado.

El lunes, cuando Alba llegó a la tienda, se encontró con un precioso ramo de rosas rojas sobre la mesa de su despacho. Alucinada, cuando sus trabajadores la dejaron a solas, abrió la tarjetita y leyó:

No me perdonaste mi impertinencia del viernes en la fiesta. Estoy en la cafetería que hay frente a tu negocio. Mi avión sale a las dos y media. De aquí no me moveré hasta la una. Por favor, ven y tómate un café conmigo. Prometo portarme bien.

Víctor

Sorprendida, volvió a leer la nota cuatro veces más.

¿Víctor estaba allí?

Nerviosa por saber que la había localizado, optó por no ir.

Pero ¿qué quería ese caradura casado?

Y, retirando las flores a un rincón de su despacho, decidió olvidarse del tema. No tenía nada que hablar con él, y no iba a perder el tiempo.

Durante una hora trabajó rellenando unos albaranes, hasta que de pronto oyó:

—Si la montaña no va a Mahoma, Mahoma al final va a la montaña.

Al levantar la cabeza se encontró con Víctor apoyado en la puerta de su despacho. Como siempre, estaba impecable y muy atractivo.

—Mira —empezó a decir mirándolo—, no sé lo que quieres, pero...

Él caminó hacia ella y se plantó a su lado.

—Te lo he dicho. Pedirte disculpas.

No hacía falta ser muy listo para notar la corriente que se generaba entre ellos cuando se miraban. Pero Alba, que no estaba dispuesta a hacer algo que no le habría gustado que le hicieran a ella, replicó levantándose de su silla:

—Estás perdonado; y ahora, por favor, sal de aquí. No tengo nada de que hablar contigo, no te conozco y no quiero conocerte. Y, antes de que abras la boca para decir algo que pueda cabrearme mucho más, déjame explicarte que los tipos como tú no me gustan. Me repelen. Y no me gustan porque ya me fie de un imbécil que me rompió más que el corazón, y no estoy dispuesta a permitir que otro patán de la misma calaña que él se acerque a mí. Por tanto, gracias por las flores, estás perdonado pero, por favor, aléjate de mí.

Aturdido por todo lo que Alba le había dicho en cuestión de segundos, Víctor se disponía a hablar cuando ella insistió:

—O sales de aquí enseguida o me veré obligada a llamar a la policía. Tú decides.

Sin entender nada, él la miró.

El resentimiento que tenía contra los hombres era tremendo, excesivo incluso. Pensó en insistir, en hablar con ella, pero la furia y la determinación que vio en aquellos preciosos ojos azules lo hizo claudicar. De nada serviría lo que dijera. Por ello, tras asentir y sintiéndose como un verdadero idiota, dio media vuelta y se marchó. Sin duda, allí no tenía nada que hacer.

Una vez Alba se quedó sola en el despacho, se sentó en su silla con la respiración agitada. Lo que acababa de hacer era lo correcto y, queriendo creer que era así, murmuró:

—Bien, Alba, bien. Esto es retomar las riendas de tu vida.

16

El 24 de noviembre de 1991 murió de sida Freddie Mercury, líder del grupo de rock británico Queen.

En 1992, el actor norteamericano Anthony Perkins.

En 1993, el bailarín y coreógrafo soviético Rudolf Nureyev.

La gente moría. El sida no entendía ni de dinero ni de clases sociales. Aquella terrible enfermedad avanzaba a pasos agigantados y, aunque se luchaba contra ella, aún no habían dado con una posible cura.

En 1995, las tiendas de Alba y de Nacho iban viento en popa. Con los años, la firma Joanna Bassart se había consolidado en el mercado español tanto como otras míticas.

La línea de ropa que vendían era fresca y desenfadada, con tejidos cómodos de llevar y colores divertidos que enamoraban a la gente.

Cada seis meses organizaban fiestas en Madrid y Barcelona, fiestas a las que acudía lo más granado de España y donde sus modelos se vendían con gran facilidad.

En cada viaje que Alba hacía a Barcelona, inevitablemente pensaba en Víctor, aquel orientador de la Fundación Balmes tan atractivo pero tan caradura. Recordar sus bonitos ojos marrones almendrados y su intensa mirada aún la hacía suspirar, pero enseguida se lo quitaba de la cabeza. No merecía la pena.

Alba se había independizado dos años antes, aunque lo había pensado mucho antes de dar el paso. Vivir con sus padres y su abuela tenía muchas cosas buenas, pero le faltaba intimidad y, al final, animada por Nacho, se compró un piso en la calle Pontones, donde comenzó una nueva vida y donde pudo disfrutar de esa intimidad que en casa de ellos no tenía.

Nacho, por su lado, seguía con la medicación, pero en 1991, cuando su ídolo Freddie Mercury murió de sida, tuvo un tremendo bajón. Por suerte, allí estaba su familia para levantarlo.

Su enfermedad estaba controlada y todo parecía ir sobre ruedas, aunque en ocasiones Alba lo atosigaba con sus preguntas para saber que no se saltaba ninguna pastilla ni ningún control rutinario.

En ese tiempo, y sin pasar por la vicaría, Lena fue madre de un precioso niño moreno al que pusieron el nombre de Niko. El pequeño se convirtió enseguida en el muñequito de la familia, y todos lo mimaban cada día.

Todos, excepto Luis, quien, tras visitar una única vez a Lena para conocer a su sobrino, se puso furioso al saber que el padrino era Nacho. Como decían su mujer y sus suegros, ¡qué mal ejemplo para ese bebé!

Después de aquella cena que había tenido lugar hacía tiempo por el cumpleaños de la *vecina*, como él llamaba a Blanca, Luis no volvió a pisar la casa, como tampoco volvió a tener contacto con nadie de la familia, excepto con Lena. Había dejado su trabajo en el parque de bomberos para llevar los negocios de su suegro mientras éste cumplía condena, algo que Juliana prometió recompensarle dándole el hijo que tanto deseaba.

Sin embargo, después de más de dos años intentándolo, fueron a un especialista y éste les dijo que no podrían tener niños por un problema en los ovarios de Juliana. Luis lo aceptó y, tras mucho pensarlo, le propuso adoptar a un bebé. Cuando ella oyó aquello, casi lo fusila, y rápidamente le aclaró que ni ella ni su familia aceptarían nunca a ningún niño que no fuera de su propia sangre. ¡A saber cómo sería cuando fuera mayor!

Luis se entristeció mucho al oír aquello. Añoraba a alguien que lo necesitara, que lo quisiera y le diera un poco de cariño, pero lo asumió. Él había elegido aquella vida por el amor que le tenía a Juliana, y nada podía hacer. Pero, aunque no lo decía, cada año en Navidad recordaba a las personas que un día fueron importantes para él y que había dejado en el camino. Eso le rompía el corazón pero, por amor a su mujer, callaba y acataba.

José se jubiló. Cerró la frutería que había regentado desde que era casi un muchachillo y, tras venderla y guardar parte del dinerito en el banco para vivir, se permitió el lujo de comprarse un coche nuevo.

Nacho viajó desde Barcelona para acompañarlo al concesionario. José quería un Ford Orion y, tras mirar en varios sitios, al final compró el coche de sus sueños, y estaba feliz.

¡Tenía coche nuevo!

En cuanto a Nacho, tras la muerte de Anthony nunca había querido tener pareja estable. Como Alba, había tenido sus rollos, sus ligues de una noche o, como mucho, de un par de semanas, pero ninguno lo llenaba lo suficiente para abrirle su corazón.

Una tarde, en que estaba en la tienda hablando por teléfono con Alba mientras sonaba por los altavoces *I'll Stand by You*,* del grupo The Pretenders, Nacho se mofaba diciendo que, como España esperara que ambos procrearan, España se moriría.

—Oye, guapo —exclamó ella riendo al escucharlo—, no comiences tú como la abuela con eso de que se me va a pasar el arroz, porque me voy a enfadar.

* *I'll Stand by You*, Rhino/Warner Bros., interpretada por The Pretenders. *(N. de la E.)*

—Creo que voy a tener que buscarte un buen novio.

—Ni se te ocurra o la vamos a tener.

Nacho soltó una carcajada. Sabía lo mucho que aquello molestaba a Alba y, cuando fue a decir algo, ésta prosiguió:

—Tengo treinta y dos años. Soy joven e independiente. ¿Para qué quiero un solo hombre cuando puedo tener infinidad de ellos?

—Te has vuelto una descarada.

—Lo sé —contestó ella con más risas.

Divertido al oírla, Nacho insistió:

—No sé por qué te empeñas en buscarlos calvos, bajitos y regordetes cuando, con lo mona que tú eres y el estilazo que te gastas, podrías...

—¡Es que no quiero pibones! Ya me casé con uno y me salió rana.

El pasado estaba más que superado, por lo que Nacho bromeó:

—Y ¿pretendes que alguno de esos sapos con los que sales se convierta en príncipe?

Alba resopló.

—El exterior no es importante. La belleza se va con los años y lo que queda de la persona es el interior. Pero, tranquilo, si tiene que aparecer ese príncipe, aunque sea calvo y bajito, ¡aparecerá!

—Mira qué bonito te ha quedado eso —se mofó él—. Aunque hazme caso y de vez en cuando dale una alegría al cuerpo con un pibón como Javier. Pero ¿tú has visto cómo te mira siempre que vienes a Barcelona? Por Dios, si sólo le falta quitarse la capa y ponerla a tus pies para que pises sobre ella.

Alba soltó una risotada. Javier era un tipo increíblemente atractivo que trabajaba en la tienda de al lado de Nacho.

—Que no —suspiró—. Que no quiero problemas.

—¡Benditos problemas! —exclamó él, haciéndola reír a carcajadas—. Por cierto, ¿no has vuelto a quedar con Ángel? Ese calvete sí que me caía bien.

—No. Es un tipo excelente, pero en la cama no... no... no.

A Nacho le gustaba oírla hablar con aquel desparpajo. El tiempo había convertido a Alba en una mujer más o menos segura.

—Anda que no te has vuelto exigente —murmuró.

Ella asintió. Haber pasado por la experiencia con su ex le había hecho darse cuenta de muchas cosas. La primera, que más valía estar sola que mal acompañada. La segunda, que ella decidía con quién, cuándo y dónde. Y, la tercera, que de nuevo ella y sólo ella decidía si repetía o no.

—Lo reconozco. Soy exigente y al final creo que el único que me va a aguantar vas a ser tú. —Al oírlo reír, preguntó para cambiar de tema—: Y, hablando de aguantar, ¿volviste a quedar con el chico holandés?

—No. Se marchó para su tierra, aunque me llamó hace un par de días.

—Qué pena, era tan majo.

Nacho asintió. A Kevin, el holandés, lo había conocido una noche de copas. Tontearon, se vieron un par de veces y poco más.

—¿Sabes, monito? —cuchicheó entonces—, creo que, cuando conozcas a Jesús, te va a gustar más que el holandés.

Sorprendida por aquel nuevo nombre, Alba dejó de mirar la revista que tenía delante y preguntó:

—¿Quién es Jesús?

—Me lo presentaron Pepe y Jaume, mis amigos de Sitges. Jesús es de Murcia, metro noventa, cuarenta y dos años, canitas interesantes, sonrisa perfecta, caballeroso..., y reconozco que está como un tren, aunque yo de él sólo quiera su cuerpo.

—¿No tendrá un hermano hetero para mí, así..., para un par de días?

Divertido, Nacho soltó mientras comenzaba a sonar *All Around the World*,* de la cantante Lisa Stansfield:

—Como diría la abuela, cada día eres más ligera de cascos. Hay que ver, con la carita de niña buena que tienes y esos ojos azules de corderito, lo sinvergüenza que te has vuelto. Reconozcámoslo, tú de santa tienes lo que yo de albañil hetero.

Entre risas, así estuvieron un buen rato, hasta que Alba preguntó:

—Bueno, hablando de otros temas, ¿fuiste a la revisión?

—Sí, mamá.

—¿Todo bien?

—Sí, mamá.

—¿Te estás tomando los antirretrovirales y cuidando tu alimentación?

Nacho cerró los ojos. Desde hacía años, Alba repetía aquellas mismas preguntas cada vez que hablaban y, aunque al principio le molestaba, ya había llegado a acostumbrarse.

—¿Tú qué crees? —replicó.

Cerrando la revista que tenía en las manos, Alba indicó:

—Nacho, estás a más de seiscientos kilómetros y me preocupo.

—Lo sé.

—¿Te preparas las pastillas que debes tomar la noche anterior?

—Dios santo, monito —suspiró él—. ¿No te cansas de repetirme siempre las mismas preguntas?

—No. —Alba sonrió—. Y ahora te dejo. Tengo varias entrevistas para contratar a gente para la campaña de Navidad.

—Yo he contratado a cinco. Espero no necesitar más.

* *All Around the World*, Arista, interpretada por Lisa Stansfield. *(N. de la E.)*

Alba miró las caras de las personas que Isabel había ido sentando en un despacho contiguo y cuchicheó:

—Tengo a unas diez personas esperando. Por suerte, Lena ha dicho que vendrá a ayudarme. La echo en falta. Ella en la tienda es muy buena.

—Normal, ¡es Lena la magnífica!

Ambos rieron y luego él se despidió.

—Ánimo, cariño. Mi chica puede con todo. Que tengas un buen día.

En cuanto colgó el teléfono, Alba se atusó el pelo, se estiró la chaqueta del traje que llevaba y se dispuso a hacer su trabajo.

Las Navidades llegaron. Las calles se llenaron de luces, los escaparates de regalos, y los niños pegaban las naricitas a los vidrios soñando con aquellos juguetes que tanto deseaban.

Aquella Navidad fue especial por el pequeño Niko, o Nikito, como lo llamaban todos de forma cariñosa, y como cada año se reunieron en la casa de Teresa y José, quienes disfrutaban rodeados de aquellas personitas a las que tanto querían y se afanaban porque allí no faltara de nada.

La tarde de Nochevieja, sobre las seis, Lena subió de su casa acompañada por Daniel y el pequeño. La abuela Blanca se volvió loca al ver al chiquitín y, en cuanto pudo, se lo quitó de los brazos a su madre para ocuparse de él. Era su bisabuela.

Nacho llegó de Barcelona y se fue directamente a la casa. Siempre que entraba en el portal de su niñez sonreía. Recordar cómo él, Alba o cualquiera de sus hermanos corrían por la escalera era un momento feliz y digno de no ser olvidado.

Una vez en casa, cuando los saludó a todos, fue a cambiarse de ropa. Se puso un estupendo traje de terciopelo negro con una camisa blanca de lino con topos negros. Cuando lo vio, la abuela Blanca murmuró:

—Pero, hermoso, qué elegante te has puesto.

Con cariño, Nacho la abrazó. Adoraba a esa mujer y, haciéndola reír, cuchicheó:

—No es para menos, abuela. Has cocinado tu cordero, y me he vestido para la ocasión.

Blanca sonrió y, despegándose de él, murmuró:

—Ay..., tunante..., qué zalamero eres.

Cuando Nacho entró en el salón, pidió turno para coger a su sobrino. Aquel calvete ceporro era un amor y, en cuanto Lena le entregó un biberón para que se lo diera, Nacho sonrió. La sensación de darle de comer mientras el niño y él se miraban a los ojos lo emocionó.

—Vas a ser un tío grande —murmuró—, ¡muy grande!

José, que estaba a su lado, sonrió y, con cariño, apoyó la mano en el hombro de Nacho.

—Seguro que tan grande como tú, hijo —indicó.

Diez minutos después, el pequeño se durmió y Teresa, tras cogérselo de los brazos, lo tumbó en su cochecito para que durmiera. Nacho los observó feliz. Sin duda el pequeño Nikito no podía tener una abuela mejor, y le encantó sentir el cariño que irradiaban ésta y su hermana Lena.

—¿Qué te parezco? —preguntó Alba entrando en el salón.

Él la miró encantado. Aquel vestido de seda negra de la nueva colección de Joanna Bassart era una maravilla, y murmuró:

—Monito, estás increíble. —Y, fijándose más, preguntó—: Estás más delgada, ¿verdad?

—Sólo un par de kilos. ¿Tanto se nota? —Nacho asintió, y ella añadió—: Esa camisa que llevas es de Joanna. La he recibido hoy en la tienda.

—Yo también la he recibido hoy. La he visto y no he dudado en cogérmela. Por cierto, he traído un regalito para todas, aunque a ti te va a quedar estupendo con ese vestido.

Nacho siempre estaba haciendo regalos. Era la persona más generosa del mundo mundial. Alba cogió encantada la bolsita que él le entregaba y preguntó:

—¿Qué es?

—Ábrelo y lo verás.

La chica sacó entonces de la bolsita un precioso pañuelo de seda plateado con pedrería negra en los bordes.

—Es precioso.

—Lo sé. Tengo muy buen gusto.

Alba sonrió y lo empujó bromeando en el mismo momento en que aparecían Teresa, Lena y la abuela Blanca. Nacho les entregó una bolsita igual que la suya, y a José y a Daniel, otras en un tono más oscuro. Al abrirlas, aparecieron distintos pañuelos, a cuál más bonito.

—En la tienda me dijeron que son pañuelos de la suerte —explicó Nacho—. Al parecer, da tan buena suerte, como ponerte ropa interior roja.

—¿De verdad? —preguntó José mirando su bonito pañuelo de cachemira.

—Eso dicen, papá —afirmó él mientras se colocaba su propio pañuelo al cuello.

Acto seguido, se sentaron a cenar. Como siempre, Teresa y la abuela Blanca se esmeraron en que no faltara de nada, y sobre la mesa había gambas, langostinos, canapés, quesos, jamón del bueno, espárragos y ensaladilla. Estaban a punto de reventar cuando se sacó el cordero, que todos aplaudieron para regocijo de la abuela y, cuando llegó el postre, ya ninguno pudo comérselo. Había que dejar trabajar un rato el estómago para que al menos pasaran las uvas.

Entre risas, porque Nacho era un payaso, comenzaron a tomarse las uvas viendo Televisión Española, donde los presentadores Ramón García y Ana Obregón, que llevaba un escotado vestido plateado, se afanaban en dar las campanadas. Cuando todos se tomaron la última uva, se abrazaron, se besaron y, con cariño, se desearon un maravilloso 1996.

Una hora después, Lena y Daniel se fueron de fiesta con sus amigos, dejando al pequeño Nikito a cargo de sus abuelos, quienes lo disfrutaron encantados.

A las dos de la madrugada, Nacho y Alba, que habían quedado en ir a una fiesta en casa de uno de sus amigos, también se marcharon.

Durante horas bailaron, bebieron y bromearon mientras se divertían con aquéllos, hasta que, de pronto, sonó una canción que a Alba le trajo infinidad de recuerdos. Sin saber por qué, pensó en Víctor, un hombre que no había vuelto a ver tras su último y desafortunado encuentro y, sentándose junto a Nacho, musitó:

—Siempre me ha gustado esta canción, pero no sé lo que dice. Tradúcemela.

—Preciosa canción de Vaya Con Dios —afirmó Nacho al ver de cuál se trataba.

Mientras sonaba y Alba recordaba haberla bailado con Víctor años antes, Nacho hizo lo que le pedía, y lo escuchó sorprendida. Sin duda, la letra parecía escrita para ella.

—Monito —dijo su hermano cuando terminó—, espero que algún día dejes de crucificar tu corazón.

Al oírlo decir eso, Alba sonrió. Era el segundo hombre que se lo pedía. Sin embargo, no le comentó nada a Nacho al respecto. Cuando la canción terminó y comenzó *Careless Whisper*,* del grupo Wham!, se levantó y lo invitó a bailar.

* *Careless Whisper*, Columbia Records, interpretada por Wham! *(N. de la E.)*

Agotados, sobre las cinco de la madrugada decidieron dar la fiesta por finalizada y, tras despedirse de sus amigos, se marcharon a casa de Alba. Una vez allí, se despojaron de sus glamurosas ropas y, cuando ya estaban cómodamente en pijama, Nacho dijo mientras se dirigían a la cocina para beber agua:

—Me he quedado alucinado con lo de Cristina y Tomás.

—Ya ves. Está visto que nada es para siempre.

Ambos asintieron, y luego él afirmó riendo:

—Quién lo iba a decir..., sor Cristina, la más decente del grupo, la que se enfadaba cuando Tomás tocaba la guitarra en Los Incómodos porque las chicas lo miraban..., ¡pillada con otro!

Alba se encogió de hombros.

—Los humanos no estamos hechos para la monogamia, pero sí para disfrutar del sexo.

Divertido por su espontaneidad, Nacho afirmó mientras se llenaba un vaso con agua:

—No seas tan radical. Tú eras la gran defensora del amor.

—Era... Tú lo has dicho, ¡era!

Él la miró. Sabía cuánto había cambiado su hermana con el paso de los años, y le gustaba, pero también echaba de menos a la antigua Alba, que creía en el amor y en la pareja.

—Algún día deberías darte otra oportunidad —señaló—. No todos los hombres son como el idiota de tu ex.

Alba sonrió y, tras beber agua, afirmó:

—Los que yo conozco, sí.

—Quizá no le das la oportunidad a los que merecen la pena por tus propios prejuicios.

Ella no contestó y, tras beber agua él también, insistió:

—Una de dos, o en este país todos los hombres se están pasando a mi acera o son cortos de vista, porque no es porque yo te quiera pero, monito, ¡hoy por hoy eres un auténtico bombón!

Divertida por su comentario, ella se rascó la cabeza.

—Anda, *bombón*, vayamos a dormir, que estoy muerta.

Nacho se quedó en casa de Alba hasta Reyes. Todos los días acudía con ella a la tienda. Eran fechas de buenas ventas, y una mano de más nunca venía mal.

El día de Reyes por la mañana, todos volvieron a reunirse en casa de Teresa para darse los regalos y, entre jolgorio y aplausos, se entregaron las cositas que se habían comprado. Allí había para todos, pero especialmente para Nikito, el rey de la casa.

Cuando Nacho abrió el regalo de la abuela Blanca, sonrió. Era un jersey en color verde botella.

—Abuela, es precioso.

—¿Te gusta?

Él asintió y, acercándose a ella, murmuró:

—Me encanta, pero tengo que matizar que me gustaban mucho más los que me hacías tú.

—Ay, tunante, mi vista ya no está muy fina, y de mi pulso mejor no hablemos —puntualizó la mujer encantada—. Por eso lo compré. Tómalo con el mismo cariño que si te lo hubiera hecho yo misma.

Todos sonrieron. La abuela era increíble.

17

A finales de febrero, el último día de rebajas, una mañana en la que Alba estaba ensimismada con las cuentas, oyó que sonaba el teléfono mientras tarareaba la canción *Dancing Queen*,* del grupo Abba. Dos segundos después, Isabel abrió la puerta de su despacho.

—Alba, es tu padre.

Dejando lo que estaba haciendo, levantó el auricular del teléfono que tenía ante ella y lo saludó animada.

—Buenos y agotadores días, papá. ¿Qué tal?

—Cariño...

Su tono de voz la puso sobre alerta.

—Alba, cariño, tienes que venir a casa.

Ella soltó el bolígrafo que tenía en las manos y preguntó:

—¿Qué ocurre, papá?

—Ven a casa, Alba.

Se temía que había sucedido algo y necesitaba saberlo. No podía esperar a llegar, e insistió con la respiración entrecortada:

—Papá, dímelo, dime qué pasa...

Tras un tenso silencio que a Alba le puso el vello de punta, José murmuró con toda la pena del mundo:

—La abuela ha muerto.

* *Dancing Queen*, Polar Music International AB, interpretada por Abba. *(N. de la E.)*

A Alba se le paró el corazón. Había visto a su abuela dos días antes y estaba bien, como siempre.

—Pero... pero ¿qué ha ocurrido? —preguntó con un hilo de voz.

José sabía que no era buena idea contarle todo aquello a su hija por teléfono, pero era consciente de que ella necesitaba explicaciones.

—Esta mañana —indicó—, cuando mamá se ha levantado, le ha extrañado que ella no estuviera levantada ya y, cuando ha ido a verla... El forense que ha venido nos ha dicho que ha muerto plácidamente mientras dormía.

—¡Ay, papá! —Alba sollozó.

A pesar de lo triste que estaba, José intentó calmar a su hija. Su mujer los necesitaba a los dos. Era su madre la que había muerto.

—Hija, tienes que venir —insistió—. Mamá nos necesita. Ahora llamaré a Nacho y...

—No, papá —lo cortó ella, tomando las riendas—. Tú ocúpate de mamá hasta que yo llegue. Yo llamaré a Nacho.

Dicho esto, colgó el teléfono y un sollozo descontrolado salió de su boca. Su abuela. La maravillosa mujer que siempre la había mimado, a pesar de sus tontas discusiones por la religión, había muerto. Estaba llorando cuando Isabel, alertada, entró en el despacho. Como pudo, Alba se limpió las lágrimas y, en cuanto se tranquilizó, dijo:

—Tengo... tengo que llamar a Nacho.

—Si quieres lo llamo yo —se ofreció aquélla.

Alba negó con la cabeza.

—Gracias, Isabel, pero lo haré yo.

Una vez estuvo sola de nuevo en el despacho, Alba hizo lo que tenía que hacer. Llamó a Nacho, quien, al igual que ella, se quedó sin respiración y, como era de esperar, le dijo que tomaría el primer vuelo que saliera hacia Madrid.

Después de colgar, Alba cogió su bolso y, olvidándose de su coche, llamó un taxi. No estaba para conducir.

Al llegar a la casa, su padre salió a abrazarla. Ambos entraron en la habitación de la abuela, donde su madre continuaba sentada a su lado. Al ver a su hija, Teresa se levantó, la abrazó y, juntas, lloraron por aquella mujer tan buena, tan llena de vida y que tanto cariño había tenido siempre para repartir.

Poco después llegó Lena, quien se encargó de todo. Y, cuatro horas después, Nacho. Cuando éste entró en la casa y se encontró con su hermana, ambos se abrazaron. La mujer que los había dejado era su abuela, tan abuela suya como la yaya Remedios, y emocionados lloraron.

Una vez consiguieron tranquilizarse, Nacho caminó hacia la habitación junto a José. Allí, besó a Teresa y, cuando miró a Alba, se quedó paralizado. Su mirada le dio miedo. El dolor que reflejaban sus ojos era tan tremendo que, por primera vez en su vida, su hermano no supo qué decirle.

Como pudo, y animado por José y Teresa, la sacó de la habitación y la llevó hasta la cocina.

—Alba, bébete esta tila, te hará bien —le pidió Lena.

Con manos temblorosas, ella cogió el vasito.

—Gracias.

Lena salió de la cocina para llevarle una tila a Teresa, y Nacho preguntó preocupado:

—Cariño, ¿estás bien?

—No. No estoy bien, Nacho. —Y con la mirada perdida, susurró—: La abuela ha muerto.

Él asintió y, tras abrazarla y sentir que temblaba como una hoja, se disponía a hablar cuando ella añadió:

—¿Por qué se mueren siempre los mejores? ¿Por qué, si existe un dios, nos priva de las personas que queremos?

Sin saber qué responder, Nacho la miró.

—No lo sé, monito. Pero, como decía la yaya Remedios, piensa que, el día que el cielo se caiga, todos volveremos a reunirnos.

Alba asintió. Lloró de impotencia, lloró de rabia y de frustración, y Nacho la consoló.

—Nunca volveré a verla. Nunca volveré a...

Para calmarla, Nacho la cogió de la barbilla y, tan pronto como consiguió que dejara de hipar por el dolor tan grande que sentía, la miró a los ojos y dijo:

—Sé cómo te sientes y nada de lo que yo te diga mitigará tu dolor en estos momentos. Sólo puedo prometerte que el tiempo lo suavizará. Pero acuérdate de lo que mamá nos enseñó. Cuando quieras recordar a la abuela, sólo tienes que cerrar los ojos y pensar en ella. Tus bonitos recuerdos te harán sonreír y te harán saber que ella sigue contigo.

Alba asintió y, cogiendo a su hermano de la cara, murmuró con ojos asustados:

—Nacho, no quiero que te mueras.

De pronto, sus palabras lo hicieron darse cuenta de que, aunque no dijera nada, aunque se hiciera la fuerte, aunque fuera positiva, Alba seguía asustada por su enfermedad e, intentando no pensar en ello, sonrió e indicó:

—Monito, no tengo intención de morirme, aunque algún día, como tú y como todo el mundo, me moriré. Pero, bueno, eso mejor no pensarlo.

Estaban mirándose a los ojos cuando oyeron una voz proveniente de la puerta:

—Alba, sentimos mucho lo de tu abuela.

Al mirar, vieron a Luis y a Juliana junto a Lena. Sin ganas de polémica, la chica murmuró:

—Gracias.

Nacho observó a su hermano, llevaba sin verlo y sin hablar con él varios años. Se lo veía mayor, los ojos cansados y el pelo plagado de canas. Luego miró a su cuñada, que seguía teniendo la misma cara de haber chupado un limón de siempre.

—¿Qué hacéis aquí? —preguntó molesto.

—Los he avisado yo —afirmó Lena—. Papá me dijo que lo hiciera.

Nacho asintió. Si José se lo había pedido, él no tenía nada que objetar.

El entierro fue muy duro, triste y desolador. El dolor que todos sentían por la pérdida era devastador.

Pero los días pasaron, la vida continuó y, a su manera, cada uno asumió la muerte de la abuela Blanca, mientras recordaban con una sonrisa aquello que ella siempre decía acerca de que la muerte era sólo un síntoma de que un día había habido vida.

18

La primavera llegó y, una mañana en la que estaba tranquila en su despacho, Alba llamó por teléfono a Nacho a su tienda de Barcelona. Damián, el muchacho que trabajaba con él, la informó de que aún no había llegado, y ella le dijo que volvería a llamar más tarde.

Una hora después, telefoneó de nuevo y, al recibir la misma respuesta, decidió llamarlo a su móvil. Sin embargo, cuando marcó, una voz automática le indicó que lo tenía apagado o fuera de cobertura.

Lo intentó varias veces más, pero el resultado era siempre el mismo.

Volvió a llamar a la tienda y, cuando le dijeron de nuevo que no había llegado aún, comenzó a inquietarse.

¿Dónde se había metido Nacho?

Estaba pensando en ello cuando su teléfono móvil sonó y, al oír la voz de su hermano, Alba protestó:

—Maldita sea, Nacho. Llevo llamándote toda la mañana a la tienda y al móvil. ¿Dónde estás?

—En casa. Se me ha estropeado la caldera y estoy esperando al técnico. Eso sí, ha dicho que vendría a primera hora y, una de dos, o mi concepto de primera hora es otro o me ha dejado colgado.

Eso la hizo sonreír y, olvidándose de sus preocupaciones, ambos se sumergieron en una de sus largas conversaciones. Antes de colgar, Nacho le pidió que fuera a pasar con él el fin de semana.

Al día siguiente, cuando Alba aterrizó en Barcelona, como casi siempre que viajaba allí hacía un día increíble y lucía el sol en todo su esplendor. Cogió un taxi y se fue directa a la tienda.

En cuanto llegó, Damián y Vera, los dos empleados, la saludaron encantados, y esta última informó:

—El jefe está en el despacho.

Feliz, Alba se encaminó hacia allí mientras tarareaba *Everybody Wants to Rule the World,** del grupo Tears for Fears, que sonaba en ese instante por los altavoces de la tienda.

Al llegar, vio que Nacho tenía la puerta abierta, y sonrió. Como siempre, iba hecho un pincel. Estaba agachado apuntando algo en unos papeles que tenía sobre la mesa, y entonces ella preguntó:

—¿Me invitas a un café?

Al oír su voz, Nacho se sobresaltó.

—¿Por qué no me has avisado de la hora a la que llegabas? —Sonrió—. Habría ido a buscarte al aeropuerto.

Al entrar en el despacho y acercarse a él, Alba dejó de escuchar la música y de sonreír. Los ojos de su hermano no lucían vivaces como siempre. Incluso se lo veía acalorado, así que, soltando el bolso sobre una mesita, preguntó mientras se acercaba rápidamente a él:

—Nacho, ¿qué te pasa?

Él no contestó, y ella posó la mano sobre su frente como haría una madre y murmuró en un hilo de voz:

—Tienes fiebre.

Al ver el agobio en la mirada de su hermana, Nacho, que no se encontraba bien, respondió:

—Alba, tranquila...

* *Everybody Wants to Rule the World*, Mercury, interpretada por Tears for Fears. *(N. de la E.)*

No pudo decir más. Una tos seca salió de su pecho.

—¿Y esa tos? ¿Desde cuándo tienes esa tos?

—Dame un segundo.

—Nacho... —musitó ella alertada.

Consciente de que a aquélla ya no la paraba nadie, él suspiró y, señalando los papeles que tenía sobre la mesa, le advirtió:

—No me agobies. Y, antes de que comiences a protestar, dame cinco minutos, que termino de completar estos albaranes y mando un fax. Luego te prometo que seré todo tuyo.

Alba asintió preocupada y calló. Era lo mejor. A continuación, lo vio dirigirse hacia un fichero, de donde sacó unos papeles y, tras firmarlos, fue hacia el fax.

Angustiada por su estado, mientras terminaba de enviar el fax, ella salió a la tienda y se acercó a Vera.

—No te tomes esto como una reprimenda —cuchicheó—, pero te dije que, si veías que Nacho se encontraba mal, me avisaras inmediatamente.

La joven asintió. Sabía que Alba tenía razón y, bajando la voz para que nadie más la oyera, contestó:

—Me lo prohibió. Ayer, al ver su estado al llegar a la tienda, iba a llamarte, pero me ordenó que pasara a su despacho y me pidió que no te angustiara. Según él, bastante tienes tú ahora con superar lo ocurrido con tu abuela. Por cierto, no te he visto antes, pero quería decirte que lo siento mucho.

Pensar en su abuela todavía la hacía llorar.

—Gracias, Vera —dijo—, pero si ocurre otra vez, no le hagas caso y llámame, por favor.

—Te lo prometo. No volverá a pasar —asintió la chica, consciente de que así debía ser.

Quince minutos después, cuando salieron de la tienda, Nacho quiso pasear. Alba accedió aunque no estaba de humor.

Mientras caminaban por el paseo de Gracia, protestó preocupada:

—Has faltado a tu palabra y no me has llamado.

—Alba —dijo él tras toser de nuevo—. No puedes cargar con todo. Has de ocuparte de la tienda en Madrid, de mamá y de papá, y yo no necesito que estés tan pendiente de mí.

Oírlo decir eso le dolió y, parándose, indicó:

—Mira, Nacho, la abuela murió y la añoro todos los días, pero ella, a diferencia de ti, ya no está aquí. Quiero que sigas durante mucho tiempo a mi lado y no puedo permitir que te pase nada. ¿Te enteras de una vez?

Él sonrió.

—Claro que me entero pero, por desgracia, no todo depende de lo que tú o yo queramos, y lo sabes. Y, antes de que sigas, si te dije que vinieras a pasar el fin de semana conmigo es porque esta tarde tengo cita con el médico y tenemos que hablar.

Ese «tenemos que hablar» desmembró a Alba. En todos aquellos años en los que se había estado medicando, nunca había pronunciado esas fatídicas palabras.

—Monito, no te asustes —se apresuró a decir él al ver su expresión.

Mientras caminaban, y sin querer patalear como una niña pequeña por el susto que tenía en ese instante en el cuerpo, Alba preguntó:

—¿Te has vuelto a repetir los análisis?

—Sí.

—¿Cómo está tu carga viral?

—Muy alta —respondió él, consciente de lo que decía.

—¿Y los CD4?

—Muy bajos. Demasiado bajos.

No hizo falta decir más.

Sin importarle las personas que los miraban al pasar por su lado, Alba comenzó a llorar con desconsuelo mientras Nacho la abrazaba y, con todo el amor que podía, murmuraba:

—Tranquila. Tranquila, cariño. Sabíamos que esto podía pasar.

—No quiero que pase. No quiero que pase, Nacho, a ti no.

—Lo sé, monito. Lo sé —asintió él desganado—. Pero, nos guste o no, está ocurriendo y debemos continuar viviendo.

Permanecieron abrazados en medio de la calle unos minutos, hasta que ella, separándose, se secó los lagrimones y, mientras trataba de no volver a llorar, preguntó:

—¿A qué hora tienes el médico? Le diremos que te suba la...

—Escucha, cariño —la cortó Nacho—. Ahora necesito que saques esa Alba guerrera que sé que hay en ti, porque voy a necesitar que seas fuerte por los dos. Yo lo intentaré, pero no sé si seré capaz de no decaer alguna vez.

Al oír eso, ella se dio cuenta de lo mal que se estaba comportando. Ella no podía llorar. No debía llorar. Debía darle positividad, ser la guerrera que él le pedía.

—Soy lo peor —afirmó—. Me estás animando tú a mí cuando debería ser al revés.

—Siempre has sido un pelín dramática —se mofó él.

Tragándose las lágrimas, el miedo y las ganas de llorar de nuevo, Alba se tranquilizó mientras caminaban hacia una terracita, donde se sentaron a tomar algo. Lo necesitaban. Una vez el camarero hubo dejado ante ellos un par de Coca-Colas, ella murmuró:

—Quiero la verdad. Sin disfraces ni medias tintas.

Nacho dio un trago a su bebida y, tras coger aire, comentó:

—Cuando volví de Madrid después de la muerte de la abuela, pasé algunos días con algo de malestar, pero lo achaqué a lo ocurrido. Ya sabes que cualquier cambio puede alterarlo todo. Comencé a despertarme por las noches con sudores y con cierta dificultad para respirar y, al ver que los sudores persistían, decidí repetirme los análisis y... —No terminó la frase, y en un hilo de voz musitó—: Estoy aterrorizado.

—Dios mío...

Sin permitirse llorar, Alba mantuvo el tipo y lo escuchó, mientras sentía cómo se rompía por dentro. Por primera vez desde que le había confesado su enfermedad, la mirada de su hermano le recordó a la de aquel niño que había conocido muchos años antes y que había descubierto el verdadero significado de la muerte.

Sin perder la compostura, escuchó todas y cada una de las cosas que Nacho le contaba. Todo la asustaba. Todo la preocupaba. Pero, sin duda, él estaba mucho más asustado y preocupado que ella. Cuando terminó y la miró, Alba afirmó con seguridad:

—Escucha, Nacho, hablaremos con tu doctor. La medicina ha avanzado y haremos lo imposible para conseguir que estés mejor.

Él asintió acobardado y, sin soltar las manos de ella, que lo tenía agarrado, declaró:

—Contigo a mi lado, todo siempre es más fácil.

Volvieron a fundirse en un abrazo, y esta vez ninguno de los dos lloró.

Poco después, decidieron pasar por la casa de Castelldefels. Al entrar, Alba se sorprendió. Aquello parecía una leonera, cuando Nacho era el tío más ordenado del mundo. Sin duda no estaba bien e, intentando normalizar la situación dentro del miedo que sentía, bromeó:

—Una de dos, o llevas de fiesta loca una semana, o por aquí ha pasado un huracán.

Nacho miró a su alrededor. Su comedor era un desastre.

—Pasé muy mala noche y no me apetecía recoger nada —se disculpó.

—¿Este desastre es de una sola noche? —se burló ella.

—Vale, vale, tienes razón —dijo él sentándose en su amplio y cómodo sofá amarillo colocado junto al piano de Anthony—. Como he estado mal estos días, me ha dado igual cómo estuviera la casa.

Alba comenzó a recoger las botellas de agua vacías y los vasos de encima de la mesita pequeña. Mientras lo hacía, se fijó en el polvo que tenía el cuadro donde estaba enmarcado el póster de Los Incómodos.

—Pero ¿no venía Rubí a limpiar la casa? —preguntó.

—Tú lo has dicho: venía. Pero, como es un poco cotilla, encontró mi carpeta con los análisis de los últimos años y, asustada, decidió dejar de ir a la casa de alguien con mi enfermedad.

Alba abrió la boca con incredulidad.

—¡Será hija de su madre! Dame el teléfono ahora mismo, que le voy a decir cuatro o cinco cositas bien dichas.

Nacho sonrió y, levantándose, la cogió de la mano para que se sentara junto a él en el sofá.

—Rubí es una buena mujer, pero como todo el mundo tiene miedo. Cree que, por venir aquí, limpiar mi casa o respirar el mismo aire, puedo pegarle el sida.

—¡Qué tontería más grande!

—Lo es —afirmó Nacho con conformidad—. Pero cuando no se está informado, ese miedo es inevitable.

Se miraron en silencio hasta que él, al oír cómo sonaban las tripas de ella, dijo:

—Monito, creo que lo mejor es que vayamos a comer a La Caseta. La cocina tiene peor pinta que el salón, y no me apetece ponerme a recoger ahora.

Alba condujo hasta Sitges el bonito coche de Nacho mientras escuchaban en el radiocasete al grupo Abba y tarareaban sus canciones.

Una vez allí, aparcaron el vehículo y fueron caminando hasta La Caseta, un restaurante que habían montado un andaluz, Pepe, y un catalán, Jaume, pareja y amigos de Nacho.

Cuando éstos los vieron aparecer, como siempre sonrieron.

—Dios mío —se alegró Jaume—. Si han venido el guapetón y la divina.

—Hombre, hoy te has lucido —se mofó Nacho al oírlo.

Feliz por volver a verlos, Alba los besó y, mientras se sentaban a la mesa que Jaume les indicaba, murmuró:

—Pero qué bien huele siempre al entrar aquí.

En ese instante, Pepe salió de la cocina, se acercó a ellos y besó a la chica.

—Chochete, tú sí que hueles bien. Por cierto, no se puede estar más guapa —comentó—. Y ya no hablemos de esos luceros azules que tienes por ojos. ¡Virgencita, qué dos faroles que tienes, *miarma*!

—Gracias, Pepe. Siempre es un gusto verte —dijo Alba riendo.

Pepe le guiñó un ojo y luego, mirando a Nacho, señaló:

—Tú estás hecho un asquito.

—Vaya..., ¡gracias, Pepe!

Todos sonrieron, pero a Alba no le pasó por alto la mirada preocupada de Jaume y Pepe. Sin duda veían lo mismo que ella. Nacho no estaba bien.

Sin ganas de escuchar sermones, Nacho cogió la carta y comenzó a leerla.

—¿Qué nos recomendáis hoy? —preguntó Alba.

—Lo que quieras, mi reina. Y sabes que yo a ti, con esos ojazos celestes como mi camisa preferida, ¡te lo hago *tó*!

—Cría cuervos y te sacarán los ojos —bromeó Jaume—. Si no fuera porque te conozco desde hace nueve años y eres mi novio, diría que eres hetero.

—Uy..., calla, *shiquillo*, que me entra urticaria.

Tras un rato de risa, Pepe se encargó de prepararles algunos de los platos que sabía que les gustaban.

De primero, Jaume les llevó un exquisito salmorejo, a Pepe le salía como a nadie, y de segundo, un riquísimo pescado al horno con patatas asadas.

—Qué bueno está todo —murmuró Alba observando que Nacho comía muy poco—. ¿No tienes hambre?

Él negó con la cabeza.

—No mucha, la verdad.

—Pero sabes que tienes que comer —le recordó ella.

—Lo sé. No dudes que lo sé.

Alba, de los nervios, comía y comía. Se metió una patata asada en la boca y, cuando la tragó casi sin masticar, preguntó:

—¿Haces algo de deporte?

Divertido, él levantó una ceja y, después de toser, respondió:

—Estoy yo para hacer deporte.

Alba suspiró. Para preguntar tonterías, mejor se quedaba calladita.

Tras cobrar a los últimos comensales que había en la terraza del restaurante, Jaume llevó unos platos a la cocina y, al salir, se sentó junto a sus amigos.

—¿Qué ocurre, Nacho? —preguntó.

Mentirle a Jaume era una tontería. Pepe y él habían permanecido a su lado cuando Anthony estuvo enfermo, por lo que respondió con sinceridad.

—No me encuentro bien. Me he repetido los análisis y los resultados no son nada buenos.

De nuevo, el corazón de Alba se encogió. Era inevitable, al oír aquello. Pepe, que en ese instante llegaba a la mesa con un zumo de naranja natural para Nacho y un café con leche para Alba, dijo:

—¿Cuándo tienes cita con el médico?

—Esta tarde, y estoy aterrorizado. Sé lo que me va a decir.

—Nacho, amigo —terció Jaume, consciente de por qué afirmaba aquello—, la medicina avanza con los años. Quizá no haya avanzado todo lo que necesitamos, pero sí ha mejorado.

—Ya lo sé, Jaume. Ya lo sé.

Al oír su voz apagada, Pepe le dio un cariñoso apretón de hombros.

—Aquí nos tienes para lo que sea.

Nacho asintió, y Alba sonrió agradecida.

Horas después, mientras aguardaban en la salita de espera del doctor Miguel Blanco Stuart, coincidieron allí con varias personas. Entre ellas había una mujer mayor con un niño. El crío jugaba con un cochecito rojo que hacía subir y bajar por la pata de una mesita y, cuando cogió confianza, por encima de los zapatos de Nacho y Alba.

—No molestes, Ismael —dijo la señora cariñosamente al niño.

El chiquillo los miró. Tenía unos preciosos ojos negros con unas pestañas increíblemente tupidas.

—Tranquila —indicó Nacho con una sonrisa—. No molesta. Sólo juega.

Entonces se abrió la puerta de la consulta, salieron unas chicas y la enfermera llamó a otro de los pacientes. El chico que había sentado frente a ellos se levantó y entró, y el niño, mirando a su abuela, preguntó:

—¿Ya nos toca, *lela*?

—Todavía no, cariño. Aún nos queda un poquito.

—Qué rollo —protestó el crío desde el suelo.

La mujer lo miró con una tierna sonrisa.

—Cuando salgamos, la *lela* te va a comprar un helado gigante.

Todos sonrieron al oír eso. ¿A quién no le alegraba un helado gigante? Y Alba, mirándolo, afirmó:

—Tienes razón. Esperar siempre es aburrido, pero piensa en ese superhelado.

—Ismael, ¿cuántos años tienes? —preguntó Nacho.

—Casi siete.

—¡Madre mía! ¡Casi siete! —aplaudió él—. ¡Qué mayor!

Mientras Nacho, a quien siempre le habían gustado los niños, bromeaba con aquél para hacerle la espera más llevadera, Alba los observó. No entendía cómo ese pequeño estaba allí. El lugar no era el más recomendable para él. Entonces apareció una enfermera y, tendiéndole la mano, preguntó:

—Campeón, ¿vienes tú solo o quieres que venga la *lela* también?

El modo en que le hablaba le dio entender a Alba que ya lo conocían. El crío no se movió, y la abuela se puso en pie y preguntó:

—¿Quieres que vaya contigo, mi amor?

El pequeñajo se levantó del suelo. Se guardó el cochecito rojo en el bolsillo del pantalón vaquero que llevaba y, dándole la mano a la joven enfermera, que sonreía, respondió mirando a su abuela:

—No, *lela*. Ya soy mayor y no voy a llorar. Espérame aquí.

—Así me gusta —exclamó la enfermera—. ¡Todo un campeón! —Y, dirigiéndose a la mujer que estaba de pie ante ellos, añadió—: Tranquila, él ya sabe que no le haremos daño. Dentro de cinco minutos lo tendrá aquí de vuelta para que lo vea el doctor.

Sin perder su candorosa sonrisa, la mujer de mirada algo triste asintió y, sentándose junto a Nacho, dijo contemplando al niño:

—De acuerdo. Mi amor, la *lela* te espera aquí hasta que vuelvas.

Cuando el niño desapareció por el pasillo de mano de la enfermera, la mujer se sacó un pañuelo del bolso y se secó varias lágrimas que habían comenzado a correrle por las mejillas. Nacho y Alba se miraron. ¿El niño estaba infectado? Y, sin poder remediarlo, Nacho preguntó:

—¿Está usted bien, señora?

La mujer asintió y, tragándose el nudo de emociones que se le había formado en la garganta, murmuró:

—Sí, hijo, sí. Es sólo que, cada vez que vengo aquí a hacerle pruebas y veo lo mayor que se está haciendo mi niño, me emociono al sentir la valentía con que se agarra a la vida.

Nacho cogió las manos de la mujer para infundirle valor, mientras Alba añadía con cariño:

—Sin duda es muy valiente.

—No le queda otra —afirmó aquélla—. Mi pequeño lleva toda su vida sometiéndose a análisis y pruebas. Hasta hace unos seis meses siempre entraba con él, porque se resistía a que lo pincharan, pero ahora, ya veis, ¡es todo un campeón!

—¿Ismael tiene el VIH? —preguntó Nacho.

La mujer volvió a secarse los ojos con su pañuelo.

—Lo tenía cuando nació —respondió—, pero ahora tiene sida.

Su revelación los dejó sin habla. Pobre niño. Pobre abuela. Pobre familia.

—Mi hija era drogadicta y, no tomó las medidas necesarias para no contagiarle el virus. Ella murió hace cinco años por la enfermedad, pero yo lucho todo lo que puedo para conseguir que mi niño esté bien y goce de una vida lo más feliz posible.

—Lo siento mucho —murmuraron ellos al unísono.

Durante varios minutos, los tres se mantuvieron callados, hasta que Alba comentó:

—Debió de ser muy triste para usted..., lo de su hija y después lo del pequeño...

La mujer asintió y, encogiéndose de hombros, musitó:

—Sí, fue terrible. Cuando nació Ismael y me dijeron que el niño había nacido con el virus, no supe qué tenía que hacer. Incluso los propios médicos estaban perdidos. Por su enfermedad, siempre ha sido más delicado que cualquier otro niño. Pero, al final, entre los doctores, mi marido y yo hemos encontrado la forma de que crezca y sea feliz. En lo esencial es como cualquier otro niño. Necesita jugar, que lo abracen, que lo besen, le gusta ir al colegio y tener amigos. Mi pequeño es un niño, y hay que tratarlo como tal.

—Por lo que veo, tuvieron ustedes que aprenderlo todo a marchas forzadas —indicó Nacho, consciente de su sufrimiento.

La mujer asintió con una triste sonrisa.

—Pues sí, hijo. Todo lo que podamos hacer por él lo hacemos. —Y, emocionándose de nuevo, murmuró en un hilo de voz—: Mi niño, mi precioso niño, está sufriendo demasiado para lo pequeño que es.

Alba se levantó y la abrazó con cariño. La mujer se lo permitió y, cuando se tranquilizó, miró a Nacho e indicó:

—Tú también estás enfermo, ¿verdad? —Él asintió, y la mujer, en un tierno gesto, le cogió la barbilla y añadió—: Lucha. Lucha como lo hace mi nieto. El mundo es de los luchadores.

—Lo intento, señora. Lo intento.

—Llámame Montserrat. Ése es mi nombre.

Nacho asintió.

—Él es Nacho y yo soy Alba, su hermana —explicó la chica.

La mujer sonrió cabeceando, y luego Nacho preguntó curioso:

—¿El tratamiento de Ismael es igual que el de los adultos?

—Toma antivirales y le van ajustando las dosis según crece. Mi marido y yo somos especialistas en moler y camuflar sus medicinas —explicó ella sonriendo—. Se las agregamos a la comidas y así enmascaramos su mal sabor. En cuanto a lo demás, necesita la misma atención que una persona adulta, pero en el caso de los niños con sida, hay que intentar atajar cualquier eventualidad porque puede agravarse con rapidez. Hasta las vacunas pueden ser un problema para él.

—Si cuidar a un adulto es complicado, no quiero ni pensar en un niño que continuamente se cae, tiene fiebre y mil cosas más.

Montserrat asintió.

—Hija, pero a veces no se puede elegir. Esto nos ha venido así y así hemos de tomarlo. Mi marido y yo daríamos la vida por Ismael, y haremos todo lo que esté en nuestra mano para que tenga la mejor calidad de vida. Y, como dice Nacho, hemos aprendido. Por ejemplo, sabemos que nunca debemos comprarle un peluche relleno, pues suelen acumular gérmenes, y eso lo haría enfermar. Pero hay algo que nos consume: a Ismael le gustaría tener un perrillo o un gatillo, y tampoco puede ser por los gérmenes. Por ello, mi marido compró el año pasado una enorme pecera que ocupa medio salón y, cada semana, vamos a un acuario a buscar un pececito. Eso lo hace feliz. Muy feliz.

—Y ¿en el colegio qué tal? —preguntó Alba, consciente de la problemática que se oía en la televisión en lo referente al tema.

—Eso es harina de otro costal. Cuando llegó el momento de llevarlo al colegio, nosotros informamos al centro de su enfermedad. El colegio avisó a los demás padres y, por desgracia, algunos de ellos se negaron a que nuestro nieto estuviera en la misma clase que sus hijos o incluso pisara el centro —indicó la mujer con lágrimas en los ojos.

—Es increíble la falta de humanidad de ciertas personas —gruñó la chica.

—Aunque te parezca extraño, Alba, yo los entiendo —indicó la mujer—. Comprendo la preocupación de esos padres por sus hijos. Entiendo sus miedos y sus inseguridades, y estoy agradecida a los que nos apoyan. Pero lo que no concibo es la falta de información que todo el mundo tiene con respecto al sida. Me entristece ver que Ismael no tiene amiguitos en la escuela, que no lo invitan a ninguna fiesta de cumpleaños, aunque ya hemos asumido que sus amigos están aquí, en el hospital. Siempre que sufre una recaída y hay que ingresarlo, es cuando se relaciona con otros niños de su edad.

Conmovido por la problemática de aquel niño, Nacho se sacó una tarjeta de la cartera y se la tendió a la mujer.

—Tome mi tarjeta. Para cualquier cosa que necesiten, por favor, por favor, le ruego que me llamen.

La mujer la cogió y, guardándosela, preguntó:

—¿Por qué no os he visto nunca por la Fundación Balmes? Casi todos los enfermos y familiares que acudimos a esta consulta vamos también allí.

Al oír aquel nombre, Alba parpadeó.

—Esa fundación es maravillosa —añadió la mujer—. El personal es de lo mejor y...

En ese instante apareció la enfermera con Ismael de la mano, y Montserrat dejó de hablar y le sonrió a su nieto.

—¿Cómo se ha portado mi amor grandote?

El niño corrió a sus brazos y se cobijó en ellos. Cuando su abuela le dio un beso en la frente, la enfermera comentó:

—Es todo un valiente. Incluso me ha ayudado a tranquilizar a otro niño para que no se moviera mientras les sacábamos sangre y contábamos hasta diez todos juntos, ¿verdad, campeón?

Ismael asintió y, con gesto sonriente, afirmó:

—Sí, *lela*. El niño y yo hemos contado juntos hasta diez sin mirar la aguja del brazo y, cuando se ha dado cuenta, ya habían terminado. —A continuación, mirando a Nacho y a Alba, aclaró—: Es que yo antes lloraba, pero mi *lelo* me dijo que, si contaba hasta diez sin mirar la aguja y sin moverme, todo acababa antes, y es verdad.

—Tienes razón —afirmó Nacho guiñándole un ojo—. Yo también lo hago cuando me pinchan.

Todos sonrieron por aquello. En ese instante, la puerta de la consulta se abrió y salió el chico que había entrado minutos antes.

—Campeón, ahora vamos a pasar a ver al doctor —dijo la enfermera.

Montserrat se levantó y, tras dirigir una sonrisa a Alba y a Nacho, entró en la consulta.

—Joder, qué putada —susurró él cuando se quedaron solos—. Qué vida tan puta e injusta. Ese pobre niño debería estar jugando en el parque con sus amiguitos y no aquí, entre virus, agujas y enfermedades.

—Sí, pobrecito. Pero, míralo, es un valiente, y los abuelos ¡ni te cuento!

Diez minutos después, en cuanto Ismael y su abuela salieron de la consulta, Nacho preguntó levantándose:

—¿Todo bien?

Con una media sonrisa, Montserrat meneó la cabeza, pero afirmó:

—Sí, hijo, con obstáculos por el camino, pero seguimos adelante.

La enfermera llamó entonces a Nacho y, tras despedirse de la mujer y del niño, él y Alba entraron en la consulta. Ahora les tocaba a ellos.

El doctor los saludó pero, al oír la tos de Nacho y ver su estado, le mandó unos análisis de urgencia. Sin dudarlo, subieron enseguida a la sexta planta y, una hora después, les entregaron los resultados, que llevaron al doctor.

En silencio, el médico examinó los papeles. Los comparó con los últimos que tenía y también con los que había llevado él y, mirándolo, dijo:

—Nacho, te vas a quedar ingresado.

—¡¿Qué?! —preguntó Alba exaltada.

—Su carga viral es demasiado alta y sus CD4 están excesivamente bajos. Además, esa tos y la pérdida de peso no me gustan...

—Nuestra abuela murió hace poco —murmuró Alba asustada—. Seguro que algo tiene que ver en todo esto.

El doctor la miró y asintió.

—No sería de extrañar. El estrés puede ejercer un impacto grave en el sistema inmunológico, y más en el de Nacho.

El aludido se desesperó. ¿Por qué tenía que quedarse allí? Pero, cuando se disponía a hablar, el médico prosiguió:

—Súbete a la báscula, Nacho. Quiero comprobar tu peso.

A regañadientes, lo hizo. Había adelgazado casi seis kilos desde la última revisión.

—No quiero quedarme ingresado.

—Nacho, harás lo que sea mejor para ti.

Él protestó mientras oía al médico hablar por teléfono pidiendo una habitación.

Cuando colgó, éste indicó:

—Hay que hacerte otras pruebas y para eso necesito ingresarte, te pongas como te pongas.

—Joder...

Alba se retorcía las manos mientras el médico se levantaba y salía de la consulta. No se esperaba para nada aquello pero, intentando no caer en el histerismo, dijo:

—Nacho, si el doctor dice que tienes que quedarte, es mejor así, porque...

—Joder, Alba. No quiero quedarme ingresado, ¡¿tan difícil es entenderlo?! Justo ahora, con todo el trabajo que tenemos.

—El trabajo puede esperar, pero tú no.

En ese instante entró de nuevo el doctor con unos papeles en la mano.

—Se ha desarrollado el sida, ¿verdad? —preguntó Nacho.

Al oír eso, a Alba se le paralizó el corazón. Por desgracia, parecía que aquello que tanto temían estaba dando la cara.

—Eso indican los valores de tus análisis —respondió el médico.

Nacho asintió y, cabizbajo, entrelazó las manos y murmuró:

—Siempre he sabido que, tarde o temprano, el sida destrozaría mi cuerpo, y por desgracia el momento ha llegado.

—¡Nacho, basta ya! —exclamó Alba.

La tensión se palpaba en el ambiente. Sin embargo, el doctor, que estaba acostumbrado a aquellas situaciones, tras mirar a Alba y hacerle entender que por él no se preocupara, dijo dirigiéndose a él:

—Sí, Nacho, el sida se ha despertado en tu cuerpo, y ahora debemos reforzar el tratamiento. Sabes que cualquier enfermedad oportunista puede complicarlo todo y, cuanto antes sepamos a qué se debe tu tos y la pérdida de peso, mejor.

Él cerró los ojos. Años antes había vivido todo aquel proceso con Anthony, y ahora le tocaba a él. Saber que el maldito sida corría con plena libertad por su cuerpo lo hundió. Lo bloqueó.

Por su parte, Alba podía oír el bombeo de su propio corazón. No, no podía estar ocurriendo lo que llevaban años esperando en silencio. Nacho estaba asintomático; ¿por qué había tenido que cambiar?

La medicina no había avanzado lo suficiente. Continuamente leía informes médicos en los que se hablaba del sida como una enfermedad mortal e incurable. Pensar que había ganado la batalla a las defensas de Nacho le partió el alma y tuvo que hacer grandes esfuerzos por no llorar. Pero no. Ahora no podía hacerlo e, intentando tomar las riendas del problema, declaró mientras miraba a su hermano:

—Te quedas ingresado. Me da igual lo que digas y lo mucho que protestes. Te harás todas las pruebas que el doctor considere necesarias, y me importa poco lo que opines: de aquí no te mueves.

Nacho la escuchó sentado en la silla. Sabía el miedo que ella sentía. Sólo había que mirar aquellos preciosos ojos azules para ver el terror en ellos. El doctor le tendió entonces unos papeles a Alba.

—Tenéis que subir a la planta octava. Allí preguntad por la enfermera jefe Ana Martín. Ella os está esperando.

—Vamos, Nacho —animó Alba tocándole el brazo.

Pero él seguía como pegado a la silla.

Consciente de su bloqueo, el médico se acercó a él.

—Nacho, ¿has visto al niño que ha estado en la consulta antes que tú?

—¿Ismael?

—Exacto, Ismael. Ese niño ha sufrido mucho más de lo que puedas imaginar. Desde que nació le estamos haciendo pruebas para intentar que tenga una buena calidad de vida, pero el sida está empezando a hacer mella en él. Sin embargo, ahí lo tienes, con una preciosa sonrisa en la cara y unas increíbles ganas de vivir. Con esto sólo quiero decirte que, por desgracia, siempre hay alguien que lo pasa peor que tú, y en este caso es un niño de seis años. Y, si él colabora y nos permite tratarlo, ¿no lo vas a hacer tú?

A Nacho le partió el corazón oír eso y, sin poder remediarlo, se llevó las manos a la cara y se echó a llorar. Alba estaba asustada y no sabía qué hacer excepto abrazarlo.

—No pasa nada —le dijo entonces el médico en tono tranquilizador—. Su reacción es normal. Hay personas que, a pesar de saber que tienen cierta enfermedad, la ocultan en su mente, evitan pensar en ella y, cuando ésta por fin se manifiesta, entran en *shock*.

Durante diez minutos, Nacho lloró y lloró. Nada de lo que le decían lo calmaba y, al final, el médico le indicó a Alba que lo dejara. Sin duda necesitaba desahogarse. Más tarde se fue tranquilizando, y entonces se secó los ojos con un pañuelo que ella le tendió.

—Me avergüenzo —declaró—. Me avergüenzo de ser tan cobarde, cuando un niño está demostrando ser más fuerte que yo.

—Tranquilo, Nacho —murmuró el médico—. No eres cobarde, es sólo que estás asustado.

Alba no sabía qué decir, y simplemente se limitó a permanecer junto al hombre que adoraba.

—Doctor —dijo entonces Nacho—, ¿puedo pedirle un favor?

—Cuéntame y te diré si es posible o no.

Nacho se limpió de nuevo las lágrimas y, sin mirar a Alba, preguntó:

—Si le prometo que volveré mañana después de comer para ingresar en el hospital, ¿me lo permitiría?

—Nacho, pero ¿qué dices? —protestó ella.

El médico lo miró. Poco iba a cambiar un día más.

—¿Lo que tienes que hacer es tan importante para ti como para retrasar un día las pruebas y el tratamiento? —quiso saber.

Nacho asintió. Él mejor que nadie sabía lo que le estaba pasando.

—Sí, doctor.

El médico suspiró y miró a Alba, que los observaba sorprendida.

—Si mañana después de comer no estás aquí, no volveré a

confiar en ti y, lo que es peor, tu salud podría empeorar —indicó—. ¿Eres consciente de ello?

Nacho se levantó y, sonriendo, le tendió la mano y dijo:

—Gracias, doctor. Mañana me tendrá aquí como un clavo.

Una vez salieron de la consulta, cuando Alba fue a protestar, Nacho le puso un dedo sobre los labios.

—Lo sé —declaró—, estás enfadada. Pero necesito ir a un sitio ahora porque después no sé si tendré fuerzas.

Sin saber bien lo que quería hacer ni adónde deseaba ir, Alba asintió, comprendiendo sus palabras. Unas palabras que le desgarraron el corazón.

Tras abandonar el hospital, pasaron por la casa de Nacho en Castelldefels para coger una pequeña maleta. Después fueron al aeropuerto, donde cogieron el último vuelo a Londres.

A la mañana siguiente, tempranito, tras desayunar en el hotel donde se alojaron, cogieron un taxi que los llevó hasta el banco de madera que estaba frente al Támesis. Era el lugar especial de Nacho, al que acudía cuando iba a comenzar una nueva etapa de su vida.

Alba no dijo nada. No habló. Simplemente se limitó a sentarse junto a él.

Durante más de una hora estuvieron en silencio, hasta que, al notar que él la miraba, ella lo miró a su vez y Nacho murmuró:

—Las miradas dicen lo que nuestros labios callan.

Alba sonrió e, intentando no llorar, se disponía a hablar cuando él añadió:

—Siento muchísimo el dolor que te voy a ocasionar a ti, a Lena, a papá y a mamá. Si pudiera, os lo evitaría, pero...

Tapándole la boca para que no continuara, Alba musitó:

—Nosotros no importamos ahora, Nacho. Ahora sólo importas tú.

Él la miró emocionado.

—Siempre estaremos a tu lado porque te queremos —continuó ella—. Y yo, en particular, voy a ser fuerte, y te prometo que no voy a llorar porque soy consciente de que eso te haría sufrir. Lo sabes, ¿verdad?

Nacho asintió. Pasó con delicadeza la mano por el óvalo de su cara y afirmó:

—Cuánto te quiero, monito.

—Tanto como yo a ti.

Horas después, una vez hubieron aterrizado en el aeropuerto de Barcelona, un taxi los llevó hasta el hospital, donde, cogidos de la mano, se dirigieron a la octava planta. Nacho tenía que ingresar.

19

Esa tarde, cuando se llevaron a Nacho para hacerle unas pruebas, Alba bajó a la cafetería y, con tranquilidad, llamó a Lena y a sus padres. Ellos se merecían saber lo que pasaba y, sobre todo, los necesitaba a su lado.

A la mañana siguiente, Lena dejó al pequeño Nikito al cuidado de su padre y se presentó con José y Teresa en el hospital. Al verlos, Nacho sonrió y los abrazó emocionado. Sin duda, tener a su familia cerca le hacía bien.

—¿Quieres que llamemos a Luis? —preguntó Teresa, intentando ser fuerte a pesar de lo asustada que estaba.

—No. No lo llames, mamá —respondió Nacho con pesar—. Ya sabéis lo que opina él y no quiero incomodarlo.

—¡Que le den morcillas si se incomoda! —protestó Lena.

Nacho sonrió. Lena nunca cambiaría y, mirando al hombre que para él era su padre, añadió:

—Papá, no lo llaméis. Evitémonos todos ese mal trago.

José asintió y, dispuesto a hacer lo que pedía, le aseguró:

—Tranquilo, hijo. No lo llamaremos.

Dos días después, la dureza del hospital en ocasiones les podía, y todos perdían los nervios y lloraban cuando no estaban ante Nacho.

¿Cómo podía estar ocurriendo aquello?

Permanecer en aquella planta de hospital llena de personas enfermas de sida, cáncer u otras dolencias terribles no era en absoluto agradable. Por norma, las noticias que contaban los familiares allí siempre eran malas, y aunque la hermandad entre desconocidos era increíble, en ocasiones el dolor resultaba insoportable.

Allí conocieron a Silvia, que estaba junto a su hermana Alma, portadora del sida desde hacía cuatro años por culpa de una transfusión de sangre tras un accidente de tráfico.

También conocieron a Juana y a Tomás, los padres de un muchacho llamado Antonio, que había conseguido desengancharse de su adicción a las drogas y, tras años rehabilitado, un cáncer galopante lo tenía en fase terminal.

Todos los días, Pepe y Jaume acudían también al hospital. Nacho se alegraba de ello, especialmente porque veía cómo se ocupaban de Alba, de Lena y de sus padres. Los animaban a comer, a salir a dar un paseo, a bajar a la cafetería y a sonreír, y Nacho se lo agradecía en silencio.

Los resultados de las pruebas fueron rotundos y concluyentes. El sida se había apoderado del cuerpo de Nacho y, como sus defensas habían dejado de luchar, una enfermedad oportunista llamada *Pneumocystis jiroveci* —o, como les explicó el doctor, una infección por hongos— se había instalado en su delgado y cada día más machacado cuerpo.

Sin embargo, esta vez, a diferencia del día de la consulta, Nacho no lloró. Aceptó los resultados con entereza y hasta casi con una sonrisa y los animó a todos, indicándoles que aquello únicamente era una traba más en el camino que, por supuesto, iba a vencer.

Acompañados por personas que, como ellos, sufrían por sus familiares, pasaron varios días, hasta que Lena, desesperada, dijo que tenía que marcharse. Daniel debía ir a trabajar, y tanto él como el niño la necesitaban en Madrid. Lena lloró. Pataleó. No quería separarse de su hermano, pero Alba finalmente la tranquilizó y la convenció de que hacía lo correcto. Debía regresar a Madrid. Papá, mamá y ella se ocuparían de Nacho.

El día de su marcha, después de comer, mientras sus padres se quedaban con Nacho, Alba se ofreció a llevar a Lena al aeropuerto. Tras besar una y mil veces a su hermano, que la llamó pesada, Lena salió abatida de la habitación y, mientras esperaban el ascensor, Alba la abrazó.

—¿Alba? —preguntó entonces una voz de mujer.

Al oír su nombre, ella se volvió. Miró a la mujer rubia... ¿De qué le sonaba?

—Por lo que veo, no te acuerdas de mí —dijo la desconocida sonriendo—. Pero tú no has cambiado nada. Soy Mercè. Nos conocimos hace tiempo en la Fundación Balmes.

Al darse cuenta de quién era, Alba soltó a Lena y, abrazándola, murmuró:

—Ay, Mercè, ¿qué tal estás?

Después del cariñoso abrazo, la mujer respondió:

—Bien, trabajando. ¿Y tú?, ¿qué haces aquí?

Lena, que las estaba observando, fue quien contestó:

—Nuestro hermano está ingresado.

Mercè miró a la joven. Entonces, con una triste sonrisa, Alba indicó:

—Mercè, ella es Lena, mi hermana. Lena, ella es Mercè. Trabaja en una fundación aquí, en Barcelona, dando apoyo a enfermos de sida y otras enfermedades.

Ambas se miraron con una candorosa sonrisa, hasta que la mujer preguntó:

—¿Qué ha ocurrido?

Con gesto agotado, Alba se retiró el pelo de la cara.

—El maldito sida ha despertado, y ahora Nacho está luchando también contra unos malditos hongos con un nombre impronunciable.

—¡Ay, Dios!

—Pero, aun así, está bien y, en cuanto mejore un poco, le darán el alta y podremos regresar a casa.

Durante varios minutos, ambas prosiguieron hablando, hasta que Alba, al ver que Lena miraba el reloj, dijo:

—Mercè, tenemos que irnos. Lena tiene que coger un vuelo a Madrid. Si luego estás por aquí, nos vemos.

—Que tengas buen viaje, Lena —le deseó la mujer y, clavando los ojos en Alba, indicó—: Si estás en este hospital, debes de estar en la octava planta, ¿verdad? Si no te veo hoy, te veré mañana.

Una vez dicho eso, volvieron a abrazarse y se despidieron.

Cinco minutos después, cuando salieron del ascensor, y mientras caminaban hacia el parking, Lena preguntó curiosa:

—¿Por qué le has contado lo de Nacho?

Alba sonrió. Le había gustado encontrarse con la mujer.

—Mercè trabaja para la Fundación Balmes —explicó—. Allí ayudan a los enfermos y familiares de enfermedades duras y complicadas. Hace años, cuando el doctor de Nacho me dio la tarjeta de la fundación, fui a visitarla. Allí conocí a Mercè —omitió hablar del guapito caradura— y fue encantadora conmigo..., tanto ella como otras personas colaboran en la fundación desinteresadamente.

—Vaya..., que lo haga desinteresadamente dice mucho.

—Pues sí. Como ves, todavía hay gente buena y solidaria en el mundo.

No le contó que aquella mujer había perdido a su hija a causa del cáncer. Sabía que, si lo hacía, Lena volvería a llorar, y decidió callar.

Tras dejarla en el aeropuerto de Barcelona, y prometiendo llamarla esa misma noche para decirle cómo iba todo, Alba se dirigió a Castelldefels. Lo primero que hizo al entrar en la preciosa casa de Nacho fue desactivar la alarma y, después, se encaminó hacia su habitación. Una vez allí, se desnudó y se duchó.

Una hora más tarde, estaba de nuevo en el coche en dirección al hospital mientras en la radio sonaba *Digging Your Scene*,* de The Blow Monkeys, y movía los hombros al compás. Siempre le había gustado mucho aquella canción y la canturreó en su pésimo inglés mientras sonreía al imaginar que Nacho la escuchaba y la regañaba por su nefasta pronunciación.

Cuando llegó a su destino y estacionó el coche en el parking, Alba se encaminó hacia la entrada del hospital. Una vez allí, pasó por el quiosco de prensa y compró varias revistas del corazón que sin duda les harían pasar un rato divertido a ella y a Nacho. Después se dirigió hacia los ascensores.

Mientras esperaba a que llegara uno, estaba hojeando las revistas cuando oyó:

—No sé si saludarte será buena idea o llamarás a los Mossos d'Esquadra.

Alba levantó la mirada de pronto y sus ojos se encontraron con los de aquel que nunca pensó que volvería a ver. Ante ella estaba Víctor, el guaperas caradura, con aquella sonrisa que jamás había conseguido olvidar. Habían pasado casi cinco años desde la última vez que se habían visto y, como pudo, murmuró:

—Tranquilo, no voy a llamar a la policía.

Él sonrió. Cuando Mercè le había dicho que Alba estaba allí, no lo podía creer. Habían ido a visitar a un par de enfermos de la fun-

* *Digging Your Scene*, RCA, interpretada por The Blow Monkeys. *(N. de la E.)*

dación y, una vez acabada la visita, en lugar de irse, se había quedado en el hospital. Llevaba horas apostado junto a los ascensores. Sabía que ella tenía que pasar por allí para acudir a la octava planta.

Sin saber qué más decir, ambos se miraron; su último encuentro no había acabado bien. Hasta que Víctor preguntó señalando las revistas:

—¿Cotilleo?

Alba asintió.

—La prensa rosa siempre nos ameniza el tiempo.

Ambos sonrieron y ella preguntó curiosa:

—¿Qué haces aquí?

Víctor decidió contarle la verdad a medias.

—He venido a visitar a unos amigos de la fundación. —Y, deseoso de hablar con ella, apuntó—: Cuando te he visto, no lo podía creer.

Ella sí que no se lo podía creer. Cuando se había encontrado con Mercè por la mañana había pensado en él, y tenerlo frente a ella ahora la descuadraba.

—Tómate un café conmigo —pidió Víctor.

—No.

—¿Por qué?

Buscando una rápida vía de escape, Alba indicó:

—Mis padres están con Nacho en la habitación y esperan a que yo regrese para marcharse a casa.

Víctor estaba pensando cómo rebatirle aquello cuando oyó:

—Hombre, cariño, si estás aquí.

Al mirar, vio que un hombre de pelo blanco con cara de buena persona y gafas de pasta se acercaba a ellos.

—Papá... —murmuró Alba.

El hombre se detuvo a su lado, los miró a los dos y después dijo dirigiéndose a su hija:

—He bajado a por un café para mamá y otro para mí. ¿Quieres tú uno?

Al oír eso, Víctor se apresuró a intervenir:

—Precisamente le estaba ofreciendo a su hija que se tomase un café conmigo. —Y, al ver cómo lo miraba, añadió—: Señor, le daría la mano, pero veo que las tiene ocupadas. —José sonrió y él prosiguió—: Soy Víctor Fontana, un amigo de su hija.

«¿Amigo?», pensó Alba.

¿Desde cuándo eran amigos?

Si mal no recordaba, la última vez que se habían visto ella no se había comportado de un modo especialmente amigable con él.

José sonrió. Conocía a pocos amigos de su hija y, al ver que Alba no lo desmentía, indicó:

—Encantado de conocerte, Víctor. —Luego, mirándola a ella, le preguntó—: ¿Has cenado?

—No, papá, pero...

A continuación, volviendo la vista hacia el hombre que tenía frente a él, José pidió:

—Víctor, ¿podrías llevar a Alba a cenar?

—Por supuesto.

—Papá...

—Hija, no protestes. Tu madre y yo estamos con Nacho y tú has de cenar algo mejor que un triste sándwich de máquina.

—Papá... —insistió ella, queriendo matarlo.

—Señor, yo me encargaré de que cene en condiciones.

En ese instante se abrieron las puertas del ascensor. José se metió en él y, mirando a aquel hombre que estaba junto a su hija, dijo:

—Muchacho, llámame José y, por favor, procura que Alba coma. Lleva varios días comiendo fatal.

—Papá... —gruñó ella, a cada instante más sorprendida.

Las puertas del ascensor se cerraron y, cuando ambos se quedaron a solas, Víctor le propuso:

—Frente al hospital hay una pizzería que no está mal. ¿Te apetece?

Bloqueada por la jugarreta de su padre, Alba repuso:

—Mira, yo no voy a ir a cenar a ningún sitio contigo, y tú ahora mismo te vas a dar la vuelta y vas a salir del hospital porque...

—¿Vas a llamar a la policía?

Al oír decir eso de nuevo, ella finalmente sonrió. Se disponía a decir algo, pero Víctor se le adelantó:

—Escucha, Alba, sólo vamos a ir a comer algo frente al hospital, y hasta tu padre me ha animado a que te lleve. ¿Dónde ves el mal?

La joven refunfuñó. No le gustaba que le dirigieran la vida, y menos aún aquel desconocido.

—Dime, ¿por qué tendría que ir contigo? —preguntó mirándolo.

Sin amilanarse, el atractivo hombre sonrió.

—Porque soy una buena compañía, porque tienes que alimentarte y porque me gustaría que tú y yo fumásemos de una vez la pipa de la paz.

No le dio tiempo a reaccionar; Víctor la cogió del brazo y, sin soltarla, ambos salieron del hospital. En silencio caminaron hasta la pizzería que él había mencionado y, una vez allí, se sentaron a una mesita libre.

—Venga, mujer, cambia esa cara —la animó él—. Llevamos años sin vernos. Podemos hablar y...

Sin saber si reír o protestar por las licencias que éste se estaba tomando, Alba lo cortó:

—Mira, Víctor, soy de las que opinan que no debes hacer a los demás lo que no querrías que te hicieran a ti. Y no, no voy a cenar contigo porque no me gusta tu jueguecito.

Sorprendido, él parpadeó y, mirándola fijamente a los ojos, preguntó:

—¿A qué te refieres?

Sin poder creerse su desfachatez, Alba suspiró.

—Estás casado. Tienes una hija. ¿Cómo que a qué me refiero? ¿Acaso piensas que soy tan tonta?

Víctor la observó con atención y replicó:

—En efecto, tengo una hija, pero no estoy casado.

La cara de ella era un poema, y él sentenció:

—Estoy divorciado.

—Pero yo oí que...

Recordando lo que ella había oído, Víctor añadió:

—Sé a lo que te refieres y, cuando oíste aquello, llevaba ya algún tiempo separado de mi mujer, Marina. En la fundación nadie lo sabía, de ahí que ese día se refirieran a ella como a «mi mujer». Por tanto, si lo que te agobia es que yo esté casado, he de matizar que no lo estoy. Legalmente estoy divorciado y sin pareja.

—Vaya...

En ese instante, el camarero llegó a la mesa. Confundida, Alba pidió una pizza, y él, otra. Cuando el hombre se alejó de nuevo, Víctor preguntó sonriendo:

—¿Estás más tranquila ahora que sabes que no estás haciendo nada malo por cenar conmigo y yo no estoy jugando a ningún jueguecito?

Alba meneó la cabeza y, por último, afirmó con una sonrisa:

—Sí. Lo creas o no, sí lo estoy.

Y, como si no hubieran pasado años, comenzaron a hablar. Mientras charlaban, una extraña tranquilidad se apoderó de la joven. Era una tranquilidad rara, que nunca conseguía cuando estaba con los hombres con los que quedaba. En cierto modo,

Víctor le transmitía una confianza que no lograba entender. ¿Cómo podía pensar así si no lo conocía?

Entre confidencias, él le indicó que tenía treinta y ocho años, le recordó que trabajaba como traductor para una editorial, y le gustó ver cómo sus ojos marrones se iluminaban mientras le hablaba de su hija Marta.

Cuando terminaron de cenar, tras discutir quién pagaría la cuenta, al final Alba claudicó y dejó que lo hiciera él. Una vez se levantaron, caminaron de nuevo hacia el hospital y, al llegar a los ascensores, Víctor sacó su cartera y dijo entregándole una tarjeta:

—Toma. Éstos son mis teléfonos. Llámame siempre que lo necesites.

Alba cogió la tarjeta y la miró.

—Gracias.

Luego permanecieron unos instantes en silencio, mientras la corriente eléctrica que siempre había existido entre ambos fluía, hasta que Alba, confundida, dijo:

—Son las diez de la noche, creo que ya es hora de que suba para que mis padres se vayan a casa a descansar.

Víctor asintió. Tenía razón, pero sin querer separarse de ella, propuso:

—¿Te importa si te acompaño?

—¿Para qué?

—Así saludo a Nacho. Quizá se acuerde de mí..., del recluta atontado que una vez te dio plantón.

—Lo dudo —dijo ella sonriendo.

—¿A qué se debe esa sonrisa?

Sin decirle lo que pensaba realmente, Alba explicó:

—Me río porque imagino que Nacho, cuando papá le haya dicho que me he ido a cenar con un amigo, no habrá parado de pensar en qué amigo tengo yo en Barcelona.

Divertido por aquello, tan pronto como las puertas del ascensor se abrieron, Víctor indicó:

—Pues nada, enseñémosle a Nacho con quién has cenado.

Una vez en la planta octava, Alba, que seguía llevando las revistas del corazón, se las cambió de mano. Estaba sudando. Estaba nerviosa. ¿Por qué había accedido a su petición?

Mientras avanzaban por el pasillo, Alba fue testigo de cómo muchas de las enfermeras y los pacientes saludaban a Víctor al pasar.

—Vengo a menudo por aquí para visitar a pacientes y a familiares —le aclaró él.

Ella asintió sin querer pensar nada más.

Cuando llegaron frente a la habitación 805, sin pararse, la joven abrió la puerta y anunció:

—Ya estoy aquí.

Todos la miraron. Alba observó la sonrisa de su padre, el gesto encantado de su madre y la expresión de sorpresa de Nacho y, señalando al hombre que estaba a su lado, indicó:

—Mamá, papá, Nacho, os presento a Víctor Fontana, un amigo que conocí hace años. Hoy nos hemos vuelto a encontrar aquí, en el hospital.

Teresa se levantó con rapidez. Se pasó la mano por encima de su falda de tubo negra y, luego, tendiéndosela a aquel desconocido, dijo:

—Encantada de conocerte, Víctor.

—El placer es mío, señora.

—Oh, llámame Teresa, por favor.

Con una cautivadora sonrisa, él asintió.

—Un placer, Teresa.

José, el padre, le sonrió desde donde estaba y, cuando Nacho, que llevaba una mascarilla, fue a moverse, Víctor se apresuró a acercarse a él.

—No te muevas.

Nacho sonrió y, cogiéndole con fuerza la mano, dijo:

—Gracias, tío. Me levantaría, pero ando un poco torpe.

A Víctor le gustó su buen humor, pensó en decirle algo de cuando se habían conocido en aquella discoteca años atrás, pero finalmente decidió que no. Lo dejaría para otro día.

—¿Has cenado bien, cariño? —oyó entonces que preguntaba Teresa.

—Sí, mamá. He cenado.

—Lo corroboro —afirmó Víctor—. Se ha comido una pizza carbonara ella sola, y luego, un helado.

—Muy bien, muchacho. Así me gusta. —José sonrió.

Al ver que todos la miraban, Alba protestó divertida.

—Pero qué pesados sois todos con la comida. Me tratáis como a una niña. ¿Qué os pasa?

—No, monito, no —se mofó Nacho quitándose la mascarilla—. Si quieres que te traten como a un niño, échate en esta cama y verás.

—Ponte ahora mismo la mascarilla —lo regañó Teresa señalándolo.

Sin dudarlo, Nacho le hizo caso y, mirando a Víctor, que sonreía, murmuró:

—Ésta es mi cruz.

Durante varios minutos, el buen humor se instaló en la habitación. A Víctor le gustó esa positividad. Ojalá reinara la misma buena sintonía entre otros pacientes y sus familias cuando él los visitaba.

—Papá, creo que deberíais marcharos —dijo Alba—. Es tarde —y, sacándose las llaves del bolsillo, indicó—: El coche está en el parking, en la plaza 355 de la planta azul.

José y Teresa se miraron.

—Cariño, preferimos coger un taxi —dijo él—. Ayer nos volvimos a perder y hoy no queremos que nos ocurra lo mismo.

—Yo puedo llevarlos —se ofreció Víctor con amabilidad.

Sorprendida, Alba lo miró.

—¿Los llevas a Castelldefels?

—Sí —dijo él, y al ver su cara, cuchicheó—: Vivo en Gavà.

—¡Pero si somos vecinos! —se burló Nacho mientras estudiaba la cara de Alba. ¿Quién era aquel guaperas y por qué nunca le había hablado de él?

Al ver cómo aquel hombre miraba a su hija, Teresa sonrió.

—No, hijo. Te lo agradecemos, pero es muy tarde y tú también tienes que regresar a tu casa. No te preocupes, abajo hay una parada de taxis.

Nacho insistió.

—Mamá, Víctor vive el pueblo de al lado y, cuando lo dice, es porque no le cuesta nada acompañaros. Haréis el mismo camino.

Alba miró a su hermano, lo acuchilló con la mirada, y José, para zanjar el tema, decidió intervenir:

—Pues no se hable más. Nos vamos con Víctor.

Dicho esto, Alba y sus padres se despidieron mientras Víctor y Nacho volvían a darse otro apretón de manos. Sin hablar, sólo con mirarse, ambos se comunicaron y, cuando se soltaron, los dos sonrieron.

Instantes después, mientras sus padres se despedían de Nacho prometiendo regresar al día siguiente, Alba dijo:

—Os acompaño hasta el ascensor.

Una vez en el pasillo, Teresa y José iban delante cogidos de la mano, en dirección a los ascensores. Alba, que caminaba junto a Víctor un poco más atrás, susurró:

—Gracias por llevar a mis padres.

—Es un placer —repuso él. Y, cuando ella creía que no iba a

decir nada más, éste añadió—: Ni te imaginas lo que ha supuesto para mí reencontrarme contigo. Quizá no me creas, pero muchas han sido las veces que me he acordado de ti y...

—Escucha, Víctor —lo cortó ella asustada—. Ahora no es el mejor momento para nada. Mi hermano está muy enfermo y todo mi tiempo es para él. Nacho es mi prioridad, y no quiero, ni puedo, ni debo centrarme en nada más.

Él asintió. Pero, no dispuesto a tirar la toalla como en otras ocasiones ahora que había vuelto a encontrarla, afirmó:

—Entiendo lo que dices.

—Gracias —murmuró ella entre la decepción y la euforia.

—Pero permíteme ser tu amigo —insistió él—. Puedo ayudarte con tu hermano y tus padres. Sé de lo que hablo.

—Cariño, es muy tarde; ¿viene Víctor? —preguntó su madre cuando se abrió la puerta del ascensor.

Sin decir nada más, él le dio un beso en la mejilla que le erizó todo el cuerpo y, antes de apresurarse a ir con sus padres, murmuró:

—Nos vemos mañana. Que paséis buena noche.

Una vez las puertas del ascensor se cerraron, la joven se quedó mirándolas, mientras cientos de sentimientos contradictorios tomaban su cabeza.

Por un lado, estaba enfadada. ¿Por qué permitía que Víctor se entrometiese? Pero, por otro, estaba feliz. Saber que no estaba casado, que estaba libre como ella, le daba otro tinte al asunto.

De pronto, una de las mujeres que antes habían saludado a Víctor se acercó a ella y le comentó emocionada lo buen hombre que era. Sin su ayuda y la de la Fundación Balmes meses antes, no podría haber conseguido ni la cama articulada ni las botellas de oxígeno para tener a su marido en casa.

Emocionada por lo que aquélla le decía, Alba sonrió y, tras despedirse de ella, al entrar en la habitación y cerrar la puerta, oyó:

—Monito, creo que tienes algo que contarme, ¿verdad?

Ella sonrió, y Nacho, dando unos toquecitos con la mano sobre el colchón, insistió:

—Siéntate ahora mismo a mi lado y cuéntame quién es ese tío con tan buena planta y por qué nunca había oído hablar de él.

Sorprendiéndolo, le comentó que aquél era el chico que ambos habían conocido muchos años antes en Madrid. El soldado que le había dado plantón y que tanto la enfadó. Al acordarse de él, Nacho sonrió. Y después, sin querer mentirle, Alba le contó con detalle todo lo acontecido desde el día en que volvió a encontrárselo.

Nacho se percató de cómo ella sonreía recordando con ojos soñadores. Sin duda aquel tipo le había dejado más huella de lo que ella misma quería admitir. Encantado, la escuchó y preguntó. Lo que le contaba era increíble y, cuando finalmente ella guardó silencio, él murmuró:

—Guay, monito..., sin duda lo vuestro es una historia.

Alba suspiró y, gesticulando, respondió mientras terminaba de ponerse el pijama para tumbarse en la cama que había junto a la de Nacho:

—No sé dónde ves la historia.

—Está más que claro. La vuestra es una historia que nunca se cerró. Os habéis ido encontrando a lo largo del tiempo, y la tensión sexual ha seguido para ambos. ¿O acaso me niegas que esa tensión existe?

Alba sonrió y asintió. En eso tenía razón. Si algo había entre Víctor y ella desde el primer momento en que sus ojos se encontraron era tensión y, encogiéndose de hombros, musitó:

—Tensión sexual o no, acabo de decirle que no quiero nada con él cuando se ha insinuado. Tú eres mi única y exclusiva prioridad.

Con las fuerzas que tenía, Nacho la empujó de la cama. Cuando ella lo miró, él refunfuñó:

—¿Me estás diciendo que, para uno que no es calvo, bajo y rechoncho, sino todo lo contrario, lo vas a dejar pasar por mí?

—Sí. Paso de guaperas.

—¿En serio me vas a hacer sentirme culpable por...?

—¡Pero ¿qué tontería estás diciendo?! —lo interrumpió ella—. Tú no tienes que sentirte culpable por nada. Ahora no es buen momento para salir ni con él ni con nadie.

—Eso no es cierto. Siempre es buen momento para conocer a alguien, y más a un guaperas como él.

—Pues aplícate el cuento —le reprochó Alba.

Molesto, Nacho insistió.

—Que sepas que, si sufro una recaída o los valores de mi próxima analítica varían, va a ser por tu culpa. Siéntete culpable por el disgusto que me estás ocasionando.

—Nacho...

—Pero Alba —insistió él quitándose la mascarilla—, yo no quiero que dejes aparcada tu vida para cuidarme a mí. Está claro que te necesito y quiero que estés a mi lado, pero también necesito verte feliz y, por primera vez en mucho... mucho tiempo, te he visto al lado de alguien que, sin conocerlo, me ha dado buenas vibraciones y...

—Por Dios, Nacho, ¿quieres ponerte la mascarilla?

—Sólo si me prometes que lo volverás a ver.

Alba se acercó a él y, tras colocarle la mascarilla, murmuró:

—Tanto si quiero como si no, el guaperas ha quedado en pasarse mañana. Por tanto, ¡lo veré!

—¡Bien! —afirmó Nacho sonriendo. Cuando vio que ella gesticulaba, añadió—: Has dicho que era traductor y que tiene una hija, ¿verdad?

—Sí.

—¡Qué interesante! Y encima somos casi vecinos. Como habría dicho la yaya, ¡el mundo es un pañuelo!

—Déjate de coñas marineras y duérmete —dijo Alba con una sonrisa, agachándose para darle un beso en la mejilla.

Su sonrisa y aquellos preciosos ojitos a Nacho le dijeron mucho y, cuchicheando, indicó:

—Cuando quieres, eres una auténtica bruja. Sólo te falta la verruga.

Luego, Alba apagó la luz. Se tumbó en la cama del acompañante y, en cuanto sintió que Nacho se dormía, ella se durmió también.

A partir de ese día, durante el tiempo que Nacho estuvo ingresado, Víctor pasaba religiosamente todos los días para verla. En ocasiones lo hacía por la mañana, otras a última hora de la tarde, pero no fallaba.

José y Teresa estaban encantados con él, y eran tan conscientes como Nacho de lo mucho que intentaba facilitarles las cosas a todos, y no sólo a Alba, a la que trataba con delicadeza y cariño.

Con ojo avizor, Nacho se fijaba en los pequeños detalles, en esas cosas que hacen que alguien sea especial, y vio en Víctor a un tío cariñoso, detallista y buena persona. Sin duda, como decía Alba, era un guaperas, pero un guaperas con principios y un gran corazón.

20

Uno de esos días, cuando Alba llegó al hospital tras haber pasado por la tienda de Nacho, entró en su habitación y la encontró vacía. Sobre la mesita había una nota.

Alba, Nacho está haciéndose unas pruebas, y mamá y yo hemos bajado un momento a la cafetería.

Papá

Con cariño, dejó la nota sobre la mesita y se sentó a esperarlos. Estaba agotada. Su vida últimamente era hospital, tienda, tienda, hospital. Nada más cerrar los ojos, la puerta de la habitación se abrió. Era un enfermero, que llevaba a Nacho en una silla de ruedas.

Al verlo, Alba se levantó.

—Hola, guapetón, ¿cómo estás?

Él no dijo nada. Simplemente asintió y el enfermero le hizo un gesto cómplice a Alba indicándole que Nacho no estaba de buen humor.

Una vez se quedaron solos, ella se sentó en la cama y, al tiempo que le cogía la mano, preguntó:

—¿Qué te ocurre?

Él negó con la cabeza. No quería hablar, y Alba murmuró con insistencia:

—Papá y mamá llegarán dentro de pocos minutos. Están tomándose un café. Vamos, dime qué te ocurre antes de que vengan.

Nacho se tocó la ceja y se mordió el labio.

—Oye —susurró ella—, si es por lo que hablamos anoche en referencia a mudarme contigo a Barcelona hasta que estés mejor, yo...

—No es eso —la cortó él y, mirándola, añadió—: Estoy feliz porque te traslades conmigo, ¡muy feliz!, pero... Antonio..., él... ha muerto esta mañana. —Al ver que ella no reaccionaba, Nacho aclaró—: Antonio, el chico de la habitación de al lado.

—¿El hijo de Juana y Tomás? —Él asintió, y Alba murmuró mientras se llevaba las manos a la boca—: Ay, Dios, qué pena.

Durante unos minutos permanecieron en silencio, hasta que Nacho dijo:

—Sólo tenía treinta años, ¡treinta! He oído llorar a sus padres y te aseguro que me han roto el corazón. Mamá también ha llorado. Ha intentado disimular delante de mí, pero sólo había que verle los ojos y lo pálida que estaba para saber lo mal que lo estaba pasando.

—Nacho...

—Ya sé lo que me vas a decir —la cortó él—. Pero no puedo evitar sentirme culpable porque vosotros paséis aquí vuestro tiempo, sufriendo y sin esperanzas de que las cosas mejoren, cuando el resultado va a ser el mismo. Me voy a morir como Antonio. Da igual que él tuviera cáncer y yo sida. La maldita muerte nos va a privar de vivir, de hacer miles de cosas que nos gustaría hacer, y vosotros vais a sufrir como está sufriendo ahora la familia de ese pobre chaval.

Alba se quedó sin palabras al percibir la dureza con que Nacho hablaba.

Durante un par de minutos, ninguno de los dos dijo nada. La

realidad era la que era, y no podían luchar por cambiarla. Pero Alba, incapaz de seguir viendo el gesto derrotado de Nacho, cogió fuerzas, se levantó y, tras sacar una libreta de su bolso, la abrió y dijo cuando se sentaba:

—Por desgracia, Antonio ya no puede hacer cosas que le gustaría hacer, pero tú estás aquí y, mientras podamos, nada ni nadie te va a privar de hacer todo lo que quieras.

—¡¿Qué?!

Alba asintió. Seguramente era una locura lo que le iba a proponer, pero dijo:

—Vamos a hacer una lista de deseos. ¿Qué te parece?

Nacho la miró. Su positividad lo llenó de energía y, parpadeando, preguntó:

—¿Quieres que hagamos una lista?

—Sí. Una lista de deseos. La gente suele hacer listas de cosas que quiere hacer antes de cumplir los cuarenta, los sesenta o los cien. Pues bien, hagamos la tuya. La titularemos «La lista de deseos de Nacho», ¿qué te parece?

Él sonrió. Lo que no se le ocurriera a Alba no se le ocurría a nadie y, mirándola, murmuró:

—Ésta es mi chica.

—Lo soy —admitió ella orgullosa.

—Monito, eres increíble..., increíble.

Su sonrisa le reconfortó el alma a Alba. Quería verlo sonreír, necesitaba verlo positivo y feliz. Y, deseando que dejara de pensar en lo ocurrido esa mañana en la habitación de al lado, lo apremió:

—Vamos..., dime cosas que te gustaría hacer.

El humor de Nacho cambió mientras reflexionaba acerca de lo que ella le pedía y, cuando subieron Teresa y José, y los vieron divertidos, algo en ellos floreció tras tanta tristeza. Sin duda la sonrisa era el mejor maquillaje en ese momento.

—Veamos —indicó Alba mirando sus apuntes—. Entonces, la lista de cosas que quieres hacer queda así: organizar un fiestorro, hacer *puenting*, volver a trabajar en la tienda, salvar una vida, teñirte el pelo de verde, asistir a un partido de fútbol del Atlético de Madrid y bailar tango en Argentina.

Sonriendo por las ocurrencias de aquellos dos, José se apresuró a decir:

—De las entradas para ver al Atleti me encargo yo, que para eso soy socio y colchonero. En cuanto me digáis, las compro.

—¿Puedo incluir un par de cosas más en la lista? —preguntó Nacho.

—Claro.

Con picardía, éste asintió y continuó:

—Quiero verte enamorada y quiero asistir a tu boda.

Alba abrió la boca y, dándole con la libreta en el brazo, protestó:

—Eres un liante; lo sabes, ¿verdad?

Todos sonrieron mientras él se encogía de hombros.

—Por pedir, monito, que no quede.

Tras la hora de la comida, Víctor apareció en el hospital y Alba tuvo que sonreír. Nacho no paraba de enviarle mensajes con la mirada en referencia al guaperas y, en cuanto éste bajó con sus padres a tomar un café, Alba siseó mirándolo:

—Como sigas liándola con Víctor, te juro que te voy a matar yo.

Estaba riendo por aquello cuando Pepe y Jaume entraron en la habitación y, tras contar que se habían cruzado con sus padres, que iban acompañados por un adonis alto y guapetón, Pepe preguntó:

—¿Ese monumento que está más bueno que las papas *aliñás* de mi *omaíta* es el guaperas del que me hablabas el otro día?

—El mismo —afirmó Nacho sonriendo a Alba, que gesticulaba.

—Pero, chochete, ¿necesitas gafas?

Todos rieron, y Alba protestó:

—Vamos a ver, ¿queréis dejarme en paz y, de paso, dejar a Víctor?

—¿Cómo puedes darle calabazas a un hetero como ése? —recriminó Jaume—. Desde luego, Dios da pañuelos a quien no tiene mocos.

Alba miró a Nacho y, poniendo los brazos en jarras, le reprochó:

—¿Se puede saber qué vas contando por ahí, maldita portera?

Nacho soltó una carcajada, y entonces Jaume cuchicheó:

—Por Dios, que ese tipo es un nueve.

—¡¿Un nueve?! —exclamó Alba.

Los tres hombres rieron. En ocasiones se divertían puntuando a otros, y Pepe, que era un cachondo, aclaró:

—Mira, *miarma*, para ponerle un diez, primero tendría que saber si no le cantan por soleares los pinreles.

Ahora la que reía era Alba. Estar con aquellos tres era siempre sinónimo de risas y, cuando consiguió calmarse, murmuró:

—Desde luego, sois de lo que no hay. Y ahora, por favor, ¿seríais tan amables de cambiar de temita?

21

Después de diez días ingresado en el hospital, el estado de Nacho mejoró. La medicación, aunque dura e invasiva, lo estaba ayudando, y el médico decidió darle el alta el viernes después de desayunar.

—Debéis regresar a la consulta el jueves de la semana que viene, a las seis y media —indicó mientras caminaban hacia el ascensor.

—Allí estaremos, doctor —afirmó Alba.

—Tómate tu cumpleaños con tranquilidad, ¿entendido, Nacho? —advirtió el médico.

—De acuerdo —respondió él riendo.

—Medicación y descanso —insistió el doctor—. Sigue como estabas aquí y, en breve, podrás volver a hacer vida normal. Con limitaciones, pero casi... casi normal.

—Lo estoy deseando —suspiró Nacho.

—Recordad: el jueves os quiero aquí. Ahora el control lo realizaremos cada semana.

—Muy bien —asintió Alba apuntándoselo en su agenda.

—Tranquilo, Miguel —dijo Víctor—. Los ayudaré en todo lo que necesiten y estaré pendiente de ellos.

Al oír eso, todos sonrieron excepto Alba, hasta que Nacho, que iba sentado en una silla de ruedas, hizo que lo mirara tirando de su pantalón y cuchicheó:

—Me encanta lo servicial que es el guaperas.

Teresa y José caminaban junto a Víctor y, cuando llegaron frente al ascensor, el médico se retiró unos pasos y llamó a Alba. Ésta se acercó a él y, durante unos segundos, hablaron los dos a solas.

Cuando las puertas del ascensor se abrieron, Teresa llamó a su hija y ella corrió en su dirección. Una vez dentro, Nacho preguntó mirándola:

—¿El doctor te ha leído la cartilla para que me porte bien?

Todos sonrieron ante su comentario.

—Sí, pesado. Ahora has de seguir las instrucciones. Ya sabes, descanso y medicación.

—¡Qué aburrido lo pintas!

—Nacho —protestó Teresa—, como yo vea en algún momento que no cumples con lo pactado, te traigo de las orejas hasta aquí otra vez, ¿entendido?

Todos volvieron a reír.

—Tranquila, mamá —asintió Nacho—, me portaré bien.

Ese viernes, después de comer, llegaron procedentes de Madrid Daniel, Lena y el pequeño Niko. El sábado era el cumpleaños de Nacho, y por nada del mundo se lo iban a perder.

Entre risas y jolgorio, Alba pasó a limpio la lista de deseos de su hermano, y la colgó con un imán en la nevera.

Lista de deseos de Nacho

- Organizar un fiestorro.
- Teñirse el pelo de verde.
- Hacer puenting.
- Trabajar en la tienda.
- Salvar una vida.
- Asistir a un partido de fútbol del Atlético de Madrid.
- Bailar tango en Argentina.
- Ver a Alba enamorada.
- Asistir a su boda.

Al leer aquello, Lena soltó una carcajada pero, cuando iba a decir algo, Alba la cortó:

—No quiero ni una palabra con respecto a los dos últimos deseos. Él los ha pedido. Yo los he puesto. Que luego se cumplan o no es otro cantar.

Lena cerró la boca divertida y, abrazando a su hermana, afirmó mientras miraba a Víctor:

—Conociéndolo, Nacho verá cumplidos todos sus deseos.

Poco después, cuando todos jugueteaban con el pequeño Nikito, al ver a Nacho sólo en la terraza, Víctor se acercó a él sin decir nada. Hacía un maravilloso día de esos que, por norma, casi siempre se daban en Castelldefels, y Nacho, al sentirlo a su lado, comentó:

—Precioso día, ¿verdad?

—Sí. No lo voy a negar.

La sensación de seguridad que aquel tipo le daba hizo que lo mirara y dijera:

—Me sorprendió saber que eras el militroncho que conocimos aquel día en Joy Eslava. Que sepas que Alba estuvo muy enfadada durante días por el plantón que le diste.

Víctor asintió y sonrió.

—Ni te imaginas lo enfadado que estuve yo. Sobre todo porque, a partir de entonces, cada vez que tenía día libre iba a Madrid a buscarla a esa discoteca, pero ella nunca apareció.

—¿Lo dices en serio?

—Totalmente —afirmó él.

Nacho sonrió. Sin lugar a dudas, su hermana y él tenían algo pendiente.

—A riesgo de que Alba me descuartice cuando se entere —añadió—, me encantaría que vinieras mañana a la comida por mi cumpleaños.

—Sería un placer venir, pero mañana tengo planes desde hace tiempo con mi hija y no puedo decepcionarla, o la que me descuartizará será ella a mí.

—¿Cómo se llama tu hija?

—Marta.

—Y ¿cuántos años tiene?

—Casi diez. —A continuación, sacando la cartera de su pantalón, la abrió y le mostró una foto—. Ésta es Marta.

—Woooooo, pelirroja —exclamó Nacho riendo.

—¡Y peligrosa!

Mientras Víctor se guardaba la cartera de nuevo en el pantalón con una sonrisa, Nacho miró a Alba. Sabía que aquel tipo le gustaba. A él no lo engañaba. Pero Alba ya no era la tierna jovencita que creía en cuentos de princesas y se sonrojaba ante el chico que le hacía gracia. Un idiota con una cara guapa y modales de asno le había partido el corazón años antes y, sin saber por qué, Nacho intuyó que Víctor era el único que se lo podía recomponer.

—No te conozco, Víctor —dijo—, pero no sé por qué me das buenas vibraciones.

—Gracias. El sentimiento es mutuo.

—Y, lo creas o no, me estoy divirtiendo de lo lindo viendo algo que pensé que nunca volvería a ver: a mi hermana luchando consigo misma por aceptar la situación con relación a ti.

Ambos miraron a Alba, que hablaba con Lena.

—Es dura de pelar —afirmó Víctor.

Nacho sonrió. Entendía lo que le decía.

—Le gustas. Lo sé a pesar de vuestros desafortunados encuentros. Pero Alba no lo pasó bien con el idiota de su ex, y digamos que no está receptiva a dejarte entrar en su corazón. Porque quieres entrar en él, ¿verdad?

A Víctor le gustó la claridad con que Nacho hablaba. Ya no eran unos veinteañeros para andarse por las ramas, tenían cierta edad para saber lo que querían en la vida.

—Sí —aseguró—. Me encantaría.

—Lo sabía. —Nacho sonrió y, dispuesto a ser claro con él, añadió—: Puedo ayudarte a conseguirlo, pero antes he de aclarar contigo ciertos matices.

Víctor dio un trago a su cerveza. Aquella conversación le interesaba y, apoyándose en la barandilla de la terraza, afirmó:

—Maticemos.

Nacho asintió y, colocándose a su lado, preguntó:

—¿Quieres preguntarme algo?

—¿De ella?

—De lo que quieras. —Al ver cómo el otro lo miraba, indicó—: Vale, preguntaré yo. ¿Qué te atrae tanto de mi hermana?

—Mejor pregúntame qué no me atrae de ella.

Ambos sonrieron, y Nacho aclaró:

—Escucha, Víctor, si sólo la quieres para un par de revolcones, déjalo, porque para eso no te voy a prestar mi ayuda. Ahora bien, si no es así y te ayudo a que te abra su corazón, lo mínimo que espero de ti es que la quieras como es debido, la respetes, la protejas y, sobre todo, la hagas feliz porque ella se lo merece. ¿Te ves capacitado para ello?

Víctor se quedó boquiabierto. Sin duda Alba le gustaba, le gustaba mucho, y nada en el mundo le agradaría más que tener algo con ella, así pues, contestó:

—Claro que me veo capacitado, pero estás obviando el hecho de que esto es cosa de dos y...

—Tienes razón —lo cortó él—. Es cosa de dos. Pero, por desgracia, mi tiempo es limitado y quiero marcharme sabiendo que Alba será feliz.

Víctor se entristeció al oír eso.

—Como he dicho antes —prosiguió Nacho—, no te conozco, pero hay algo en ti que me hace pensar que eres un buen tipo. Y, cuando veo cómo te mira ella, cómo sonríe cuando le hablas o cómo se le iluminan los ojos siempre que bromeo sobre ti, sé que he de hacer algo porque, sin duda, tiene sentimientos hacia ti.

—Nacho, no puedo prometer cosas que no sé si saldrán bien, pero lo que sí puedo prometer es que me muero por conocerla, por tener una cita con ella, por invitarla al cine, a cenar, a tomar una copa. Ella y esa dulce mirada suya me han perseguido durante todos estos años a pesar de nuestros desafortunados encuentros. Y, ahora que he conseguido dar un paso más hacia ella, te aseguro que quiero aprovecharlo, y no precisamente para un revolcón de una noche, sino para algo más.

A Nacho le gustó su respuesta.

—¿Sabes? Con un poco de paciencia por tu parte y mi ayuda, creo que le haremos ver que no todos los guaperas son iguales.

—¿Me acabas de llamar guaperas? —se burló Víctor.

Nacho soltó una carcajada y, poniendo la mano con complicidad sobre el hombro de él, afirmó:

—Sí, amigo. Eres un guaperas, ¿o acaso no lo sabes?

Esta vez fue Víctor quien rio. No era tonto, y sabía el influjo que siempre había ejercido sobre las mujeres desde su juventud. Sólo con una mirada, había conseguido grandes triunfos con el género femenino. Estaba sonriendo cuando Nacho aclaró:

—Alba odia a los guaperas porque su ex lo era. Pero, tranquilo, te aseguro que tonta no es y, al final, ya verás como te dará esa oportunidad. Por cierto, antes de que se me olvide, he de decirte que me gusta tu discreción.

—¿Y eso? —preguntó Víctor.

—He visto tu gesto de sorpresa esta mañana cuando la enfermera ha venido a traerme los papeles del alta y ha dicho en alto mis apellidos. Sin duda te preguntarás por qué me apellido Martín y no Suárez, como Alba y, aun así, decimos que somos hermanos.

Nacho era muy observador. Víctor sonrió. Él no era nadie para preguntar y, con sinceridad, respondió:

—Tienes razón. Eso ha llamado mi atención. Pero si Alba, Teresa y José dicen que eres su hermano y su hijo, ¿quién soy yo para cuestionarlo? Además, como leí hace tiempo y he comprobado con el paso de los años, la familia son las personas que te quieren en su vida, que te aceptan por quien eres, que te ayudan sin necesidad de pedirlo y que te aman por encima de todas las cosas. Y tú, Nacho, eres afortunado porque los tienes a ellos y, por supuesto, ellos te tienen a ti.

Emocionado por sus palabras, Nacho miró en dirección a aquellas personas a las que tanto quería y, tragándose el nudo de emociones que tenía en la garganta, murmuró:

—Siento tanto el dolor que les voy a ocasionar, que no sé si voy a ser capaz de perdonármelo.

Escucharlo y sentir su angustia tocó el corazón de Víctor y, como entendía lo que quería decir, musitó:

—No pienses así, Nacho. La medicina prospera día a día y...

—Es inevitable que lo piense. Algo me dice que la medicina tardará en encontrar una cura para el sida y yo no voy a estar aquí —susurró con desesperación mirando el mar, que se veía desde su preciosa terraza.

No pudo continuar. La angustia se apoderó de él y, volviéndose para que los demás no vieran sus ojos anegados en lágrimas, respiró hasta que de nuevo fue capaz de tomar el control de su cuerpo.

—Alba está sufriendo. Sufre mucho por lo que me ocurre, pero no dice nada. Me ha prometido no llorar y sé que lo va a cumplir. Por ello te pido que estés a su lado porque, cuando rompa a llorar, no va a parar. Por favor, si ocurre lo que no deseamos, te ruego que la ayudes a ella y al resto de la familia. ¿Lo harás por mí?

—Por supuesto. Eso no lo dudes —asintió Víctor conmovido.

Luego posó la mano sobre el hombro de Nacho para darle fuerza. No era el primero con el que vivía aquel miedo, aquel horror y, cuando lo vio más tranquilo, añadió:

—Sé que el camino que ahora recorres no es fácil, pero por ellos y por lo mucho que los quieres, ahora más que nunca tienes que hacerles saber lo importantes que son para ti y lo mucho que los quieres, porque necesitarán recordarlo.

—Lo sé... Lo sé...

Esa noche, cuando Víctor se marchó y el resto se fueron a dormir, Alba y Lena se quedaron tiradas en el sofá. Necesitaban aquel momentito de paz.

—¿Lo que hay metido en esa urna de cristal sobre aquella estantería es vuestra piedra de la suerte? —preguntó Lena.

Alba miró hacia el lugar donde ella señalaba. Allí estaba la piedra de su niñez, que la yaya Remedios había guardado con cariño.

—Sí —respondió sonriendo.

Lena soltó una carcajada, y luego Alba dijo:

—Lena, voy a quedarme con Nacho en Castelldefels. Ya lo he hablado con él.

La joven la miró. La sombra del miedo y el desconcierto sobrevolaba las cabezas de todos.

—He pensado que podrías encargarte tú de la tienda de Madrid —continuó Alba—, mientras yo me ocupo de la de Nacho y estoy a su lado.

—¡¿Yo?, ¿encargada?!

—Sabes muy bien cómo hacerlo, Lena. Me lo has demostrado las veces que has trabajado conmigo, y pienso que no hay nadie mejor cualificado que tú para ello.

Emocionada, y no sólo por la confianza que una vez más le demostraba, Lena preguntó:

—¿Estás segura?

—Sí.

—Pero, dejando a un lado lo de la tienda, va a ser muy duro estar con Nacho, Alba. Lo que mi hermano tiene es...

—Lo sé —la cortó ella—. Pero siento la necesidad de estar a su lado y hacerle este tiempo lo más agradable posible. Sé que tú también sientes esa necesidad, pero tienes al pequeño Nikito y a Daniel. Y yo, en Madrid, a excepción de mis padres y de vosotros, no tengo a nadie.

Ambas se miraron unos segundos en silencio, y finalmente Lena murmuró:

—¿Sabes? Creo que no hay nadie mejor que tú para estar con Nacho y, en cuanto a lo de Madrid, tranquila, yo me ocuparé.

—Gracias —murmuró Alba emocionada.

—Aunque, oye —Lena sonrió—, ya que estás aquí, aprovecha el tiempo y dale una oportunidad a ese moreno de culo prieto y ojos tentadores. Creo que le gustas, y el tipo me cae muy bien. Además, ¡está muy bueno!

Ambas sonrieron y se abrazaron.

Al día siguiente celebraron el aniversario de Nacho. Teresa, animada por el cumpleañero, preparó el famoso cordero asado de la abuela Blanca. El resultado fue que todos se chuparon los dedos. Estaba exquisito.

Cuando llegó el momento de soplar las velas, todos comenzaron a cantar. Nacho los miró emocionado. Era afortunado, tenía una gran familia que lo quería.

Una vez los cánticos acabaron, Nacho cerró los ojos, pidió un deseo, luego los abrió y sopló. Todos aplaudieron mientras él pensaba en su deseo: ¡disfrutar todo lo que pudiera de su familia!

22

Los días pasaron, y Nacho mejoró con la ayuda de medicación, descanso y cariño. La tos persistía, eso era inevitable, pero su humor, su positividad y el sentirse querido fueron sus mejores medicinas.

Su mejoría fue tal que comenzó a ir con Alba a la tienda. Estar entretenido era lo mejor para él. No podía pasarse todo el tiempo en el sofá o paseando por la playa. Necesitaba un poco de vida social.

Ese día, cuando Alba y él regresaron a casa, Nacho se acercó a la nota que estaba colgada en la nevera con un imán y tachó uno de sus deseos. Había vuelto a trabajar.

Ante su mejoría, José y Teresa volvieron a Madrid. Lena también los necesitaba. Al encargarse de la tienda de Alba, precisaba que alguien la ayudara con el pequeño, y no había nadie mejor que sus abuelos, que aceptaron encantados. Aquel precioso niño era su gran tesoro.

Nacho intentó que Alba quedara a solas con Víctor, pero le resultó imposible. Al final, decidió jugar y ganó. Pactó con ella que iría a algunas terapias de la Fundación Balmes si, a cambio, Alba salía con Víctor a cenar.

La tarde en que Nacho puso los pies en la fundación, Alba supo que había hecho bien. Aquello podía venirles bien a todos. Por suerte, aquella tarde la terapia no fue muy intensa. Se reencontraron con la abuela del pequeño que habían conocido en la consulta del especialista y, durante un buen rato, escucharon lo que decía sobre el problema de Ismael. El pequeñín estaba con su abuelo, se encontraba estable dentro de su enfermedad, y eso los alegró a todos.

Una vez la terapia acabó, cuando ya se disponían a marcharse, Nacho miró a su hermana antes de dirigirse a la puerta.

—Ahora te vas a ir a cenar con Víctor —le ordenó.

Alba frunció el ceño.

—Nacho, él ya tendrá sus planes, ¡tú estás tonto!

Pero en ese instante apareció Víctor y, colocándose al lado de ella, tras mirar a Nacho, que sonrió, dijo:

—Muy bien, ojazos. Tengo mesa reservada en un sitio precioso que estoy seguro de que te va a gustar.

Sorprendida, ella los miró y, finalmente, se mofó.

—Sin lugar a dudas, sois tal para cual.

Nacho y Víctor chocaron las manos. Su plan había funcionado.

Durante la cena, Alba se relajó. Estar con Víctor la tranquilizaba. Él era un hombre con las ideas tan claras como ella y, como había ocurrido la primera vez que se vieron, no se propasó lo más mínimo, algo que a Alba le gustó.

Después de cenar, fueron a tomar algo y, luego, él la llevó a casa, donde, al despedirse, dudó si besarla o no. Sin embargo, al ver que Alba no estaba receptiva, se guardó las ganas y decidió esperar. Ella lo merecía.

A partir de ese día, Nacho comenzó a acudir a terapia con regularidad. Escuchar lo que otros tenían que contar le venía bien.

Conoció a otros pacientes que, como él, no pasaban por su mejor momento, y en silencio comprobó lo afortunado que era por tener a su familia a su lado. En ocasiones pensaba en su hermano Luis. Lo echaba mucho de menos, pero si algo había aprendido era que la vida había que afrontarla tal y como se presentaba y, en este caso, se presentaba sin él.

Un domingo, cuando Alba entró a despertarlo a las siete de la mañana, Nacho se hizo el remolón. No le apetecía madrugar pero, al final, ante la insistencia de ella, que literalmente lo tiró de la cama, claudicó.

Cuando salieron de casa, Nacho observó sorprendido que Víctor los esperaba en su coche. Cuando se montó en él, preguntó:

—¿Puede decirme alguien de una santa vez adónde vamos a estas horas?

Alba sonrió divertida y, guiñándole un ojo, respondió:

—A cumplir otro de tus deseos.

Entre risas, llegaron a Vilafranca del Penedès y, al bajar del coche junto a un puente, Nacho los miró y Víctor señaló a un grupo de gente.

—Mi amigo Pedro tiene una empresa de deportes de aventura —explicó—, y como sé que querías hacer *puenting*...

—¡Aquí estamos! —terminó Alba sonriendo.

Nacho miró de nuevo al grupo que había al fondo y, volviendo a clavar los ojos en Alba, insistió sin poder creérselo:

—¿Vamos a hacer *puenting*?

Al verse incluida en el paquete, ella se apresuró a aclarar:

—No, no, no. No te equivoques, guapito, que no es así. Aquí el que quería hacer *puenting* eras tú.

Nacho se pasó la mano por el pelo, resopló con apuro y, mientras se apoyaba en el coche, murmuró temblando:

—Monito, creo que me estoy mareando.

Diez minutos después, cuando las piernas de aquél quisieron reanimarse, se acercaron cogidos de la mano hasta el animado grupo. Varias personas se ponían arneses mientras otros se tiraban al vacío enganchados a la cuerda y gritaban cosas como «¡Jerónimooo!».

El amigo de Víctor los saludó y, sabedor de lo que Nacho quería hacer, comenzó a explicárselo todo. Al ser su primera vez, le aconsejó que se lanzase de espaldas.

Tanto Nacho como Alba estaban pálidos. Víctor los observaba divertido y, como estaba dispuesto a que perdieran el miedo, propuso:

—Pedro, ¿qué tal si me pongo el arnés y me tiro yo?

—¿Tú? —preguntó Alba mirándolo.

Él asintió.

—No es el primer salto de Víctor —indicó Pedro—. Él ya lo ha hecho otras veces.

Sorprendida porque aquél hubiera practicado antes aquella actividad y no hubiera comentado nada, iba a decir algo cuando éste, guiñándole el ojo, la provocó:

—Vamos, no seas cobardica, ojazos.

Sin soltarse de la mano, Alba y Nacho vieron cómo Víctor, ayudado por Pedro y otro monitor, se colocaba el arnés. La seguridad era primordial.

Los monitores explicaban que había dos líneas de salto independientes, pero próximas entre sí, justo en el momento en el que una pareja se lanzaba al vacío después de besarse. Nacho miró a Alba y murmuró:

—Tengo los huevos por corbata.

Su hermana sonrió. Ella no estaba mejor.

Veinte minutos después, y una vez una barca hubo recogido a la pareja que se había tirado anteriormente, Víctor se colocó por fuera del puente sujeto con el arnés. Alba se acercó a él.

—¿Estás seguro? —le preguntó.

—Sí.

Ella miró hacia abajo. Ver la caída impresionaba un montón y, en el momento en que fue a decir algo, Víctor indicó:

—Ojazos, en ocasiones, para disfrutar de la vida hay que arriesgarse.

Y, con un movimiento rápido, le dio un fugaz beso en los labios que la sorprendió. Acto seguido, soltándose de la barandilla, se dejó caer al vacío con una sonrisa.

Alba y Nacho chillaron horrorizados mientras lo seguían con la mirada. La caída era impresionante, y sólo dejaron de chillar cuando vieron cómo la cuerda lo frenaba y Víctor gritaba de placer.

Media hora después, Víctor volvía a estar a su lado con la adrenalina por todo lo alto a causa del salto, y Nacho murmuró:

—Creo que me aventuré demasiado al pensar que yo podía hacer esto. ¡Soy un cagón! Sin duda no tengo el valor de Anthony ni de Víctor. Vamos..., que estoy cagadito de miedo y no me he traído otros pantalones.

Alba sonrió y, dispuesta a que él cumpliera su deseo, tomó aire y dijo:

—¿Y si nos tiramos los dos a la vez, cada uno en una línea de salto?

Nacho la miró. Si ella era capaz de hacerlo por él, ¿por qué él no lo iba hacer por ella? Y, tras mirarse durante unos segundos a los ojos y entenderse como siempre, afirmó sonriendo:

—De acuerdo, monito, ¡hagámoslo!

Entre varios monitores les colocaron los arneses. Alba miró entonces a Víctor, que ayudaba a engancharla, y murmuró:

—Voy a vomitar..., creo que voy a vomitar.

—Tranquila.

—Ay, Dios mío. ¿Por qué habré abierto la boca?

Víctor sonrió. Deseaba besarla de nuevo pero, consciente de que no debía arriesgarse otra vez, no fuera a ser que no saliera bien, comentó:

—Te aseguro que, una vez estés volando, lo vas a disfrutar. Créeme.

Alba suspiró. Lo dudaba mucho pero, mientras miraba a su hermano, que como ella estaba empezando a arrepentirse, sonrió para infundirle valor.

—Nacho —lo animó—, ¡hoy tú y yo hacemos historia!

Él resopló.

—Mientras no sea porque nos la peguemos, ¡no vamos mal!

Todos sonrieron al oírlo.

Minutos después, cuando llegó el instante de colgarse por fuera del puente, tanto ella como Nacho dijeron de todo. La sensación de que se iban a matar era tremenda, y Alba, observando a su hermano, le reprochó:

—Ya puedes quererme. Mira lo que voy a hacer por ti.

Nacho sonrió asustado y dijo con voz temblona:

—A la de tres. Una..., dos... y tressssssss.

Sin dudarlo, ambos saltaron hacia adelante para alejarse del puente mientras gritaban y caían al vacío. El tiempo se hizo infinitamente corto y, cuando quisieron darse cuenta, los dos colgaban boca abajo de los arneses riendo, gritando y soltando adrenalina, mientras la barca se posicionaba para recogerlos.

Minutos después, una vez subieron a la embarcación, ambos se abrazaron emocionados.

—¡Cómo mola! —gritó Alba.

—Joder, ¡lo he hecho! —murmuró Nacho, temblando todavía.

—¡Claro que lo has hecho, y yo también!

Él comenzó a reír sin poder creérselo. Todavía recordaba el día que había saltado Anthony y él no se había atrevido.

—¿Lo repetimos? —preguntó Alba enloquecida.

Nacho soltó una carcajada, pero mirándola respondió:

—Yo no, monito. Con una vez he tenido más que suficiente, pero si tú quieres, ¡adelante!

Horas después, cuando Alba hubo saltado un par de veces más, una de ellas con Víctor, fueron a comer a Sitges al restaurante de Pepe y Jaume, quienes se quedaron alucinados al saber lo que habían hecho, y luego regresaron a casa.

Una vez allí, Nacho se tiró directamente en el sofá. Estaba agotado, pero animó a Víctor y a Alba a que fueran a dar una vuelta por el paseo marítimo de Castelldefels.

Durante el camino, en el que apenas se rozaron, ambos rieron recordando las sensaciones vividas aquella mañana. Alba no podía creer que le hubiera gustado tanto hacer *puenting*, y Víctor lo disfrutaba encantado.

Tras mucho hablar y reír sin que ninguno hiciese referencia al beso que él le había dado antes de saltar al vacío, cuando se sentaron en un banquito frente al mar, Alba dijo:

—¿Puedo hacerte un par de preguntas indiscretas?

—Por supuesto. Dime.

—¿Qué hace un chico de Salamanca viviendo en Barcelona?

Al oír eso, Víctor sonrió y cuchicheó:

—Mi exmujer y yo nos conocimos durante unas vacaciones en Barcelona. Ella es de aquí y, cuando nos casamos, decidí trasladarme.

Alba asintió y, deseosa de saber más, volvió a preguntar:

—¿Qué ocurrió para que te divorciaras de ella?

A Víctor le gustó que le hiciera esa pregunta tan íntima.

—En cierto modo, Marina y yo nos vimos obligados por nuestros padres a casarnos porque ella se quedó embarazada. En nuestra relación nunca hubo pasión ni amor, digamos que era más bien amistad y, por ello, cuando pudimos, nos separamos de mutuo acuerdo por el bien de nuestra hija y por el nuestro propio. Hoy por hoy, tenemos una estupenda relación.

—Y ¿tu hija cómo lo lleva?

Al pensar en Marta, Víctor meneó la cabeza.

—La separación la lleva bien, pero es bastante celosa y posesiva con respecto a nosotros. Te explico. En este tiempo, Marina y yo hemos salido con otras personas, y eso Marta no lo lleva bien. En mi caso, cuando viene a mi casa y estamos juntos, es la dueña y señora de nuestro tiempo, y en ocasiones, cuando le he presentado a alguien, se ha comportado mal.

—Es normal, Víctor. La niña es muy pequeña y te quiere sólo para ella.

—Lo sé. —Él sonrió encogiéndose de hombros—. Y precisamente por eso se lo disculpo. Pero no te voy a negar que tanto a su madre como a mí nos gustaría que nos lo pusiera un poquito más fácil.

Alba sonrió. Imaginarse a Víctor bregando con una niña de diez años conflictiva, con lo tranquilo que era él, le hizo gracia.

—Hoy que estamos sincerándonos —dijo entonces él—, ¿puedo preguntarte qué ocurrió en tu matrimonio?

Recordar a Sergio no era que le agradara precisamente, pero respondió:

—Me enamoré como una tonta del hombre equivocado.

Sin poder evitarlo, él le retiró un mechón de pelo de los ojos y, poniéndoselo tras la oreja, murmuró:

—Nunca le perdonaré al ejército que me negaran aquel día ese pase para poder verte.

Conmovida, Alba musitó:

—Te aseguro que yo tampoco se lo perdonaré al ejército. —Ambos rieron y ella continuó—: Nacho intentó que no me enamorase de él, pero yo no quise escucharlo. Durante nuestro noviazgo, Sergio logró separarme de Nacho, de mis amigos y de mi trabajo. Sentía celos de todo y de todos, y yo, como una tonta, pensé que eso era por lo mucho que me quería, sin darme cuenta de que era todo lo contrario. Después nos casamos, y el Sergio egoísta y mala persona que Nacho me advirtió que era salió a flote. Me engañó con otra mujer, pero a pesar de eso lo perdoné. Sin embargo, cuando esa misma mujer volvió a decirme que seguía con ella, decidí acabar con todo.

Víctor asintió, recordaba lo que Nacho le había contado. Su experiencia y la de ella no tenían nada que ver.

—Siento que lo pasaras mal —musitó cogiéndole la mano.

Alba asintió. Por suerte, todo aquello estaba olvidado y superado. Sergio simplemente era un tachón en su pasado. Entonces, dejándose llevar por lo que sentía en ese instante, murmuró al tiempo que clavaba sus ojazos azules en los de él:

—Fuiste el primer hombre al que me lancé a besar, y creo que voy a volver a hacerlo en este instante otra vez.

Víctor sonrió encantado y, mirándole los labios, susurró:

—Me muero porque lo hagas.

Sin necesidad de pensar en nada, Alba acercó sus labios a los de él y, tras rozárselos y notar cómo él los abría dispuesto a aceptarla, lo besó. Su tacto, su sabor, todo él era exquisito.

Por su parte, Víctor la acercó a su cuerpo y ahondó en aquel beso tan deseado, tan anhelado, y lo disfrutó como llevaba tiempo sin disfrutar un beso. Mientras, Alba se dejaba llevar por el mágico momento, saboreando aquellos dulces labios que la besaban con ternura y pasión.

Cuando se separaron, ella murmuró:

—Sigues besando maravillosamente bien.

Ambos sonrieron, y Víctor respondió:

—Lo mismo digo, ojazos.

Levantándose de donde se habían sentado, ambos sintieron que las cosas habían cambiado entre ellos a partir de ese instante. Y, cogiéndose de la mano con seguridad, caminaron por el paseo marítimo sabiendo que eso era lo que querían.

23

Esa misma tarde, en Madrid, cuando Lena recogió al pequeño en casa de sus padres, que no era otra que el piso de arriba, bajó a su descansillo y se sorprendió al encontrarse a su hermano Luis esperándola sentado en los escalones.

—¿Qué haces aquí? —preguntó asombrada.

Luis, que seguía con el mismo gesto serio de siempre, murmuró:

—Quiero hablar contigo de algo —respondió cogiéndole el niño de los brazos.

Sin entender de qué quería hablar con ella, Lena lo invitó a entrar en la casa. Era la única que ocasionalmente lo veía. Luis se había desmarcado desde hacía años de lo que ella consideraba su familia.

Mientras Lena preparaba el baño de Niko, su hermano se ocupó de él. Le gustó verlo sonreír con el niño y sintió ganas de abrazarlo, pero se contuvo. No se lo merecía. Durante el baño, Luis los acompañó. Bromeaba con el niño y éste sonreía encantado.

Una vez Lena le hubo dado de cenar, Luis se despidió del pequeño y ella lo acostó. Luego se dirigieron al salón.

—Daniel llegará en breve —dijo Lena—. ¿Te quedas a cenar?

—No, es tarde. He de regresar.

En silencio se miraron, hasta que Lena preguntó:

—¿No me vas a preguntar por Nacho?

Él no contestó, y ella insistió.

—Luis, Nacho está muy enfermo.

Su hermano negó con la cabeza. Saber que Lena había tomado las riendas de la franquicia de Alba en Madrid y que aquélla se había trasladado a Barcelona lo hizo imaginar que las cosas no iban bien, pero cuanto menos supiera, mejor.

—Ojos que no ven, corazón que no siente —respondió.

La frialdad con que dijo eso le llegó al corazón a la joven.

—Eres un cabrón... ¿Cómo puedes decir eso?

Luis resopló.

—¡Genial! Ya salió la Lena barriobajera y malhablada.

Sin ganas de discutir con él, y pensando en el bien de Nacho, ella insistió.

—¿Por qué no lo llamas? Estoy segura de que se pondrá contento. Nos necesita a todos y...

—No insistas. Tengo mis razones para no hacerlo.

La joven maldijo e, incapaz de no soltar lo que rabiaba en su mente, siseó:

—¿Cómo hemos llegado a esta situación? Somos hermanos, Luis. ¿Por qué te empeñas en ser un extraño para él, para mí y para todos? ¿Por qué te avergüenzas de Nacho cuando es más vergonzoso lo que hizo tu maravilloso suegro?

—Lena...

Pensar en Nacho hizo que Luis apretara la mandíbula. Entonces ella, sin darle tiempo a decir nada más, le recriminó:

—¿Sabe la imbécil de tu mujercita que estás aquí?

Agobiado por mil problemas, él replicó:

—Lena, por favor...

—Joder, Luis, ¿cómo quieres que no le tenga ojeriza a esa asquerosa y clasista de mierda, que dijo que la casa de la yaya olía a rancio y llama a papá y a mamá despectivamente «los fruteros»? Ella y sus padres te han alejado de nosotros...

—¡Basta! Deja ya de hablar de ellos...

Molesta por cómo la miraba, Lena recalcó:

—Sólo espero que, cuando ellos hablen de nosotros, no consientas que nos insulten y recuerdes que, antes que ellos, nosotros fuimos tu familia. —No obstante, como no quería perder el tiempo pensando en Juliana y sus padres, insistió—: Luis, estoy asustada. Terriblemente asustada. Nuestro hermano empeora y...

—No quiero saber nada de él. Él se lo buscó.

—Nacho te adora. Te quiere, y sabes que para él siempre fuiste su héroe. Se me revuelven las tripas al ver tu indiferencia hacia él.

—¿Su héroe? —se mofó Luis—. Si yo hubiera sido un héroe para él, ahora no sería un asqueroso y sidoso maricón.

Furiosa, Lena se acercó a él y, con toda la rabia acumulada del mundo, le soltó un sonoro bofetón. Luis se quedó paralizado. No lo esperaba.

—Nacho, mi hermano —recalcó ella—, es una persona buena, amable, cariñosa, gentil y desinteresada. No vuelvas a insultarlo delante de mí o te prometo que soy capaz de matarte. —Y, sin dejarlo hablar, insistió—: Eres un estúpido, un mal hermano y un clasista como lo es tu estúpida familia política. Ni te imaginas cómo me avergüenzo de ti.

A Luis lo revolvió por dentro oír esas duras palabras. Sabía que ella llevaba su parte de razón, sabía que no lo estaba haciendo bien pero, incapaz de darle el gusto y hacérselo saber, replicó:

—Más me avergüenzo yo de vosotros. No habéis sido unos hermanos modélicos precisamente.

Lena sonrió. Por suerte, tanto ella como Nacho formaban parte de una familia unida que los ayudaba en los momentos más duros, luchando por ellos y sin avergonzarse de nada.

—¿Te has parado a pensar lo que opinaría la yaya o papá y mamá de lo que estás haciendo? —le soltó.

—Papá y mamá murieron cuando éramos pequeños —siseó él desencajado—. Y, si te refieres a los padres de Alba, la verdad, lo que ellos opinen me da igual.

—Cada vez que abres la boca, la cagas más. ¿Cómo puedes ser tan desagradecido con todo lo que ellos hacen y han hecho por nosotros?

El gesto de Luis se descompuso. En su interior, una parte seguía gritando que hacía mal, que no debía responder así, pero prosiguió:

—Ellos son buenas personas, pero no son mi familia.

—Pues si ellos no son tu familia, dime quién coño lo es...

Él no respondió, y Lena gruñó furiosa:

—Eres un sinvergüenza, una mala persona, un hijo de Satanás... Y me voy a callar porque, como siga soltando por esta boquita todo lo que se me pasa por la cabeza, te aseguro que me vas a odiar por toda la eternidad.

En ese momento se abrió la puerta de la calle y apareció Daniel. Al ver al hermano de su mujer en su casa, se extrañó. No solía visitarlos. Sin embargo, se alarmó al descubrir la expresión de Lena. Su rostro reflejaba la rabia y el dolor de lo que estuviera ocurriendo. De inmediato, se acercó a ella e, ignorando al otro, preguntó:

—¿Estás bien, cariño?

Tratando de suavizar el gesto, la joven sonrió y afirmó después de besarlo:

—Sí, cielo. No te preocupes.

—Hola, Daniel —lo saludó Luis con voz grave.

El aludido lo miró con desagrado.

—Hola.

En ese instante se oyó llorar al pequeño y Lena, dirigiéndose a Daniel, pidió:

—Cariño, por favor, atiéndelo tú. Y no lo traigas aquí. No quiero que tenga nada que ver con cierta clase de gentuza.

A Luis no le gustó oír eso. Miró a su hermana con reproche y, cuando Daniel desapareció del salón, siseó amenazante:

—Te estás pasando, Lena.

La joven sonrió y, mientras anclaba los pies en el suelo, preguntó:

—Mira, vamos a dejarlo. ¿De qué querías hablar conmigo?

Él la miró. Lo que quería hablar con ella de pronto se le antojó que estaba fuera de lugar. Si le contaba los problemas que tenía, Lena se mofaría de él.

—La verdad, se me han quitado las ganas de hablar contigo —repuso.

Ella asintió. Su hermano se había vuelto un monstruo sin corazón y, volviendo la vista hacia él, decidió zanjar la conversación.

—Crecí teniendo tres hermanos, pero a día de hoy sólo tengo dos. Una que nos quiere y me ayuda y otro que está enfermo y nos necesita.

—Lena...

—Tú —prosiguió ella levantando la voz— no necesitas a nadie. Tienes dinero y una vida llena de lujos, pero, lo reconozcas o no, eres un jodido infeliz. Sólo hay que verte la cara de amargado que tienes para saber que tu vida es una puta mierda.

—No te consiento que...

—Lo que tú me consientas o no me importa tres narices. Y ¿sabes por qué? Pues, primero, porque soy mayorcita. Segundo, porque soy una malhablada barriobajera, y tercero, porque ahora me voy a comportar como tú y sólo me voy a preocupar por las personas que lo merecen, y tú no eres una de ellas. La abuela

Blanca siempre decía eso de que es de bien nacido ser agradecido, y la yaya Remedios, aquello otro de que uno recoge lo que siembra...

—No tengo por qué escuchar más despropósitos —la cortó él dirigiéndose hacia la puerta.

Sin moverse de su sitio, Lena lo observó y sentenció:

—Desde luego que no me vas a escuchar más porque me voy a dar el gustazo de decirte que no quiero volver a verte en mi vida ni en las de las personas que considero mi familia. Son demasiado buenas e íntegras para rebajarse a hablar con un chulo de mierda como tú. Por tanto, fuera de mi casa y vete con esos a los que llamas familia, que ni te quieren ni nunca te querrán.

El portazo que dio Luis al salir fue increíble. Su vida era una mierda, y nadie mejor que él lo sabía, pero se marchó de allí sin mirar atrás.

Como habría dicho la yaya, temblaron los cimientos del bloque, pero Lena ni siquiera lloró. Aquel frío hombre que había abandonado su casa no merecía que derramara ni una sola lágrima por él. Y no lo iba a hacer.

24

Los días pasaron y todo iba viento en popa. Nacho estaba bien y eso era lo único que a Alba le importaba. El jueves, mientras cotilleaba una revista, sonrió al ver el color del pelo de una excéntrica cantante de moda. Cerró la revista y, tras hacer una llamada de teléfono, cogió su bolso y le dijo a Vera, la chica que estaba con ella en la tienda:

—Me voy a casa. Si hay algo importante, llámame.

Cuarenta y cinco minutos después, cuando entró en la preciosa casa de Castelldefels de Nacho y lo encontró leyendo, cómo no, a García Márquez, le pidió:

—Levanta.

Sorprendido por su repentina aparición, él la miró.

—Vamos —dijo ella—. Tenemos que ir a un sitio.

Veinte minutos más tarde, cuando llegaron frente a una peluquería, Nacho preguntó:

—¿Qué hacemos aquí?

Alba sonrió.

—Creo que querías tener el pelo verde, ¿no?

Alucinado porque se hubiera tomado aquello en serio, Nacho soltó una carcajada, pero más sorprendido se quedó cuando ella afirmó:

—¿Sabes una cosa? Yo quiero llevar el mismo color que tú.

Dos horas después, ambos salieron de la peluquería con el pelo de color verde. La gente los miraba al pasar, pues pocos llevaban ese color tan estrambótico.

—En la diferencia está el gusto —señaló Alba encantada.

Al oírla, Nacho rio a carcajadas.

—Monito... —murmuró—, cada día estás más loca.

Cuando llegaron a casa, se dirigieron a la cocina y Nacho cogió un boli y tachó de su lista de deseos «Teñirse el pelo de verde». Sin duda, ¡ya lo tenía!

El sábado por la mañana sonaba la canción *Mi soledad y yo*,* de Alejandro Sanz, por los altavoces de la tienda. Alba la tarareaba en el pequeño almacén mientras abría unas cajas de ropa recién llegadas de Londres.

Pensaba en Víctor, en la cita que habían tenido hacía días y en el sensual beso que le había dado cuando la había dejado en la puerta de la casa de Nacho. Por suerte, éste ya estaba dormido cuando llegó y no le vio la cara de tonta que llevaba.

Sin poder evitarlo, se acaloró. Pensar en él hacía que el cuerpo le ardiera, y no sabía cómo reaccionaría la próxima vez que lo viera. ¿Debía besarlo o no?

Ya no eran unos niños para andarse con chiquilladas, y estaba sumida en sus pensamientos cuando oyó:

—Pero ¿qué te ha pasado en el pelo?

Al volverse, Alba se encontró con el hombre que ocupaba sus pensamientos. Sonriendo, se encogió de hombros y le preguntó:

—¿No te gusta mi color verde?

Víctor parpadeó atónito. La preciosa cabellera rubia de Alba había desaparecido para dejar paso a una mata de pelo verde. Al observar su sorpresa, ella explicó:

* *Mi soledad y yo*, WM Spain, interpretada por Alejandro Sanz. *(N. de la E.)*

—Era uno de los deseos de Nacho y quise cumplirlo con él.

Víctor sonrió y murmuró:

—Creo que a los dos os falta un tornillo.

—¿Sólo uno? —se mofó ella divertida mientras disfrutaba contemplando lo guapo que estaba con aquellos vaqueros y la camiseta granate.

Tras unos segundos en silencio, en los que Víctor siguió mirándola sorprendido, ella preguntó nerviosa:

—¿Qué haces aquí un sábado por la mañana?

Feliz por verla sonreír, éste hizo un gesto con el dedo para que se acercara. Sin dudarlo, ella lo hizo, a la espera de un beso pero, cuando llegó a su lado, él le señaló a una joven que miraba ropa y musitó:

—Mi hermana tiene una boda dentro de dos semanas y la he traído aquí para que se compre algo.

—¿Trayéndome clientela? Biennnnnnnnnn —se burló ella, apenada por no haber recibido el beso que esperaba.

Víctor asintió y, bajando el tono de voz al sentirla tan cerca, susurró:

—Por supuesto y, aunque quede mal decirlo, espero algún incentivo por mi dedicación.

A Alba se le revolucionó el cuerpo. Víctor era tentador. Muy... muy tentador y, sin poder evitarlo, lo miró con lujuria y preguntó:

—¿Qué clase de incentivo esperas?

Víctor se puso tenso al oír eso.

Mataría por cerrar la puerta, desnudarla y hacerle el amor allí mismo, sobre la mesa y los albaranes.

En su casa, cada vez que cerraba los ojos en la cama, la imaginaba desnuda a su lado. Anhelaba hacerle el amor, hacerla suya, y oírla decir eso lo puso a mil. Cuando ya estaba acercando su boca a la de ella, se oyó:

—¡Papá!

Víctor rápidamente se alejó de Alba para mirar a una pequeña pelirroja que se aproximaba a él vestida con un peto vaquero.

—¿Qué ocurre, Marta? —preguntó aclarándose la voz.

La niña llegó hasta ellos y miró a Alba.

—¿Tienes el pelo verde?

Ella asintió y respondió sonriendo:

—Y tú rojo; ¿a que somos originales las dos?

La cría sonrió, pero luego miró a su padre y preguntó:

—Cuando salgamos de aquí, ¿iremos a comer una hamburguesa?

—¿Acaso lo dudas, pelirroja?

—Y ¿después vamos a ir al cine?

—Claro que sí. Eso es lo que te prometí.

—¡Guay! —aplaudió ella.

Un silencio extraño se instaló entonces entre los tres, hasta que finalmente Víctor cogió a su hija, se la echó al hombro y comenzó a hacerle cosquillas al tiempo que se alejaba de Alba. La niña rio encantada.

Con curiosidad, ella los siguió con la mirada mientras se marchaban y vio que él se detenía al llegar junto a la joven que había dicho que era su hermana. Se parecían mucho, algo que no podía decir de la niña. Ésta era pelirroja, llevaba dos trenzas y tenía unos ojos verde claro tras unas graciosas gafitas rojas.

Durante varios segundos, los observó. ¿Por qué Víctor no le había presentado a su hija? Sin embargo, al recordar lo que él le había contado la tarde que habían estado sentados en el paseo marítimo de Castelldefels, lo entendió y se internó de nuevo en el almacén. Tenía cosas que hacer.

Sin embargo, antes de coger el albarán que segundos antes había dejado, oyó que la puerta se cerraba. Al volverse se encontró de nuevo con Víctor.

—Chica del pelo verde, te deseo —dijo él—. No sabes cuánto anhelo desnudarte, hacerte el amor, besarte. He imaginado cientos de veces ese momento y...

Olvidándose de todo, Alba se acercó a él rápidamente y se lanzó a sus brazos. Cauteloso, Víctor no se movió hasta que ella afirmó:

—Sin duda deseas lo mismo que yo, guaperas.

Víctor sonrió. Le gustaba oír eso y, como un lobo hambriento, la besó. La apretó contra sí y, sin hablar, sólo con besos y caricias, le hizo saber cuánto la deseaba.

En ese instante, el tiempo se paró. La música enmudeció y ya sólo fueron capaces de oír el propio sonido de sus corazones. Él, excitado, se dio la vuelta y la apoyó contra la puerta mientras se devoraban, se tocaban, se aceptaban.

Eran adultos. Sabían lo que estaban haciendo, hasta que él, consciente de dónde estaban, murmuró:

—Debemos parar.

—Sí —afirmó Alba. Pero no paró, prosiguió.

Segundo a segundo, la excitación fue creciendo por parte de ambos, y cuando él metió la mano por debajo del vestido de Alba y le tocó el trasero, fue ella la que murmuró:

—Te deseo..., pero creo que no es el sitio ni...

—No. No lo es —susurró él fuera de control.

Sus bocas se encontraban una y otra vez, mientras sus manos tocaban todo lo que querían y sus cuerpos ardían de placer. El calor entre ambos se hizo insoportable, hasta que Víctor, tomando las riendas de la situación, la bajó al suelo y, apoyando su frente contra la de ella, murmuró:

—Ni te imaginas el esfuerzo que estoy haciendo por parar esto.

Alba sonrió. Sin duda el esfuerzo lo tenían que hacer los dos.

—¿Qué tienes que hacer esta noche? —preguntó ella entonces.

Maravillado, él respondió:

—Estar contigo.

A ella le gustó su contestación y, recordando a la pequeña que esperaba fuera con la hermana de él, iba a decir algo cuando Víctor añadió:

—No te preocupes por Marta, mi hermana estará encantada de llevársela esta noche con ella.

De nuevo se besaron, se tentaron. Estaba más que claro lo que ambos deseaban.

—A las ocho estaré en la puerta esperándote —dijo él.

—De acuerdo. —Alba sonrió.

Con grandes esfuerzos se separaron y, cuando Víctor abrió la puerta, se encontró de frente con su hija.

—La tía quiere probarse un vestido —dijo la niña y, cambiando el tono de voz, preguntó—: ¿Por qué has cerrado la puerta?

Acalorada, Alba se dio aire con disimulo y sonrió cuando lo oyó responder:

—Porque tenía que hablar con Alba de algo muy importante.

La niña asintió y, antes de que comentara nada, su padre añadió:

—Marta, ella es mi amiga Alba. Alba, mi hija.

Alba, a la que siempre le habían gustado los niños, sonrió y la saludó acercándose a ella.

—Hola, Marta, estoy encantada de conocerte.

Con absoluto descaro, la niña la escaneó de arriba abajo y respondió con un escueto:

—Hola.

Un tenso silencio se instaló a continuación entre los tres. Estaba clara la incomodidad de la niña, y Alba, para romper ese momento, dijo:

—Marta, has dicho que tu tía quiere probarse un vestido, ¿verdad? —La cría asintió, y ella añadió sonriendo—: Vamos. Llévame con ella y le buscamos su talla.

María, la hermana de Víctor, sonrió al verlos caminar en su dirección. No era la primera vez que su hermano mencionaba a Alba y, encantada, la saludó, aunque se sorprendió al ver su pelo verde. ¿Desde cuándo a Víctor le gustaban las chicas tan atrevidas?

Segundos después, mientras se dejaba aconsejar por aquella joven, María la escaneó con un disimulo que su sobrina no tenía. Pelo verde, guapita, ojos azules y con estilo; sin duda era el tipo de mujer que a su hermano le gustaba, a excepción del pelo, claro. Pero, según hablaba con ella, descubrió lo que ésta tenía y las otras no: dulzura.

Alba le enseñó varios vestidos que María aceptó probarse encantada. Mientras lo hacía y Víctor se ocupaba de su hija, ella recordaba ruborizada lo ocurrido en el almacén. Le había encantado besarlo, que él la besara, y estaba muy emocionada con la cita de la noche. Ambos eran adultos para saber lo que deseaban, y no había más que hablar.

María al final compró un vestido azulón que le quedaba de maravilla y los tres se fueron. Alba sonrió al ver cómo Víctor la miraba y con las manos le indicaba que a las ocho estaría allí.

Pasó el resto del día inquieta y, cuando apareció Nacho después de comer, también con su pelo verde, tras el cachondeo de Vera al verlo, Alba lo agarró del brazo y lo metió en el despacho.

—Tengo una cita esta noche, y no precisamente para cenar.

Él la miró sorprendido y, levantando las cejas, dijo:

—Monito, como no sea con el guaperas de Víctor, me voy a cabrear.

—Y ¿por qué te vas a cabrear?

Nacho se sentó en una de las sillas y afirmó:

—Porque estoy convencido de que es tu media naranja y... y es guapo, amable, detallista, honrado. Pero si hasta recuerda que no te gusta el chocolate y, cuando nos prepara los cafés, sabe cómo lo queremos los dos.

—Sí. Reconozco que ésos son bonitos detalles, pero no sé...

—¡¿Qué no sabes?!

Sonriendo en su interior, Alba lo miró. Estaba claro que, a pesar de la amistad que unía a su hermano con Víctor, éste había sido discreto y no le había contado que su relación había evolucionado. Cuando iba a decir algo, Nacho protestó:

—Sinceramente, creo que tu gusto por el género masculino está algo atrofiado. ¿Cómo puedes preferir un trozo de chóped a un solomillo?

Al oír eso, y recordando a la brasileña que había conocido en Londres, Alba se mofó.

—Ay, por Diossss, ¡pero ¿cómo dices eso?!

Algo molesto porque la cita no fuera con Víctor, Nacho insistió:

—¿De verdad que has vuelto a quedar con otro friki de esos que te gustan?

—Eh..., no te pases. A cada uno le gusta lo que le gusta. Además, te recuerdo que tú y yo llevamos el pelo verde; ¿somos frikis?

Él sonrió, aunque maldijo. Hacía todo lo posible para que Alba confiara en Víctor y le abriera su corazón, pero le estaba resultando difícil.

—De acuerdo, me rindo —dijo sentándose de nuevo—. ¿Con quién has quedado para no cenar?

Alba sonrió; Víctor no sólo se la estaba ganando a ella.

—Pues con Víctor —respondió—, ¿con quién, si no?

—¡La madre que te parió! —exclamó Nacho riendo al oírla—. No sé si besarte o matarte por el mal rato que me has hecho pasar.

Ambos rieron y, a continuación, Alba cogió un documento, se lo dio y murmuró:

—De momento, firma esto y el resto ya se verá.

Nacho asintió y, dichoso, observó cómo ella sonreía. Sin duda su plan estaba funcionando, y Víctor lo sabía aprovechar.

A las ocho menos diez, Alba estaba nerviosa. La cita de aquella noche era especial porque era muy consciente de lo que iba a pasar, y eso la inquietaba.

Hacia menos cinco, Víctor llegó a la tienda y, tras saludar a Nacho, a quien se lo veía encantado, Alba y él se marcharon.

De la mano, caminaron por paseo de Gracia y, cuando Víctor le propuso ir a cenar algo, ella aceptó. Durante un rato pasearon hasta llegar a un restaurante al que ya habían ido otras veces. Sin embargo, Alba no podía dejar de pensar en lo que estaba deseando que ocurriera, y miró el hotel que se alzaba frente a ella. Estaba segura de que él lo deseaba tanto como ella, así que ¿por qué retrasar el momento? Cuando iban a entrar en el restaurante, ella lo paró y dijo:

—Quizá esté fuera de lugar lo que voy a decirte, pero ¿qué tal si pasamos de la cena, entramos en ese hotel y cogemos una habitación? Más tarde podemos pedir que nos suban algo de comer.

Víctor parpadeó.

¿De verdad Alba estaba siendo tan directa?

Y, mirándola, murmuró:

—Ese descaro sólo puede venir por tu pelo verde.

Ambos sonrieron y, cuando ella se disponía a decir algo, él sugirió:

—Podemos ir a mi casa. Mi hermana se ha llevado a Marta y...

—No, allí no. Preferiría un terreno neutral.

Boquiabierto, él sonrió e, incapaz de callar, preguntó:

—¿Acaso lo nuestro es una guerra para buscar un terreno neutral?

Alba se carcajeó. Víctor tenía razón y, acercándose a él, susurró:

—No. No es una guerra, pero te deseo tanto que ese hotel me parece la mejor opción en este instante. Creo que llevamos demasiado tiempo esperando que ocurra lo que deseamos.

Sin poder creerse lo que estaba oyendo, fue a decir algo, pero ella no lo dejó. Lo besó con ardor y, cuando separó sus labios de los de Víctor, rendido totalmente a sus encantos y a todo lo que ella quisiera, él la cogió de la mano y la apremió:

—Tienes razón. El hotel ahora es la mejor opción.

Sonriendo, y sin pararse a pensar ni un segundo, entraron en el hotel, donde el recepcionista miró sorprendido el pelo de Alba. Veinte minutos después, cerraban la puerta de la habitación 602. Se miraron y, cuando Víctor fue a decir algo, Alba murmuró, segura de lo que iba a hacer:

—No hables; bésame, desnúdame y hazme el amor.

Obediente, él la besó, la calentó, la volvió loca, y Alba lo disfrutó.

Una vez la dejó sobre la cama, mientras ella lo observaba, Víctor se quitó la camiseta con urgencia y después los vaqueros, quedando ante ella vestido tan sólo con los calzoncillos. Su respiración era agitada, tan agitada como la de Alba, y ésta se incorporó en la cama, mientras él la miraba, paseó la mano por encima del bóxer negro que llevaba y tembló al sentir lo duro y dispuesto que estaba.

Mirándose a los ojos, y con las respiraciones entrecortadas por el momento, Víctor se agachó, le dio un dulce beso en la punta de la nariz y, levantándola, le quitó por la cabeza el vestido que llevaba, dejándola sólo en ropa interior.

—Eres preciosa —susurró con delicadeza—. Mucho más de lo que imaginaba.

A Alba le gustó oír eso. Le encantó sentir cómo paseaba los dedos por su abdomen, por su cintura. Víctor era pura tentación y lo iba a disfrutar.

Besos..., cientos de besos semidesnudos se prodigaron el uno al otro mientras se tocaban, se tentaban, se excitaban, hasta que la locura lo invadió a él y, mientras le desabrochaba el sujetador, musitó:

—Chica del pelo verde, voy a complacerte tanto que no vas a querer separarte de mí.

Alba asintió, no le cabía la menor duda. Cerrando los ojos, se dejó llevar por el momento mientras él, tras dejar caer el sujetador al suelo, proseguía besándole con mimo el cuello. La sensación del roce de su piel era fantástica, deliciosa, satisfactoria.

Víctor continuó su recorrido de besos hasta llegar a sus pechos. Con deleite, la miró mientras se metía uno de sus pezones en la boca, y Alba jadeó. Gustoso por lo bien que ella lo recibía, los chupó, los pellizcó, los succionó, hasta que la sintió temblar.

Su boca bajó entonces hasta el abdomen, su lengua rodeó el ombligo y cuando, con maestría, le quitó las bragas y le mordió con suavidad el monte de Venus, ella sonrió.

Desnuda ante él, Alba temblaba. Con sus anteriores ligues, el sexo siempre había sido bueno, pero nada más allá de eso. Había sido algo gustoso y divertido pero, por suerte, lo que Víctor le estaba proporcionando no era nada comparado con aquello. Sin duda era muchísimo mejor.

—¿Estás bien? —preguntó él al ver su expresión.

—Sí... Sí... —afirmó excitada—. No pares.

Consciente de lo que ambos reclamaban, y a pesar de lo mucho que le apetecía seguir con los preliminares, él la tumbó en la cama, sacó de su cartera unos preservativos y, cuando Alba los vio, murmuró divertida al tiempo que lo ayudaba a quitarse el bóxer negro:

—Como dice la campaña, ¡póntelo, pónselo!

Ambos sonrieron.

Ese «Póntelo. Pónselo» era una campaña publicitaria en favor del uso del condón para luchar contra el sida, embarazos no deseados y enfermedades de transmisión sexual en general y, sin lugar a dudas, ambos estaban de acuerdo con ella.

Una vez Víctor se colocó el preservativo, sonriendo tumbó de nuevo a Alba sobre la cama y, sin poder aguantar un segundo más, le separó con delicadeza los muslos, colocó su dura erección entre sus piernas y la penetró.

El placer que ambos sintieron en aquel instante no era comparable a nada. La sensación era magnífica, gustosa, increíble y, cuando Víctor comenzó a moverse sobre ella, Alba se arqueó y jadeó facilitándole la penetración.

Sus cuerpos se acoplaban y sudaban acompasados por el mágico momento, mientras el placer los hacía continuar con su morboso juego al tiempo que se miraban a los ojos.

Sin hablar, hicieron el amor durante varios minutos, hasta que la locura contenida los forzó a acelerar el momento. Placer. El puro placer se instaló entre ellos volviéndolos locos y, cuando sus cuerpos chocaron por última vez y temblaron, se dejaron ir hasta llegar al clímax.

Segundos después, cuando Víctor, rodando para no derrumbarse sobre ella, se dejó caer sobre la cama, los dos se quedaron mirando al techo mientras en la habitación resonaban sus respiraciones entrecortadas.

Había sido maravilloso, y Alba, incapaz de callar, lo miró y murmuró:

—Increíble. La palabra es *increíble.*

Víctor sonrió y asintió. Le faltaba el resuello. Sin lugar a dudas pensaba como ella.

Entonces Alba, sorprendiéndolo, se sentó a horcajadas sobre él y, sonriendo, afirmó mientras se acercaba a su boca:

—Reponte rapidito porque, cuando acabe contigo, serás tú el que diga lo de *increíble.*

Esa noche, durante horas, disfrutaron juntos del sexo, la lujuria y el amor, sin pensar en nada más. En aquella habitación sólo estaban ellos, y decidieron olvidarse del resto del mundo.

25

Después de un mes y medio con el pelo verde, Alba y Nacho decidieron regresar a la peluquería para recuperar su color original: ella rubio, y él, moreno.

Tres meses después, la relación entre Alba y Víctor se afianzó de tal manera que ni Nacho se lo creía. Observaba a Alba y la veía sonreír, la veía feliz, y eso le gustó. Algo le decía que Víctor y ella podían crear algo bonito, y estaba dispuesto a ayudarlos en todo lo posible.

En ese tiempo, Nacho tuvo que acudir un par de noches a urgencias. Tenía fiebre y Alba, alarmada, lo acompañó. Por suerte, con el reajuste de la medicación, todo acababa quedando en un susto y, días después, su vida se normalizaba junto a las de las personas que lo querían y estaban a su alrededor.

Una noche, cuando Alba y Nacho regresaron de la tienda, al llegar a la puerta, ella lo miró y, sacando un pañuelo de seda, dijo:

—Ahora voy a vendarte los ojos.

Sorprendido, él la miró.

—Y ¿por qué me los vas a vendar?

Ella sonrió divertida.

—Porque tengo una sorpresita para ti.

Boquiabierto, él se dejó hacer mientras murmuraba:

—Miedito me dan tus sorpresitas.

Entre risas, y una vez le hubo vendado los ojos, Alba abrió la puerta de entrada y, cogiéndolo del brazo, le indicó:

—Déjate guiar por mí y no te preocupes por nada.

Lo asió con fuerza del brazo, y una vez subieron la escalera y entraron en el espacioso salón, Alba sonrió al ver allí a Víctor, a Pepe y a Jaume. Ellos la habían ayudado a organizar la sorpresa.

Sin hablar, y sin soltarlo del brazo, Alba atravesó el salón con Nacho. Luego salieron al jardín y, después de sentarlo en una silla, se agachó y le murmuró al oído:

—Espero que te guste.

A continuación, le quitó la venda de los ojos. Boquiabierto, Nacho se encontró con el jardín decorado con luces de colores. Allí estaban Víctor, Pepe y Jaume y, cuando los músicos comenzaron a tocar, Alba dijo:

—Viajar a Argentina para que bailaras tango lo teníamos complicado, pero hoy, y sólo para ti, Argentina y el tango han venido a casa.

Sin palabras, Nacho observó cómo dos parejas de expertos bailarines bailaban *Por una cabeza*,* de Carlos Gardel, para él.

Acabada aquella primera canción, bailaron otras más pero, cuando sonó el tango *Volver*,** Nacho irremediablemente se emocionó. Recordar su viaje a Argentina con Anthony y lo bien que lo habían pasado allí le tocó el corazón.

Maravillado y encantado, durante media hora disfrutó de aquella danza tan sensual en la que los cuerpos, las miradas, los roces y las sensaciones lo decían todo.

Cuando el espectáculo acabó, todos aplaudieron, y Alba, ayudando a su hermano a levantarse, preguntó:

—¿Te ha gustado?

* *Por una cabeza*, Best Of The Best Records, interpretada por Carlos Gardel. *(N. de la E.)*

** *Volver*, Classic Chords, interpretada por Carlos Gardel. *(N. de la E.)*

Él asintió emocionado.

—Me ha maravillado. ¡Gracias, monito!

Alba le dio un beso en la mejilla y, señalando a Jaume, a Pepe y a Víctor, añadió:

—Sin mis ayudantes esto no habría sido posible.

Nacho los miró enternecido.

—Gracias, chicos. Muchas gracias.

Los tres sonrieron. Todo lo que pudieran hacer por él siempre era poco, y Alba, al ver la emoción que se reflejaba en sus ojos, se apresuró a decir sin soltar la mano de Nacho:

— Ahora nos toca bailar a nosotros.

—¡Pero si yo no sé! —exclamó él riendo.

Uno de los bailarines se acercó entonces a él y dijo con su bonito acento argentino:

—Flaco, ¿te muestro cómo se baila?

Nacho miró a Alba y ella asintió divertida. Segundos después, dejándose llevar por el experto bailarín, dieron una clase de tango.

Media hora más tarde, los músicos comenzaron a tocar *Mi Buenos Aires querido** para que Alba y Nacho bailaran, los cuales hicieron lo que pudieron, mientras reían y se sentían peor que patos mareados.

Esa noche, cuando los músicos, los bailarines, Jaume, Pepe y Víctor se marcharon, cogido de la mano a Alba, Nacho se dirigió hacia la cocina, miró la nota que había en el frigorífico y, tachando un deseo más, con una sonrisa murmuró:

—Monito, eres la mejor.

* *Mi Buenos Aires querido*, Surco, interpretada por Carlos Gardel. *(N. de la E.)*

26

Dos días después, una noche en la que Víctor regresó a su casa tras dejar a Alba en la de Nacho, se sentó en el sillón y pensó en reunir a su hija con aquélla.

Deseaba que su situación se normalizara cuanto antes, y sólo quedaba presentarlas.

Al día siguiente, se lo comentó a Alba. En un principio ella no supo qué decir, aunque al final le indicó que creía que era demasiado pronto para incluir a la pequeña en su relación.

Sin embargo, Víctor insistió. Muy mal tenían que salir las cosas para que alguien lograra separarlo de Alba, con lo mucho que le había costado conectar con ella y, al final, la joven claudicó.

Tras hablarlo con Alba, lo comentó con la pequeña. Como era de esperar, a la niña no le hizo ninguna gracia. No le gustaban las novias de su papá, lo quería sólo para ella. Pero Víctor no cedió.

Dos días después, Alba y Víctor esperaban a Marta a la salida del colegio y, en cuanto ella vio cómo la miraba la niña, supo que no se lo iba a poner fácil.

—¿Tú eres la del pelo verde? —preguntó la chiquilla.

Alba sonrió y, agachándose para estar a su altura, afirmó:

—Sí, pero ahora lo llevo de mi color.

La niña ni siquiera gesticuló y, sin dejar de sonreír, Alba le pidió:

—¿Me das un beso?

—No —respondió ella cortante.

Al ver que Víctor fruncía el ceño, Alba rápidamente la disculpó.

—¿Sabes? A mí tampoco me gustaba dar besos cuando era pequeña.

Víctor la miró. Sin duda mentía, pero no dijo nada.

Esa noche, cuando Alba llegó a casa tras pasar la tarde con él y su hija, se disponía a decirle algo a Nacho, que estaba en el sofá, cuando éste preguntó:

—¿Qué tal con la hija de Víctor?

Alba resopló, se sentó junto a él y, señalándose el manchurrón de helado de fresa que llevaba en la camisa, murmuró:

—Difícil.

Nacho sonrió porque sabía que los niños siempre habían adorado a Alba y, pasando el brazo por encima de sus hombros, cuchicheó:

—Tranquila. En cuanto te conozca, esa niña te idolatrará.

Pero no fue así.

Cada vez que se veían, la actitud de la pequeña era desafiante y provocadora. Y Víctor sufría por ello. Adoraba a su hija por encima de todo, pero sabía que no se comportaba bien. Alba, sin embargo, le quitaba importancia. La niña necesitaba tiempo y ellos, como adultos, se lo iban a dar.

Otra tarde, tras recogerla del colegio, fueron a una cafetería cercana para merendar. Marta tenía hambre. Media hora después, la Coca-Cola de la niña estaba sobre la chaqueta de Alba, que, en vez de enfadarse, bromeó diciendo que un día ella había manchado la de su padre con café. La niña sonrió y, por primera vez, Alba vio en ella un destello de complicidad.

Cuando salieron de la cafetería, Marta se empeñó en que quería ir de compras. Alba asintió y Víctor, encantado de llevar a las dos mujeres que adoraba colgadas de sus brazos, se encaminó hacia un centro comercial.

Durante horas caminaron entre las tiendas, y Víctor le compró a la pequeña unas botas que le gustaron y un pantalón. Alba quiso comprarle una camiseta, pero la niña no se lo permitió; es más, se molestó cuando Víctor le regaló a Alba un libro que llamó su atención.

Sedientos, entraron en un bar a tomarse algo. Después de pedir las bebidas, Marta le indicó a Alba con amabilidad que se sentara en uno de los taburetes libres. Ella lo hizo encantada pero, en cuanto salieron del bar, se percató de que llevaba un chicle pegado en el pantalón, concretamente en el culo. Suspiró y no dijo nada. Tenía muy claro quién lo había puesto sobre el taburete.

Cuando se marcharon del centro comercial decidieron ir a comer algo a una pizzería. La cena fue amena, incluso la niña cooperó para que el ambiente fuera relajado pero, en el momento en que la naranjada de Marta se derramó accidentalmente y cayó encima de Alba, Víctor protestó malhumorado:

—Basta ya por hoy, Marta.

Con una mirada de sorpresa, la niña se defendió:

—Pero, papi, si yo no lo he tirado aposta.

Víctor suspiró. Su hija no hacía nada para cambiar su actitud y, mirando a Alba, dijo al tiempo que se levantaba:

—Voy a pedir unas servilletas limpias para secarte.

Alba asintió. Aquella pelirroja con gafitas le estaba tocando no sólo el moño pero, sin querer decir lo que realmente pensaba, miró a la pequeña y le preguntó:

—¿Por qué te comportas tan mal conmigo?

Marta la miró y respondió en actitud provocadora:

—Porque no me gustas y mi papá no te necesita.

Alba se quedó sin saber qué decir, y entonces la niña prosiguió:

—Mi papá me tiene a mí y no necesita a ninguna otra mujer en su vida.

—Pues, si quisieras a tu papá —le recriminó ella—, no te comportarías así. Esto no lo hace feliz.

La niña miró en dirección a Víctor, que hablaba con el camarero, y cuchicheó:

—Tarde o temprano, te marcharás y no te importaremos ni él ni yo.

En ese instante, Víctor regresó con unas servilletas secas, con las que Alba se limpió. Ella omitió hablar de lo que la niña le había dicho; ¿para qué?

Una hora después, tras dejar a la chiquilla en la casa de su madre, cuando Víctor se metió en el coche, donde lo esperaba Alba, ésta lo miró e indicó sonriendo:

—Es como Atila..., arrasa por donde pasa.

Víctor cabeceó y, antes de que pudiera decir algo, Alba le cogió la barbilla y afirmó:

—Pero, tranquilo, sigues gustándome igual.

Víctor suspiró y, sin decir nada, la besó. La necesitaba con él. Cuando el beso acabó, murmuró:

—Lo siento. Siento su horrible comportamiento.

—No te preocupes, son cosas que pasan —respondió ella sin enseñarle el chicle que llevaba pegado en el culo.

—Tengo que preocuparme —insistió él—. Es demasiada coincidencia que tanto la Coca-Cola como la naranjada hayan caído sobre ti, y eso por no hablar del chicle que llevas pegado en el culo.

—¿Sabes lo del chicle? —preguntó ella sorprendida.

Víctor asintió y afirmó sonriendo:

—Me río, pero la verdad es que la cosa no tiene ni pizca de gracia.

Mientras Víctor conducía hacia la casa de Nacho, siguieron hablando de aquello. Una vez allí, aparcó, salieron del coche y, cuando llegaron a la puerta, la abrazó y dijo:

—Prometo resarcirte por esto. Sólo tienes que pedir y yo haré por ti lo que quieras.

Encantada con él, Alba sonrió y, sin dudarlo, acercó sus labios a los de él y lo besó. En ese mismo momento, la puerta de la casa se abrió y Nacho los miró y bromeó, junto a Jaume y a Pepe, que lo acompañaban:

—Joder, cuánta pasión, monito.

Víctor sonrió y Alba cuchicheó divertida separándose de él:

—Vete a la porra. —Entonces, al ver a Jaume y a Pepe, preguntó—: ¿Os vais ya?

—Acabamos de llegar, chochete —contestó Pepe sonriendo—. Estábamos saludándonos cuando habéis irrumpido con vuestro espectáculo porno y nos habéis dejado sin palabras.

—Tanto como porno... —Víctor rio mientras chocaba la mano con Nacho.

—¡Hombre, por Dios! —aseveró Jaume—. Si se oían los gemidos desde aquí.

—¡¿Gemidos?! —se mofó Alba y, mirándolos, dijo—: Anda, vamos todos dentro o, al final, los vecinos oirán gemidos, pero éstos serán de dolor, porque os aseguro que vengo calentita.

—Será guarrona, la tía —se carcajeó Nacho—. Encima nos dice que viene calentita.

Alba se disponía a aclarárselo, cuando Jaume, que la estaba observando, matizó:

—Hombre, guarrona no sé, pero cochina, lamparosa y sucia lo es un rato. ¿Has visto cómo vienes?

Víctor soltó una carcajada y, al ver a Alba sonreír, se disponía a puntualizar quién era la culpable de todo aquel estropicio cuando ella dijo:

—Voy a cambiarme. Preparadme algo de beber. —Luego, mirando a Víctor, preguntó—. Te quedas un rato, ¿verdad?

—Claro que se queda —dijo Pepe, que lo agarró encantado—. Anda, bonita, ve a cambiarte y a ponerte algo limpito mientras yo me ocupo del guaperas.

Divertida, Alba caminó hacia la que era su habitación. Una vez hubo cerrado la puerta, se miró al espejo y maldijo al ver lo impresentable de su aspecto.

El bonito traje que llevaba tenía cercos de Coca-Cola y de naranjada y, dándose la vuelta, se miró el trasero y protestó al ver el chicle pegado. Eso era otro cantar.

Mientras intentaba despegarlo, pensó en Marta y en su comportamiento. La niña no soportaba compartir a su padre con otra mujer, e intuyó que lo tendría difícil, muy difícil.

En ese instante sonaron unos golpes en la puerta. Alba fue a abrir y, al ver a Pepe, lo hizo entrar en su habitación.

—¿Qué pasa?

Angustiado, él meneó la cabeza y cuchicheó muy serio:

—No le digas a Nacho que he estado aquí cotilleando contigo, pero estoy preocupado. Llevaba sin verlo menos de una semana, y hoy me he asustado al ver su aspecto. ¿No te parece que está muy delgado y tiene mala cara?

Alba asintió. Ella también se había dado cuenta de que en los últimos días el estado físico de su hermano había empeorado.

—Sé a lo que te refieres —dijo—. Ha vuelto a adelgazar.

—Alba...

Ella se tragó el nudo de emociones que tenía en la garganta e, intentando sonreír, indicó:

—Tranquilo. De momento todo está controlado a pesar de su delgadez.

El andaluz la abrazó. Adoraba a aquella joven que tanto los quería y los ayudaba.

—Estamos contigo para todo. Lo sabes, ¿verdad? —murmuró.

Ella sonrió y, haciendo de tripas corazón, respondió:

—Anda, regresa al salón antes de que Nacho se percate de que estamos aquí cuchicheando de él como dos porteras.

Cuando Pepe salió, ella apoyó la frente en la puerta y, resignada, comenzó a dar golpecitos con la cabeza. Debía controlarse. Se lo había prometido a Nacho y así debía ser. Por ello, fue hasta el armario y sacó algo de ropa para cambiarse.

Una vez se puso un vaquero y una camiseta blanca de algodón, regresó tranquilamente al salón, donde se oían risas y comentarios. Le encantaba aquel jolgorio, especialmente por lo feliz que hacía a Nacho.

—Monito, te he puesto un ron con naranja.

Alba asintió, y Víctor dijo entonces:

—¿Puedo preguntar por qué la llamas *monito*?

Nacho y Alba se miraron y sonrieron.

—La primera vez que la vi, teníamos siete años —comenzó a explicar él—. Ella regresaba del colegio disfrazada y, al preguntarle de qué iba vestida, contestó que iba de «monito». Y con *monito* se quedó.

Todos sonrieron mientras Alba se sentaba junto a Víctor y Pepe.

—Qué limpita estás ahora —dijo este último—. Así da gusto verte, no como estabas antes.

—Ella no ha tenido la culpa —dijo Víctor—. La culpable ha sido mi hija. No soporta ver a su padre con ninguna otra mujer que no sea ella.

—¡Angelito! —exclamó Nacho riendo tras intercambiar una significativa mirada con Alba.

—¿Angelito? —se burló Víctor—. Es mi hija, y por ella muero, mato y hago todo lo que tenga que hacer, pero puedo certificar que mi pelirroja es un pequeño demonio. Ella solita ha sido capaz en una sola tarde de tirarle la Coca-Cola por encima a Alba, además de la naranjada y, por si fuera poco, le ha pegado un chicle en el culo.

—Bendito sea Dios... —murmuró Pepe—. Menudo pequeño demonio.

—Y ¿todo eso en cuánto tiempo?

—En tres horas —respondió Alba.

Todos rieron y, a continuación, Jaume afirmó:

—Madre mía, tu hija en un fin de semana es capaz de quemarla a lo bonzo. —Sin embargo, al darse cuenta de lo que había dicho, murmuró mirando a Víctor—: Perdón..., perdón por si te ha molestado el comentario.

Víctor soltó una carcajada. El primero que sabía cómo era su hija era él.

—Tranquilo. No me ha molestado.

Entonces, para quitarle hierro al asunto, Alba matizó:

—Bueno, tampoco exageréis. Es una niña, adora a su padre y no soporta que otra mujer le quite protagonismo. Démosle tiempo y estoy segura de que se le pasará.

Encantado por lo que Alba había dicho delante de todos, Víctor la abrazó y, besándola en el cuello, murmuró:

—Más vale que se le pase, porque esta vez no pienso dejarte escapar.

Feliz, Alba le dio un rápido beso en la boca, y Jaume cuchicheó:

—Qué bonito es el amor cuando estás enamorado.

—¿Enamorado o atontado? —se mofó Pepe—. Porque, *miarma*, yo te quiero mucho, pero no tengo el atontamiento que tiene este pobre hombre.

—Este pobre hombre —matizó Nacho— está en el principio de una relación. Si no es bonita ahora, ¿cuándo lo va a ser?

Sorprendida porque hablaran así de ellos, Alba exclamó:

—Eh... ¡Yuju! Estamos aquí.

—Pues tienes razón Nacho —sentenció Jaume—. Todo pasa, y ya verás como dentro de diez años, en vez de sentarse a su lado, la empujará para que corra el aire.

—Espero que no sea así —murmuró Víctor divertido al ver sonreír a Alba.

—¡Oy..., oy..., oy..., maricón! —gritó Pepe—. No me digas que cuando me caí la otra noche fue porque querías que corriera el aire.

Al recordar aquello, Jaume comenzó a reír, y Nacho preguntó divertido:

—¿Te caíste?

—Más que caerse, se derramó —se burló Jaume.

—Qué zorramplona eres —se quejó Pepe.

Asiendo la mano del hombre al que adoraba, Jaume replicó:

—No, cariño, zorramplona no soy. Pero si el caso hubiera sido al contrario, cada vez que lo recordaras, tendrías que reírte.

Tan divertido como su pareja, Pepe lo imitó. Alba, que se reía por ver reír a los demás, preguntó:

—Pero ¿qué pasó? ¿Cómo te derramaste?

Pepe, que aún se carcajeaba, se levantó y, señalando a su novio, lo increpó:

—Como lo cuentes, te juro que cuando llegue a casa tiraré todas tus películas de Bette Davis y de Harrison Ford a la basura.

Pero todos lo animaron a que lo contara y, finalmente, Jaume dijo:

—Vale, no contaré que sin querer tropezaste conmigo, después le pisaste el rabo a *Deniro*, nuestro perro, éste saltó asustado, tú perdiste el equilibrio e intentaste caer sobre la cama pero, en vez de eso, rodaste por ella y te derramaste al otro lado.

—Zorramplona... Adiós a tus películas de Bette y de Harry.

—Vamos..., que reine la paz —pidió Nacho, al que le dolía la barriga de tanto reír.

Alba miró encantada a su hermano. Verlo feliz y divertido era lo único que quería. Su sonrisa le iluminaba la vida a ella.

Luego, tras varias risas, Pepe preguntó:

—¿Sabéis lo de Fonsi?

—¿Fonsi Reina? —preguntó Nacho, a lo que aquél asintió con la cabeza.

—¿Quién es ése? —quiso saber Alba.

Nacho la miró y explicó:

—Fonsi Reina es el chico que vino a visitarme hace una semana. Ese que nos contó que estaba escribiendo un libro sobre la Toscana...

—Ah, sí. Ya lo recuerdo —murmuró Alba.

—¿Qué le ha pasado a Fonsi? —preguntó Nacho.

Sentándose de nuevo, Pepe respondió:

—Se cayó hace dos días en la bañera y se ha roto una pierna.

—Qué mala pata —comentó Alba.

—Y nunca mejor dicho —respondió Jaume, sonriendo por su comentario.

—¿Un libro sobre la Toscana? —preguntó Víctor.

—Escribir eso para él es purito glamur —bromeó Pepe.

—Más que glamur, lo que tiene es mucho peligro —comentó Jaume—. Recuerdo la última fiesta en la que coincidimos y, sinceramente, una cosa es ser homosexual y que te gusten los hombres, y otra muy diferente, que seas una loca salida en busca de macho para que te la meta.

—¡Qué bestia eres, rey! —se quejó Pepe—. ¿Es necesario que hables así?

—Cuando hablo de Fonsi, sí —afirmó aquél—. Es un tío estupendo, pero cuando saca la perversa que hay en él no me gusta. Y no me gusta porque luego a todos los homosexuales nos miden por el mismo rasero, y no somos así.

—No creas —indicó Víctor—. El mundo evoluciona y, con el tiempo, todos estamos aprendiendo a diferenciar a las personas.

—Víctor —susurró Jaume—. Tengo cuarenta y cinco años. Siempre me han gustado los hombres, y te aseguro que ni soy un depravado ni una loca ni una mala persona. Pero, por desgracia, por culpa de personas como Fonsi, muchos heteros siguen viéndonos como una especie a la que no hay que aceptar ni respetar.

—Tienes razón —matizó Alba pensando en Luis—. Todavía hay demasiados prejuicios.

—Pero, poco a poco, los vamos saltando y se van superando. Vamos, chicos, positividad —insistió Víctor.

Nacho sonrió al oírlo. Ser gay no era fácil en la sociedad en la que vivían pero, comprendiendo que el otro intentaba que vieran un rayito de luz en todo aquello, afirmó:

—Tienes razón, Víctor. El mundo evoluciona, aunque lentamente. Sólo espero que llegue el día en el que, además del blanco y el negro, la gente entienda que existen colores como el gris, el rojo, el verde y otros muchos.

Un silencio extraño se hizo entonces en el salón, hasta que Víctor, conocedor de la problemática a la que se referían, levantó su cubata y dijo:

—Brindemos por el gris, por el rojo, por el verde, etcétera. Porque todos los colores, por muy diferentes que sean, tienen algo especial y, como tales, hay que respetarlos.

Todos brindaron, y Alba sonrió mirando a aquel hombre que cada día le gustaba más. Sin duda, era una maravilla.

27

Una noche, cuando Alba estaba durmiendo, de pronto se despertó.

Alertada, se sentó en la cama, encendió la luz y escuchó. Sin embargo, no parecía pasar nada, y de nuevo se tumbó. Así estuvo diez minutos, hasta que finalmente se levantó intranquila. Bajó la escalera y, al llegar al salón, se encontró a Nacho sentado y arropado con una manta en el sofá.

—¿Qué ocurre? —preguntó alarmada.

Su hermano intentó sonreír, pero su respiración irregular y su tos seca no lo dejaron. Rápidamente, Alba se puso en marcha y, cogiendo el teléfono, afirmó:

—Nos vamos para el hospital.

Como él no tenía fuerzas, no rechistó y, veinte minutos después, tras avisar a Víctor, los dos iban en una ambulancia camino del hospital cogidos de la mano.

Nada más llegar, a Nacho lo llevaron a urgencias, y Alba, asustada, se sentó en una de las sillas a esperar. Se estaba retorciendo las manos nerviosa cuando, minutos después, la puerta se abrió y apareció Víctor.

Rápidamente, se levantó. Él se acercó entonces a ella y la cobijó entre sus brazos. Durante varios minutos permanecieron en silencio. Él la acunó y, cuando sintió que se desmoronaba, la besó en la frente y murmuró:

—Tranquila, cariño. Tranquila.

Alba lloró. Lloró sin parar durante más de media hora seguida y, en cuanto Víctor consiguió tranquilizarla, la miró a los ojos, y se disponía a hablar cuando la puerta se abrió de nuevo y un médico se dirigió hacia ellos.

Cogida de la mano de Víctor, Alba escuchó lo que el médico decía. Las noticias no podían ser más desalentadoras. La infección por hongos que padecía Nacho se había complicado, y de momento tenía que quedarse ingresado. Lo habían llevado a la octava planta, a la habitación 814.

Una vez el médico se marchó, Alba se sentó en una de las sillas y, tras coger aire, se repitió a sí misma:

—Ahora no puedo llorar. No debo llorar.

Dolido al verla de ese modo, Víctor la abrazó, pero ella, deshaciéndose de sus brazos, le clavó la mirada y sentenció:

—Ahora no puedo llorar.

Sin hablar, él asintió. Como bien le había advertido Nacho, la pobre muchacha luchaba contra sus sentimientos, y creyó que debía dejar que continuara. Por ello, tendiéndole la mano dijo:

—Vamos. Nacho está solo en la habitación.

En silencio, subieron a la octava y, cuando entraron en la habitación, vieron a Nacho tumbado en la cama con una mascarilla puesta. Agotado, le tendió una mano a Alba al verla entrar y preguntó preocupado con un hilo de voz:

—¿Cómo está mi chica?

Ella se apresuró a acercarse a él y, besándole la frente, murmuró:

—Ahora que tú estás bien, mejor.

Nacho sonrió y, mirando con amor a aquella rubia que tanto se preocupaba por él, susurró:

—No sé qué he hecho para que me quieras tanto.

Alba le cogió la mano y, besándole los nudillos, respondió:

—Simplemente, quererme tú a mi.

Horas después, Teresa y José estaban también allí. Había sido recibir la llamada de Alba y coger el primer avión para llegar cuanto antes al hospital.

Estaban preocupados por Nacho pero, sorprendidos, observaron cómo Víctor, aquel joven que habían conocido meses antes, y su hija parecían ser algo más que simples amigos. Aquello les gustó, Alba se merecía ser feliz.

El fin de semana, Lena, junto con el pequeño Niko y Daniel, viajó también a Barcelona para visitar a Nacho. Verlo tan delgado y tan indefenso en la cama la descorazonó, pero haciendo de tripas corazón, se comportó con él como si no pasara nada. Nacho se lo agradeció, aunque lo entristeció no poder ver al pequeño Nikito. Los médicos le habían desaconsejado que lo llevasen al hospital.

El domingo por la mañana, después de que Lena se hubiera quedado esa noche con Nacho, cuando Alba apareció en el hospital con sus padres y Víctor, Lena cuchicheó mientras ellos besuqueaban a Nacho:

—Bueno..., bueno..., qué calladito te lo tenías. Al final has sucumbido a los encantos del moreno. Pero oye, no te lo reprocho, ¡es para sucumbir!

Alba gesticuló para que bajara la voz, pero al ver que Víctor reía por algo que su padre decía, respondió:

—Es irresistible. Tremendamente irresistible.

Lena sonrió y murmuró abrazándola:

—Ni te imaginas cuánto me alegra ver que algo va bien.

Ese domingo por la noche, Lena, Daniel y el niño regresaron a Madrid, mientras Teresa y José se quedaban en Barcelona. Había que ayudar a Alba.

Más tarde, cuando Víctor se marchó con Teresa y José para dejarlos en casa, Alba se puso el pijama y oyó que Nacho decía:

—Monito, creo que ha llegado el momento de celebrar mi fiestorro.

Sabedora de a qué se refería, ella se mordió el labio. Miró hacia la ventana para coger fuerzas y, cuando sintió que las había recuperado, se volvió, sonrió y preguntó:

—¿Disfraces o glamur?

Nacho asintió, sabía los esfuerzos que su hermana estaba haciendo para sonreír. A continuación, se quitó la mascarilla y murmuró:

—Creo que familiar, no estoy yo para disfraces ni glamur.

Alba asintió. Haría lo que él quisiera.

Una vez terminó de ponerse el pijama, con diligencia se sentó a su lado, sacó de su bolso una agenda y, abriéndola, dijo:

—Muy bien. Comencemos a preparar esa fiesta, pues. Dime a quién quieres invitar.

Durante un buen rato hablaron de aquello. Nacho quería una estupenda fiesta con familia y amigos. Alba sonreía, tragándose las emociones que pugnaban por salir. No paró de sonreír y de hacer sugerencias en todo momento, aun sabiendo que su hermano organizaba aquella fiesta para despedirse antes de que su situación empeorase más y más.

—Podríamos poner en el jardín una gran mesa cuadrada y...

—Sí... —afirmó él—. Será estupendo verles las caras a todos.

Hasta bien entrada la madrugada, hablaron, hablaron y hablaron, planeando hasta el más mínimo detalle.

Al día siguiente, el médico les dijo que, si todo continuaba igual, Nacho sería dado de alta en un par de días. Eso los alegró, y él rápidamente decidió ponerle fecha a la fiesta. Sería para el siguiente fin de semana no, sino para el otro. Sin duda él ya estaría mejor entonces.

Por la noche repasaron la lista de invitados. Víctor, papá y mamá, Lena, Daniel, Jaume y Pepe. Nacho también quería que asistieran la madre, el hermano y la cuñada de Anthony. Invitó asimismo a Joanna Bassart y a algunos amigos de Londres. Y, por último, incluyó a su hermano Luis y, como Alba se negó a llamarlo, Nacho insistió en que tendría que hacerlo Lena.

Dos días después, tal como había dicho el doctor, Nacho fue dado de alta. Para entonces, Alba les pidió a sus padres que se quedaran en Barcelona hasta el día de la fiesta. Si ellos lo hacían, ella podría ir a la tienda con más tranquilidad sabiendo que su hermano estaba acompañado. Y ellos, sin dudarlo, aceptaron.

Con toda la paciencia del mundo, Alba organizó la fiesta a pesar de la tristeza que sentía al ver cómo la persona que más quería en el mundo se consumía poco a poco.

Verlo delicado y tan delgado le rompía el corazón, pero una cosa tenía clara: si ella tenía que pintarse la sonrisa todos los días en la cara, se la pintaría. Nacho debía verla sonreír.

En Madrid, cuando Alba le pidió a Lena que llamara a Luis, la chica maldijo. Ella tampoco quería llamarlo, pero al final, dispuesta a cumplir el deseo de Nacho, lo hizo. Habló con él apenas dos minutos, lo suficiente para escuchar la negativa de su hermano y, en cuanto se hubo negado tres veces, sin decir nada más, Lena colgó. Definitivamente, el tema estaba zanjado.

Sin descanso, Alba preparó la mejor fiesta que pudiera dar para Nacho. Para eso había decorado la casa, contratado un catering, camareros, y en el jardín trasero de la casa había dispuesto una gran mesa cuadrada donde todos pudieran verse las caras durante la cena.

Por suerte, Víctor no la dejó ni un segundo. Se convirtió en su gran apoyo y, a pesar de que Marta no les facilitaba la vida los días que se veían, Alba decidió tomárselo bien. Un problema grave era lo que le ocurría a Nacho, no que aquella pobre niña no la aceptara.

El sábado de la fiesta, por la mañana, Lena regresó de nuevo con la familia y Nacho se volvió loco al ver a su sobrino. Era muy feliz al tener al pequeño Nikito allí, y verlo gatear, reír o gritar lleno de vida por el salón se convirtió en una fuente de alegría para todos.

Estaban observándolo cuando Lena le murmuró a Alba:

—Si no lo hubiera pillado tan enfermo, ¿te imaginas lo consentido que tendría Nacho al niño?

Alba sonrió. Sin lugar a dudas, *consentido* y *mimado* serían las palabras, y respondió:

—No podría ser mejor tío de lo que es.

—No. No podría serlo —afirmó Lena con cariño.

Seguían mirando al pequeño cuando Alba cuchicheó:

—Siento que tuvieras que llamar a Luis.

El rostro de Lena se desencajó. No le gustó pensar en su hermano, y contestó:

—Ni lo menciones. No quiero saber nada de él.

Alba asintió y, entendiendo que aquello no era fácil para Lena, le cogió la mano y afirmó:

—Él se lo pierde.

A partir de las cinco de la tarde comenzaron a llegar los invitados. El primero en aparecer fue Víctor, que, tras besar a Alba, rápidamente ayudó a José a preparar algo de beber.

Los invitados fueron llegando de forma gradual. Todos parecían felices, dentro de la tristeza que albergaban sus corazones. Nacho era una persona excelente y estaban allí por él y sólo por él.

A las seis, cuando sonó de nuevo el timbre y Alba abrió la puerta, se encontró con una mujer de mediana edad, acompañada por un hombre y otra mujer. Enseguida los reconoció. Se trataba de la madre de Anthony, su hermano y su mujer y, sonriendo, los besó y se presentó.

Al entrar en la casa, la madre de Anthony le cogió la mano y, apretándosela, murmuró en español:

—Alba, gracias. Muchas gracias por todo.

Ambas se miraron emocionadas. Nadie mejor que ellas sabía el sufrimiento que todo aquello les estaba ocasionando y, sin decir una sola palabra más, se abrazaron y se consolaron una a la otra sin soltar una lágrima. Sabían que no era el momento.

Tras presentarles a sus padres y éstos mostrarse encantados de que aquella mujer inglesa hablara perfectamente español, pasaron al salón, donde Nacho, al verlos llegar, se levantó y los abrazó con todo el cariño del mundo. Adoraba a su suegra y a sus cuñados.

Conmovida, Alba observó cómo su hermano reía y era feliz, ver a aquellas personas era para él como recuperar a Anthony, y tuvo que darse la vuelta y salir del salón antes de que las lágrimas se le escaparan.

El timbre de la puerta volvió a sonar y, al abrir, sonrió al encontrarse con Joanna Bassart, el pelirrojo Manuel, Nicola y Viviane, la brasileña. Alba los abrazó encantada. El hecho de que hubieran acudido desde Londres sólo para la fiesta era de agradecer.

Cuando entraron en el salón, Joanna se dirigió sonriendo hacia Nacho, mientras Alba se percataba del gesto de Viviane al verlo. Sin duda la había impresionado notarlo tan delgado. Desde la última vez que la brasileña lo había visto, había adelgazado como unos veinte kilos. Sin embargo se repuso en pocos segundos, se acercó a él y lo besuqueó haciéndolo reír.

Los invitados no pararon de llegar, y Teresa, junto a su marido, disfrutó de aquellas gratas compañías. Todos sabían que ellos eran los padres de Nacho, y no podían estar más orgullosos de serlo. Emocionada, Teresa observaba como Nacho reía con sus amigos. Nada le gustaba más que verlo sonreír. Él siempre había sido una persona llena de vitalidad, y necesitaba verlo así.

En un momento dado, Alba salió a la terraza que estaba frente al mar en busca de aire, cuando oyó:

—Ay, por Dios, vaya morenazo que te has buscado.

Al mirar y ver a Viviane, la brasileña, sonrió.

—Ya te lo dije. Lo mío son los hombres.

Sonriendo, Alba miró hacia el salón. Allí estaba Víctor, su morenazo, relacionándose gracias al hecho de saber idiomas con la mujer de Marck, el hermano de Anthony, que era la única que no sabía español.

—Me ha impresionado mucho verlo —susurró entonces Viviane.

—Lo sé.

Rápidamente, los ojos de la brasileña se llenaron de lágrimas, pero Alba se acercó a ella, le cogió las manos y dijo:

—No, por favor. No lo hagas. Piensa en Nacho, en que es su fiesta y quiere pasarlo bien.

Viviane asintió, se tragó las lágrimas y, sonriendo, cuchicheó:

—Tienes razón. No es momento.

Sobre las nueve de la noche, y después de que Nacho hablara en privado con Marck, el hermano de Anthony, todos se sentaron a la mesa cuadrada que habían colocado en el jardín y el servicio de catering comenzó a servirles.

De primero comieron unos exquisitos canapés, pan con tomate y jamón y espárragos navarros, y de segundo, unos estupendos solomillos a la pimienta con patatas panadera que hicieron que todos se chuparan los dedos. De postre había helado de caramelo, el preferido de Nacho.

En cuanto terminaron de comer, de pronto Nacho se levantó

apoyándose en su bastón y, cuando todos lo miraron, empezó a hablar.

—Desde el día que comencé a planear esta fiesta, llevo pensando qué decir y, si os soy sincero, todavía no lo sé. —Todos sonrieron, y Nacho prosiguió—: Quiero que sepáis que hoy está siendo un día muy bonito y feliz para mí porque estoy junto a vosotros, junto a las personas que me quieren por ser quien soy. Cuando era pequeño, perdí a mis padres biológicos, pero la vida me dio una segunda oportunidad en lo que a padres se refiere, y quiero deciros que tengo a los mejores. —Acto seguido, mirando a José y a Teresa, indicó—: Papá, mamá, ¡sois increíbles! Con vuestra infinita paciencia y vuestro amor, nos aceptasteis a mis hermanos y a mí en la familia y nunca os estaré lo suficientemente agradecido por todo lo que nos habéis dado. Vosotros me enseñasteis a ser la persona que soy, a diferenciar el bien del mal y a saber quién era mi familia, sin importar cómo se hubiera formado, porque, como dice papá, la sangre te hace pariente, pero sólo la lealtad y el amor te hacen familia.

Emocionada, Teresa le lanzó un beso con todo su cariño, y Nacho, tras cogerlo con la mano, se lo llevó al corazón. José le guiñó un ojo con complicidad y Nacho prosiguió:

—Tuve dos abuelas increíbles y, por suerte, tengo dos hermanas inigualables que, aunque en ocasiones son algo pesaditas y complicadas, no cambiaría por nadie porque son las mejores y, sin ellas, me sería muy complicado vivir. —Todos rieron—. Lena, siempre has sido la niña de mis ojos; gracias por ser la mejor hermana del mundo, te quiero, te adoro y sólo deseo que vivas una próspera y larga vida junto a Daniel y que ambos seáis muy felices. Deseo que crieis juntos a Nikito y que algún día, cuando él sea mayor y entienda lo que es la vida, le contéis que tuvo un tío que lo quiso mucho y que, sin duda, estaría muy orgulloso de él.

Sin poder hablar, Lena asintió y, lanzándole un beso, afirmó cogiendo la mano de Daniel:

—Te quiero y sin duda lo haremos.

Nacho sonrió. Entonces, mirando a Alba, que estaba sentada junto a Víctor, indicó:

—Y ¿de ti qué puedo decir, monito?

—Mejor no digas nada —se mofó ella.

Nacho bebió un poco de agua y prosiguió:

—Has sido una hermana increíble, mi personita especial, mi cómplice, mi compañera, mi amiga de locuras. Contigo aprendí muchas cosas y me di cuenta de muchas otras. Sin ti nada habría sido lo mismo, porque eres verdadera y auténticamente maravillosa. Gracias por estar a mi lado y por ser una guerrera. Con esto quiero decir que lo significas todo para mí y que te quiero porque eres la mejor persona que conozco, la menos interesada, la más cariñosa, la más dulce, la más cabezota, y podría seguir y seguir diciendo cosas de ti y nunca acabaría.

—Te quiero y, por favor, para ya —murmuró Alba conteniendo las lágrimas a duras penas, mientras por debajo de la mesa le apretaba la mano a Víctor.

Cogiendo fuerzas, Nacho volvió a beber agua y continuó:

—Cuando me trasladé a vivir a Londres, conocer a Anthony, el amor de mi vida, fue otro regalo del cielo, y más cuando, con él, tuve el privilegio de aumentar mi familia —dijo señalando a la madre, el hermano y la cuñada, que lo escuchaban emocionados—. Gracias por ser como sois, por haber estado a mi lado en un momento muy complicado para todos y por haber pensado en mí y no haberme dejado solo ni un segundo a pesar de vuestro propio dolor.

Los tres sonrieron emocionados. Sin duda sus palabras les llegaron al corazón.

—Y la vida continuó dándome alegrías al aumentar mi familia con todos los amigos que estáis hoy aquí. Y ¿sabéis por qué? Porque los amigos son como los buenos libros, no es necesario tener muchos, sino tener los mejores, y eso sois vosotros: ¡los mejores! Gracias por quererme. Gracias por haber querido formar parte de mi vida y gracias por estar hoy aquí. Ni os imagináis lo importantes que sois todos para mí.

Cuando Nacho terminó de hablar, un silencio lleno de emoción los rodeó. Todos tenían el corazón encogido por sus palabras. Entonces José, tomando las riendas, levantó su copa y dijo alto y claro:

—Por mi hijo Nacho.

Todos levantaron las copas con los ojos anegados en lágrimas y, tras chocar las mismas, bebieron. Pepe y Jaume comenzaron enseguida a bromear y a contar chistes para relajar el ambiente. Cinco minutos después, todos reían, mientras Nacho, tras haber dicho lo que necesitaba decirles a todos ellos, disfrutaba de su familia.

Sobre las tres de la madrugada, los invitados empezaron a marcharse. Nacho parecía cansado. Llegado el momento de las despedidas, éste fue especialmente cariñoso con los que habían viajado desde Londres. Habló con cada uno de ellos y, aunque todos terminaron emocionados, quiso dedicarles tiempo y así lo hizo.

Antes de irse, Jaume y Pepe prometieron regresar al día siguiente. Luego subieron a acostarse Lena, Daniel, Teresa y José. Estaban agotados.

Cuando Alba y Nacho regresaban de la cocina, tras tachar de la lista de deseos «Organizar un fiestorro», se sentaron junto a Víctor, que estaba en la terraza delantera de la casa mirando al cielo. Alba apoyó la cabeza sobre su hombro y comentó:

—Me encanta esta casa. Estar sentada aquí viendo las estrellas es todo un lujazo.

—Es increíble —afirmó Víctor.

Nacho asintió. Eso mismo había pensado él la primera vez que Anthony lo llevó allí.

—Monito —dijo entonces—, hoy he tenido unos minutos para hablar con Marck, el hermano de Anthony. Como sabes, es notario, y he hecho ciertos cambios en mi testamento.

La sonrisa de Alba desapareció. No quería hablar de aquello. No quería ni pensarlo.

—No me mires así —pidió Nacho riendo—, tenía que hacerlo.

Alba resopló. Víctor no dijo nada, y Nacho, apoyando la cabeza en la butaca, prosiguió mientras miraba las estrellas:

—La primera vez que vine a esta casa, te prometo que sentí el mismo flechazo que tú has sentido, Alba. Anthony y yo fuimos muy felices aquí. Cuando murió, en su testamento hizo constar que me dejaba esta casa porque quería que la llenara de amor, de vida y de alegría. Él deseaba que yo rehiciera mi vida pero, sin él, no ha sido posible. —Tomó airé—. Sin embargo, sé que tú harás posible todo lo que yo no he podido. Llenarás esta casa de amor, de vida y de alegría, y por eso he decidido que sea para ti y te plantees dejar Madrid y vivir aquí, junto al mar.

—¡¿Qué?!

Nacho la miró. Alba lo observaba con los ojos abiertos como platos y, antes de que dijera nada más, le explicó:

—Tranquila. Lo he hablado con Lena y ella está totalmente de acuerdo en que tú te quedes con la casa.

—Pero...

—No hay peros que valgan. Está decidido y así va a ser. —Acto seguido, miró a Víctor y añadió—: Y tú, espabila y convéncela de que en esta casa, en Barcelona, podéis ser muy felices.

Víctor sonrió pero no dijo nada, y Nacho prosiguió:

—En cuanto a Lena, he dispuesto para ella la casa de Madrid. Las cuentas corrientes y demás se repartirán...

—No, Nacho..., eso sí que no —lo cortó Alba.

En silencio, ambos se miraron. No había más que decir.

Entonces Alba, tragándose las ganas que tenía de llorar, murmuró:

—Será un honor quedarme con esta casa, que tanto representa para ti, y te lo agradeceré toda mi vida.

Gustoso de ver que no tenía que discutir al respecto, Nacho asintió y sonrió.

Víctor los observó sin decir nada y, durante un par de minutos, los tres estuvieron callados, hasta que aquél no pudo más y preguntó:

—¿Te has divertido en la fiesta, Nacho?

Él asintió con cara de felicidad y afirmó levantándose de la butaca:

—Mucho. Echaba de menos estas fiestas.

Entonces se acercó a Alba, le dio un beso en la mejilla y, tras chocar con Víctor la mano, dijo cogiendo su bastón:

—Me voy a descansar. Hasta mañana.

La pareja observó cómo Nacho se dirigía lentamente hacia su habitación. Su cuerpo joven envejecía poco a poco por culpa del sida.

Cuando vio que su hermano salía del salón, sin poder contenerse más, Alba se levantó y, apoyándose en la barandilla, dejó que las lágrimas manaran. No estaba siendo un día fácil para ella, y aquello último le había llegado al corazón.

Al verla, Víctor se levantó también, se acercó a ella y, con toda la delicadeza del mundo, la abrazó con un gesto protector.

—No puedo llorar —sollozó Alba con pena—. Le prometí que sería fuerte, que no lloraría, pero me cuesta mucho, demasiado. No entiendo por qué tiene que estar ocurriéndole esto. No entiendo por qué la medicina, aun con los años que han pasado, no ha encontrado una solución.

—Tranquila, cariño —musitó él secándole las lágrimas con los dedos—. Tranquila.

Pero la fuente abierta en los ojos de Alba parecía no querer secarse, y prosiguió:

—Esta fiesta ha sido una despedida para él. Sabe que no mejora, sabe que cada día está peor y...

—¡Monito!

Al oír eso, ambos se volvieron sobresaltados. Frente a ellos, y sin que lo hubieran oído llegar, estaba Nacho. Rápidamente, Alba se secó las lágrimas y Nacho murmuró sonriendo mientras se sentaba en un butacón:

—Ven, siéntate un momento aquí conmigo.

Confundida porque la hubiera pillado llorando, Alba maldijo. Eso era lo último que quería que viera de ella. Al sentir entonces que sobraba, Víctor musitó para dejarlos a solas:

—Creo que ya es tarde y...

—Quédate —le pidió Nacho—. Siéntate aquí con nosotros.

Preocupada como siempre, Alba tomó asiento junto a Nacho y, tocándole la frente para ver si tenía fiebre, preguntó:

—¿Te encuentras mal?

Él la cogió de las manos.

—Me preocupas —replicó—. Sé que te pedí que fueras valiente, que sacaras tu parte guerrera, pero los guerreros también necesitan desahogo, descanso y apoyo.

Sin que pudiera controlarlo, una lágrima corrió por la mejilla de Alba, quien maldijo para sus adentros y murmuró:

—Lo siento, Nacho...

Él sonrió y, limpiando aquella lágrima con su dedo pulgar, indicó:

—Monito, vamos, desahógate. Lo necesitas. Estoy seguro de que, una vez lo saques todo, me estarás mandando a la cama como un sargento de primera.

Alba sonrió.

—Estoy bien..., estoy bien. Es sólo que me ha emocionado saber lo de la casa. Sé cuánto representaba para ti y para Anthony y...

Nacho la abrazó. Cerró los ojos y, aspirando su aroma y su esencia, musitó:

—Mi enfermedad me ha enseñado que sólo tenemos una vida, por tanto, cariño, ¡vívela! Vívela por ti y por mí. Disfrútala, exprímela y sé feliz. ¿Lo harás por los dos?

Sin dejar de abrazarlo, ella asintió.

Permanecieron abrazados varios minutos. Lo necesitaban. Y, cuando él la soltó, dijo mirándola para hacerla sonreír:

—Ya sé que tenemos la casa llena de gente durmiendo en el piso de arriba, pero si yo fuera tú y tuviera el noviete guaperas que tienes, me bajaba al garaje, cerraba la puerta con llave y desataba toda mi pasión.

Víctor sonrió.

—Eres un depravado mental —replicó ella sonriendo también.

—Ya que no disfruto yo del sexo, ¡al menos, disfrútalo tú! —se mofó Nacho, y mirando a Víctor insistió—: Lo mismo te digo a ti. Con una novia así, la noche es joven.

Riéndose por las caras de circunstancias de la pareja, Nacho se apoyó en su bastón, se levantó y, sin decir nada más, lentamente desapareció.

Una vez se quedaron solos, Víctor, que todavía sonreía, murmuró:

—Es increíble.

—Lo es —afirmó Alba conmovida.

Entonces él, deseoso de saber algo que hasta el momento no se había atrevido a preguntar, dijo:

—¿Has valorado la posibilidad de quedarte a vivir en Barcelona como ha comentado Nacho?

Alba sonrió. Sin duda, todo lo que estaba ocurriendo le estaba haciendo darse cuenta de que tenía que aprovechar la vida a tope, y respondió.

—Sí.

A Víctor le gustó oír eso y, acercándose a ella, la abrazó y la besó con delicadeza. Luego, mirando aquellos ojazos que tanto adoraba, murmuró:

—¿Sabes qué me gusta de ti?

—¿Qué?

—Lo mucho que quieres a Nacho y a tu familia.

Ella sonrió. Le gustaba oír eso y, encantada por estar entre sus brazos, musitó:

—¿Sabes qué me gusta de ti?

—¿Qué? —Víctor sonrió.

Entonces Alba, poniéndose de puntillas, susurró antes de besarlo:

—Tú.

Se besaron en la quietud de la noche y, cuando el beso finalizó y ambos se miraron con las respiraciones agitadas, deseosos de más, Víctor murmuró:

—Creo que ahora es mejor que me vaya, antes de que te baje al garaje y haga lo que Nacho ha sugerido, sin importarme que tus padres y tu hermana, con su hijo y su pareja, estén en el piso superior.

Alba sonrió, entendiendo que debían mantener la pasión a raya.

—Sí —asintió—. Es lo mejor.

De la mano llegaron a la puerta de la calle y salieron al exterior. Antes de meterse en su coche, Víctor comentó:

—Ha sido una fiesta estupenda.

Acto seguido se enredaron en un nuevo beso cargado de erotismo y de pasión, hasta que finalmente Alba, pensando que debía dejar que se fuera, se apartó de él y, tras guiñarle un ojo, entró en la casa y cerró la puerta con una sonrisa.

28

Una semana después, tras el regreso de Teresa y José a Madrid debido a la mejoría de Nacho, Alba retomó el trabajo en la tienda. Las horas que pasaba allí conseguía desconectar un poco de la problemática que tenía en casa, y eso le daba un respiro.

En octubre, una tarde, ella y Nacho estaban tomando un zumo al sol en un chiringuito que había junto a la playa cuando de pronto oyeron un frenazo y una especie de chillido. Al mirar, vieron que un coche daba marcha atrás, giraba el volante a la derecha y luego aceleraba para irse de allí a toda leche.

Sorprendidos, se levantaron para ver qué había ocurrido y observaron boquiabiertos un pequeño bulto en el suelo.

Sin pensarlo, corrieron hacia la carretera y, al acercarse, se encontraron con un pequeño perro marrón que sangraba.

—Ay, Dios, pobrecito —murmuró Alba angustiada—. Y ese desalmado ni se ha parado para ayudarlo.

—La rabia es que no nos hayamos fijado en la matrícula. ¡Qué hijo de puta! —protestó Nacho.

La gente se arremolinaba alrededor del animalito, que se movía dolorido y aullaba, pero nadie se agachaba a consolarlo, hasta que Nacho lo hizo. Los ojillos del animal lo miraron y él, tendiendo la mano con cuidado para que viera que no le iba a hacer nada, le tocó la cabeza y el perro calló.

—No, Nacho —dijo ella al verlo—. Este animalito podría tener enfermedades y tú...

—Alba..., te aseguro que si me muero no será por culpa de este pobre animalito.

—Lo sé —respondió preocupada.

Siempre le habían gustado los perros, pero nunca había tenido la oportunidad de tener uno. Primero porque en su casa, con sus padres, no se podía, luego porque a su marido no le gustaban y, después porque, por su trabajo y falta de tiempo, no se lo podía permitir. Angustiada, estaba pensando en una solución cuando Nacho señaló:

—Necesita ayuda. Debemos llevarlo al veterinario.

Consciente de que él tenía razón. Alba se quitó una cazadora vaquera que llevaba y, envolviendo con ella a aquel peludo marrón, lo cogió con cuidado entre sus brazos y, sin importarle que la manchara de sangre, dijo:

—De acuerdo. Vamos al coche.

Con diligencia, y pensando en el bienestar del perrillo, lo llevaron al veterinario. Allí, al ver el sufrimiento del animal por el golpe, lo sedaron rápidamente para tranquilizarlo. Después, el veterinario salió para explicarles la situación.

El animal resultó ser una perra preñada a la que había que operar de urgencia. El golpe había frustrado el embarazo y, si no lo hacían, podría morir al cabo de unas horas por una grave infección. No llevaba microchip y, por lo delgada que estaba, sin duda vivía en la calle. Pero lo peor era que había sido maltratada.

Mientras hablaban, Nacho observó cómo Alba miraba a la perrilla. Siempre le habían gustado los perros pero, por una cosa u otra, nunca había tenido uno. Conmovido por la situación, clavó los ojos en el pobre animalito que parecía dormir sobre la mesa. Recordar cómo aquellos ojillos redondos lo habían mirado agradecidos por su tacto y cómo se había calmado cuando Nacho lo acarició lo hizo reaccionar.

—Haga todo lo que pueda por ella —decidió mirando al veterinario.

—Nosotros nos haremos cargo de los gastos de la operación y de lo que haga falta —afirmó Alba.

El hombre asintió y, entregándoles unos papeles, dijo:

—Tienen que rellenarme estos documentos.

Con diligencia, Nacho lo hizo y, cuando acabó, preguntó:

—¿Cuándo la va a operar?

El veterinario miró el reloj.

—En cuanto los deje a ustedes.

Nacho asintió, y Alba, al ver la cara del veterinario, quiso saber:

—¿Podemos quedarnos y esperar?

—Creo que lo mejor es que se marchen a casa. Prometo llamarlos en cuanto la operación termine y, si mañana quieren, pueden venir a verla.

Ambos asintieron y, tras echar una última ojeada al animal, se marcharon de la clínica.

Más tarde, sobre las nueve de la noche de ese mismo día, recibieron una llamada del veterinario, quien los informó de que la operación de la perrilla había salido bien y no tenía nada roto, excepto que se había mordido la lengua.

Al día siguiente, cuando Nacho se levantó, lo primero que hizo fue buscar la tarjeta de la clínica para llamar. Allí le dijeron que la perra estaba mejor, cosa que lo alegró mucho y, cuando Alba se levantó y se lo comentó, los dos aplaudieron.

Así transcurrieron dos días, en los que ambos pasaron por la clínica para visitar a la perrilla. El martes, después de que Nacho hablara con el veterinario y éste le dijera que había llamado a una protectora de animales para que se la llevaran al día siguiente, algo en su interior se rebeló. Cuando Alba regresó a casa al mediodía después de comer, decidió hablar con ella.

—Sé que quizá sea una locura lo que te voy a proponer, pero esa perrilla necesita un hogar, y aquí tenemos tanto espacio que...

—Nacho..., me gustan los animales tanto como a ti, pero...

Él no la dejó terminar y, poniendo un dedo sobre sus labios, afirmó:

—Monito..., sé que, si no fuera por mi maldita enfermedad, tú misma te traerías a esa perra a casa. Lo vi en tu cara, y ahora no me digas que no.

Alba sonrió. ¡Qué bien la conocía!

—Escucha... —murmuró ella—. En tu estado, no se recomienda tener animales en casa. Puedes empeorar por culpa de...

—¿Acaso voy a mejorar, cielo? —replicó él. Alba no contestó—. Tú y yo sabemos que no, que no va a ser así. Pero sí podemos hacer algo para mejorar la vida de esa pobre perrita. Está sola y asustada, y nosotros podemos darle el cariño y la protección que se merece. Piénsalo, Alba..., esta casa es enorme. Tenemos un precioso jardín para ella, y ahora llega el invierno y...

—Nacho..., piensa en ti.

—Monito..., no te pongas dramática.

Durante toda la comida hablaron sobre el tema. Estaba claro que los dos querían lo mejor para la perra, y al final Alba musitó:

—Vale..., lo haremos. Pero quiero que sepas que somos unos inconscientes al meter a un animal aquí en tu estado. No tienes defensas, y tu cuerpo...

—Mi cuerpo que se jorobe —se mofó Nacho.

A las cinco de la tarde, llamaron a la clínica para decir que se quedaban con la perra. El veterinario se alegró mucho. Aquella perrilla era un encanto y se merecía un final feliz. Intentaría asearla lo máximo posible antes de que se la llevaran.

Horas después, cuando el veterinario le hubo puesto el microchip y las vacunas pertinentes, Alba y Nacho regresaron a la casa con la nueva integrante de su familia. Estaban muy contentos, aunque nada más entrar la perra se meó delante de ellos en el salón.

—Joder... —protestó Alba.

—Monito..., qué maleducada tienes a la perra —se burló él.

Alba corrió a por la fregona. Rápidamente limpió aquello y, cuando acabó, Nacho, que observaba cómo la perra olía todos los rincones, preguntó:

—¿Qué te parece si la llamamos *Vida*?

—*¡¿Vida?!*

Nacho sonrió y Alba afirmó encantada:

—Precioso nombre, *¡Vida!*

Entonces recordó algo y, cogiendo a Nacho de la mano, lo llevó hasta la cocina. Allí señaló la lista de deseos que estaba colgada en la nevera con un imán, tachó uno y dijo:

—Sin duda has salvado una *vida*.

Ambos rieron, y justo en ese momento la perra entró en la cocina y se volvió a mear.

29

Pasadas las Navidades, que celebraron todos juntos en Castelldefels, *Vida* estaba totalmente integrada en la familia y, para suerte de todos, aprendió que no tenía que hacer sus necesidades dentro de casa.

Era una perra buena, algo asustadiza por el pasado vivido, pero antes de lo que imaginaban creó con ellos un gran vínculo de complicidad. *Vida* era increíble.

La relación de Víctor y Alba iba viento en popa, y sólo se veía eclipsada por Marta, la hija de él. Aunque las veces que habían salido juntos no había vuelto a hacer ninguna de las suyas, ahora simplemente ignoraba a Alba. No quería saber nada de ella.

A mediados de febrero, Nacho tuvo que ser ingresado de nuevo, y Teresa y José acudieron a su llamada. Su estado empeoraba día a día, y a eso había que sumarles las dificultades que en ciertos momentos tenía para respirar, aunque él intentaba ocultarlo con su buen humor, su buena disposición y su sonrisa.

Lo que nadie sabía era lo mucho que Nacho se esforzaba porque así fuera. No le gustaba ver sufrir a las personas que quería, y disfrazaba su propia pena haciéndolos sonreír.

El lunes, y dejándolo todo en manos de Isabel, la chica de Madrid, Lena viajó a Barcelona. Necesitaba ver y sentir a su hermano, y Nacho, nada más verla, la ensalzó. La chica estaba cada día más guapa, y él saltó de alegría al saber que estaba embarazada de nuevo. Que Lena aumentara la familia era un motivo de felicidad para todos. Pero tras pasar un par de días en Barcelona, tuvo que regresar a Madrid de nuevo, pues Daniel y su hijo la necesitaban.

Esa tarde, cuando Alba volvía de acompañar a su hermana al aeropuerto, se encontró con Víctor al entrar por la puerta del hospital.

Con complicidad, él se acercó hasta ella y, cogiéndola por la cintura, la atrajo hacia sí. Luego paseó sus labios por los de ella y murmuró:

—¿Cómo está la mujer más preciosa que he visto en mi vida?

Alba lo besó encantada y, una vez finalizado el apasionado beso, se digirieron abrazados hacia el ascensor. Tenían que ir a la planta octava.

Allí, mientras José y Teresa bajaban a la cafetería a tomarse algo y a estirar las piernas, Víctor y Alba se quedaron con Nacho. Éste seguía feliz por la noticia de Lena: ¡iba a ser tío otra vez! Y no paraba de reír y de bromear.

Ver su felicidad a todos les llegaba al corazón. En todo ese tiempo, nunca había tenido una mala palabra, una mala cara; al revés, intentaba siempre estar positivo y sonriente.

Cuando Teresa y José volvieron a la habitación, Alba y Víctor decidieron bajar a tomarse un café. Y, en vez de hacerlo en el ascensor, decidieron ir por la escalera.

Víctor comenzó a hablar de su hija. La tarde anterior había tenido una conversación con ella, pero no estaba contento con el resultado. Marta seguía negándose a darle una oportunidad a Alba y, por más que le preguntaba a la niña el porqué, ella se negaba a contestar.

De pronto, unos chillidos agónicos de una mujer que parecían provenir del piso de abajo llamaron su atención. Con el corazón encogido, Víctor murmuró:

—Pobre. Es doloroso escucharla.

—Ni que lo digas —musitó Alba.

Mientras seguían bajando, los lloros proseguían. Entonces, al llegar a la planta, Alba se detuvo. Aquella voz le sonaba. ¿Dónde la había oído antes? Y, sin pensarlo dos veces, en vez de continuar bajando por la escalera, echó a andar por el pasillo en busca de aquellos lamentos.

—Alba, ¿qué ocurre? —la paró Víctor cogiéndola de la mano.

La joven lo miró e indicó:

—No lo sé. Pero conozco esa voz.

Cogidos de la mano, continuaron caminando por el pasillo, hasta que al doblar una esquina, Alba se paró en seco y, llevándose la mano a la boca, murmuró:

—No. Dios mío, no.

Víctor, que como ella había visto quién era la mujer que lloraba, le apretó la mano y le susurró tras el golpe:

—¿Estás segura de que quieres ir?

Alba asintió y, con lágrimas en los ojos, siguió caminando.

La mujer que lloraba desconsoladamente a escasos metros era Montserrat, la *lela* del pequeño Ismael. Un par de enfermeras la asistían con cariño, intentaban sentarla en una de las sillas que había en el pasillo, pero era imposible. Montserrat estaba fuera de sí, llorando rota de dolor.

La mujer vio entonces cómo Víctor se acercaba a ella y buscó cobijo y consuelo en él. Alba los observó, y se percató de que él la tranquilizaba con suma paciencia mientras le hablaba al oído y la acunaba entre sus brazos.

Con maestría, logró sentarla en una de las sillas. Alba se sentó junto a ella y, al cogerle la mano, la mujer la reconoció y entre hipidos sollozó:

—Mi niño, Alba. Mi precioso niño se me ha ido. Mi niño..., mi niño...

Las lágrimas comenzaron a correr también por las mejillas de Alba. Era imposible que el corazón no se te encogiera ante un caso así, y tan sólo fue capaz de abrazar a aquella mujer. No podía hacer más.

Avisados por Víctor, unos médicos se acercaron hasta Montserrat y le dieron un calmante. Eso al menos la relajaría. Pasados unos minutos, los lloros de la mujer bajaron de intensidad, y Víctor, guiado por una enfermera, la metió en una habitación contigua y la sentó en un butacón. Montserrat necesitaba un poco de paz.

Una vez tuvo controlada a la mujer, Víctor, que por desgracia ya había vivido muchos momentos angustiosos como ése, entró en la habitación donde yacía el pequeño Ismael. Junto a él estaba Tomás, su abuelo, que todavía le tenía la mano cogida.

Con cariño, Víctor se agachó junto a aquel hombretón de casi dos metros y, tras hablar con él, lo sacó de la habitación justo en el momento en el que Alba entraba.

—Acompáñame —dijo mirándola.

Pero Alba no lo obedeció.

Entró en la habitación y, mirando al pequeño Ismael, que parecía dormidito en aquella cama, se llevó la mano a la boca y no pudo evitar llorar.

Instantes después, Víctor entró a por ella. Lloraba destrozada y, cuando la abrazó, ésta murmuró:

—Es un niño. Joder, Víctor, ¡es un niño! ¿Cómo, si hay un dios, puede consentir esto?

Sin responder, Víctor la sacó de allí y dijo mirándola a los ojos:

—Escucha, cariño, sé que esto es doloroso y triste, pero ahora los abuelos de Ismael necesitan nuestra ayuda y nuestra positividad.

—Lo sé..., lo sé... —Alba se limpió las lágrimas avergonzada.

Víctor volvió a abrazarla. Ella no estaba acostumbrada a aquel dolor y, cuando vio que se tranquilizaba, la miró y preguntó:

—¿Podrías acompañar a Montserrat mientras yo me ocupo de Tomás?

Ella asintió.

—Por supuesto que sí.

Y, sin más, se metió en la habitación de al lado, donde estaba la mujer.

Cuando Víctor vio que Alba se sentaba junto a ella, él regresó con Tomás y, acomodándose a su lado, preguntó:

—¿Quieres un café?

—No, gracias.

Tomás cerró los ojos y, en cuanto los abrió de nuevo, preguntó:

—¿Dónde está Montserrat?

—En la habitación de al lado. Le han dado un calmante. Estaba muy nerviosa, pero ahora está bien.

El hombre asintió y, con un hilo de voz, musitó:

—¿Qué haremos ahora mi mujer y yo sin nuestro niño? Él es nuestra vida. Nuestra vida...

Responder a aquello era complicado, pero Víctor lo miró y dijo:

—Es duro, Tomás, sin embargo Montserrat y tú debéis seguir viviendo. Tenéis que tirar para adelante. Ismael así lo querría.

—Eso es muy fácil decirlo, pero... —No pudo continuar. Los sollozos descuadraron la cara del hombre, que comenzó a llorar. Necesitaba llorar.

Con un abrazo, igual que minutos antes había hecho con Montserrat, Víctor lo cobijó. Tomás lloró, expulsó la rabia, la frustración que llevaba dentro y, cuando veinte minutos después pareció tranquilizarse un poco, dijo secándose las lágrimas con un pañuelo azul que se sacó del bolsillo:

—Hemos hecho todo lo que hemos podido por él desde el día que nació, pero su salud era delicada. Muy delicada. Mi chavalote tiene una sonrisa tan bonita que...

Sin embargo, no pudo continuar, y de nuevo se rompió.

—Tomás —murmuró Víctor—. Todos sabemos que habéis hecho todo lo que estaba en vuestras manos. Ismael no ha podido tener mejores abuelos. Quédate con eso porque él lo sabe.

Tras limpiarse de nuevo las lágrimas con su pañuelo azul, el hombre murmuró:

—Por mi niño lo haría un millón de veces más. Es un niño tan bueno, tan conformista, tan cariñoso. Es tan simpático mi chavalote... Tenemos una pecera enorme en casa de agua caliente. Le encantan los peces. Desde chiquitillo, a causa de su enfermedad, nos desaconsejaron cualquier animal de compañía por posibles problemas, pero los peces le encantan y todas las semanas vamos a comprar uno. Elegir peces lo hace tremendamente feliz. —Entonces, la voz se le quebró de nuevo al ser consciente de la realidad—. Hace tres semanas conseguimos por primera vez que una especie criara en la pecera. —Sonrió—. Qué feliz estaba con sus pececitos, con esos peces que, orgulloso, contaba que habían nacido en casa. Y ahora... ahora mi niño se ha ido. Nos ha dejado, y no... no sé cómo Montserrat y yo vamos a vivir sin él.

Escuchar era duro, triste y desolador. Perder a alguien, y más cuando era un niño, era de las peores cosas que se podían vivir y, consciente de que, de alguna manera, Tomás necesitaba respuestas, Víctor repuso:

—Ahora debéis aprender a vivir con su recuerdo. Debéis hacerlo por él y por vosotros. Ismael era un luchador, un guerrero, y no querría veros llorar, ¿no crees?

Tomás asintió. En ese instante, apareció Alba.

—Tomás —dijo—. Montserrat pregunta por ti.

Rápidamente, el hombre se levantó, entró en la habitación y, al ver a su mujer sentada en un butacón, se acercó a ella. Se agachó y, abrazándose, ambos lloraron por Ismael, por su precioso niño inocente al que le había tocado vivir una vida demasiado dura para su edad, y que había demostrado a todos su valentía hasta el último instante de su corta existencia.

Aquella noche, cuando Víctor se marchó con Teresa y José para descansar, a pesar de tener el corazón roto, Alba intentó disimular delante de Nacho. No quería que él se enterase de lo que le había ocurrido a Ismael. Sin perder la sonrisa, se estaba poniendo el pijama cuando su hermano preguntó mirándola:

—¿Has discutido con Víctor?

—No.

—Y ¿por qué tengo la sensación de que te pasa algo?

Alba lo miró y sonrió.

—Porque eres un dramas.

Tras decir eso, se volvió y comenzó a colocar la ropa sobre el butacón. Pero Nacho, tras bajar con el mando a distancia el volumen de la televisión, insistió:

—Monito, ¿a qué esperas para decirme lo que pasa?

—No sé a qué te refieres.

Al ver lo mucho que Alba se esmeraba por colocar bien su camisa en la silla, cuando ese tipo de cosas a ella nunca le habían importado, Nacho se sentó en la cama y matizó endureciendo el tono:

—Vamos a ver. Tengo sida y unos malditos hongos cuyo nombre no sé ni pronunciar que me están matando. Sin duda es una gran putada para mí y para los que me quieren, pero no soy idiota, Alba. No me trates como si fuera un atontado, por no decir algo peor, porque no estoy dispuesto a que empieces a ocultarme cosas, y menos si esas cosas tienen que ver con mi maldita enfermedad.

Alba cerró los ojos sin mirarlo. Como siempre, Nacho era tremendamente observador, y ella muy mala actriz, pero respondió:

—No es nada que tenga que ver con tu enfermedad, ni siquiera es sobre ti.

Dicho esto, escapó al baño. Las lágrimas pugnaban por salir y, cuando consiguió regresar, él la miró e insistió:

—Entonces, si no es nada de mi enfermedad ni sobre mí, ¿por qué no me cuentas qué te pasa?

Conocía a su hermano y sabía que ya no iba a parar. La iba a interrogar de mil formas, de mil maneras, hasta conseguir su propósito, por lo que, mirándolo, musitó en un hilo de voz:

—Es algo muy duro, Nacho.

Al ver cómo ella se tapaba la boca con la mano para no llorar, le pidió:

—Por favor, cuéntamelo.

Entonces, como pudo, Alba susurró:

—Se trata de Ismael.

En un principio, Nacho la miró.

—¿Ismael?, ¿qué Ismael?

Pero antes de que ella contestara, parpadeando preguntó:

—¿El nieto de Montserrat?

—Sí.

Al entender de quién hablaban, él bajó el tono y susurró:

—¿Qué ha pasado?

Alba no pudo hablar. Negó con la cabeza, y Nacho lo comprendió enseguida. A buen entendedor pocas palabras bastaban y, sin poder remediarlo, se echó a llorar.

Aquella noche, cuando el hospital dormía, los pasillos estaban vacíos y las luces tenues, Nacho se sentó en una silla de ruedas y, junto a Alba, bajó al tanatorio. Más tranquila que horas antes, Montserrat fue a su encuentro nada más verlos y, agachándose para estar a la altura de Nacho, lo abrazó. El dolor los unía. Un dolor difícil de mitigar pero extrañamente esperado y finalmente resignado.

30

Una semana después, Nacho fue dado de alta otra vez. Parecía que con la nueva medicación todo empezaba a estar en un relativo orden. Incluso los doctores se sorprendieron por su rápida mejoría, y todos sonrieron al ver cómo pasaban los días y dejaba el bastón aparcado para andar, lentamente pero con normalidad.

Tener a la perrita en casa los animaba a salir más a pasear, los llenaba de vida, lo que le venía bien a Nacho. Las tardes en las que Alba no salía con Víctor, nada más llegar a casa, se cambiaba de ropa y, junto con él y con *Vida*, bajaban a pasear por la playa de Castelldefels.

Animado por su recuperación y deseoso de hacer algo más que estar vegetando en casa, Nacho comenzó a ir de nuevo a la tienda. Trabajar le hacía bien, y asistía a las terapias de la Fundación Balmes. Si podía ayudar con su apoyo y su cariño a los demás, ¿por qué no hacerlo?

Allí conoció a personas como Eva, una chica de treinta años seropositiva, exdrogadicta, que tenía un bebé de dieciocho meses, Joan, que, gracias a los cuidados que ella había tenido durante el embarazo y también posteriormente, nació sano.

También conoció a Arnau, un empleado bisexual de banca de treinta y ocho años, seropositivo, que se mofaba de su desgracia diciendo que había ido de vacaciones a Tailandia y que, aparte de traerse souvenirs, se había traído consigo el sida.

A las terapias también asistía Neus, una madre de familia de sesenta años que había contraído el VIH a través de una transfusión de sangre, o Jaime, un abogado de treinta y seis homosexual, que era encantador y muy cariñoso.

Durante las sesiones, oír hablar de las distintas problemáticas le hizo ver a Nacho lo afortunado que era dentro de su propia desgracia. Muchas de aquellas otras personas habían sido repudiadas por sus familias. Muchos de ellos tenían a la gente de la fundación como único apoyo, y Nacho se sentía un privilegiado al pensar que sólo su hermano Luis lo había despreciado.

Montserrat, la abuela de Ismael, continuó yendo por la fundación. Al igual que Mercè, Víctor y muchos otros, la mujer sabía lo necesaria que era su colaboración. Incluso continuaba yendo al hospital para visitar a los amiguitos que su nieto había dejado allí. El recuerdo de Ismael le daba fuerzas para seguir y ayudar a los demás.

Los meses pasaron y Lena tuvo su segundo hijo. Esta vez fue una niña, a la que pusieron el nombre de Leticia. Alba y Nacho, tras dejar a *Vida* con Víctor, viajaron a Madrid para conocer a la pequeñita y, al verla, ambos lloraron emocionados. Era perfecta.

Durante los cuatro días que estuvieron en Madrid, quedaron con sus amigos, la mayoría de los cuales estaban divorciados, y una tarde se dieron el gustazo de ir todos juntos a tomar unas cañas al Pentagrama, en Malasaña, a aquel bar que durante años había sido un referente para ellos y para mucha gente que había vivido la movida madrileña.

Mientras Alba hablaba con las chicas, Nacho charlaba con Joaquín, quien le comentó que meses antes su mujer había visto a Luis por la Gran Vía. Saber de Luis llamó su atención. Y Joaquín, consciente de la problemática que existía entre ellos, se apresuró a disculparse:

—Joder, tío, lo siento. No debería haberte hablado de él.

Como necesitaba tener información de su hermano, Nacho se apartó unos pasos con aquél y murmuró:

—Tranquilo. Aunque él no quiera saber nada de mí, yo sí quiero tener noticias de él. ¿Qué sabes?

Su amigo asintió.

—Natalia trabaja en la calle Princesa y son muchas las veces que me ha dicho que ha visto a Luis caminando por Gran Vía. Al parecer, trabaja en unas oficinas de vigilante jurado y...

—¿Qué? —preguntó Nacho sorprendido. Lo último de lo que se había enterado era que se había hecho cargo de los negocios de su suegro—. ¿Cómo que trabaja de vigilante jurado?

—Sí, macho. A mí me sorprendió también cuando Natalia me lo dijo. Resulta que una amiga suya trabaja en esas oficinas, y un día que estaban comiendo juntas, al ver a Luis, ella le contó que era uno de los vigilantes nocturnos. Al oír eso, Natalia se interesó por el tema y, días después, tras indagar, su amiga le comentó que Luis estaba separado. Al parecer, cuando su suegro salió de la cárcel, volvió a tomar el mando de la empresa y lo primero que hizo fue quitarlo a él de en medio, y la tonta de su mujer también pasó de él.

Alucinado, Nacho lo escuchó. ¿Luis, separado? ¿Luis, vigilante nocturno? ¿Lo sabría su familia y no le habían dicho nada?

Esa noche, cuando regresaron a casa, se lo contó a Alba, que se quedó tan sorprendida como él. Al día siguiente, Alba les preguntó a sus padres si sabían algo de Luis, y Teresa negó con la cabeza. Tras mirarse, Nacho y ella decidieron no contarles nada. Si lo hacían, sin duda sería una nueva preocupación para ellos.

La tarde en que le dieron el alta a Lena del hospital tras haber tenido a la pequeña, Nacho le comentó lo que sabía de Luis. Su hermana lo escuchó y, con una frialdad que los sorprendió, simplemente dijo:

—No quiero saber nada. No me interesa.

—Lena...

—No, Nacho, no continúes. Él decidió no ser parte de mi familia, y yo no voy a malgastar ni un segundo de mi vida compadeciéndome de él. No se lo merece.

Era duro oír eso, pero Nacho asintió y calló. Luis no se había portado bien con nadie, y ahora, le gustara o no, debía cargar con las consecuencias.

El sábado, José los sorprendió con unas entradas de fútbol y, entre risas y aplausos, Nacho, Alba y él disfrutaron en el Vicente Calderón animando a su equipo, y lo mejor fue que el Atlético de Madrid ganó por tres goles a cero. ¡Aúpa, Atleti!

El lunes, cuando llegaron a Barcelona, después de recoger a *Vida* de la casa de Víctor y cenar con él en la playa, regresaron a su casa y, nada más entrar, Nacho se acercó a la lista de deseos que tenía colgada en la nevera. Entonces, mirando a Alba, que sonreía, dijo al tiempo que cogía un bolígrafo:

—Monito..., creo que he cumplido otro de mis deseos viendo jugar a nuestro Atlético de Madrid.

Ella asintió y, acercándose a él, afirmó mientras lo tachaba:

—Eso es estupendo.

Entonces Nacho, mirándola, señaló otro de los deseos de la lista y preguntó:

—¿Puedo tacharlo?

Alba miró y, sonriendo, leyó: «Ver a Alba enamorada».

Negar que estaba colada hasta las trancas por Víctor era una tontería y, segura de lo que decía, afirmó:

—Sí. Puedes tacharlo.

Nacho lo hizo encantado y, al comprobar que sólo le quedaba un deseo por cumplir, «Asistir a la boda de Alba», ella se mofó.

—Para tachar ése vas a tener que esperar un poco más. Creo

que ninguno de los dos estamos todavía por la labor, y menos aún su hija.

Nacho soltó una carcajada y, abrazados, ambos salieron de la cocina.

Esa noche, cuando se acostó, Nacho pensó en Luis y se entristeció. Nunca entendería cómo su hermano lo había borrado de su vida, y menos aún, cómo había renegado de la familia que lo había tratado como a un hijo.

También pensó en la dureza de Alba y de Lena. Ninguna de las dos querían saber nada de Luis, y le dolía entender que si lo rechazaban era por él.

Días después, sin decirle nada a Alba, Nacho se puso en contacto con un detective privado, pues quería informarse de cómo estaba su hermano. Una semana más tarde, las fotos y el informe que recibió corroboraban todo lo que Joaquín le había contado.

Luis estaba divorciado, trabajaba de vigilante nocturno en unas oficinas y vivía de alquiler en un pequeño piso en la calle Embajadores. Nacho lloró al ver las fotos. Ya nada quedaba del gallardo y guapo Luis, el bombero. Las imágenes reflejaban a un hombre que parecía mayor de lo que era, con gesto cansado y sin rumbo en la vida.

Sin decir nada, Nacho se guardó los informes y continuó viviendo. Era lo que tocaba.

Por su parte, Alba hacía todo lo posible porque Marta, la hija de Víctor, le diera una oportunidad. Pero regresar con manchas de una cita se había convertido en un clásico, y comenzó a aceptarlo como tal, mientras que Víctor se desesperaba.

¿Por qué su hija se comportaba así?

Las Navidades llegaron y todos decidieron celebrarlas de nuevo en Castelldefels. Emocionado por tener a toda la familia en la casa, Nacho disfrutó de ellos y dejó de ir a la tienda a trabajar.

Junto a Teresa y José, por las mañanas bajaba a la playa para que Nikito correteara por la arena seguido de *Vida*, y disfrutaba dándole el biberón a Leticia. Aquellos pequeños placeres de la vida se volvieron imprescindibles para él, y simplemente se limitó a disfrutarlos.

Teresa lo observaba en silencio. Se le partía el corazón al ver cómo Nacho, su maravilloso y buen Nacho, se apagaba poco a poco. ¿Dónde estaba el robusto muchacho que un día había sido?

El Nacho que tenía ahora ante ella era un hombre delgado, ojeroso y un poco encorvado, aunque nunca había perdido la sonrisa. Aquella preciosa sonrisa que muchos años antes, siendo un niño, la enamoró, y que deseaba que nunca perdiera.

Una noche, cuando todos se fueron a la cama a descansar, José y él se quedaron en el salón.

—Qué rico es Niko —comentó Nacho—. Me deja agotado, pero me encanta su vitalidad.

—Así son los niños. —José sonrió—. ¡Pura vida! Y ese *jodío* encima tiene un genio que creo que llevará a sus padres por la calle de la amargura.

Ambos rieron y, a continuación, Nacho murmuró:

—Ojalá pudiera verlo. Me habría encantado verlos crecer, a él y a Leticia, pero creo que las circunstancias no son las más favorables para mí.

—Hijo, no digas eso —susurró José apenado.

Como siempre que lo oía llamarlo *hijo*, Nacho se emocionó y, mirando a aquel hombre canoso que tanto amor le había dado toda su vida, añadió:

—Papá, creo que tenemos que hablar de lo que va a pasar.

Conmovido, José suspiró, y Nacho prosiguió:

—En cuanto a los temas legales, Marck, el hermano de Anthony, está al corriente de todo. Una vez yo..., él hará que se cumpla todo lo estipulado en mi testamento. —José asintió. No podía hablar—. En cuanto a Lena, sé que vosotros y Alba estaréis siempre con ella, y quiero agradecértelo.

—Nacho...

—No, papá —dijo él sonriendo y tomándole la mano—. Necesito agradecértelo a ti y a mamá de nuevo porque sé que vais a estar junto a ella y los niños cuando yo falte, y ni te imaginas lo tranquilo que mi corazón se queda con ello. Con vuestro cariño y vuestra dedicación, nos habéis hecho tan felices que yo...

No pudo continuar, y José, tan emocionado como él, le apretó la mano y susurró:

—Sois mis hijos y os cuidaré siempre.

Ambos se abrazaron conmovidos. José contuvo el llanto, un llanto que sólo se había permitido a solas con su mujer, pero que ante Nacho debía contener. Aquel muchacho delgado y luchador que estaba entre sus brazos era su hijo, tan hijo suyo como Alba, como Lena, como Luis. Lo adoraba. Su mujer y él los querían con el alma, y era muy duro saber que, por desgracia, antes de lo que deseaban, uno de ellos se les podía marchar.

Tras unos segundos en silencio, cuando ambos sintieron que eran capaces de mantener a raya sus emociones, se separaron.

—He sabido de Luis —dijo entonces Nacho después de sonarse la nariz.

—¿Te ha llamado? —preguntó José sorprendido.

Él negó con la cabeza.

—No. Pero, por lo que sé, la vida no le va bien. Está separado de su mujer, vive solo en un cuchitril en la calle Embajadores y trabaja de vigilante nocturno para unas oficinas.

—Vaya por Dios —murmuró José afectado.

—¿Sabes, papá? Quizá Luis nunca quiera volver a ser parte de nuestra familia pero, por favor, por el cariño que yo sigo teniéndole, porque es mi hermano, te pediría que, el día que lo veas, no seas muy duro con él y lo ayudes si lo necesita. ¿Lo harás por mí?

José asintió y, antes de que pudiera preguntar, Nacho prosiguió:

—En cuanto a Alba, Víctor es un tipo maravilloso y estoy convencido de que la va a amar y a querer como ella se merece, pero cuando yo muera, no lo va a pasar bien. Está muy unida a mí y va a necesitar más ayuda que nadie.

José también sabía aquello y, sin soltar la huesuda mano de Nacho, afirmó:

—No te preocupes por nada. Yo me ocuparé de todo, ¿de acuerdo, hijo?

—Gracias, papá.

Enternecidos, volvieron a abrazarse. Estaba todo dicho.

En Nochevieja, Teresa se esmeró mucho junto a Alba y Lena y preparó todos los platos que sabía que le gustaban a Nacho. Éste se lo agradeció y se emocionó al ver que mamá se había acordado de llevar el precioso mantel para las ocasiones especiales de la yaya Remedios.

A las ocho de la tarde aparecieron, además de Jaume y Pepe, Víctor con su hija. Todos, a excepción de Nacho, que estaba descansando para tener fuerzas para la cena, recibieron a la niña con una sonrisa, pero ella no estaba por la labor. Estaba enfadada. No quería pasar la noche allí. Quería cenar con su madre, no con aquellos desconocidos que encima eran familia de Alba.

Con disimulo, José observó a aquella niña pelirroja con cara de mala leche, mientras el pobre Víctor intentaba sin ningún fruto que la chiquilla se implicara y estuviera feliz. Como pudo, Alba lo ayudó, pero era inútil, y al final, tras reprenderla, Víctor pidió disculpas a todos por su comportamiento. Los demás trataron de quitarle hierro al asunto. Sin duda Víctor no lo estaba pasando bien, y la niña tampoco.

En silencio, Alba sufría. ¿Por qué la cría se lo ponía tan difícil? Entonces, cogiendo en brazos a la pequeña Leticia, se acercó a ella y dijo:

—Marta, ¿has visto a mi sobrinita? Se llama Leticia; ¿has visto qué chiquitita es?

Sin apenas mirarla, pero con los brazos cruzados en posición de enfado, ella respondió:

—Ya la he visto antes.

Convencida de las pocas ganas que tenía de cooperar, Alba le llevó la pequeña a su madre y, tras regresar junto a Marta, que seguía sola mirando por el ventanal de la terraza, le preguntó:

—¿Quieres probar el bizcocho que hace mi madre?

—No.

Su rotunda negativa le tocó la fibra y, agarrándola de la mano, dijo:

—Ven conmigo.

La niña intentó zafarse, pero Alba la había cogido con fuerza. Al ver aquello, Víctor fue a acercarse a ellas, pero ella le pidió un segundo y él se lo concedió.

Cuando llegaron al cuarto de Alba, ésta cerró la puerta y, mirando a la niña, preguntó:

—Vamos a ver, cariño. ¿Qué te ocurre?

Marta no contestó, sino que la contempló con su gesto siempre desafiante.

—Sé que... —continuó Alba.

—Yo quería estar con mi madre, no aquí —dijo la niña de pronto.

—Y ¿por qué no te has quedado con ella?

La pequeña suspiró y, mirando hacia otro lado, gruñó.

—Porque ella tenía planes y tocaba pasar la noche con papá, no contigo y toda tu familia. Hoy mis amigas han organizado una fiesta y yo no puedo ir porque tengo que estar aquí como si fuera un bebé con su papaíto.

La amargura con la que hablaba le tocó el corazón a Alba. Y, observándola, preguntó:

—Y ¿dónde es esa fiesta?

—En casa de mi amiga Tina, en Gavà.

Alba asintió.

—Se lo podemos comentar a tu padre. Seguro que él te dej...

—¡No me deja! —siseó mirándola—. No me deja porque tengo que estar aquí contigo y con esas personas a las que no conozco ni me interesa conocer.

Alba no quería caer en lo fácil, que habría sido mandar a la niña a tomar viento e intentó ponerse en su lugar, por lo que, sin dejar de sonreír, murmuró:

—¿Tú no sabes que el año nuevo hay que recibirlo con alegría?

—A mí eso me da igual.

—¿Por qué te da igual?

—Porque sí.

Aquella niña era peor que un dolor de muelas pero, sin tirar la toalla, Alba siguió intentándolo al ver sus pinturas sobre la mesita.

—¿Quieres que te maquille? A mí, a tu edad, me encantaba maquillarme.

—No me gusta.

—Qué raro —insistió ella—. A todas las niñas les suele gustar hacer lo que sus madres hacen.

—A mí no me gusta hacer lo que hace mi madre, como tampoco me gusta estar aquí hablando contigo. No soy tu amiga. No quiero ser tu amiga. ¿Cuándo te vas a enterar?

Alba suspiró. Aquello cada día empeoraba más, y finalmente, dándose por vencida, susurró:

—De acuerdo, Marta. Volvamos a la fiesta.

Cuando salieron al pasillo, la niña dijo que quería ir al servicio. Alba le indicó dónde encontrarlo y, después, regresó a salón.

Al quedarse sola, Marta decidió darse un paseo por la casa y, al ver una puerta cerrada, la abrió y entró.

Era una habitación grande y espaciosa, y enseguida imaginó que era la habitación de Nacho, el hermano de Alba. Aproximándose a la ventana, sonrió al ver que desde allí se podía contemplar el mar. Sin encender la luz para no ser descubierta, observó las paredes y, con curiosidad, se acercó a la biblioteca que allí había para leer los lomos de los libros.

De pronto, sus ojos se toparon con un volumen que parecía un álbum de fotos. Sin pensarlo dos veces, lo cogió, lo abrió y comenzó a mirarlo.

Eran fotos antiguas de unos niños, y se sorprendió cuando comprendió que se trataba de Nacho, Alba y Lena. Incluso allí estaban sus padres con ellos.

Había fotos de Alba junto a dos chicos, de Lena vestida de chulapa con José, de Alba y Nacho tomándose un helado con Teresa y otras dos señoras mayores.

Marta continuó disfrutando con tranquilidad de las fotos, viendo a niños que reían, bailaban, jugaban o simplemente miraban felices a cámara.

—Veo que te gustan las fotos.

De pronto, se encendió una luz. Ante ella, sentado en un butacón estaba Nacho, el hermano de Alba, mirándola. Asustada, cerró de golpe el álbum y, dejándolo donde lo había encontrado, musitó:

—Lo... lo siento.

Su expresión era algo nuevo para él. Hasta el momento, siempre que había visto a la niña, su porte era altivo, pero aquel gesto asustado con que lo observaba ahora lo hizo sonreír, y más cuando ella dijo:

—Sé que no he hecho bien metiéndome en esta habitación y mirando las cosas privadas...

—No, no has hecho bien, princesa.

—Por favor —suplicó ella con los ojos anegados en lágrimas—. Por favor, no se lo digas a mi padre, ni a Alba, ella se chivaría y mi padre se enfadaría muchísimo conmigo.

Nacho asintió. Por fin, una actitud humana en aquella criatura. Y, sin levantarse del butacón en el que estaba, preguntó:

—¿Tú crees que Alba se chivaría?

—Sí.

—Pues estás muy equivocada. Alba no haría algo así. Te lo puedo asegurar.

La niña no respondió. Simplemente se limitó a mirarlo, hasta que Nacho sonriendo indicó:

—De acuerdo. No diré nada, pero sólo si tú me dices qué es lo que te ocurre para que tengas esa cara de enfado esta noche y los otros días que te he visto.

—No me pasa nada.

—Mentirosilla —soltó Nacho sin dejar de sonreír, y, tocando la butaca que había junto a la suya, pidió—: Ven aquí y siéntate.

Sin cuestionarlo, Marta obedeció y Nacho insistió:

—Vamos a ver, princesa. Cuéntame qué es eso que no te deja sonreír.

La niña cerró los ojos y, meneando la cabeza, respondió:

—Yo quería estar hoy con mi madre y después con mis amigas. Llevamos meses planeando la fiesta de esta noche, pero mi padre se ha empeñado en que debía estar aquí y...

—Y tú no quieres porque, sin duda, te lo pasarías mejor con ellas que con nosotros, ¿verdad?

—¡Exacto!

Nacho asintió, lo entendía perfectamente. Entonces, aprovechando el momento de conexión que estaba teniendo con la pequeña pelirroja, continuó:

—Vale, ya comprendo tu enfado de esta noche. Pero ahora quiero que me digas por qué estás siempre enfadada, de mal humor y con el morrete torcido... Y no me digas que no, porque sabes que tengo razón.

Al oír eso, sin saber por qué, la niña sonrió.

—Son mis problemas —respondió—. Quizá tonterías.

Nacho se rascó la sien y sonrió a su vez. Aún recordaba la importancia que tenían aquellos problemas a su edad.

—A veces las tonterías dejan de serlo cuando se cuentan y se busca una solución —insistió—. En ocasiones, si te callas los problemas y no los compartes con alguien que pueda ayudarte, éstos pueden convertirse en algo terriblemente molesto que al final sólo te amarga la vida y no te deja respirar. Pero si ese mismo problema lo compartes con alguien y puedes pedirle opinión, te aseguro que al final todo se sobrelleva mejor.

Marta asintió. Sin duda Nacho tenía razón.

—Yo tengo tiempo para escucharte —añadió él—, si así lo quieres.

—No, gracias.

Él sonrió y, sin apartar los ojos de ella, cuchicheó:

—Es una pena que vayas a comenzar el año cargada de tanta energía negativa. ¿Tú no sabes que hay que empezarlo con alegría?

—Eso mismo ha dicho Alba.

—Claro —se mofó él—. Porque se lo enseñé yo.

Marta sonrió. Aquel tipo le caía bien.

—Me da un poco de vergüenza contarte mis problemas —susurró—. Eres el hermano de Alba.

—Te aseguro que sé escuchar muy bien. Te diría que se lo preguntaras a ella, pero...

—Tengo miedo de Alba —soltó de pronto la chiquilla.

A Nacho lo sorprendió oír eso y, sin poder remediarlo, preguntó:

—¿Miedo de Alba? ¿Por qué?

La cría se revolvió en el sillón. Hablar de sentimientos no era algo que le gustara, pero necesitaba sacar lo que tenía en su interior, y explicó:

—Porque no quiero quererla y que luego se vaya y no la vuelva a ver.

Él la miró boquiabierto. ¿Por qué la niña podía pensar eso? Y, cogiéndole la mano, preguntó:

—Vamos a ver, princesa, ¿por qué piensas eso?

Con ojos asustados, y no sólo por lo que contaba, la niña murmuró:

—No quiero encariñarme con nadie más. Mi madre ha conocido a muchos hombres y, tarde o temprano, todos se van y no vuelven.

—¿Y tu padre también? —preguntó Nacho con curiosidad.

—No, papá no —dijo ella secándose una lágrima—. Bueno..., papá conoció hace unos años a Mercedes. Yo era pequeña, aunque recuerdo que Mercedes me hacía un algodón de azúcar que estaba buenísimo, pero luego desapareció, y nunca más la volví a ver. Tras ella llegó Eugenia y, después, Caty. Esta última era muy tonta.

—¿Realmente era tonta o es que tú querías verla tonta?

Marta sonrió y, clavando los ojos en él, afirmó:

—Era tonta. Lo único que le preocupaba en el mundo era su caballo *Excalibur*. Siempre estaba hablando de él, y un día, desapareció como las otras y nunca más la volví a ver.

—Y ¿te habría gustado volver a verla a pesar de lo tonta que dices que era?

—No.

—Entonces ¿cuál es el problema?

Con dolor en la mirada, Marta confesó en un hilo de voz:

—Nadie se despide de mí. Yo no les importo.

Nacho se entristeció al entender lo que la niña quería decir. Sin duda, había decidido no encariñarse con nadie para no sufrir. De ahí sus continuos desprecios a Alba y a todo lo que ella le proponía.

Conmovido por saber la verdad en lo que a sentimientos se refería, pasó los dedos por la mejilla de aquella jovencita y, haciendo que lo mirara, afirmó:

—Te puedo asegurar que, si algún día lo de tu padre y Alba no funciona, ella no se irá de tu vida sin decirte adiós. Lo creas o no, ella te quiere, por eso intenta acercarse a ti.

—Ella es como todas.

—No, Marta. Ella no es como todas, y no pienses que te lo digo porque soy su hermano. Te lo digo porque lo sé. Porque Alba es una persona excepcional, y porque creo que, cuando la conozcas, te enamorarás tanto de ella como lo está tu padre.

Sin decir nada más, Nacho se levantó, cogió el álbum de fotos que anteriormente miraba la cría y se sentó de nuevo junto a ella.

—Esta que ves aquí es Alba —dijo abriéndolo—, y es la mejor hermana y amiga del mundo.

Marta sonrió, y él añadió:

—Sí, estos locos bajitos, como diría un cantante llamado Serrat, somos nosotros. Aquí, en esta foto, está la yaya Remedios y la abuela Blanca, y este niño que ves aquí es Luis. Un hermano que yo tenía.

—¿Ya no lo tienes?

Nacho pensó su respuesta y, con sinceridad, respondió:

—No, ya no lo tengo. Un día decidió irse y no me dijo adiós.

—¿Tu hermano no te dijo adiós?

—No. —Y, bajando la voz, dijo—: Para que veas que no sólo los amigos o los novios de los padres hacen eso.

Sorprendida, la cría miró la foto y murmuró:

—Eso da mucha rabia, ¿verdad? —Nacho asintió, y ella añadió—: Cuando pasa eso, te das cuenta de que esa persona te hizo creer que le importabas, pero la realidad era bien diferente.

—Tienes razón. Da mucha rabia. Pero puedo decirte que con Alba no será nunca así. La conozco mejor que nadie en este mundo y te aseguro que, si ella y tu padre dejaran la relación, ella intentaría seguir siendo tu amiga.

—¿Tú crees?

—Te lo aseguro —afirmó Nacho totalmente convencido. Al ver que tenía toda la atención de Marta, prosiguió—: Te voy a contar algo —y, señalando el álbum de fotos, dijo—: Éstos son mis padres. Ellos murieron cuando yo era pequeño. Entonces mis hermanos Luis, Lena y yo nos fuimos a vivir con la yaya Remedios a su casa, y allí conocí a Alba y a su familia. Y, como ya te has dado cuenta, son mi familia.

La niña lo miró con los ojos muy abiertos y preguntó sorprendida:

—¿Alba no es tu hermana y sus padres no son tus padres?

—Biológicamente, no. Pero te puedo asegurar que, para mí, Alba es tan hermana como Lena, y que siento que Teresa y José son mis padres. Y ¿sabes por qué lo siento así? —La cría negó con la cabeza—. Pues porque ellos han estado siempre a mi lado, nunca me han dejado y siempre me han querido tanto como yo los quiero a ellos.

Al oír eso, la niña se quedó sin palabras. Nunca había conocido a una familia así.

—Mira, cariño —prosiguió Nacho—. Alba y yo no somos hermanos de sangre, somos hermanos por elección, igual que sucede con mis padres, pero te aseguro que eso nos une más que si la misma sangre corriera por nuestras venas. Quizá porque tus padres están separados has conocido a más personas de las que deberías para tu corta edad pero, créeme, Alba es diferente. Ella es buena, paciente, cariñosa, y te quiere, aunque cada vez que esté contigo la pobre regrese a casa llena de manchas.

Ambos sonrieron y Nacho insistió:

—Te puedo asegurar que mi hermana se muere por tener una amiga como tú, pero no sabe qué hacer para gustarte.

—No es que no quiera ser su amiga, es sólo que no quiero cogerle cariño por si ella...

—Escucha, Marta. Ya eres mayor, no eres un bebé, y tu padre no lo está pasando bien por la situación que estáis atravesando. Si suavizaras las cosas, te aseguro que él también suavizaría otras. Por favor, danos la oportunidad de conocerte. Papá, mamá y Lena se mueren por acercarse a ti, ¿no has visto cómo te miran?

—Sí.

—Y Alba está como loca porque le des una oportunidad. Créeme, ella se la merece, y ahora que me has dado la ocasión de hablar contigo, estoy seguro de que os vais a llevar genial. Piénsalo..., nos harías a todos muy felices.

La niña suspiró. Los ojos se le llenaron de lágrimas y, consciente de que gran parte del problema siempre lo originaba ella, murmuró:

—Lo siento. Siento no ser la...

—Eh, princesa. Hay un proverbio que dice «rectificar es de sabios», y si tu actitud cambia, todos te aceptarán encantados, porque todos lo desean y...

Nacho no pudo decir más, puesto que le entró la tos. Rápidamente Marta cogió una botella que había sobre la mesilla y un vaso. Lo llenó y, acercándoselo, dijo preocupada:

—Bebe un poco de agua.

Nacho obedeció y, cuando se la acabó, la niña preguntó:

—¿Estás mejor?

Intentando sonreír, a pesar de lo revuelto que estaba, él afirmó:

—Sí, princesa. Ya me encuentro mucho mejor.

Una vez Marta dejó la botella de nuevo sobre la mesilla, clavó la mirada en él y preguntó:

—Estás enfermo, ¿verdad?

—Sí. Por eso intento disfrutar de la vida cuanto puedo y darles todo mi cariño a las personas que quiero y que sé que me quieren.

Un raro silencio se instaló entonces entre ambos y, tras recorrer con la mirada los rasgos perfilados de Nacho, la niña volvió a preguntar:

—Vas a morirte, ¿verdad?

Nacho sonrió e, intentando no mentirle, bromeó:

—Al parecer, sí, pero puedo asegurarte que no me apetece nada, sobre todo porque, cuando ocurra, Alba, Lena, papá y mamá van a sufrir mucho, y yo no estaré a su lado para poder abrazarlos.

Que se sincerase de ese modo con ella ante un tema así de duro le gustó a la niña y, al ver la triste mirada del hombre que estaba ante ella, dijo tomando aire:

—Te prometo que yo los abrazaré por ti.

Encantado por su contestación, a pesar del dolor que sentía, Nacho afirmó:

—Eh..., princesa, ¡ésa es la actitud! Muchas gracias. Aunque no lo creas, saber que lo vas a hacer me deja más tranquilo.

Emocionada, Marta se levantó de su asiento y lo abrazó con delicadeza. Aquel acercamiento a Nacho lo llenó de amor. Había conseguido llegar al corazón de aquella niña. Había conseguido saber qué era lo que tanto la amargaba y, sin duda, a partir de ese instante las cosas podrían ser diferentes. Por ello, y deseoso de que el momento no acabara allí, dijo mirándola:

—¡Tengo una idea!

—¿Qué idea?

—¿Por qué no buscamos a Alba y le pides algo, lo que quieras?

La cría sonrió.

—¿Algo como qué?

Nacho se levantó del butacón y, con complicidad, murmuró:

—No sé. Algo que te apetezca a ti y que sepas que le puede gustar a ella.

Marta sonrió y, contagiándose de la positividad que él emanaba, cuchicheó:

—Se me ha ocurrido algo y creo que le gustará.

De la mano, Marta y Nacho aparecieron en el salón. Víctor, que estaba hablando con Alba, se sorprendió al verlos juntos, pero más se sorprendió cuando la cría, con una grata sonrisa, se plantó delante de ella y declaró:

—Alba, creo que tenías razón acerca de cómo empezar el año. ¿Qué te parece si me maquillas, como me has propuesto antes?

Ella se quedó sin palabras.

Miró a Nacho, que sonreía, y después miró Víctor, que las contemplaba atónito. Por último asintió encantada y, cogiendo la mano que la niña le tendía, afirmó:

—Será un placer. Vamos a mi habitación. Allí tengo unas cosas que te encantarán y, por cierto, he hablado con tu padre y, después de tomar las uvas, te llevaremos a la fiesta de tus amigas. ¿Qué te parece?

Marta abrió desmesuradamente los ojos. ¡Aquello era genial! Y, mirando a Nacho, iba a decir algo cuando él le guiñó el ojo y murmuró:

—Te lo he dicho, princesa. Alba es genial.

Sin moverse del sitio, Víctor observó cómo su hija y la mujer que amaba se alejaban cogidas de la mano y se emocionó. Al verlo, Nacho sonrió y, tendiéndole una cerveza que agarró de una cubitera que había sobre la mesa, dijo.

—Toma, guaperas. Da un trago, disfruta del momento y prepárate porque esas dos ahora, unidas, te van a volver loco.

El guaperas cogió la cerveza, lo abrazó con efusividad y, todavía impresionado por lo que aquél había conseguido no sabía cómo, murmuró encantado:

—Gracias, Nacho. Muchas gracias.

31

El año 1998 comenzó lleno de prosperidad y alegrías para todos.

La relación entre Alba y Marta se afianzó de tal manera que Víctor no podía ser más feliz. Es más, ahora la niña, en vez de llamar a su padre para consultarle muchas cosas que la inquietaban, llamaba directamente a Alba, que sonreía cada vez que cogía el teléfono y oía su voz.

En marzo, Jaime, el abogado que iba a terapia, murió.

Todos los amigos de la fundación asistieron al entierro. Allí sólo había una hermana de Jaime y les contó que la familia no acudiría porque lo habían repudiado años antes por el simple hecho de ser homosexual.

Ese día, tras el entierro, regresaron a la fundación. Todos estaban impresionados por lo ocurrido y, cuando estaban en terapia, Arnau dijo mirando a los demás:

—¿Vosotros creéis que a mi entierro irá mucha más gente?

Los presentes asintieron, y Arnau indicó:

—Pues estáis muy equivocados. Mi madre murió hace años. Mi padre no quiere saber nada de mí, y mis dos hermanas, que viven en un pueblo de Lleida, me dijeron en su momento que yo había elegido un estilo de vida que ellas despreciaban y...

—¿Lo dices en serio? —preguntó una de las asistentes.

—Tan en serio como que me llamo Arnau Valls —afirmó él sin perder la compostura—. Yo me casé demasiado joven. Tuve un hijo que hoy en día tiene veintidós años y que me odia por tener sida. Mi exmujer ha potenciado ese odio. Tiene un nuevo marido, y simplemente yo dejé de existir para ellos.

—Pero, a ver, ¿cómo no te va a querer tu hijo? —preguntó Mercè.

Durante el tiempo que llevaba en la fundación, había escuchado mil casos, mil cosas, y nunca dejaban de sorprenderla.

—Soy una vergüenza para él —señaló Arnau—. He intentado acercarme de mil formas, de mil maneras, pero es imposible, no quiere saber nada de mí.

—Te entiendo, Arnau —afirmó Neus—. Yo poseo una familia enorme: somos diez hermanos, tengo dos hijas, un marido que me adora y un precioso nieto. Creeréis que tengo mucha gente en la que apoyarme, ¿verdad? —Al ver que todos la miraban, musitó—: La respuesta es no. Mis hermanos hacen su vida, a excepción de mis hermanas Carmela y Marisa, que se preocupan por mí. De mi marido no tengo queja —dijo dándole la mano al hombre que estaba junto a ella—. Si no fuera por él, os puedo asegurar que me habría quitado de en medio hace mucho. De mis dos hijas sólo cuento con una. La mayor, cuando supo que tenía sida, se alejó de mí sin entender que una maldita transfusión de sangre me infectó. Luego tuvo a mi nieto, un precioso niño que ya tiene seis años y al que nunca he podido abrazar, acunar ni besar porque mi hija tiene miedo de que se lo contagie.

—Qué injusto —murmuró Arnau—. Pero, por desgracia, los humanos somos así de ridículos.

—Yo tengo un hermano llamado Luis.

Al oír la voz de Nacho, Alba lo miró. En todo aquel tiempo que había ido a las terapias, nunca había hablado de él ni de su vida, por lo que se sorprendió.

—Digo «tengo» porque él para mí siempre será mi hermano —prosiguió—, aunque yo para él no lo sea ya. El día que se enteró de que estaba infectado con el VIH y de que era homosexual, se sintió tan avergonzado de mí que decidió borrarme de su vida.

A Alba se le llenaron los ojos de lágrimas, y entonces notó las manos de Víctor sobre sus hombros. Lo miró, y él, con su mirada y su tacto, le dio fuerza y valor.

—A veces pensaba qué habría ocurrido si yo no le hubiera dicho que era homosexual y no hubiera contraído el sida —continuó Nacho—. ¿Seguiría queriéndome como me quería? ¿Seguiría estando orgulloso de ese hermano con el que le gustaba reír y salir de copas? Pero ¿sabéis?, hace tiempo que dejé de plantearme todo eso y decidí vivir mi vida. Como diría una buena amiga mía, Luis, mi hermano, se fue sin decir adiós. Él lo decidió y yo simplemente lo respeté. Lo respeté a pesar de que él no me respetó a mí. —La voz se le quebró. Recordar no era fácil pero, tomando fuerza, prosiguió—: Y ¿sabéis?, al oír vuestras historias me doy cuenta de que no puedo quejarme porque tengo una familia y unos amigos que me quieren, me respetan y me cuidan. Sin papá, mamá, Lena y Alba —sonrió señalándola—, no sé si habría sido capaz de cuidarme como me cuido. Alba, a quien todos conocéis, es mi personita especial, mi hermana, mi vida, mi rumbo, mi locura, la mujer que, de haber sido hetero, habría querido como pareja, y nunca estaré lo suficientemente agradecido de que un día, cuando éramos niños, ella me propusiera que fuera su mejor amigo para siempre.

Todos los presentes los miraron enternecidos, y Alba, emocionada, no tuvo fuerzas para hablar.

—Como siempre dice nuestro padre —continuó Nacho—, la familia es la familia y no importa cómo se haya formado. Y tú, monito, me has enseñado que, aunque se tenga miedo, hay que luchar. Que la vida se ha de afrontar. Que las miradas dicen lo que los labios callan, y que el amor es amor cuando se siente de corazón.

—Nacho... —murmuró ella emocionada.

—Gracias por regalarme todos y cada uno de los días esa maravillosa droga llamada *esperanza* y esa maravillosa sensación llamada *amor*.

Alba tenía unas ganas tremendas de llorar. Oírlo decir aquello delante de todos le estaba tocando todas las fibras sensibles del cuerpo pero, como pudo, sonrió y, al tiempo que lo señalaba, se levantó y afirmó mientras se acercaba a él:

—Te quiero, y ahora cállate o te juro que te asesino como continúes y me hagas llorar.

Nacho sonrió y la abrazó, mientras Víctor los miraba emocionado, y Mercè, secándose las lágrimas que corrían por su rostro, murmuraba:

—El amor, cuando es puro, es auténtico, como el vuestro.

32

El 5 de mayo, Nacho empeoró.

Se despertó angustiado y sudoroso en la cama sin poder respirar y rápidamente Alba lo llevó al hospital.

Allí lo estabilizaron enseguida pero, cuando hablaron con Alba, a ella se le cayó el alma a los pies. El empeoramiento de Nacho era grave y, según los médicos, debían estar preparados para lo peor.

Aturdida, la joven no podía ni hablar. Aquellas palabras eran las que nunca habría querido oír.

Al comprobar su estado, Víctor llamó a todos los que creía que debían estar al corriente de lo que ocurría. Debían estar allí.

Jaume y Pepe acudieron al hospital y, a media mañana, llegaron Lena, José y Teresa, quienes, al ver a Alba y posteriormente a Nacho, no podían parar de llorar.

Al día siguiente viajaron desde Londres Joanna, junto con la madre de Anthony, Marck y su mujer. Cuando llegaron al hospital, abrazaron a Alba y a su familia con mucho amor.

La tristeza de todos era palpable.

Se podía mascar la angustia, y el miedo a lo que podía ocurrir en cuestión de horas los tenía acobardados.

Alba vivía en una nube y, en ciertos momentos, la situación le parecía surrealista. Nacho, su Nacho, no había vuelto a hablar. Sólo abría un poco los ojos muy de vez en cuando y los miraba. No tenía fuerzas para más.

Pasó otro día, un nuevo día lleno de amargura en el que se consolaron los unos a los otros mientras esperaban con resignación la terrible pérdida. Nadie abandonó el hospital durante más de dos horas. Todos querían acompañar a Nacho, y especialmente Alba, que no se separó más de cinco metros de su lado.

Estaban preocupados por la chica. No comía. No dormía. Sólo quería estar cerca de Nacho, cogerlo de la mano y hacerle saber que estaba junto a él, mientras ponía música en la habitación que sabía que le gustaba.

En una de las contadas ocasiones en las que Alba salió de la habitación, su padre, Lena y Víctor trataron de sacarla del hospital. Le propusieron que fuera a la calle a darse un paseo, eso le vendría bien. Pero ella, mirándolos a todos con agresividad, siseó:

—Dejadlo ya o al final tendré que montar un espectáculo. He dicho que no. No quiero pasear. No quiero que me dé el aire. No quiero comer. Sólo quiero estar aquí con Nacho. Le prometí que estaría hasta el final y así será, os guste o no.

Lena y su padre se miraron. Sabían que no había nada que hacer.

—Tranquila, mi vida —murmuró José—. Tranquila.

Lena, que sufría tanto como Alba, la abrazó y agregó:

—Él sabe que estás con él. No lo dudes.

Alba asintió. Ella también lo sabía e, intentando suavizar el tono, miró a su padre y a Lena y musitó:

—Bajad a tomaros un café y subidme uno, ¿de acuerdo?

Ambos asintieron. Luego José cogió de la mano a Lena y se alejó.

Víctor, que estaba junto a Alba, no se movió, hasta que ella lo miró y se disculpó:

—Lo siento. Siento comportarme así, pero...

Él la abrazó. Le dolía en el alma ver su sufrimiento y, besándola en la frente, murmuró mientras la acunaba:

—Tranquila, amor, tranquila. Te entiendo, y no te preocupes, nadie te va a sacar de aquí, pero tienes que comer y descansar o enfermarás tú también.

Alba asintió. Sabía que llevaba razón.

—De acuerdo, cariño... De acuerdo.

Esa noche, Nacho sufrió dos crisis. Al día siguiente el doctor pasó a ver cómo se encontraba y al salir los informó de que estaba muy débil. Alba entró de nuevo en la habitación, donde estaba puesta bajita la música y, sentándose junto a su hermano, dijo mientras le cogía su mano inerte al oír la canción que sonaba:

—Es nuestra canción. *On my Own*,* de Nikka Costa. ¿Lo recuerdas?

Él no contestó. Su respiración era irregular bajo la máscara. Alba, dolida al verlo así, y emocionada al recordar lo que la letra de aquella canción decía, hizo de tripas corazón, se tragó las continuas ganas de llorar que sentía y añadió:

—En el pasillo están todos: mamá, papá, Lena, Daniel, la madre de Anthony, Marck y su mujer, Joanna, Jaume, Pepe, Víctor, Mercè y Arnau. —La voz se le rompió pero, tragándose de nuevo el nudo que tenía en la garganta, continuó tocándose con su mano libre el colgante que llevaba al cuello—: También han venido a visitarte los abuelos de Ismael, y más personas de las que ahora no recuerdo el nombre. Es increíble la cantidad de gente que te quiere, Nacho, y eso sólo puede ser porque eres una persona excepcional que ha sabido valorar lo que es la verdadera amistad y el amor.

Tuvo que parar. La emoción la embargaba mientras lo miraba y, cuando consiguió controlar de nuevo sus sentimientos, dijo:

* Véase la nota de la página 49.

—¿Sabes? Fonsi Reina también ha venido esta mañana y te ha traído un ejemplar de su libro de la Toscana dedicado. Lo he dejado sobre la mesilla porque prefiero que lo leamos juntos cuando estés mejor. Por cierto, hace un rato he hablado por teléfono con Marta, tu princesa. Te manda muchos besos. Está muy triste, y me ha dicho que te diga que no te preocupes, que hará lo que te prometió.

Alba cerró los ojos e, intentando sonreír, cuando los abrió de nuevo dijo:

—Hoy es 8 de mayo y hace un precioso día. El cielo está celeste, no hay una sola nube, no corre ni pizca de aire, y estoy segura de que, si estuviéramos en casa, me dirías: «Monito, coge a *Vida* y vámonos a dar un paseíto por la playa». *Monito*... —repitió ella—. Qué ganas tengo de que puedas hablar y vuelvas a llamarme así. Añoro tu voz y te echo de menos a ti.

En ese instante, Alba notó un movimiento, y los cansados ojos de Nacho se abrieron poco a poco para mirarla. Sonriendo, ella lo besó en la frente y murmuró:

—Hola, dormilón, ¿cómo estás?

Él no contestó. Simplemente se miraron, se hablaron en silencio, y el corazón de Alba comenzó a latir con fuerza hasta que por último dijo:

—Como siempre, nuestras mejores conversaciones son las que mantenemos con la mirada.

Al decir eso, la boca de Nacho dibujó una débil sonrisa, y ella también sonrió. Necesitaban sonreír. Entonces, Alba notó cómo la mano de él apretaba la suya, hasta que lenta, muy lentamente, la presión cesó.

La sonrisa seguía dibujada en el rostro de Nacho cuando de pronto todo se volvió confuso y borroso en cuanto la máquina a la que estaba conectado comenzó a pitar con fuerza.

En cuestión de segundos, la habitación se llenó de enfermeras y médicos, que enseguida la apartaron de su lado. Tras intentar reanimarlo durante un rato, al final ocurrió lo que el destino había decidido por él y Nacho murió.

En ese terrible instante, Alba, que había permanecido aterrada apoyada en la pared, se agachó en una esquina de la habitación y comenzó a llorar. Necesitaba llorar. Quería llorar, y ahora nadie podría pararla.

Cuando Víctor entró y la vio sollozando en aquel rincón, rápidamente la cogió entre sus brazos y la sacó de la habitación, mientras todos a su alrededor se abrazaban y lloraban. José, muerto de dolor, abrazó a su mujer, que estaba tan desconsolada como él, mientras Lena se tapaba las manos con la cara y Daniel la confortaba.

Del todo descolocada, Alba luchaba por liberarse de los brazos de Víctor. Quería entrar en la habitación, quería estar con Nacho.

Nacho, su Nacho, había muerto. Ahora ya no tenía que ser fuerte, ya no tenía que disimular. Ahora podía llorar, patalear, gritar y maldecir porque él ya no estaba.

Había sido fuerte. Había sido la guerrera que él le había pedido que fuera, pero ahora ya todo daba igual. Nacho, su Nacho, la había dejado y, con una sonrisa antes de marcharse definitivamente de su lado, le había dicho adiós.

33

Habían pasado seis días desde el entierro. Seis largos y tortuosos días en los que Alba no había parado de llorar y maldecir la mala suerte.

Marck, el hermano de Anthony, que trabajaba con un bufete de abogados internacional, había programado una reunión ese día para leer el testamento de Nacho en un despacho en Madrid.

Alba dudó si ir o no, pero al final accedió cuando Marck la llamó por teléfono y le indicó que era requisito indispensable que ella y el resto de su familia acudieran, porque Nacho así lo había pedido. Tras hablar con él, ya no lo dudó más. Si Nacho así lo había querido, ella no se negaría, y acudió junto a Víctor y la familia.

Sorprendentemente, Luis también fue avisado y tampoco pudo negarse.

Ese día, en la notaría, todo era frío, raro. A Alba la incomodaba estar allí sentada y, cuando vio entrar a Luis, tanto ella como Lena lo miraron con rencor.

José, al ver el fastidio de Luis y el gesto acusatorio de sus Alba y Lena, recordó lo que le había prometido a Nacho y, para no faltar a su promesa, se levantó y lo saludó. Con una triste sonrisa, Luis le estrechó la mano y le agradeció el saludo.

Víctor, que estaba junto a Alba, se llevó la mano de ella a los labios y le besó los nudillos. Ella lo miró pero no sonrió. Desde el día en que Nacho había muerto, no había vuelto a sonreír, y

Víctor se moría porque lo hiciera. La sonrisa de Alba lo llenaba de energía, de luz, y sin duda necesitaba que ella volviera a reír.

Una vez estuvieron todos reunidos, Marck, junto a un colega, procedió a la apertura del testamento. Como siempre, Nacho había pensado en todo y en todos. Nada se le había escapado. Cuando le tocó el turno a Luis y éste vio que su hermano le había dejado un pellizco de dinero, se aclaró la voz y dijo:

—Yo... yo no me merezco esto.

—Por supuesto que no lo mereces —afirmó Lena con dureza.

—Lena —murmuró Teresa con cariño agarrándole la mano.

Ninguno supo qué decir. La incomodidad flotaba en el ambiente, hasta que José, consciente de lo que le había prometido a Nacho, miró a Luis e indicó:

—Acéptalo. No le hagas de nuevo un mal gesto a tu hermano. Nacho sabía de la situación que atraviesas y simplemente, y una vez más, te está demostrando su amor y te está haciendo saber que te perdonó.

Luis asintió y, tapándose la cara con las manos, comenzó a llorar. Lloró por su hermano, por el tiempo perdido que ya era irrecuperable, y por lo avergonzado que lo hacía sentir la situación. Él y sólo él lo había propiciado, y sabía que tendría que cargar con aquella pesada losa el resto de su vida.

Sus lágrimas sorprendieron a todos. Se miraron y, al final, Teresa, incapaz de no consolarlo, ejerció de madre una vez más. Se levantó, lo abrazó, lo acunó y lo besó con cariño mientras le murmuraba algo al oído. En esta ocasión, Luis, aferrado a ella, no la rechazó. Estaba muy falto de cariño y amor.

Una vez consiguió tranquilizarlo, Teresa regresó a su sitio. Tras leer un par de disposiciones más en cuanto a las casas de Lena y Alba, Marck le entregó a Víctor dos cartas: una para él y otra para su hija. Sorprendido, Víctor las cogió y el notario, con una triste sonrisa, añadió:

—Nacho me las envió a finales de enero y me dijo que, llegado este momento, te las tenía que entregar, sobre todo porque no quería que la princesa Marta pensara que se había marchado sin despedirse.

Emocionada por aquel detalle, Alba se tapó la boca para no llorar. Nacho era increíble. Y Víctor, tan emocionado como su chica, cogió las cartas y se las guardó en el bolsillo de la chaqueta. Más tarde las leería.

Durante media hora, escucharon las últimas voluntades de Nacho y todos, absolutamente todos, lloraron, recordando al buen hombre que había sido y su irreparable pérdida.

Aquel día, tras la lectura del testamento, todos, excepto Luis, decidieron ir a visitar la tumba de Nacho para llevarle unas flores. Lo necesitaban.

Cuando llegaron ante la tumba familiar, donde Nacho descansaba, Lena y Teresa le pusieron varios ramos de flores frescas en silencio.

En cuanto los demás se retiraron, Alba se situó frente a la tumba y, tras dejar un ramo de preciosas margaritas blancas, leyó para sí mientras se tocaba con cariño el colgante que llevaba al cuello:

> Recordar es fácil para quien tiene memoria. Olvidar es difícil para quien tiene corazón.
>
> GABRIEL GARCÍA MÁRQUEZ

Los ojos hinchados y llorosos de Alba leían una y otra vez aquellas mágicas palabras inscritas en la lápida donde descansaba su cielo, su hermano, su mejor amigo. Esas palabras que tanto habían significado para él y para su amor, y que le había pedido que descansaran a su lado para la eternidad.

Como bien dispuso Nacho en sus últimas voluntades, fue enterrado junto a su yaya Remedios en el cementerio de La Almudena de Madrid. Su cuerpo estaría con la familia, y su corazón volaría libre en busca de Anthony, de su amor.

Alba todavía no podía creer que aquello hubiera sucedido. ¿Cómo podía haberse marchado Nacho con lo presente que lo tenía?

En silencio, cada uno de los allí reunidos se quedó abstraído en sus pensamientos, hasta que, pasados unos minutos, Teresa, José y Lena decidieron marcharse. Estar allí incrementaba su dolor y, aunque animaron a Alba a irse con ellos, ella se resistió. No obstante, Víctor los tranquilizó: él se quedaría con ella y, en breve, irían a casa.

Cuando los demás se marcharon, Víctor permaneció en silencio a su lado, hasta que ella murmuró:

—¿Podrías dejarme unos minutos a solas con él?

—Alba...

Sin dejarlo proseguir, la joven lo miró:

—Cariño. Mañana regresaremos a Barcelona, a casa. Por favor.

Sin poder negárselo, Víctor la besó en la mejilla.

—De acuerdo, cielo.

Ella asintió y, tras observar cómo se alejaba, volvió a mirar la tumba de Nacho. De su Nacho.

Sobre ella estaban las flores recién llevadas y otras que habían llegado durante días de distintos corazones repartidos por todo el mundo que quisieron y apreciaron a su hermano.

—Qué grande eres, Nacho, ¡qué grande! —murmuró Alba con cariño.

Al decir eso, sus manos temblaron, se tapó la boca y sintió cómo las lágrimas afloraban de nuevo a sus ojos.

—Lo sé, Nacho, lo sé. Soy la llorona de la que siempre te burlaste. Pero, dime, ¿cómo voy a poder vivir sin tenerte a mi lado? ¿Quién me llamará *monito* con tanto amor? ¿Qué voy a hacer sin ti?

Desesperada, se acercó más a la tumba y la tocó. El frío mármol le hizo retirar la mano y, mirando al cielo con rabia, siseó furiosa:

—Dios, si es verdad que existes, no es justo lo que has hecho. Habiendo tanta gente mala en el mundo, tanta gente sin escrúpulos, tanta gente que no merece vivir por sus malas conductas y sus malos actos, ¿por qué has tenido que llevártelo a él? ¿Por qué?

Como era lógico, la voz de Dios no contestó, pero ella oyó a su espalda:

—Porque estaba muy enfermo, Alba, y su cuerpo no resistió más.

Al oír eso, se volvió y se encontró con Luis, la última persona que esperaba ver allí.

—¿Qué haces aquí? —le espetó entornando los ojos.

Con un ramo de flores en la mano, Luis asintió y, enfrentándose a su vergüenza, dijo mientras se acercaba a ella:

—He venido a hablar con mi hermano y a pedirle perdón.

Al ver el gesto de Luis y recordar a Nacho, Alba comprendió que no debería hacer leña del árbol caído. Sin duda, Luis llevaría toda su vida a cuestas la pena de lo que había hecho, y mirándolo, murmuró:

—Él ya te ha perdonado, Luis. Nacho siempre te quiso a pesar de tu abandono y tu indiferencia. —Y, suspirando, añadió—: Sólo espero que el día que el cielo se caiga, como decía la yaya Remedios, os volváis a reencontrar y seas capaz de darle a Nacho todo el amor que merecía y que le negaste cuanto más te necesitó.

Oír aquella expresión tan propia de su yaya y lo que Alba decía hizo que Luis se derrumbara y, con el gesto crispado por el dolor por lo idiota que había sido con las personas que lo querían, murmuró mientras las lágrimas corrían por sus mejillas:

—Espero que así sea. Espero poder enmendar mi error algún día y que todos me perdonéis.

En ese instante apareció Víctor, quien, desde el lugar donde la aguardaba, había visto acercarse a Luis. Cogiendo a Alba de la mano, preguntó tras mirar a aquél con desdén:

—¿Todo bien por aquí, cariño?

Alba asintió y, mirando a Luis, que los observaba, dijo:

—Adiós, Luis. Confío en que la vida, a pesar de todo, te vaya mejor.

Él asintió. No dijo nada. No podía.

Alba volvió a mirar hacia la tumba de Nacho y, tras leer una última vez «Recordar es fácil para quien tiene memoria. Olvidar es difícil para quien tiene corazón», cogió airc y, dándolc la mano al hombre que adoraba, declaró:

—Vámonos.

De la mano salieron del cementerio y se marcharon a la casa de los padres de ella. Allí pasaron el día con la familia y, al día siguiente, por la mañana, tras despedirse de ellos se marcharon hacia el aeropuerto. Debían regresar a casa. A su nuevo hogar.

En el aeropuerto, con la tristeza instalada en su rostro y en sus ojos, Alba observaba cómo la gente sonreía y hablaba mientras caminaban por delante de ella. El mundo seguía girando, a pesar de la triste pérdida que había sufrido.

De pronto, Víctor se puso en pie y, cogiéndola del brazo para que se levantara también, dijo:

—Vamos. Ven.

Sorprendida, lo miró y preguntó:

—¿Adónde vamos?

Sonriendo, Víctor señaló la puerta de embarque con destino Londres que estaba a escasos metros de ellos.

—Tengo que cumplir una petición —dijo.

—¿No vamos a Barcelona? —preguntó ella atónita.

Víctor necesitaba ver a Alba sonreír. Lo necesitaba como el respirar y, guiñándole el ojo, afirmó:

—No, cielo, vamos a Londres a cumplir un encargo.

Ella cerró los ojos. Sin duda sabía de quién era el encargo y, sin más, se levantó y lo siguió.

Horas después, cuando aterrizaron, el día estaba nublado. Tras coger un taxi e ir a la dirección que Víctor le dio al conductor, se bajaron y el hombre que la adoraba murmuró:

—Nacho me dijo que tenía que traerte aquí y que tú sabías por qué.

Emocionada y conmovida, Alba asintió y, cuando tragó el nudo de emociones de su garganta, declaró:

—Este lugar era especial para Anthony y para él. Ellos siempre venían aquí para coger fuerzas cuando una nueva etapa de su vida iba a dar comienzo y, sin duda, una nueva etapa de la vida comienza ahora para mí.

Víctor asintió. Los sentimientos que Alba y su hermano despertaban en él eran increíbles. Cuando llegaron al banco de madera situado entre dos árboles y se sentaron, Víctor murmuró:

—Qué sitio tan increíble.

—Sí. Lo es —afirmó Alba acongojada.

Estar allí sin Nacho era duro, muy duro, y Víctor, al ver las lágrimas en sus ojos, musitó:

—Eh..., cariño. No llores más, mi amor. Nacho quería que vinieras aquí para que sonrieras, no para que lloraras.

—Lo sé... —asintió ella secándose las lágrimas.

Lo último que le apetecía era sonreír. No podía. Echaba de menos a su hermano.

Entonces, Víctor se sacó un sobre del bolsillo de su cazadora y se lo puso delante.

—Esto es de Nacho —dijo—. Dentro del sobre que me entregó Marck en la notaría, había éste para ti. En mi carta, entre otras cosas, Nacho me pedía que, te pusieras como te pusieses, te trajera aquí para que leyeras lo que él te escribió y que, por supuesto, te hiciera muy feliz. —Con el corazón encogido, Alba miró el sobre, lo cogió, y Víctor, levantándose, dijo—: Te dejaré a solas unos minutos para que lo leas con tranquilidad, ¿de acuerdo?

Ella asintió.

En su mano tenía noticias de Nacho. Allí volvía a estar él presente y, cuando Víctor se dio la vuelta, sin poder esperar un segundo más, abrió el sobre cerrado y se apresuró a leer:

Hola, monito:

¿Cómo está mi chica?

Leer esas palabras la emocionó y, dejando correr las lágrimas por sus mejillas con libertad, continuó leyendo:

Como suelen decir en las películas, si lees esta carta es porque ya no estoy a tu lado. Pero, oye..., eso es mentira. Estoy a tu lado en todo momento; aunque no sea en cuerpo, sí lo estoy en alma y, en especial, en corazón.

Te preguntarás qué haces en Londres...

Pues bien, como te conozco y sé que no estás pasando por un buen momento, le he pedido a Víctor que te trajera a este sitio, donde estoy seguro de que te llenarás de positividad para comenzar una nueva vida.

Y, hablando de Vida*..., cuida a nuestra peludita. Ella ha sido un gran apoyo para mí en este tiempo, y sé que ahora lo va a ser para ti. Y haz el favor de ser feliz, muy... muy... muy feliz, y nunca dejes de sonreír.*

Cariño, tienes a tu lado a un hombre increíble, y sabes que tengo buen ojo para ello. Por fin has encontrado al hombre que te mereces y, si encima está cañón, ¿por qué dudar?

Por cierto, mi deseo de asistir a tu boda sigue sujeto en el imán en la nevera, y te aseguro que el día que lo cumplas asistiré. Estaré a tu lado en primera fila, e incluso bailaré contigo. Vale..., cerraré los ojos cuando estés en tu noche de bodas (jejeje..., ya sabes que ahora lo veo todo).

Prométeme que no vas a quedarte anclada en el dolor. Cada vez que decaigas, toca con la mano ese bonito colgante de cristal que llevas al cuello y que un día te regalamos y recuerda que en el dolor no se vive, Alba. Tú me enseñaste eso cuando me obligaste a ir a la casa que compartía con mi amor.

No estés triste por mí, monito, piensa que he vivido una bonita vida. He tenido unos padres increíbles, unas maravillosas abuelas, unas inigualables hermanas y un hermano que sé que me quiere a pesar de su reticencia. He conocido a mis preciosos sobrinos y a dos increíbles cuñados como Daniel y Víctor, que sé que os harán muy felices a Lena y a ti. Incluso Vida *ha sido una bendición inesperada para mí. También he atesorado buenos amigos y, en cuanto al amor, he sido dichoso. Conocer a Anthony fue lo mejor que pudo pasarme en la vida.*

¿Te das cuenta, Alba, de lo afortunado que he sido?

Por tanto, ¡basta de llorar, que sé que eres muy llorona!

Ahora quiero que seas feliz con Víctor. Llora lo justo, sonríe, vive por los dos. Recuerda lo bonito que hemos vivido y ríe todo lo que puedas porque, como decía la yaya Remedios, el día que el cielo se caiga, nos volveremos a encontrar, y esa vez seguro que será para el resto de la eternidad.

Nadie mejor que tú me ha demostrado su amor incondicional y desinteresado y, por eso, porque te quiero, necesito que me hagas un último favor. Una vez termines de leer esta carta, cierra los ojos, piensa en mí, y te prometo que me emplearé a fondo para que me sientas a tu lado y mi recuerdo te haga sonreír.

Te quiero, monito, y siempre... siempre te querré.

Nacho

Cuando terminó de leer la carta, lágrimas descontroladas corrían por las mejillas de Alba al encontrarse sentada sola en aquel banco y ver el hueco vacío que había a su lado y que la última vez había ocupado él.

Pensar en Nacho, en su ausencia, le dolía, le rompía el corazón. Su falta era inaguantable, lo necesitaba a su lado, lo quería a su lado.

De pronto, una ráfaga de aire le mesó el pelo, le hizo cerrar los ojos y, al abrirlos, vio a Víctor mirando el Támesis. Sin duda la vida, igual que le quitaba unos amores, le entregaba otros y, al bajar la mirada y ver la carta que tenía en las manos, supo que Nacho tenía razón. Debía dejar de llorar, por él, por ella, por todos.

Lo echaría de menos el resto de su existencia, y siempre, siempre lo querría, pero como él le había dicho en muchas ocasiones, la vida era para vivirla, para disfrutarla, y ella, sin lugar a dudas, intentaría vivirla por los dos.

Por ello, retirándose un mechón rubio de la cara, se acercó aquella carta a los labios y la besó. Se habían acabado los lloros. Y, dispuesta a cumplir la última voluntad de su hermano, cerró los ojos, pensó en él y, entonces, gracias a los recuerdos de Nacho, Alba lo sintió a su lado... y sonrió.

Epílogo

Castelldefels, Barcelona, 10 de julio de 2000

El día amaneció precioso, luminoso y cálido.

Nerviosos, todos se preparaban para la boda de Alba y Víctor. Una boda cargada de alegría, sentimientos y amor que se celebraba a las seis y media de la tarde.

—Vamos, Alba, ¿qué te queda? —preguntó Lena llamando a la puerta.

—Un segundo —respondió ella.

—Bendito sea Dios —protestó Teresa con cariño—. Lo que tarda siempre esta muchacha en arreglarse.

José sonrió. Tenía a la pequeña Leticia en brazos mientras Daniel corría tras el pequeño Nikito, que perseguía a la pobre *Vida*. Adoraba a su familia.

En ese instante sonó el timbre de la puerta. Lena fue a abrir enseguida y, cuando vio a su hermano Luis, acompañado por su novia Sofía, sonrió.

—Vamos, pasad —dijo—. Llegáis a tiempo para las fotos.

La relación de Luis con su familia había cambiado gracias al empeño que una vez más José y Teresa pusieron en ello. Al principio costó, ni Lena ni Alba estaban por la labor, pero tras hablar con ellas un millón de veces y hacerles ver que Nacho quería que todos estuvieran unidos y volvieran a ser una familia, claudicaron y, poco a poco, todo volvió a fluir con normalidad. Y más aún gracias a Sofía, la novia de Luis, que era un amor.

Sola en su habitación, Alba se miraba al espejo.

Allí estaba ella, vestida con un bonito vestido de novia, el pelo suelo, y dispuesta a casarse —por segunda vez— con un hombre atento, cariñoso, detallista, y que sabía que la iba a hacer feliz. Muy feliz.

Habían pasado más de dos años desde la muerte de Nacho y no había un solo día en que, al levantarse o al acostarse, no se acordara de él e hiciera lo que le había pedido: sonreír.

Debía sonreír a la vida, porque ésta le había enseñado que había que apreciar lo que se tenía y disfrutarlo al máximo, antes de que el tiempo pasara y le hiciera recordar lo que había tenido y no había apreciado ni disfrutado.

La pérdida de un ser tan querido como Nacho le hizo aprender a ser consciente de que, aunque la vida le daba razones para llorar, también le daba muchas razones para sonreír, y que la positividad era lo que convertía un día mediocre en un día increíble y difícil de estropear.

La relación de Alba con la pequeña Marta era magnífica. La niña se había dado cuenta de que no todo el mundo se marchaba sin despedirse y, lo mejor, sabía que en Alba había encontrado a una amiga y una cómplice.

Víctor era feliz al ver a las dos mujeres de su vida tan compenetradas. Y el día que Alba, saltándose todos sus límites, se arrodilló en la playa y le pidió que se casara con ella, no se lo podía creer. Menos aún cuando Marta se sacó del bolsillo un anillo y lo animó diciendo: «Vamos, papá, no puedes decir que no».

Y el gran día había llegado.

Con una sonrisa, Alba se tocó su preciado colgante de cristal de Swarovski, que adoraba y que nunca se quitaba. Era un amuleto mágico, regalo de dos personas que se quisieron y que ella llevaba en el corazón, y que ese día, más que nunca, estaban a su lado.

Cuando abrió la puerta y apareció ante su familia, todos la miraron emocionados y *Vida* corrió a saludarla, preciosa con su lazo en el cuello. Ver a Alba con aquella sonrisa era lo que todos deseaban y, cuando Teresa se emocionó, su hija la besó y murmuró tras guiñarle un ojo a Luis:

—Mamá, deja las lágrimas para cuando diga el «sí, quiero».

Todos sonrieron al oírlo. José, que las estaba grabando con la cámara de vídeo, dijo entonces:

—Un saludito, hija, ¡hoy es tu gran día!

—Ya está Spielberg con la cámara —se mofó Lena, haciéndolos reír a todos.

Media hora después, tras hacer varias fotos de todos en el jardín, se dirigieron al precioso restaurante en el que tendrían lugar el enlace civil, el banquete y la fiesta.

Al llegar, Alba volvió a sonreír. Allí estaban sus amigos Pepe, Jaume, Mercè, Vera, Montserrat y su marido, y muchos más. Unos amigos que habían estado en los tiempos duros y que, por supuesto, ahora, en los buenos, estaban también.

Encantada, se fijó en Víctor, en el artífice de que todos los días ella sonriera y fuera feliz. Estaba más guapo que nunca con su traje gris y su clavel blanco en la solapa. Verlo acompañado por Marta y por su familia la emocionó. Víctor tenía una maravillosa familia que la había aceptado sin reservas desde el primer momento.

Desde el coche, su mirada y la de él se encontraron. Ése era su día. Un maravilloso día que sin duda iban a disfrutar.

Emocionado y enamorado, él se aproximó al coche y, cuando ella bajó, la miró y dijo:

—Estás preciosa, ojazos.

—Gracias —asintió Alba y, besándolo, murmuró—: Tú estás impresionante, guaperas.

Ese beso antes de la ceremonia hizo que todos los que se hallaban a su alrededor aplaudieran y silbaran mientras ellos reían. ¡Qué felicidad!

Instantes después, del brazo de su orgulloso padre, Alba entró en el jardín del restaurante con paso firme y seguro, dispuesta a unirse al hombre de su vida.

Una hora más tarde, tras una emotiva ceremonia, los invitados bañaban en arroz y pétalos de rosas blancas a los recién casados.

Por todos lados recibieron besos, felicitaciones y deseos de una vida dichosa, mientras se hacían fotos con los invitados. Todos estaban felices. Todos querían pasarlo bien, y los primeros, los novios.

Tras hacerse infinidad de fotos en el jardín con los invitados, el fotógrafo los llevó a la playa y al paseo marítimo de Sitges. Después regresaron al restaurante para celebrar el banquete y la fiesta.

Emocionada y enamorada, Alba miró al hombre que adoraba.

—Ni te imaginas cuánto te quiero —murmuró antes de entrar.

Víctor sonrió y la besó. Con que lo quisiera la mitad de lo que él la quería a ella, le valía. Cuando se disponía a hablar, Teresa se acercó a ellos y, apremiándolos, musitó:

—Vamos..., vamos..., dejaos de besitos ahora, que todo el mundo ya está sentado a las mesas con ganas de cenar.

—A sus órdenes, suegra —se burló Víctor, haciéndola reír.

Encantados, y sin soltarse de la mano, Víctor y Alba salieron al jardín, un precioso lugar decorado con gusto y gracia. Tras ser recibidos con aplausos por sus amigos y familiares, se sentaron dispuestos a disfrutar de la velada.

Horas más tarde, acabada la cena y ya con los farolillos de colores del jardín encendidos, los invitados vitorearon a los novios para que abrieran el baile. Con galantería, Víctor invitó a la que ya era su mujer a levantarse de la silla y, juntos, fueron hasta el espacio que quedaba en el centro de las mesas. Una vez allí, mientras se miraban, Alba preguntó:

—¿Estás preparado para bailar, cariño?

Muerto de risa, Víctor asintió. Entonces Alba, mirando a Lena, le hizo una señal, y por los altavoces colocados estratégicamente en el jardín comenzó a sonar la bonita canción *Last Dance*,* de Donna Summer.

Abrazados, ambos empezaron a bailar la dulce melodía inicial, y Alba sonrió sintiendo la magia a su alrededor. Aún recordaba cuando, muchos años antes, en el casamiento de Luis, Nacho comentó que aquélla sería una excelente canción para abrir un baile de bodas, y a ella le horrorizó la idea.

En aquel momento, su juventud, su romanticismo o lo que fuera no le habían dejado ver más allá. Pero la vida le había enseñado muchas cosas, entre ellas, a disfrutar y a hacer lo que le apetecía sin preocuparse de lo que pensaran los demás, y lo que le apetecía ahora era pasarlo bien con el hombre de su vida bailando aquella increíble canción.

Mientras danzaban abrazados al compás de la lenta música, Alba miró a Víctor y murmuró:

—Gracias.

Él sonrió. Sabía que le daba las gracias por haber accedido a bailar aquella canción y, feliz, cuchicheó contra su boca:

—Las que tú tienes, preciosa.

Segundos después, cuando la música cambió de ritmo, tras be-

* Véase la nota de la página 44.

sarse de nuevo en los labios, Alba y Víctor se soltaron y, felices, animaron a los invitados a levantarse para bailar con ellos. Todos, absolutamente todos, lo hicieron. Aquella canción, tan llena de positividad y alegría, consiguió que la fiesta se viniera arriba.

Y, cuando Víctor miró a Alba y vio la felicidad en su rostro, la agarró de la cintura y, acercándose, afirmó mientras la hacía sonreír:

—Como diría uno que está por aquí bailando, sin duda, *monito*, ésta es una excelente canción para un baile de bodas.

Cuando regresaron a casa horas después, sin soltar la mano de Víctor, Alba fue directa a la cocina.

Sonriendo, le entregó un bolígrafo a Víctor y, tras mirar el papel que estaba colgado con un imán en la nevera, declaró:

—Te cedo los honores, cariño.

Sabedor de lo que aquello significaba para ella, Víctor tachó la última anotación que faltaba en la lista y, mirándola, exclamó divertido:

—Nacho, colega, ¡lo hemos conseguido!

Alba lo besó feliz. La lista de deseos de Nacho se había completado en su totalidad y, sin duda, como él había dicho, ahora lo estaría celebrando como ellos junto a su amor.

Nota de la autora

Esta novela la escribí hace años, cuando yo vivía en Castelldefels, Barcelona, por temas laborales. Y, aunque era feliz porque estaba en un sitio maravilloso y tenía excelentes amigas, una parte de mi corazón se rompía cuando hablaba con mi madre por teléfono y me decía que mi tío Fernando, que estaba en Madrid enfermo, no mejoraba.

Mi tío tenía cáncer y, frustrada por estar alejada de la familia en un momento tan complicado, comencé a escribir esta novela, en la que volqué lo importante que era para mí tener a gente que te quiere y que está a tu lado en los malos momentos, porque en los buenos es muy fácil estar y, sobre todo, quería darles una importancia especial a esas personas que no llevan tu misma sangre, pero sí son parte de tu corazón.

Mi tío Fernando apareció en mi vida cuando yo era una renacuaja. Por suerte, mi tía Sagra se enamoró de él, y pronto se convirtió en parte de mi bonita familia. Él estuvo a mi lado en mi comunión, en mis cumpleaños, en cientos de vacaciones, en fiestas de fin de año. Fue quien me hizo forofa del Atlético de Madrid, quien me puso mis primeras lentillas, quien vivió emocionado mi boda, el doblete de nuestro Atlético de Madrid en 1996 y, posteriormente, el nacimiento de mis hijos.

Pero, por desgracia, y aunque luchó mucho por superar el maldito cáncer, esta vez la enfermedad ganó la partida, aunque su sonrisa, a pesar de los duros momentos en los que era difícil sonreír, estuvo con nosotros hasta el final.

En esta novela he creado una historia en la que intento demostrar que no hace falta que por nuestras venas corra la misma sangre para adorar y querer a esa otra persona que te hace sonreír y con la que tienes las mejores conversaciones con la mirada.

Decidí que, en vez de hablar sobre el cáncer, una enfermedad en la que las familias suelen volcarse con el enfermo para ayudarlo y animarlo a luchar, hablaría del sida y de lo solas que en ocasiones se encuentran las personas que lo padecen.

Cáncer, sida..., ambas son terribles enfermedades, y mi pregunta es: ¿por qué dependiendo de la enfermedad algunos afectados no reciben el mismo apoyo y el mismo cariño de sus familiares?

Para informarme sobre el sida, contacté en su momento a través del ordenador con personas afectadas que con amabilidad me contaban sus historias, sus experiencias, y lo que llamó poderosamente mi atención fue su soledad, la gran soledad que sentían.

Muchas de esas personas —daba igual que fueran mujeres, hombres, grandes empresarios o simples trabajadores— habían sido dejadas de lado por sus familias y por sus amigos, quienes temían ser contagiados por el mero hecho de respirar el mismo aire, de darles un abrazo o de dormir a su lado, aunque también estaban esas otras personas que los repudiaban por vergüenza. El sida era una vergüenza.

En los meses en que recabé información para la novela, mientras mi tío estaba rodeado por toda la familia y entre todos lo mimábamos como podíamos, algunas de esas personas anónimas que yo había conocido a través de la pantalla del ordenador murieron solas.

Cada vez que me enteraba de una de esas muertes, me impactaba muchísimo. Lloré por personas que nunca había visto en la vida, pero que con su amabilidad habían sabido ganarse mi respeto y mi admiración por su valentía y su cariño desinteresado.

Actualmente se sigue investigando para encontrar vacunas para vencer el cáncer y el sida, entre otras muchas enfermedades. Seguimos luchando en busca de una solución, y quiero pensar que estamos cerca y que, tarde o temprano, esas vacunas aparecerán para salvar muchas vidas.

Por eso, y porque las personas anónimas que me ayudaron a escribir esta novela se lo merecen, quiero dedicarles este libro también a ellos, a esos grandes desconocidos que un día me abrieron sus corazones, me contaron sus historias y me hicieron ver lo mismo que mi tío: que sólo tenemos una vida y es absurdo desperdiciarla preocupándonos por tonterías.

La vida es para vivirla, para disfrutarla, para exprimirla, aunque en ocasiones las circunstancias no sean las más favorables. Sin embargo, a pesar de todo, nunca hay que rendirse, hay que continuar luchando, porque la vida es para los valientes y los positivos, y todos, si nos lo proponemos, podemos serlo.

Así pues, por vuestra lucha, vuestra valentía y vuestra positividad; ¡va por vosotros!

MEGAN MAXWELL

La Biblioteca Megan Maxwell en Booket: